Céleste

VIRGINIA C. ANDREWS®

Les jumeaux - 1
Céleste

Traduit de l'américain
par Françoise Jamoul

ÉDITIONS FRANCE LOISIRS

Titre original : *Celeste*
An original publication of POCKET BOOKS

Édition du Club France Loisirs,
avec l'autorisation des Éditions J'ai lu.

Éditions France Loisirs,
123, boulevard de Grenelle, Paris.
www.franceloisirs.com

Le Code de la propriété intellectuelle n'autorisant, aux termes des paragraphes 2 et 3 de l'article L. 122-5, d'une part, que les « copies ou reproductions strictement réservées à l'usage privé du copiste et non destinées à une utilisation collective » et, d'autre part, sous réserve du nom de l'auteur et de la source, que les « analyses et les courtes citations justifiées par le caractère critique, polémique, pédagogique, scientifique ou d'information », toute représentation ou reproduction intégrale ou partielle, faite sans le consentement de l'auteur ou de ses ayants droit ou ayants cause, est illicite (article L. 122-4). Cette représentation ou reproduction, par quelque procédé que ce soit, constituerait donc une contrefaçon sanctionnée par les articles L. 335-2 et suivants du Code de la propriété intellectuelle.

© The Vanda General Partnership, 2004.
© Éditions J'ai lu, 2006, pour la traduction française.
ISBN : 978-2-298-00306-2

Prologue

Les voix qu'entendait maman

Je ne me rappelle pas exactement quand, pour la première fois, nous vîmes notre mère s'interrompre dans ses occupations, scruter la nuit au dehors, hocher la tête en souriant et murmurer à quelqu'un d'invisible : « Je comprends. Oui. Merci. » Mais chaque fois que cela lui arrivait, j'éprouvais une excitation étrange ; un frisson de plaisir proche de celui que je ressentais en dévalant la pente sur ma luge, ou en sautant d'un rocher dans notre étang. Quand j'étais toute petite, voir maman parler à ses esprits ne me causait qu'une frayeur pour rire, j'adorais ça. Et quoi que je sois en train de faire à ce moment-là, je m'arrêtais pour l'écouter et l'observer, puis Lionel cessait de jouer pour écouter, lui aussi. Il arrivait à papa de se parler à lui-même, et à maman aussi, mais cela était différent, et maman était la seule à le faire.

Je regardais Lionel pour voir s'il trouvait un sens quelconque à tout cela, et il me fixait à son tour d'un air perplexe. La fossette de sa joue gauche – j'avais exactement la même que lui – se creusait profondément, ses sourcils se haussaient et s'agitaient, comme les miens. Nous ne comprenions ni l'un ni l'autre, mais aucun de nous deux ne posa jamais de questions à maman sur ce sujet. Je savais que lorsque le moment serait venu, elle nous dirait tout.

Et un jour, en effet, elle nous prit à part et nous serra contre elle en nous couvrant de baisers – peut-être Lionel en reçut-il un peu plus que moi, car elle semblait toujours croire qu'il en avait plus besoin – puis elle nous raconta tout. Sa voix vibrait d'excitation, on aurait dit qu'elle venait d'apprendre ce qu'elle allait avoir comme cadeaux pour Noël.

— Je vais vous dire un grand secret à tous les deux, commença-t-elle. Il est temps que je vous le révèle. Sais-tu de quel secret il s'agit, Lionel ?

À moi, elle ne posa pas la question car elle savait que je savais. Je lisais beaucoup plus que Lionel, j'écoutais plus aussi, et mon vocabulaire était deux fois plus riche que le sien. Il fit signe que oui, mais sans paraître très sûr de lui, et elle s'expliqua donc.

— C'est quelque chose que vous ne devez dire à personne, que vous devez garder enfermé ici et ici, précisa-t-elle en pointant d'abord l'index sur son front, puis sur son cœur. C'est bien compris ?

Lionel hocha vigoureusement la tête et maman se détendit ; elle prit une grande inspiration et poursuivit sa confidence. Elle nous expliqua qu'elle entendait des voix que personne d'autre qu'elle ne pouvait entendre, pas même papa, et aussi qu'elle voyait des gens que personne ne pouvait voir. Des esprits, comme elle les appelait.

— Qui sont-ils ? questionnai-je.

Elle dit que c'étaient les esprits et les voix de tous ses ancêtres défunts, puis elle évoqua une foule de personnages fantomatiques aux personnalités diverses et intéressantes ; filles pleurant encore leurs amoureux perdus, hommes rudes mais sages, femmes ravissantes et femmes ordinaires, parfois même handicapées. Comme Tante Helen Roe, par exemple, qui avait eu la poliomyélite dans sa prime jeunesse et avait passé sa vie dans un fauteuil roulant. On l'avait enterrée dans son fauteuil et elle y était encore à présent, dans l'autre monde. Maman s'exprimait comme s'ils se trouvaient réellement assis là, dans la pièce, et l'observaient en souriant tout en l'écoutant nous parler d'eux. Je n'arrêtais pas de regarder autour de moi, en m'attendant à voir quelqu'un.

Qu'ils soient tous nos véritables ancêtres, ou simplement le produit de l'imagination de maman, cela n'avait alors aucune importance pour moi. Je souhaitais qu'ils soient aussi réels que les visiteurs qui venaient parfois chez nous, dans notre demeure familiale. Une grande maison à un étage avec une galerie en façade et une petite tour d'angle. C'était l'arrière-grand-père de maman, William De Forest Jordan, qui l'avait bâtie au début du XVIIIe siècle, au creux d'une vallée verdoyante au nord de l'État de New York.

Le portrait de notre ancêtre trônait toujours

dans le salon au-dessus de la cheminée. C'était un homme massif, au cou épais et aux larges épaules, qui semblait toujours sur le point de faire éclater les coutures de sa veste. À l'époque où il s'était fait peindre, il portait une petite barbe en pointe, et son épaisse chevelure blanche était rejetée en arrière, avec une raie au milieu. Sa peau tannée par le soleil révélait qu'il passait le plus clair de son temps au grand air.

Je n'aimais pas trop le regarder, car ses yeux bruns semblaient me suivre à travers la pièce et il ne souriait pas. Il paraissait même en colère, à mon avis. Quand je demandais à maman s'il était fâché d'avoir dû rester assis pour poser, elle m'expliquait qu'en ce temps-là c'était une chose très sérieuse que de faire faire son portrait. Les gens pensaient que sourire leur aurait donné l'air frivole. Selon moi, il était tout simplement incapable de sourire, même s'il l'avait voulu. C'était l'un des esprits que je n'étais pas spécialement pressée de rencontrer.

D'après la légende familiale, il faisait une randonnée dans les Catskills quand, au détour d'un chemin, il découvrit ce vallon niché au creux des monts, là où le fleuve Sandburg avait jadis coulé librement. Depuis qu'on avait établi une retenue d'eau en amont, il était presque réduit à l'état de ruisseau, mais il pouvait redevenir violent après les grandes pluies de printemps ou d'automne, ou s'il neigeait abondamment l'hiver.

— Le cœur de votre arrière-arrière-grand-père Jordan s'emballa, comme celui de tout homme devant une jolie femme, nous dit maman. Il tomba amoureux de chaque arbre, de chaque brin d'herbe, de chaque rocher qu'il aperçut. Et il sut qu'il devait vivre là, y travailler la terre, y bâtir son foyer, et aussi, mes enfants chéris, mes jumeaux adorés, y mourir.

Au nord de la maison, il fut enterré aux côtés de notre arrière-arrière-grand-mère Elsie, et d'un de leurs enfants mort-né. Un petit être infortuné qui ne reçut pas de nom, devant qui la porte de la vie se ferma brutalement avant qu'il eût pu pousser un cri, inspirer un seul souffle d'air ou voir le visage de sa mère.

Les trois tombes de granit se trouvaient dans un petit enclos bordé de pierres. Celle du bébé sans vie portait l'inscription « Enfant Jordan » et la date de sa mort. Il n'y figurait aucune date de naissance, bien sûr. Sa pierre tombale est plus petite que les autres, avec deux petites mains jointes sculptées en bas-relief au-dessus de l'inscription. Maman dit que parfois, lorsqu'elle ferme les yeux en touchant ces mains, elle les sent bouger et perçoit leur douceur.

La façon saisissante dont elle parle de cela m'amène à penser que les morts, à travers leur tombe, peuvent voir, entendre et même tendre le bras pour toucher ceux qui viennent se recueillir sur leur sépulture. L'arrière-grand-mère Elsie de maman est morte avant son époux. Maman nous a dit ce que sa mère lui racontait : qu'elle avait vu souvent son grand-père étreindre la tombe comme s'il serrait vraiment sa femme disparue dans ses bras, et aussi qu'il l'embrassait.

Tous les autres membres de notre famille

reposent en paix dans des cimetières, près d'une église, sauf qu'ils ne reposent pas vraiment en paix, d'après maman. Presque aussitôt après l'enterrement, ils se sont levés de leurs tombes obscures et froides et se sont mis à parcourir la terre, impatients de parler avec notre grand-mère, puis notre mère, et attendant avec autant d'impatience, à présent, de parler avec nous. C'est ce que nous a prédit maman.

— Bientôt, mes enfants, bientôt vous aussi les verrez et les entendrez. Je vous le promets. Ils l'ont promis. Quand ils sentiront que vous êtes prêts, ils ont promis de le faire, nous affirma-t-elle ce jour-là.

Et elle regarda par la fenêtre, son ravissant sourire angélique flottant doucement sur ses lèvres au dessin parfait, puis elle hocha la tête comme seul pourrait le faire quelqu'un qui a entendu les voix.

Comment n'aurions-nous pas cru que tout cela se réaliserait ?

1

Histoire de notre famille

Nous étions assis sur le canapé de cretonne, celui-là même qu'avait acheté Grandma Jordan. Chez nous, chaque meuble était resté comme neuf, conservé avec des soins aimants dans son état d'origine ; car chacun d'entre eux semblait avoir sa propre histoire, que ce fût le rocking-chair en hickory de Grandpa Jordan le trisaïeul, ou son escabeau de bois fabriqué à la maison. Aucun n'était jamais jeté ou détourné de son usage.

— Les biens personnels que nous conservons précieusement gardent en eux quelque chose de leurs possesseurs, c'est comme s'ils restaient présents. Parfois, quand je m'assieds dans le fauteuil de mon arrière-grand-père, je peux le sentir en moi, nous disait maman.

Et j'étais fascinée par l'expression de son visage tandis qu'elle se balançait. Ses yeux paraissaient s'assombrir, ses lèvres se serraient, les rides qui se dessinaient sur son front semblaient trahir des pensées oppressantes. Pendant un long moment, elle ne nous voyait plus ou ne nous entendait plus. Puis elle battait des paupières et souriait.

— Mon grand-père m'a parlé, annonçait-elle.

Cette idée-là s'enracina dans mon esprit. Chaque chose que je touchais dans notre maison possédait un pouvoir, me disais-je. Un jour, peut-être, en me regardant dans le vieux miroir du cabinet de toilette, au rez-de-chaussée, j'y verrais le visage de ma grand-mère, ou celui de mon arrière-arrière-grand-mère Elsie. Ou bien je m'assiérais sur une chaise, dans la cuisine, et verrais l'un de mes cousins assis en face de moi. Maman me faisait croire que cela pourrait arriver. Pour nous, notre maison recelait des surprises qui n'attendaient qu'à être découvertes.

Sur le canapé, maman passa le bras autour des épaules de Lionel et me fit asseoir tout contre elle. Par les fenêtres ouvertes du salon nous contemplâmes le coucher du soleil, l'arrivée furtive de la nuit entre les érables, les chênes, les noyers blancs et les sapins, puis le long de la prairie et des champs qui entouraient notre maison et la grange. Nous asseoir ici après dîner était une chose de plus en plus fréquente pour nous, maintenant, surtout quand papa s'attardait dehors, occupé par l'un de ses grands travaux. Maman estimait que pour nous le moment de communiquer avec l'Au-delà, de « traverser » comme elle disait, était tout proche, et j'étais dans un état d'excitation intense.

Même quand nous étions tout enfants et que nous jouions à ses pieds, maman restait des heures entières assise sans mot dire, à regarder par la fenêtre. De temps à autre je levais un regard sur elle, surtout quand je voyais ses yeux s'agrandir et s'étrécir tour à tour : on aurait dit qu'elle écoutait quelqu'un lui parler. Quelquefois, elle souriait, comme si elle venait d'entendre quelque chose d'amusant, et d'autres fois elle était triste. Lionel ne semblait jamais s'intéresser à ses expressions. Il était bien trop absorbé par ses jeux.

De temps en temps, elle me surprenait en train de l'observer et me réprimandait.

— Une fille bien élevée ne dévisage pas les gens. C'est très impoli. L'indiscrétion est l'ennemie de la courtoisie.

Nous avions six ans quand nous commençâmes à nous asseoir sur le canapé du salon, pour assister au coucher du soleil. C'était à la fin du printemps et l'odeur de l'herbe fraîchement coupée embaumait la pièce. Lionel s'agitait et gigotait, bien plus que moi, mais maman l'attirait contre elle et il se calmait. De temps à autre, il me jetait un coup d'œil bref pour voir si je m'ennuyais autant que lui.

J'évitais de le regarder, n'osant pas détourner les yeux de la nuit qui tombait, par crainte de manquer l'apparition de l'un des esprits de maman. Je désirais ardemment voir un de nos ancêtres, et n'avais absolument pas peur des revenants. Maman nous avait tellement parlé d'eux, qui nous protégeaient et veillaient sur nous. Pourquoi aurais-je eu peur ?

— Tu ne dois jamais penser à eux comme à des fantômes, d'ailleurs, me dit-elle un jour. Les fantômes sont des êtres imaginaires, des inventions de conteurs destinées à nous impressionner.

Ces contes sont stupides. Quand le jour viendra pour toi de connaître l'un des esprits de notre famille, tu comprendras combien ces histoires sont bêtes.

Lionel s'impatientait toujours quand nous restions assis sur le canapé. Ce soir-là, avant qu'il ne fasse trop sombre pour voir quoi que ce soit, il voulut sortir pour explorer la fourmilière qu'il avait découverte. Maman savait qu'il avait moins de patience que moi, et qu'il ne montrait aucune curiosité envers les esprits de la famille. Mais elle avait été institutrice avant d'épouser papa, et elle savait comment retenir l'attention de Lionel.

— Ne t'inquiète pas, Lionel. Nous prendrons ta torche électrique, si c'est nécessaire, et j'irai voir la fourmilière avec toi, lui promit-elle. Mais seulement si tu regardes la nuit tomber avec moi, et peut-être les verras-tu venir dans l'obscurité. Ils chevauchent les ombres comme les surfers chevauchent les vagues. Il faut que tu les voies, Lionel. Tu dois comprendre et ressentir ce que je ressens.

Elle parlait pour moi aussi, bien sûr, mais elle avait toujours paru vouloir que Lionel perçoive davantage les esprits que moi et les voie avant moi. Parfois, j'avais même l'impression qu'elle ne parlait d'eux que pour lui, ou ne s'adressait à moi qu'à travers lui.

Ce n'était pas un sujet qu'elle abordait devant papa, toutefois. Non seulement il ne croyait pas à ses esprits, mais cela le fâchait qu'elle en parle, à nous ou devant nous. Au début, il lui dit qu'elle allait nous faire peur. Puis, en voyant que nous n'avions pas peur et que nous ne faisions pratiquement jamais de cauchemars, il se plaignit de ce qu'elle faussait notre vision de la réalité et nous rendait impossible toute vie sociale.

— Comment pourront-ils se lier avec les autres écoliers de leur âge s'ils ont ces idées saugrenues en tête, Sarah ? Que tu croies en tout ça, c'est ton affaire, mais attends qu'ils soient plus âgés avant de leur raconter ce genre d'histoires. Ils sont trop jeunes pour ça, plaidait-il.

Maman ne répondait pas. Elle faisait souvent cela quand elle n'était pas d'accord avec lui, ce qui avait souvent pour résultat de le mettre encore plus en colère. Ou alors il se contentait de partir, en grommelant et en secouant la tête.

— Votre père est bien intentionné, nous murmurait-elle alors, mais il ne comprend pas. Pas encore. Un jour il comprendra, et il ne sera plus fâché contre moi. Ne vous tracassez pas pour ça, mes enfants. Et que ça ne vous empêche pas de découvrir les merveilleuses visions qui vous attendent.

Ces désaccords échappaient à Lionel, de toute façon ; et tous ces discours sur les gens invisibles, les voix que maman était seule à entendre, tout cela l'ennuyait. Il s'intéressait bien davantage à ses insectes. Je ne voulais fâcher ni papa ni maman, ne pas prendre parti pour l'un plus que pour l'autre, mais je ne savais pas quoi faire.

— Écoute-moi bien, Céleste, me disait papa lorsque nous étions seuls. Lionel et toi êtes nés le

17

même jour, pratiquement à la même minute, mais tu as beaucoup plus de cervelle que lui. Tu seras toujours plus intelligente et plus raisonnable que ton frère. Veille sur lui, et ne laisse pas ta mère le rendre fou avec ses idées farfelues.

— Elle n'y peut rien, expliquai-je, comme si je parlais d'une malade incurable. Elle a été élevée comme ça. Sa grand-mère passait son temps à chercher des herbes magiques en chantant des incantations, et sa mère était pareille, ou même pire, en fait.

Papa me vit froncer les sourcils et réagit aussitôt.

— Ne te méprends pas sur le sens de mes paroles. Ta mère est une femme merveilleuse, aimante et très intelligente. Je suis le plus heureux des maris. Mais quand elle raconte ses histoires d'ancêtres, ou d'esprits qu'elle voit et à qui elle parle, ne l'écoute que d'une oreille.

Il aimait cette expression : n'écouter que d'une oreille... Je savais qu'il voulait me dire de faire semblant d'être attentive, ou même de l'être, mais de ne pas garder longtemps en tête ce que j'avais entendu.

— Quelquefois, me dit-il un jour, les mots ne font que louer une place dans notre tête, ils n'y restent pas longtemps, et souvent ce sont des mots qu'on ne tient pas à y laisser, pas même une minute. Et puis, ajouta-t-il en soupirant, il y a ceux qu'on voudrait garder toujours, en particulier les mots d'amour.

Quand papa et maman ne se querellaient pas au sujet des esprits et des forces de l'Au-delà, ils formaient vraiment un couple aimant, la plus jolie maman et le plus beau papa qu'on puisse avoir. J'étais sûre qu'ils étaient sortis tout droit d'un conte de fées pour devenir nos parents.

Maman était la femme la plus ravissante que j'aie jamais vue, même dans les revues ou les journaux que papa ramenait à la maison. Sa chevelure châtain doré lui tombait sur les épaules, et elle passait des heures entières à la brosser. Papa trouvait que son visage et sa silhouette valaient ceux qui figurent en couverture des magazines. Il lui arrivait de s'arrêter pour la contempler et de nous dire : « Votre mère a des mouvements d'une grâce angélique. Elle fait peau neuve chaque année, comme les serpents, elle ne vieillira jamais. »

Je pensais la même chose, moi aussi.

Et papa non plus ne paraissait pas son âge. Pour moi, bien sûr, trente-deux ans semblaient un âge avancé à cette époque, mais papa était athlétique, vigoureux, avec des cheveux noirs qu'il portait rejetés en arrière, et des yeux brun foncé couleur de terre humide. Il était toujours bronzé, même en hiver, car avec sa profession d'entrepreneur en bâtiment il travaillait très souvent en plein air. Il n'était pas beaucoup plus grand que maman, quelques centimètres à peine, mais se tenait très droit : ses larges épaules ne fléchissaient jamais. Sa mère, nous disait-il, lui avait appris à garder une attitude imposante.

— Quand j'avais votre âge, les enfants, elle me faisait marcher autour de la pièce avec un livre sur la tête. Si je le laissais tomber, j'allais au coin et je devais y rester vingt minutes, le livre toujours sur la tête. Je détestais ça, aussi le livre ne tombait jamais, et vous voyez le résultat.

— Devrions-nous marcher avec des livres sur la tête, papa ? questionnais-je.

Il souriait, et répondait que non car nous nous tenions très bien. Nous n'avons pas connu notre grand-mère paternelle, morte environ un an avant notre naissance. Papa nous la décrivait parfois comme un général d'armée, vociférant des ordres et lui imposant toutes sortes de corvées. Mais d'après maman il avait tendance à exagérer.

— En réalité, votre père était un enfant gâté, nous disait-elle, et cela devant lui.

Il faisait semblant de se fâcher mais ils en riaient toujours ensemble.

Combien de choses n'étaient-elles pas entendues que d'une oreille en ce temps-là, chez nous... Mais pas les esprits de maman, en tout cas pas par tous : elle au moins les entendait vraiment. Et bientôt, ce serait mon tour.

Je ne les avais pas encore entendus, mais je savais que maman avait raison en prédisant que cela m'arriverait. Je les sentais dans l'air. Leurs voix parvenaient presque jusqu'à mes oreilles. C'était un faible soupir par-ci, un autre par-là, comme s'ils attendaient dans un placard, une penderie ou derrière une porte close. Je m'arrêtais et je tendais l'oreille, mais je n'entendais rien de vraiment net, ou en tout cas rien qui ait un sens. Je n'étais pas encore tout à fait prête, je suppose.

Aucun des esprits ne venait de la famille de papa, seulement de celle de maman. Elle disait que c'était parce que sa famille était différente. C'étaient des gens qui naissaient avec des dons mystérieux et des pouvoirs surnaturels. Certains savaient dire la bonne aventure ; d'autres lisaient l'avenir dans les signes de la nature. Certains possédaient le pouvoir de guérir, ils chassaient le mal par la simple imposition des mains. Et l'un d'eux, à ce qu'on racontait, s'était même relevé d'entre les morts et était revenu dans sa famille. Papa disait que le spectacle avait dû faire son petit effet, et l'odeur aussi !

Maman ne se fâchait pas quand il se moquait de ses histoires. Elle plissait les yeux et pinçait les lèvres en regardant papa, puis elle posait les mains sur nos épaules et se penchait entre nous.

— Un jour il verra, nous chuchotait-elle à l'oreille, mais en embrassant Lionel. Un jour, il verra.

Comme maman, papa n'avait ni frère ni sœur. Il avait des cousins et des oncles, et un père toujours en vie, mais qui s'était retiré dans un foyer pour personnes âgées en mauvaise santé. Tout ce que nous savions c'est qu'il ne se souvenait de rien ni de personne, pas même de son fils, et cela aurait privé de sens toute visite de notre part. Papa allait le voir quand il le pouvait, mais maman déclarait que notre grand-père était « déjà parti ». Qu'il avait simplement laissé son corps derrière lui pour un temps, comme une statue. C'est une tombe vivante, disait-elle de lui. Et elle ajoutait tout bas :

— S'il était gentil, il emmènerait son corps avec lui.

Sa propre mère était morte quand nous n'avions que deux ans, Lionel et moi. Je n'avais pas d'elle un souvenir bien net, et aucun de notre grand-père maternel, décédé dix ans avant notre naissance. Il était tombé de son échelle en bouchant une fuite du toit, celui de cette maison, et s'était brisé la nuque. Il était mort presque sur le coup. Papa se souvenait bien de la grand-mère de maman. Quand il parlait d'elle, c'était généralement avec une petite grimace au coin des lèvres, et nous savions pourquoi. Il la rendait responsable, tout autant que sa fille, de l'intérêt que maman portait au surnaturel. Cette grand-mère était venue de Hongrie pour épouser mon grand-père. Papa disait qu'en plus de ses deux valises, elle avait apporté un sac bourré de superstitions, et que maman croyait toujours en la plupart d'entre elles. Maintenant encore, maman ne voulait pas que papa pose son chapeau sur la table, elle affirmait que cela portait malheur. Il ne devait pas non plus siffler dans la maison, ce qui attirait le diable, et si un couteau tombait elle annonçait que nous allions recevoir une visite.

Papa la taquinait parfois en l'appelant sa petite gypsy, à cause de toutes ces superstitions et des histoires qu'elle racontait sur les bohémiens. À l'en croire, ils volaient les enfants et parcouraient la Hongrie, donnaient des spectacles de magie dans les fêtes foraines et disaient la bonne aventure. C'était tout juste si papa ne traitait pas de sorcière la propre mère de sa femme. Il nous parlait de son talent pour guérir par des traitements naturels et des herbes, qui avaient une efficacité presque magique, avouait-il. Maman connaissait beaucoup de ces recettes et s'y fiait plus qu'à la médecine moderne.

En fait, papa et elle avaient eu quelques sérieuses querelles au sujet de nos vaccinations. Il avait fini par la convaincre, en déclarant que si elle s'y opposait, il nous ferait vacciner en cachette. Elle céda, mais vraiment à contrecœur.

Papa avait une excellente santé, il n'était pratiquement jamais malade. Lionel et moi pensions qu'il était invulnérable, aussi solide que le bois, le métal et la pierre dont était bâtie la maison. Il pouvait travailler par un froid mordant ou une chaleur humide et lourde, sans jamais se décourager. Quand il rentrait, le soir, il était toujours de bonne humeur et plein d'énergie. Il ne s'endormait pas sur le canapé, ne traînait pas sans but à travers la maison. Il adorait parler, nous raconter sa journée, évoquer les gens qu'il avait vus et les lieux où il s'était trouvé, comme si nous avions été avec lui. Nous aurions bien aimé que ce soit le cas, et il aurait adoré nous emmener sur un chantier, mais maman ne l'aurait jamais permis.

— Ils te dérangeraient, arguait-elle, et ils pourraient se faire mal. Et ne me dis pas que tu ne te laisserais pas distraire, Arthur Madison Atwell. Toi et tes discours politiques ! Quand tu es lancé, tu peux discourir sous une pluie glaciale sans même t'apercevoir qu'il pleut.

Maman avait raison, bien sûr. Chaque fois que

papa se trouvait en face d'un contradicteur qu'il jugeait valable, il discutait politique. Mais cela n'arrivait pas souvent à la maison car nous recevions très peu de visites, et maman ne s'intéressait pas beaucoup à la politique. Papa le lui reprochait, et affirmait qu'elle s'intéressait davantage à celle de l'autre monde qu'à celle de cette vie.

Le plus souvent, Lionel et moi nous asseyions à ses pieds quand il regardait les infos, et nous éclations de rire à chaque fois qu'il lançait une remarque explosive en direction du poste de télévision. Il le faisait avec une telle véhémence que les veines de ses tempes se gonflaient. Nous nous attendions vraiment que la personne qui parlait l'entende, s'interrompe, se penche hors de l'écran et s'adresse directement à lui. Maman le taquinait toujours à ce sujet ; mais ses paroles flottaient autour de lui comme des papillons trop effrayés pour se poser, de crainte de prendre feu dès qu'ils auraient effleuré le bord de ses oreilles cramoisies.

Peu importait la force de ses cris quand elle se fâchait contre lui, ou même la vivacité de leurs disputes, nous pouvions voir et sentir l'amour qui les unissait. Il arrivait que papa saisisse brusquement la main de maman et la garde pendant qu'ils bavardaient, déambulaient ensemble dans la maison ou au-dehors. Nous les suivions, Lionel et moi. Mon frère était beaucoup plus intéressé par un ver de terre mort que par eux, mais je ne les quittais pas des yeux.

Puis vint un temps où maman fut prise de

frissons soudains, même par les beaux jours d'été, et où papa l'entourait de son bras pour la serrer contre lui. Elle posait la tête sur son épaule et il lui embrassait les tempes, le front, les joues, comme pour la réchauffer sous une pluie de baisers. Elle s'accrochait à lui et, réconfortée, reprenait sa marche ou les activités qui l'occupaient un instant plus tôt, avant que le mauvais esprit caché dans la brise n'effleure son front ou son cœur.

Lionel ne voyait presque jamais rien de tout cela. Il était toujours distrait par d'autres choses, bien plus que moi. Tout sollicitait son attention, et maman se plaignait de ce qu'il ne l'écoutait pas, ou ne réfléchissait pas assez à ce qu'elle venait de nous dire.

— Tes pensées sont comme des oiseaux qui volent de branche en branche, Lionel. Calme-toi et écoute-moi. Si tu n'apprends pas à m'écouter, tu n'apprendras jamais à les écouter, concluait-elle, avec un regard vers la fenêtre ou dans la nuit.

Lionel haussait les sourcils, la dévisageait et me jetait un coup d'œil furtif. Maman l'ignorait, mais moi je savais qu'il ne voulait pas les écouter. Il ne voulait pas entendre de voix. Depuis peu, en fait, cette seule idée avait commencé à le terrifier. Je voyais qu'il redoutait le jour où il entendrait quelqu'un parler sans voir personne, alors que je l'attendais impatiemment. Je voulais tellement être comme maman !

— Tu devrais être heureux qu'ils te parlent,

Lionel, le sermonnai-je. Tu saurais des choses que les autres ne connaissent pas.

— Quelles choses ?

— Des choses, murmurai-je, en plissant les yeux comme maman le faisait souvent. Des choses secrètes. Des choses que nous seuls pouvons savoir parce que nous sommes ce que nous sommes, récitai-je, en répétant les paroles mêmes de maman.

La grimace de Lionel exprima le scepticisme et un manque d'intérêt total. Je ne pus même pas obtenir son attention, comme maman.

Je ne ressemblais pas autant à maman que je l'aurais voulu. Lionel et moi tenions davantage de papa. Nous avions son nez, sa bouche ferme. Bien que maman et lui aient tous deux les yeux bruns, les nôtres étaient bleu-vert, ce qui d'après maman venait de nos pouvoirs surnaturels. Tantôt ils tiraient sur le vert et tantôt sur le bleu, ce qui était en rapport avec l'énergie cosmique, prétendait-elle. Papa secouait la tête et me regardait, en pointant le doigt sur une oreille.

N'écouter que d'une oreille, pensais-je en souriant pour moi-même, mais jamais je ne riais tout haut devant maman. J'avais toujours eu l'impression qu'elle « entendait » les sourires, car un seul regard lui suffisait pour lire en nous.

En grandissant, je commençai à m'étonner. Comment se faisait-il que deux êtres, qui voyaient les choses et le monde aussi différemment, éprouvent un tel amour l'un pour l'autre ? L'amour n'avait aucune logique, nous disait maman, il ne s'expliquait pas. C'était la chose la plus imprévisible qui soit, encore plus que les tremblements de terre.

— Il m'arrive de penser que l'amour flotte tout simplement dans l'air, comme le pollen, et se pose sur vous et la personne avec qui vous êtes ou que vous rencontrez, juste comme ça... et c'est elle que vous aimez. C'est ce que je me dis quelquefois, nous avoua maman dans un soupir, comme si c'était mal de penser cela. De croire qu'une chose aussi puissante et aussi importante que l'amour puisse, avec une telle insouciance, être laissée au hasard.

Elle nous confia cela tout bas, après l'un de ces merveilleux moments où elle nous parlait de son histoire d'amour avec papa. Elle nous l'avait déjà racontée mais nous ne nous lassions pas de l'entendre, tous les deux. Moi, en tout cas, j'adorais cela. Nous nous asseyions à ses pieds, elle dévidait l'histoire comme un conte de fées, et j'étais toujours plus attentive que Lionel, bien sûr.

— Un jour, un peu plus de cinq ans après la mort de mon père, il y eut à nouveau une fuite importante dans le toit, commençait-elle. Comme mon père était mort en essayant d'en colmater une, ma grand-mère jugea que c'était un mauvais présage. Elle exigea que cette fuite soit bouchée dans les plus brefs délais, et se montra inflexible.

— Ça veut dire quoi, inflexible ? s'enquit Lionel.

Nous venions d'avoir six ans quand elle nous raconta l'histoire, cette fois-là. Nous étions en pleine leçon de géologie quand un détail quelconque la lui rappela. Elle ferma son livre, se renversa sur son siège et sourit. L'année précédente elle avait décidé de faire notre instruction à la maison, du moins pour les premières années d'enseignement primaire. Papa n'en était pas ravi. Mais maman fit valoir que son expérience d'institutrice lui permettrait de nous donner la meilleure éducation possible, et que les premières années d'école étaient décisives.

— D'ailleurs, appuya-t-elle, quelques années de répit avant de les exposer aux inconséquences et aux problèmes de l'école publique d'aujourd'hui, ce sera toujours ça de gagné, Arthur. Les parents, les professeurs et les autorités sont toujours en conflit, et les enfants sont laissés à eux-mêmes et oubliés, dans tout ça.

Finalement papa consentit, sans enthousiasme, et tint à préciser :

— Mais seulement pour la première année, Sarah.

Maman ne répondit rien et il me jeta un regard soucieux. C'était elle qui n'écoutait que d'une oreille, me dis-je alors.

— Inflexible, expliqua maman à Lionel, veut dire déterminé, bien décidé à imposer son avis. Obstiné, comme tu l'es si souvent, ajouta-t-elle en souriant avant de l'embrasser.

Maman n'émettait jamais de critique au sujet de Lionel sans l'embrasser aussitôt après. C'était comme si elle s'assurait que ses paroles ne laisseraient aucune trace, qu'elles ne comptaient pas, ou qu'elles ne seraient pas surprises par un esprit malveillant de la maison, qui pourrait exploiter cette faiblesse de Lionel pour s'emparer de son âme.

Pourtant elle n'avait jamais fait cela pour moi, m'avisai-je tout à coup. Pourquoi ne craignait-elle pas qu'un mauvais esprit puisse m'atteindre, moi ?

— D'ailleurs, enchaîna-t-elle, dès que le beau temps revint, Grandma Jordan me fit téléphoner partout, pour qu'un entrepreneur vienne immédiatement réparer le toit. Ce n'était pas facile de trouver quelqu'un qui puisse venir si vite, et pour tout dire ce n'était pas facile de trouver quelqu'un tout court.

— Pourquoi ? questionnai-je.

Lionel me jeta un regard étonné. Il était très rare qu'il pose une question, et je n'avais rien demandé les autres fois, quand maman nous racontait l'histoire.

— Le travail à faire n'était pas très important, expliqua-t-elle. Il était plus du ressort d'un ouvrier que d'un patron, mais Grandma Jordan exigeait « un vrai charpentier », aussi ai-je dû appeler beaucoup de monde et discuter. La plupart des gens répondaient qu'ils n'avaient pas le temps, ou qu'ils ne pourraient pas venir avant plusieurs semaines. Finalement, j'appelai l'entreprise de votre père et le hasard – ou Dieu sait quoi d'autre –, voulut que je tombe directement sur lui. Mes supplications l'amusèrent et il dit en riant : « Entendu, mademoiselle Jordan, je passerai cet après-midi. »

Sa façon de dire « mademoiselle Jordan » me fit comprendre qu'il savait qui j'étais. Il devait me voir comme une institutrice et une vieille fille, simplement parce que j'approchais de la trentaine et n'étais pas encore mariée.

Ici, maman s'arrêta un instant, toute songeuse. Puis, comme si quelque chose à quoi elle n'avait pas encore pensé venait de la frapper, elle poursuivit :

— Pour être franche, cela m'a plutôt intimidée de l'entendre me parler sur un ton aussi désinvolte.

— Pourquoi ? m'étonnai-je.

Maman ne montrait jamais la moindre appréhension quand elle parlait à papa, maintenant.

— Pourquoi ? Eh bien... (Elle regarda Lionel comme si c'était lui qui avait posé la question.) Je n'avais jamais eu d'amoureux, enfin pas vraiment. Des copains avec qui je sortais, oui, mais jamais de chevalier servant.

Lionel releva vivement la tête.

— De chevalier servant ? Tu veux dire... avec un arc et tout ça ?

Maman lui sourit.

— Mais non, petit nigaud ! Un chevalier servant, cela veut dire un amoureux. Quand tu seras un adolescent, tu me reprocheras d'être vieux jeu, même dans ma façon de parler.

Lionel eut une grimace désappointée. De toute évidence, cette conversation ne présentait aucun intérêt pour lui.

— Votre père est venu en camionnette et Grandma Jordan est sortie pour l'examiner de près, reprit maman, déçue de voir Lionel si peu concerné. Elle était comme ça, avec les gens. Elle ne les accueillait pas : elle leur faisait passer l'inspection. Elle cherchait leurs défauts, leurs mauvais côtés. C'était déjà arrivé avec un plombier, qui n'était pas resté. J'étais consternée. Oh, non ! ai-je pensé. Ça va être la même chose qu'avec le plombier, nous allons le perdre.

L'exclamation de maman avait ranimé l'intérêt de Lionel.

— Mais il m'a étonnée, reprit-elle en lui passant la main dans les cheveux. Grandma Jordan a souri et incliné la tête, pour manifester son approbation. J'ai fait entrer papa dans la maison et il a regardé le plafond, là où l'eau avait fait une tache. Chaque fois qu'il me parlait, il arborait son sourire aguicheur et je suis sûre que je rougissais. Je rougis encore, rien que d'y penser, ajouta-t-elle, et je vis que c'était vrai.

Je sentis comme une crispation dans l'estomac, et la sensation atteignit mon cœur. Maman soupira. Lionel recommençait à être distrait. Il avait une chenille morte dans la poche et l'en tira pour la dérouler sur le tapis.

— Où as-tu eu ça ? vociféra maman.

Je sursautai, car elle ne réprimandait pas souvent Lionel. En général, ce ton irrité m'était réservé.

— Je l'ai trouvée sur une marche du porche, maman.

— Tu ne l'as pas tuée, au moins ? s'enquit-elle d'une voix effrayée.

Il fit signe que non.

— Ne tue jamais de créature aussi belle, Lionel. Chaque mauvaise action que tu commets est notée dans le registre de tes fautes, et quand il y en aura trop, la nature te punira sévèrement, l'avertit-elle.

Et dans le regard qu'elle lui jeta, cette fois, je discernai moins de colère que d'angoisse. Lionel écarquilla les yeux, mais sans paraître inquiet. J'ignore pourquoi, rien de ce que maman pouvait dire ou faire ne l'effrayait. Il semblait vacciné contre les menaces, en particulier celles qui venaient du monde du mystère. Ne pouvant ni le voir ni l'entendre par lui-même, il n'y croyait pas.

Il en allait tout autrement pour moi. Je cherchais les esprits de maman dans chaque ombre et chaque recoin. J'écoutais chaque souffle de brise qui traversait les arbres ou entrait par la fenêtre. J'allais jusqu'à humer les odeurs qui me semblaient inconnues ou étranges. Tout au fond de moi, je sentais que pour moi tout arrivait de plus en plus vite, maintenant. Bientôt, bientôt je serais pareille à maman, et alors peut-être m'embrasserait-elle en chuchotant à mon oreille, ou redouterait-elle davantage qu'un mauvais esprit ne m'atteigne. Oui, peut-être.

Après tout, ne m'avait-elle pas souvent dit que si elle avait insisté pour m'appeler Céleste, c'était parce que je devais hériter de certains dons divins ?

— En tout cas, reprit-elle, refusant de se laisser distraire de sa merveilleuse histoire, votre père est sorti et a installé son échelle. Le seul fait de le voir là, contre le mur de la maison, fit rentrer ma mère et Grandma. Le souvenir de la chute de mon père était encore trop vivant pour ma mère. Elle l'avait découvert étendu à terre et inconscient pendant que j'étais à l'école, voyez-vous. Je n'oublierai jamais ce coup de téléphone, quand je fus convoquée dans le bureau du directeur, ni la voix de maman qui pleurait et criait quand j'arrivai à la maison. Mon père ne bougeait pas et ne respirait pas non plus.

L'attention de Lionel s'était à nouveau réveillée. Toute référence à la mort excitait son imagination, mais lui faisait aussi un peu peur, je le sentais. Il se rapprocha légèrement de moi, de façon que nous nous touchions.

Maman essuya une larme furtive et ravala un soupir.

— Faites attention, dis-je à votre père quand il monta en haut de cette échelle.

« Il baissa les yeux sur moi, me décocha ce sourire bien à lui qui a le don de vous mettre à l'aise et grimpa sur le toit, si vivement et avec une telle assurance que je n'éprouvai aucune crainte.

— Quelle belle vue on a d'ici ! me lança-t-il d'en haut. Votre maison est remarquablement située. D'où je suis je vois très bien le lac qui alimente la rivière, et aussi un étang magnifique. Est-ce que vous allez vous y baigner ? Moi, je le ferais, dit-il en s'asseyant au bord du toit, comme s'il était dans un fauteuil et qu'il avait tout son temps. Je lui criai :

— S'il vous plaît, dépêchez-vous ! »

Ici, maman marqua une pause, avant de nous donner l'explication que nous connaissions déjà.

— Des mauvais esprits tournaient autour de

la maison, et je faisais tout ce que je pouvais pour les empêcher de grimper aux murs et de l'atteindre.

— Qu'est-ce que tu as fait, maman ?

J'avais déjà posé la question auparavant, mais c'était comme si je jouais mon rôle dans une pièce. Elle m'indiquait du regard qu'elle attendait ma réplique.

— Je leur ai chanté une incantation et j'ai récité le Pater. Finalement, papa a terminé son travail et commencé à redescendre. Je retenais mon souffle. Il a sauté les cinq derniers barreaux et m'a souri. « Ça y est, a-t-il dit. C'est arrangé. »

— Je l'ai remercié, puis il m'a posé des questions sur mon travail d'institutrice et sur la maison elle-même. La façon dont elle était construite l'intriguait beaucoup. Nous ne sommes pas rentrés tout de suite, et Grandma Jordan n'est pas venue nous interrompre. Ma mère avait tellement hâte que je rencontre un garçon et me marie, tu comprends. Bref, je lui ai fait faire le tour de la propriété et nous avons bavardé.

« Il y a eu quelques longs silences entre nous. Je voulais entendre sa voix, et il voulait entendre la mienne. Finalement... »

Maman eut ce sourire si tendre qui la rendait encore plus jolie.

— ... il m'a demandé de sortir avec lui. J'étais tellement surprise que je n'ai répondu ni oui ni non. Je me suis contentée de le dévisager stupidement, jusqu'à ce qu'il dise : « Il faut que je le sache avant de partir, quand même. »

— Naturellement, vous savez que j'ai répondu

oui, et le reste appartient à l'histoire, conclut-elle, en plaquant les mains l'une contre l'autre comme si elle refermait un livre.

— Ça veut dire quoi, appartient à l'histoire ?

La curiosité de Lionel me surprit autant que maman.

— Je parle de l'histoire en général, celle qui raconte tous les événements passés, notre mariage, votre naissance, tout ce qui est arrivé jusqu'à aujourd'hui, expliqua-t-elle avec patience.

Lionel réfléchit un instant.

— Et demain, c'est aussi de l'histoire ?

— Cela le deviendra, répondit-elle, ce qui parut le satisfaire.

Pourquoi posait-il cette question ? Dans toute cette merveilleuse histoire d'amour, pourquoi s'intéressait il justement à cela ?

Lionel restait toujours une énigme pour moi, bien que nous fussions aussi proches que deux jumeaux peuvent l'être. Papa disait que nous étions si semblables, par le physique et le comportement, que nous aurions pu être siamois. C'était vrai, mais il y avait dans les yeux de Lionel quelque chose de légèrement différent des miens, sans doute parce que c'était un garçon et moi une fille. Quelque chose que j'allais bientôt découvrir, mais que je ne comprendrais jamais vraiment.

Même si Lionel était bien moins curieux que moi au sujet des esprits, bien moins pressé de les voir et de les entendre, il faisait semblant de les percevoir et même bien mieux que moi. Maman le complimentait souvent pour son imagination fertile. Je finis par me persuader que ses inventions, créatures de l'espace et autres, le rendaient plus capable d'entendre les esprits, mais il n'en était rien.

Nos seules ressources étaient nos livres et notre imagination, de toute façon. Maman ne nous permettait pas de regarder beaucoup la télévision, et nous n'étions jamais allés au cinéma. Pour maman, cinéma et télévision ne pouvaient que nous embrouiller les idées, et donc nous empêcher de réussir dans nos études. Et en matière d'éducation, papa ne la contredisait jamais. Il se contentait d'observer :

— C'est toi l'expert dans ce domaine, Sarah, mais en ce qui me concerne cela ne m'a jamais fait de tort.

— Qu'est-ce que tu en sais ? Comment peux-tu savoir ce que tu aurais pu être sans ça ? ripostait-elle...

Papa haussait les épaules.

— Je n'en sais rien, avouait-il. Je veux seulement qu'ils ne deviennent pas trop différents, Sarah. Ce sera déjà bien assez dur pour eux d'aller à l'école quand tu décideras qu'ils peuvent y aller.

— Ils seront tellement en avance sur les autres que ce sera très facile pour eux, affirmait-elle.

Il capitulait, mais chaque fois qu'il le pouvait, chaque fois que maman n'était pas à la maison, il nous laissait regarder les programmes pour enfants. Seulement, nous devions promettre de ne jamais en parler à maman.

Nous promettions, mais j'étais sûre qu'elle

finirait par le savoir. Que les esprits le lui diraient.

Il en avait toujours été ainsi, à la maison. Nous ne pouvions pas avoir de secrets pour maman. Trop d'yeux et d'oreilles nous environnaient, des yeux et des oreilles qui ne se montraient bienveillants qu'envers elle. Je pense qu'au bout d'un certain temps, papa finit par le croire, lui aussi.

— Je n'ai rien vu cette fois-ci, dit Lionel à maman, quand l'obscurité eut englouti les dernières lueurs roses du couchant et pris possession de la maison.

Cette nouvelle séance sur le canapé de cretonne s'était avérée un échec, et mon frère se tortillait pour échapper aux bras de maman. Il pleurnicha :

— Je veux sortir avec ma torche pour voir les fourmis.

Maman m'interrogea du regard, et je secouai la tête. J'aurais tant voulu lui donner une autre réponse, lui dire que j'avais vu ou entendu quelque chose ! Mais ce n'était pas le cas. Elle ferma les yeux et les rouvrit, avec une patience qui voulait me rassurer, m'affirmer que cela viendrait un jour.

— Je peux, maman ? cria Lionel. Tu as promis que je pourrais si je restais bien tranquille. Tu as promis.

— Très bien, allons tous faire un tour pour voir ça, jusqu'au retour de votre père, consentit-elle.

Levé d'un bond, Lionel s'élança hors du salon

pour aller chercher sa lampe torche, un cadeau de papa pour son dernier anniversaire. C'était un long cylindre noir muni d'une poignée, dont le rayon puissant atteignait le sommet des arbres qui cernaient la pelouse et le pré. Il adorait surprendre les hiboux.

Maman et moi le suivîmes sans hâte. Nous étions au début du printemps, la nuit était douce et presque sans nuages. Les étoiles étincelaient, si éclatantes qu'elles paraissaient danser. Lionel fila et tourna le coin de la maison, côté est. Le demi-quartier de lune était déjà passé derrière elle, dessinant ses contours lumineux dans l'obscurité.

La demeure qu'avait bâtie l'arrière-grand-père de maman, Grandpa Jordan, éveillait un immense intérêt chez les visiteurs de passage. De l'une des grandes autoroutes de l'État, un long chemin privé menait jusqu'à chez nous. Quelquefois, quand j'étais seule ou que Lionel jouait dehors, je regardais du côté de la route pour voir passer les voitures. Je m'en trouvais juste assez loin pour distinguer les passagers, mais pas trop nettement. J'imaginais qu'ils formaient des familles, maris, femmes et enfants qui se demandaient sûrement qui vivait là, dans cette grande et vieille maison si loin de la route. J'aurais voulu connaître ces gens, que leurs enfants soient mes amis, mais je savais que je ne les connaîtrais jamais. Tout enfant déjà, je le savais. Il arrivait que certains s'arrêtent, pour observer la maison. Quelquefois, j'en vis même qui la photographiaient.

Elle avait un haut toit pentu, présentant deux

pignons plus bas que son arête ; mais ce qui, selon moi, retenait surtout l'attention, c'était l'angle ouest de la façade. Le vaste grenier cintré ne servait que d'entrepôt, mais nous le voyions autrement. Pour Lionel surtout, il transformait notre maison en château et en décor pour ses fantasmes.

— Regardez ! s'écria-t-il en braquant sa torche sur la fourmilière.

Par longues files elles entraient et sortaient, montaient et descendaient, actives et décidées, transportant des insectes morts et des lambeaux de feuilles.

Beurk ! m'exclamai-je, en les imaginant en train d'envahir la maison, comme elles le faisaient parfois.

Papa devait vaporiser de l'insecticide et poser des pièges.

— Tu ne dois pas être dégoûtée par la nature, me reprocha maman. La curiosité de Lionel est saine et conduit à la connaissance, Céleste.

J'avais l'impression qu'elle mettait fièrement en évidence les qualités de mon frère, à chaque fois qu'elle en avait l'occasion ; mais qu'elle ignorait les miennes, alors qu'elle faisait remarquer le moindre de mes défauts.

Elle prit ce que j'appelais « sa voix de maîtresse d'école ».

— Ce que vous voyez là, mes enfants, est un parfait exemple de coopération. Chaque fourmi contribue au bien-être de la fourmilière. Elles ne se considèrent pas comme des individus distincts. Elles sont comme les cellules d'un même corps, agissant et construisant ensemble, n'existant que pour le bien de toutes et non pour elles-mêmes. Quand nous faisons la même chose, nous accomplissons le meilleur travail possible. Une famille aussi forme une équipe. En fait...

« Ne considérez pas les fourmis comme des fourmis. Pensez à la fourmilière comme à une seule chose vivante, et vous les comprendrez mieux. Peux-tu faire ça, Lionel ? »

Il hocha la tête, même si son regard montrait clairement qu'il ne voyait pas du tout de quoi elle parlait. Malgré cela, maman lui passa les doigts dans les cheveux et, une fois de plus, l'attira tout contre elle. Quand elle le serrait dans ses bras sans en faire autant avec moi, je me sentais perdue comme si je flottais dans l'espace, toute seule.

Nous restâmes un moment à regarder travailler les fourmis, maman tenant la main de Lionel et moi derrière eux, le regard brouillé de larmes dont je ne comprenais pas vraiment la cause. Une fois de plus, j'avalai la boule qui m'obstruait la gorge et respirai un grand coup.

Maman se retourna et me regarda. Un long nuage commençait à glisser sur la lune et sa lumière disparut d'un coup, comme si là-haut quelqu'un l'avait éteinte. Maman se détourna de moi et scruta les ténèbres qui s'épaississaient, soudain figée, les bras enserrant ses épaules. Mon cœur se mit à battre à grands coups. Elle entend quelque chose, elle voit quelque chose, pensai-je. Le nuage avait presque entièrement caché la lune.

— Maman ? murmurai-je.

Elle me fit signe de me taire. Lionel s'agenouilla pour observer ses fourmis de plus près. De toute évidence, plus rien d'autre n'existait pour lui.

— Il faut rentrer, maintenant, annonça soudain maman, en se penchant pour prendre le bras de Lionel et l'obliger à se lever.

Il protesta d'une voix geignarde :

— Pourquoi ?

— Il y a quelque chose de mauvais, ici. Quelque chose de malfaisant rôde autour de nous. Vite ! nous pressa-t-elle, en reprenant le chemin de la maison.

Je la suivais, n'osant pas regarder derrière moi. À demi tourné en arrière pour voir ses fourmis, Lionel était au bord des larmes.

— Mais tu avais dit que nous pourrions regarder les fourmis, maman !

— Avance ! ordonna-t-elle, en le traînant pratiquement derrière elle à présent.

Dès que nous fûmes entrés tous les trois dans la maison, elle claqua la porte derrière elle, nous poussa vivement dans le salon et tira aussitôt les rideaux. Puis elle sortit pour aller allumer l'une de ses bougies.

— Je filerai en cachette pour aller voir mes fourmis, m'annonça Lionel, l'air furibond et dégoûté.

Je tentai de l'en empêcher. J'avais peur pour lui.

— Ne fais pas ça ! Tu as entendu maman.

— Je n'ai rien vu de malfaisant ! s'emporta-t-il

en quittant la pièce, pour courir s'enfermer dans sa chambre.

Maman revint avec une bougie et la plaça devant la fenêtre de façade, qu'elle se hâta de fermer. Puis elle me regarda et consulta sa montre. Qu'est-ce qui pouvait donc la tracasser à ce point ? me demandai-je.

Et aussitôt je pensai : papa.

N'aurait-il pas dû être de retour, à pareille heure ?

2

Le talisman de papa

Papa était en rendez-vous, avec un client potentiel qui envisageait de construire. Aux premiers temps de son mariage avec maman, il avait ouvert sa propre entreprise de construction. Mais c'était une petite affaire et, faute de moyens, il travaillait conjointement avec des compagnies plus importantes. Maman continua d'exercer son métier d'institutrice jusqu'à notre naissance. Elle fit d'abord prolonger son congé de maternité, puis décida de ne pas reprendre le travail pour se consacrer à notre éducation. Dans ce domaine, les premières années de la petite enfance étaient les plus importantes, affirmait-elle.

Pendant un moment, la vie ne fut pas facile. Mais un peu plus d'un an après notre naissance, Grandma Gussie mourut et mes parents héritèrent de la maison, des terres et d'une somme d'argent placée sur un compte à intérêts, provenant de l'assurance vie de Grandpa Richard Jordan. La somme n'avait été que très peu entamée, depuis qu'il s'était tué en tombant de cette échelle. Avec l'argent, papa et son associé fondèrent une compagnie plus importante et commencèrent à construire des maisons particulières. Papa n'avait pas fait d'études d'architecture. Mais ses idées originales attirèrent l'attention d'entrepreneurs travaillant pour une clientèle plus choisie, et il eut bientôt trois remarquables prototypes à montrer aux éventuels acheteurs.

L'une de ses maisons fit l'objet d'un article élogieux dans un grand magazine, et l'intérêt qu'on lui portait grandit encore. Il eut bientôt cinq hommes travaillant à plein temps dans ses bureaux, puis il eut l'opportunité de construire un ensemble résidentiel pour une très grosse entreprise de New York.

Maman était très fière de sa réussite. Je n'eus jamais l'impression que nous étions riches, mais apparemment nous l'étions assez pour pouvoir nous offrir nombre de choses coûteuses. Une voiture de luxe, par exemple, une Jeep et une camionnette de fonction, un tracteur et des outils plus performants, et aussi de meilleurs vêtements pour nous. Mais sur ce point, papa se plaignait souvent que personne ne nous voie jamais dans nos beaux habits neufs, car maman nous gardait tout le temps à la maison. Cela occasionnait des querelles, dont une m'est restée présente à l'esprit.

— Je gagne tout cet argent, lui reprochait-il en criant presque, tu pourrais t'offrir des vacances luxueuses, mais non : tu n'en prends pas. Tu n'envisages pas la possibilité de mettre les enfants dans une école privée. Tu ne fais pratiquement aucun frais de toilette. Et tu n'as jamais envie d'aller dîner dans un grand restaurant, ou si rarement !

La réponse de maman sonna comme une mise en garde.

— Nous ne devons pas laisser l'argent nous transformer, Arthur. Il produit parfois cet effet sur les gens.

— Ah oui ! s'exclama-t-il en arpentant la pièce, comme il le faisait toujours quand ils se disputaient. Et de qui tiens-tu ces recettes de sagesse ? D'un de tes parents morts ?

— Si tu tiens à le savoir, oui. J'avais un grand-oncle, Oncle Samuel, qui a gagné beaucoup d'argent à la Bourse. Il a forcé sa femme à vivre comme les gens chics, à porter des toilettes coûteuses, à se montrer dans les bals et les galas de bienfaisance, à avoir sa photo dans la rubrique mondaine des journaux et à se lier avec d'autres femmes riches.

— Et alors ?

— Elle a rencontré quelqu'un qui l'a séduite et elle s'est retrouvée enceinte, pour la deuxième fois.

Papa jeta un regard dans notre direction. Nous étions assis à nos petits bureaux, penchés sur nos manuels d'orthographe. En réalité, Lionel dessinait des insectes dans les marges, ce qu'il faisait d'ailleurs très bien. Quant à moi, je ne perdais pas une miette de cette escarmouche verbale, tout en faisant semblant de ne pas écouter.

— Et ensuite ? reprit papa.

— Mon oncle l'a chassée de chez lui. Son

amoureux l'a désavouée, lui aussi, et elle est morte dans un endroit sordide où elle était allée pour avorter.

Le ton de papa se fit soupçonneux.

— Comment se fait-il que je n'aie jamais entendu cette histoire jusqu'ici ?

— Je viens seulement de l'apprendre moi-même, en fait.

Papa libéra un long soupir excédé.

— Très bien, Sarah. Nous ferons comme si je ne gagnais pas si bien ma vie.

— Je ne dis pas qu'il faut en venir là, mais nous devons être raisonnables vis-à-vis de l'argent et de nous-mêmes.

Papa sourit.

— Désolé, dit-il en tirant une petite boîte de sa poche. Je n'ai pas pu m'empêcher de ne pas être raisonnable, juste pour cette fois.

Il lui tendit la boîte et j'écarquillai les yeux. Lionel dessinait toujours.

— Qu'est-ce que c'est ? s'enquit maman, sans ouvrir la boîte.

Elle la tenait comme si elle risquait de s'y brûler les doigts.

— Je te l'ai dit, je n'ai pas pu m'en empêcher, Sarah. Je l'ai vu et je l'ai imaginé sur toi. Tu n'auras qu'à te plaindre de moi à tes esprits.

Elle secoua la tête avec un air de reproche, ouvrit la boîte, puis regarda papa sans prendre ce qu'elle contenait.

— C'est un vrai ?

— Bien sûr que c'est un vrai !

Timidement, délicatement, elle tira le collier

de la boîte. Le diamant taillé en goutte qui en ornait le centre était presque aussi gros que mon pouce. Il brillait si fort que je me demandai s'il y avait une minuscule ampoule à l'intérieur.

Papa se pencha sur maman et lui prit le collier des mains.

— Laisse-moi te l'attacher, dit-il en ouvrant le fermoir et en passant derrière elle.

Elle le laissa faire et, quand il revint en face d'elle, posa la main sur le diamant.

— Ne le cache pas, protesta-t-il.

— Je voulais le toucher, sentir son énergie.

Papa leva les yeux au ciel, coula un regard vers moi et se toucha le bout de l'oreille. Je me mordis la lèvre. Maman s'approcha du miroir pendu au mur et s'examina un moment en silence. Papa et moi retenions notre souffle.

— Il est vraiment beau, dit-elle enfin. Bien trop beau.

— Rien n'est trop beau pour une femme aussi belle, Sarah.

Elle se détendit, pivota vers papa et lui sourit.

— Décidément, tu es incorrigible, Arthur Madison Atwell.

— J'espère bien ! rétorqua-t-il avec un clin d'œil. Tu pourras peut-être m'en dire un peu plus là-dessus, en privé ?

Maman rougit, me jeta un regard furtif et se détourna pour cacher son sourire.

Le collier était le premier cadeau de grand prix que lui faisait papa. Dépenser de l'argent, profiter de leur nouvelle richesse paraissait vraiment l'effrayer. Elle nous parlait souvent du mauvais œil, contre lequel sa grand-mère l'avait mise en garde quand elle était toute petite. Papa se fâchait toujours quand elle évoquait ces choses, aussi évitait-elle d'y faire allusion devant lui.

— Les esprits jaloux voient votre bonheur, nous expliqua-t-elle ce jour-là, surtout quand vous l'affichez, et ils s'en prennent à vous. Ils vous jettent un sort ou vous tendent un piège, pour vous rendre malheureux. Ne soyez jamais trop fiers de ce que vous possédez, des bonnes choses qui vous adviennent ou de vos succès, ne vous en vantez pas. Soyez toujours modestes, mes enfants.

Lionel la regarda d'un œil vide, car le sens de nombreux mots lui avait échappé, mais ce que j'avais compris suffit à me faire battre le cœur. Comment savait-on qu'on provoquait l'envie des esprits mauvais ? J'aurais voulu le demander, mais je n'avais pas vraiment très envie de parler d'eux.

De toute façon, le cadeau de papa avait donné une idée à maman. Une idée qui demandait à être mûrie, avec la coopération de ses bons esprits. Soir après soir, elle sortait seule pour aller écouter leurs conseils, jusqu'au jour où elle demanda à papa de l'emmener faire des courses. Elle savait exactement où elle voulait aller, et annonça qu'elle nous emmènerait déjeuner avec eux, nous aussi. Ce qui surprit papa, mais il était trop heureux que nous sortions tous ensemble et ne posa pas de questions. Il n'avait pas la moindre idée de ce qu'elle voulait acheter, d'ailleurs.

Elle nous emmena chez un joaillier, qui s'avéra être une de ses vieilles connaissances. Il s'était installé dans une petite ville, à près de cinquante kilomètres de chez nous, là où maman préférait faire ses provisions pour la maison. Papa s'en plaignait, et l'incitait le plus souvent possible à se fournir au supermarché local. C'était comme si elle voulait éviter que les gens d'ici ne nous voient, ou ne lui posent des questions sur nous ou sur elle. Dès que nous arrivâmes en ville, papa bougonna.

— Je ne vois pas pourquoi c'est tellement important de venir si loin. Il n'y a rien d'intéressant pour les enfants, ici !

Mais si, répliqua maman. Ce qu'il y a ici convient parfaitement aux enfants.

Toujours perplexe, papa remonta la rue principale jusqu'à ce que maman lui dise de s'arrêter. Elle descendit, nous prit tous les deux par la main et nous conduisit dans un magasin : la bijouterie Bogart. Papa suivit en se grattant la tête, à la fois amusé et légèrement embarrassé. À quoi rimait tout cela ? se demandait-il. Je le devinai à son expression intriguée, exactement la même que la mienne. Lionel était déçu que la boutique ne soit pas un magasin de jouets.

Quand le bijoutier révéla qu'il connaissait maman depuis longtemps, personne ne fut plus étonné que papa. Maman n'achetait jamais de bijoux, du moins pour ce qu'il en savait et ce que j'en savais moi-même.

— Bonjour, Sarah, dit le propriétaire des lieux. Cela fait longtemps depuis votre dernière visite.

— Et comment allez-vous, monsieur Bogart ? L'homme haussa les épaules.

— Je ne me pose pas la question, ce qui m'évite de m'inquiéter pour la réponse, répliqua-t-il aimablement.

Environ de la même taille que maman, M. Bogart était presque chauve, avec une rangée de bouclettes grises de chaque côté du crâne. Il avait les yeux bleus, comme Lionel et moi, mais ils devinrent verts quand il s'avança dans le rayon de soleil qui entrait par la vitrine. Je remarquai ses lèvres rouges et la petite fossette qu'il avait au menton. En chemise blanche, veste et pantalon noir, il était pieds nus dans des mules de cuir noir.

De dimensions modestes, la boutique était étroite, avec des parois de bois sombre et des présentoirs en verre des deux côtés. Ces petites vitrines étaient pleines de bijoux de toute sorte, y compris des montres de différentes marques. Quelque chose brûlait sur l'un des comptoirs. Je reconnus l'odeur des bâtonnets d'encens que maman allumait parfois à la maison.

Elle nous prit tous les deux par les épaules et nous poussa devant elle.

— Et voici mes enfants.

M. Bogart attacha sur nous un regard attentif et hocha lentement la tête.

— Ils ont les yeux de Gussie, observa-t-il en souriant.

Maman sourit à son tour.

— C'est vrai.

C'était la première fois que j'entendais mentionner cette ressemblance avec notre grand-mère maternelle. Pourquoi maman ne nous en avait-elle jamais parlé ? C'était comme si elle avait eu besoin de se l'entendre confirmer d'abord par M. Bogart, et ne nous avait emmenés ici que pour cela.

Papa s'éclaircit la gorge.

— Oh ! fit-elle. Mon mari, Arthur Atwell... monsieur Bogart.

— Ravi de vous connaître, dit M. Bogart en tendant une petite main grassouillette.

Papa la serra brièvement, inclina la tête et jeta un regard éloquent à maman. « Qu'est-ce que nous fabriquons ici ? » semblait dire ce regard.

Maman se détourna vivement pour l'éviter.

— Je suis venue parce qu'il est temps que les enfants aient leurs amulettes, monsieur Bogart.

— Bien sûr, approuva-t-il. Je vous attendais.

Papa ne put s'empêcher de s'exclamer :

— Comment ?! Des amulettes ?

J'étais aussi effarée que lui. Pourquoi M. Bogart nous attendait-il ? Quelques instants plus tôt, il ne semblait pas savoir qui nous étions, ni que maman avait un garçon et une fille.

— Je sais ce dont j'ai besoin, précisa-t-elle.

Les yeux du bijoutier pétillèrent.

— J'en suis sûr, dit-il en se dirigeant vers un présentoir situé sur la gauche, le plus proche de la vitrine.

Maman aussi s'en approcha. Papa, qui paraissait vraiment fâché maintenant, recula et croisa les bras, ce qui chez lui ne présageait rien de bon. Il gronda en serrant les dents :

Sarah ! Mais qu'est-ce que tu fais ?

— Je t'en prie, Arthur, c'est important,

murmura-t-elle en se retournant vers le présentoir.

Elle examina les bijoux un par un, désigna du doigt un pendentif accroché à une chaîne en or et dit à M. Bogart :

— Celui-ci est pour Lionel.

— Ah, oui ! Le Krena, dit-il en ouvrant l'arrière du casier de verre pour en retirer le pendentif. C'était un disque d'or gravé d'un curieux dessin. On aurait dit un ver pourvu de bras et de jambes, en train de courir. Apparemment, Lionel pensait la même chose que moi.

— Un ver ? s'écria-t-il.

M. Bogart sourit.

— Mais non, jeune homme, ceci n'est pas un ver. C'est un talisman très puissant. Le Krena active les pouvoirs psychiques, précisa le bijoutier à l'intention de papa, qui lançait des regards noirs à l'amulette.

— Qu'est-ce que ça veut dire ? m'informai-je à voix basse.

M. Bogart me sourit avec chaleur.

— Cela vous aide à vous concentrer sur vos souhaits, et à réaliser vos rêves. Tout le monde possède des pouvoirs psychiques, mais la plupart d'entre nous ne s'en servent pas.

Papa étreignait plus que jamais ses épaules. Les veines de son cou s'étaient gonflées. M. Bogart coula un regard vers lui et acheva :

— Le Krena absorbe l'énergie de votre aura et la concentre sur le souhait de votre choix.

— Quoi ? grimaça papa. Encore ce charabia de magie de pacotille ?

M. Bogart nous regarda tour à tour, nous et maman.

— Vous ne leur avez rien dit de tout cela, Sarah ?

— Je voulais qu'ils le voient par vous et l'entendent de vous, monsieur Bogart.

Toujours souriant, le bijoutier lui tendit la chaîne et le pendentif. Puis, évitant le regard de papa, il se plaça entre lui et Lionel.

— Tu as besoin de ceci, Lionel. Je veux que tu le portes toujours. Tu ne dois jamais, jamais l'enlever, tu as compris ?

Mon frère leva les yeux sur le bijoutier et déclara fermement :

— C'est un ver.

Maman lui passa la chaîne autour du cou.

— Non, ce n'en est pas un, mais cela tu le comprendras plus tard, dit-elle en verrouillant le fermoir.

Lionel baissa les yeux sur le pendentif, puis me regarda.

— Et Céleste ?

À présent, il s'intéressait moins au pendentif qu'à ce que j'allais recevoir, et moi aussi. Pendant un long moment, je crus que maman n'avait prévu de talisman que pour lui. J'étais sur le point de fondre en larmes.

Maman se retourna vers M. Bogart et désigna un autre bijou.

— Oui, oui, approuva-t-il en s'en saisissant.

C'était une étoile à sept branches avec un petit diamant au centre. M. Bogart la déposa sur sa paume et la tint devant moi.

— C'est l'Étoile Mystique, m'apprit-il. Les sept branches irradient une mystérieuse et intense énergie qui, dit-on, vous donne la possession des sept trésors des rois : richesse, bonheur, amour, chance, sagesse, respect et gloire.

Maman lui prit le pendentif des mains, me le mit au cou et referma l'anneau de la chaîne.

— On dit qu'on ressent souvent son énergie au moment où on commence à la porter, ajouta M. Bogart.

Je ressentis vraiment quelque chose, une impression de chaleur, et je levai les yeux sur maman, qui sourit.

— Quelles âneries ! marmonna papa. Je n'arrive pas à croire que tu puisses faire ça, Sarah.

Il se détourna, et maman regarda de nouveau le présentoir.

— Encore un, dit-elle à M. Bogart, en indiquant du doigt une autre chaîne ornée d'une pierre étrange.

— Qu'est-ce que c'est, maman ? lui demandai-je.

— Une améthyste. Une pierre semi-précieuse.

M. Bogart se saisit de la pierre. Elle était sertie d'or et sa chaîne était d'or, elle aussi. Maman la montra à papa.

— Je voudrais que tu portes ceci, Arthur.

Il posa la même question que moi.

— Qu'est-ce que c'est ?

— Quelque chose de spécial. Les améthystes peuvent nous protéger, nous prévenir du danger ou d'un accident imminent. Elles nous en avertissent en changeant de couleur.

— Oh, je t'en prie, Sarah ! Là, franchement, c'est un peu trop. Elles changeraient de couleur ?

— C'est un fait, affirma M. Bogart. Et ça marche.

— Hmm ! Pour vous, je n'en doute pas. C'est combien ?

Maman se rembrunit.

— Ça suffit, Arthur.

— Voilà ce que je vous propose, monsieur Atwell, offrit M. Bogart : prenez-la pour rien.

Papa haussa les sourcils et contempla la pierre.

— Pour me faire plaisir, Arthur, implora maman. S'il te plaît, prends-la.

Il secoua la tête, puis il saisit la pierre et la glissa vivement dans sa poche.

— Elle ne vous servira à rien si vous la laissez là, fit observer le bijoutier.

Papa poussa un soupir à fendre l'âme, reprit la chaîne et la mit à son cou.

— Pouvons-nous partir, maintenant, Sarah ?

Maman fit signe que oui.

— Emmène les enfants à la voiture, s'il te plaît, Arthur. J'aimerais parler un instant avec M. Bogart. J'arrive tout de suite, promit-elle.

Papa nous saisit par la main et nous tira littéralement dehors, en marmonnant tout seul pendant que nous marchions vers la voiture. Lionel n'était pas content.

— Pourquoi j'ai eu un ver et elle une étoile, papa ?

— Ça vaut mieux pour toi. Au moins tu as quelque chose d'amusant. Un jour tu pourras le montrer à tes copains, si jamais tu as la chance d'avoir des copains.

Lionel réfléchit quelques instants.

— Les vers n'ont pas de bras ni de jambes, commenta-t-il. À moins que… (L'idée qui lui venait soudain lui rendit le sourire.) Peut-être que c'est simplement parce que je n'en ai pas encore vu qui en ont ? Est-ce qu'ils en ont, papa ?

— Je n'en ai jamais rencontré, mais ta mère a des fréquentations différentes des miennes.

— Ça veut dire quoi, papa ?

— Rien. Occupons-nous plutôt du déjeuner. Il y a des amateurs pour un hamburger géant ?

L'idée emballa Lionel, assez pour lui faire oublier son médaillon. Du bout des doigts, je palpai le mien. Sept branches ! Le trésor des rois ! Maman devait vraiment beaucoup m'aimer, alors. Peut-être autant qu'elle aimait Lionel.

Après le déjeuner, papa et maman eurent leur première dispute vraiment sérieuse devant nous. Ils firent le trajet du retour en silence, mais en arrivant papa recommença à critiquer M. Bogart et ses talismans, et cette fois maman n'ignora pas ses reproches. Elle riposta, les yeux durcis par une rage folle, telle que nous ne lui en avions jamais connu. Assis l'un contre l'autre dans le salon, nous nous faisions tout petits, Lionel et moi. Ils se querellaient dans le hall.

— Rien ne te donnait le droit d'être aussi grossier envers M. Bogart, Arthur.

— Grossier, moi ? J'avais l'impression de me contrôler parfaitement, au contraire. Tout ça va trop loin, Sarah ! hurla papa. Ils ne jouent jamais avec les autres enfants de leur âge. Tu les gardes pratiquement prisonniers ici et, pour une fois qu'ils vont quelque part, où les emmenons-nous ? Chez un vieux cinglé de bijoutier. Qui était-ce ? Un ami de ta grand-mère ?

— En effet, et même un excellent ami.

— Ben voyons ! Est-ce que tu te rends compte que tu n'as pas d'amis normaux, toi non plus ? Et bientôt, c'est moi qui n'en aurai plus. Je n'ose inviter personne ici, de peur que tu ne voies des mauvais esprits rôdant autour de mes amis, et que tu te comportes comme la fois où j'avais invité les Calhoun. Est-ce que tu sais dans quel embarras tu m'as mis ? Tu t'es enfermée dans la cuisine et m'as laissé seul avec eux pendant deux heures ! Pour l'amour de Dieu, Sarah ! Dick et moi avons travaillé ensemble sur des chantiers très importants, et maintenant il est mon associé.

— Je t'ai dit pourquoi je me sentais mal à l'aise avec eux, Arthur.

— Tu m'as dit quoi ? Que Betty Calhoun te faisait une mauvaise impression ? Que quelque chose de sombre tournait autour d'elle ? Et maintenant ce... ces simagrées vaudoues avec les enfants ! Tu leur empoisonnes la cervelle, Sarah, et ça ne les aidera pas quand ils iront à l'école. On les trouvera bizarres, et c'est bien ce que nous sommes. Sais-tu ce que Ben Simon m'a dit, l'autre jour ? L'histoire que lui a racontée le facteur ?

— Je n'ai pas envie de le savoir.

— Eh bien, tu m'écouteras quand même. Le

facteur prétend avoir entendu Lionel et Céleste parler arabe, ou une autre langue de ces pays-là. En plus, il jure qu'il a vu Lionel se changer en oiseau et s'envoler dans un arbre. Tout le monde pense que nos enfants sont bizarres. Les gens adorent raconter des histoires sur eux.

— Arrête de dire ça ! s'emporta maman. Arrête de dire que nos enfants sont bizarres !

— Alors arrête de faire ce que tu leur fais. Et envoie-les à l'école, pour l'amour du ciel !

Sur ce, papa sortit en claquant violemment la porte. Toute la maison en trembla.

Maman ne nous parla de rien, mais je vis bien qu'elle était bouleversée. Elle sortit pour une de ses longues promenades à travers les champs et les bois. Quand elle revint, on aurait dit qu'elle avait pleuré toutes les larmes de son corps.

Papa ne portait pas souvent son talisman. Un certain soir, tandis que nous l'attendions dans le salon, maman et moi, elle me confia qu'il ne l'avait pas mis ce jour-là.

— Il sort avec, mais il l'enlève dès qu'il a démarré.

— Comment le sais-tu, maman ?

— Je le sais, affirma-t-elle, en fixant l'obscurité à travers la fente des rideaux.

La lueur de la bougie vacilla, comme si un esprit voletait réellement autour de la flamme.

Maman savait que papa ne portait pas son talisman ce jour-là, je n'en doutai pas un instant. La façon dont elle en parla me donna la chair de poule.

Lionel, qui venait de faire un caprice et s'était calmé, entra dans la pièce. Il se plaignit de ce que je ne venais pas jouer avec lui, mais j'en étais incapable. J'étais bien trop inquiète pour faire semblant de quoi que ce soit. Je voulais que papa rentre. Je voulais qu'à nouveau nous nous sentions tous en sécurité.

— Il n'y a aucune raison pour que tu restes assise avec moi comme ça, Céleste, me dit maman. Va jouer avec ton frère.

— Mais...

— Vous êtes censés ressentir la même chose en même temps, lança maman, comme si elle prenait subitement conscience d'avoir ignoré un problème sérieux. Quand l'un de vous est triste, l'autre devrait l'être aussi.

Je ne comprenais pas pourquoi. Lionel ne ressentait jamais la même chose que moi, et il était bien rare que je ressente la même chose que lui. Nous étions jumeaux, c'est vrai, mais nous étions deux personnes distinctes et, après tout, c'était un garçon et j'étais une fille.

— Comment cela se fait-il, maman ?

Ma perplexité parut la mécontenter. Elle pinça les lèvres et ferma les yeux.

— Filez ! nous lança-t-elle, les yeux toujours fermés. Allez jouer, occupez-vous !

Je me levai en hâte, mais avant que j'aie atteint la porte maman poussa un cri. Elle plaqua les mains sur son cœur et resta ainsi, fixant le plafond de ses yeux grands ouverts cette fois, et la bouche crispée, le visage figé dans une expression de terreur.

Lionel saisit ma main et je l'entourai de mon bras.

— Maman ? appelai-je.

Elle commença à lever les yeux vers nous... puis s'évanouit.

La voir s'effondrer sur le plancher fut, pour Lionel et moi, la chose la plus effrayante qui nous soit jamais arrivée. Elle s'affaissa en avant, le corps plié en deux, comme si tous ses os s'étaient soudain liquéfiés.

Lionel se mit à pleurer, et pendant un moment je fus incapable de bouger. C'était comme si je n'avais plus un souffle d'air dans les poumons. Puis je hurlai :

— Maman !

Son visage était tourné sur le côté, son bras s'était tordu et je me dis qu'il était sûrement cassé.

— Qu'est-ce que tu as, maman ? sanglota Lionel, en se cachant les yeux pour ne pas la voir.

Je le lâchai et m'approchai d'elle, le cœur battant à coups précipités. Je m'agenouillai lentement près d'elle, lui touchai l'épaule, puis je la poussai légèrement du doigt.

— Maman ?

Elle ne bougea pas et j'appuyai plus fort. Lionel pleurait convulsivement, à présent. Il s'était accroupi dans un coin de la pièce, le visage toujours enfoui dans ses mains. Je secouai maman, le plus fort possible. Finalement je vis sa main se contracter, son bras remuer, puis elle se tourna lentement vers moi. Elle me regarda, ferma les yeux, les rouvrit.

— Maman, qu'est-ce que tu as ?
— Aide-moi à m'asseoir, murmura-t-elle.

Je passai derrière elle et tentai de soulever ses épaules.

— Lionel, appelai-je. Viens m'aider.

Il jeta un regard de notre côté mais se détourna aussitôt, encore trop effrayé pour bouger. Enfin, maman parvint à s'asseoir et reprit son souffle.

— Je n'ai rien, Lionel, n'aie pas peur, le rassura-t-elle. Céleste, va à la salle de bains et mouille un gant de toilette à l'eau froide, tords-le bien et apporte-le-moi. Va vite ! ordonna-t-elle, et je m'empressai d'obéir.

Quand je revins, elle était sur le canapé, adossée aux coussins et la tête renversée en arrière. Assis dans son coin, à présent, Lionel ne la quittait pas des yeux. Je lui donnai le gant de toilette et elle le posa sur son front.

— Je vais bien, affirma-t-elle, en me voyant toujours aussi terrifiée. Je vais tout à fait bien.

— Qu'est-ce qui s'est passé, maman ?

Elle se contenta de secouer la tête, les lèvres tremblantes. Elle ne voulait pas parler. Je m'assis près d'elle et lui pris la main. Lionel finit par se lever. Il s'approcha de nous, enfouit la tête dans les genoux de maman, qui lui caressa les cheveux et le cou.

Nous restâmes un long moment ainsi. En fait, Lionel finit par s'endormir. Maman le prit dans ses bras et le porta à l'étage, jusqu'à la chambre que nous partagions. Il était mort de fatigue, et c'est à peine s'il ouvrit les yeux quand elle le déshabilla et lui enfila son pyjama. Elle l'embrassa, puis se mit à fredonner une berceuse que sa mère et sa grand-mère lui avaient chantée pour l'endormir. Je restai plantée là, en me sentant complètement oubliée. Finalement, elle s'en aperçut.

— Il faut te coucher aussi, Céleste. Va te laver la figure, et te brosser les dents, me recommanda-t-elle.

Puis elle s'en alla, comme si elle flottait dans l'escalier.

J'allai à la salle de bains faire ce qu'elle m'avait dit, mais je ne me mis pas tout de suite en pyjama. Je restai près de la fenêtre et surveillai la route qui menait à notre maison. Au loin, des phares apparurent. C'est papa, pensai-je. C'est sa camionnette. Il rentre à la maison !

L'angoisse irraisonnée qui m'oppressait le cœur s'allégea, puis s'envola quand je vis les phares se rapprocher. J'étais à nouveau pleine de joie, j'aurais pu danser comme j'avais cru voir danser les étoiles, un peu plus tôt ce même soir. Mais entre-temps le ciel s'était couvert, de lourds nuages laissaient présager la pluie pour cette nuit. D'habitude, j'aimais le bruit de la pluie la nuit : le tip-tap des gouttes sur les fenêtres m'aidait à m'endormir. Mais je ne voulais pas qu'il pleuve. Je voulais à nouveau voir le ciel étinceler de joie, surtout quand papa rentrait à la maison.

Toutefois, quand le véhicule tourna dans notre allée, je vis que ce n'était pas une camionnette, finalement. C'était une voiture, d'une couleur plus claire que celle de papa. Qui cela pouvait-il être ? Je vis quelqu'un sortir et s'avancer vers la maison.

La curiosité m'attira hors de la chambre, puis jusqu'en haut des marches quand j'entendis sonner le carillon de l'entrée. Il me sembla qu'il fallait un temps infini à maman pour aller ouvrir. Le carillon retentit une seconde fois. Je faillis descendre pour aller ouvrir moi-même, mais finalement je la vis marcher vers la porte, la tête basse. Elle ouvrit avec lenteur et recula, en hochant la tête comme si elle savait exactement qui était là et pourquoi il venait.

Quand l'homme entra, je reconnus M. Calhoun. Il s'immobilisa, la casquette à la main.

— Sarah...
— Où est-il ? coupa vivement maman.

Sans s'étonner qu'elle sache déjà que quelque chose allait mal, il répondit brièvement :
— À l'hôpital.
— À l'hôpital, répéta maman.
— Tout est arrivé si vite...
— Quand est-il mort ?

M. Calhoun baissa la tête.
— Quand est-il mort ? hurla maman.
— Il y a une heure environ. Ils voulaient vous téléphoner, mais j'ai dit que ce n'était pas une chose à annoncer par téléphone et je me suis proposé pour venir. Quelqu'un d'autre vous avait prévenue, alors ?

Maman secoua la tête.
— Non.

— Non ? Mais comment...

M. Calhoun baissa les yeux, puis ramena le regard sur maman.

— Je suis désolé, personne ne comprend ce qui s'est passé. Le docteur semblait complètement dépassé quand il est venu nous annoncer la nouvelle.

Maman n'avait toujours pas versé une larme.

— Que lui est-il arrivé ? Que vous a dit ce médecin ?

— Il a parlé d'une importante hémorragie... une rupture d'anévrisme cérébral, ils appellent ça. Comment un homme en pleine santé peut-il... tout d'un coup... Ils ont dit que c'était comme un pneu qui crève : une artère qui gonfle et qui éclate. Je n'y comprends rien. Il était en pleine discussion avec le chef d'entreprise et d'un seul coup... il s'est écroulé. Nous avons essayé la réanimation cardio-pulmonaire, bien sûr, et nous avons appelé une ambulance. Ils ont fait tout ce qu'ils ont pu, à l'hôpital. Nous l'avons emmené tout droit aux urgences et...

M. Calhoun baissa les yeux au sol, secoua la tête et respira un grand coup. Maman restait là, comme une statue. Elle ne pleurait toujours pas et ne disait plus rien, à présent. Cette attitude parut effrayer M. Calhoun. Il releva la tête, détourna les yeux et recula légèrement.

— Si je peux faire quoi que ce soit pour vous aider, dans l'immédiat ? Je veux dire... vous aurez besoin de contacter l'hôpital... il y aura des dispositions à prendre... si vous avez besoin de quoi que ce soit...

— Non, dit maman.

— Je suis désolé, c'est un tel choc... Nous sommes tous anéantis, à la compagnie.

Maman hocha la tête, toujours sans pleurer. Par la suite, nous apprîmes que les gens s'étaient montrés beaucoup plus intéressés par sa réaction que par la mort soudaine de papa.

— Saviez-vous qu'il était malade ? finit par demander M. Calhoun, pour mettre fin au silence pesant. Je veux dire... saviez-vous quelque chose à ce sujet ?

— Je savais qu'il avait des problèmes, oui.

— Alors pourquoi n'est-il pas allé se faire examiner, ou au moins consulter ?

— Il ignorait qu'il courait un risque, expliqua maman. Peut-être que s'il avait porté l'amulette...

— L'amulette ? répéta M. Calhoun avec effarement. Il ignorait son état, dites-vous ? Je ne suis pas sûr de comprendre, Sarah. Comment pouvait-il ignorer qu'il n'allait pas bien, alors que vous le saviez ?

— Je n'en ai pris conscience qu'il y a environ une heure. Il était trop tard.

— Je ne comprends toujours pas, Sarah. Comment pouvait-il ignorer ce que vous saviez ? répéta M. Calhoun avec plus d'insistance.

— J'ai eu un message, révéla-t-elle. Un avertissement.

M. Calhoun la dévisagea quelques instants, puis tout ce qu'on racontait sur elle lui revint à l'esprit et il hocha la tête.

— Ah, oui... J'ai entendu parler de ce genre de

choses. Quand les gens sont aussi proches que vous l'étiez, Arthur et vous... Oui, bien sûr.

Il recula davantage, cette fois. Il était pratiquement dehors. Maman mit la main sur la poignée de la porte et lui jeta un dernier regard.

— Merci d'être venu plutôt que d'avoir appelé, dit-elle, sans lui laisser le temps de faire ses adieux.

Et elle referma la porte derrière lui. Elle resta un moment immobile, à regarder fixement cette porte close. J'étais sûre qu'elle savait que j'étais là. Elle se retourna, leva les yeux sur moi, me tendit les bras. Je dévalai les marches et courus m'y blottir.

Jamais elle ne m'avait serrée aussi fort contre elle, et je m'accrochais à elle en me disant que si je la lâchais, je tomberais dans un trou. Finalement, elle desserra son étreinte et m'éloigna d'elle à bout de bras.

— Ne disons rien à Lionel maintenant, laissons-le dormir.

— Maman, où est papa ? questionnai-je, refusant de comprendre les mots que j'avais surpris.

— Il est passé de l'autre côté, Céleste. Nous ne pouvons rien y faire. Ils l'ont pris.

— Qui ça ?

— Les siens, sa propre famille spirituelle. Il est parti, proféra-t-elle sourdement. Il est mort.

Ma gorge se noua.

— Comment a-t-il pu mourir, maman ? Il n'était jamais malade !

— Il a dû s'épuiser à la tâche. À la naissance, nous recevons tous un certain capital de battements de cœur, Céleste. Et si nous les dépensons trop vite, que ce soit dans le plaisir ou dans l'effort, nous abrégeons notre vie.

— Non, pas mon papa ! m'écriai-je en me libérant des bras de maman.

Pourquoi ne pleurait-elle pas, si papa était vraiment mort ? Tout cela n'était qu'un mauvais rêve.

— Va te coucher, Céleste, dit-elle d'une voix infiniment lasse. Nous allons avoir besoin de nos forces, maintenant plus que jamais.

Elle parlait comme si elle était sous l'effet d'un charme, ou hypnotisée. Je ne reconnaissais pas sa voix, et son regard était gris et froid. Un flot de larmes inonda mes joues. Subitement, maman annonça :

— Il faut que je sorte.

— Où vas-tu ? m'écriai-je.

— Je dois sortir. J'ai des choses à faire dehors. Des choses à dire aux gens.

— Je veux aller avec toi, maman. S'il te plaît. J'ai peur, je veux papa.

Déjà, elle ouvrait la porte.

— Tu ne peux pas venir avec moi, il y a certaines choses pour lesquelles tu n'es pas encore prête. Cesse d'avoir peur, ordonna-t-elle. Va te coucher. Et quoi que tu fasses, n'éveille pas Lionel. Ne lui dis rien pour l'instant. Tu m'entends, Céleste ?

Je fis signe que oui.

— Mais je veux venir avec toi, me lamentai-je.

Elle referma la porte et je criai son nom, puis

je courus rouvrir la porte. Je la vis qui s'éloignait d'un pas rapide dans l'obscurité, comme si elle savait exactement où aller. Je la suivis des yeux jusqu'à ce qu'elle disparaisse dans l'épaisseur des ombres, engloutie par les ténèbres. Le ciel était complètement couvert, à présent. Il n'y avait pas un rayon de lune, pas une étoile. Comment pouvait-elle s'enfoncer dans cet océan de noirceur et s'y diriger ? Je l'appelai encore mais n'entendis rien. Ma voix se perdit dans la nuit.

Pendant un moment je restai dehors, tendant l'oreille, scrutant les ombres, en me demandant qui maman pouvait aller voir. Papa, peut-être ? Je ne vis rien et un frisson me parcourut. Puis je rentrai, mais je ne montai pas me coucher. Je me pelotonnai au bas des marches, les bras enserrant mes épaules, et j'attendis le retour de maman. Le téléphone sonna, mais je ne répondis pas. J'avais le plus grand mal à rester éveillée : mes yeux se fermaient tout seuls. Tout mon corps exigeait une trêve, et j'en avais bien besoin. En quelques secondes, j'étais endormie, et quand je m'éveillai ce fut sous la caresse du soleil. J'étais dans mon lit.

Ma première pensée fut que j'avais fait un affreux cauchemar, et je me redressai en position assise. Lionel aussi se réveillait, justement. Il se frotta les yeux, bâilla et s'étira.

— J'ai faim, annonça-t-il.

Et comme je ne répondais pas, il s'étonna :

— Pourquoi tu me regardes comme ça, Céleste ?

Sans répondre, je sautai du lit et courus à la

fenêtre pour voir la camionnette de papa. Elle ne se trouvait pas à l'endroit où il la garait d'habitude.

— Qu'est-ce que tu regardes ? s'enquit Lionel, en se laissant glisser de son lit pour enfiler ses mules.

— Si je vois papa.

— Va voir en bas. Il doit être en train de prendre son café.

J'acquiesçai en silence. Et pourquoi pas ? Pourquoi ne pas forcer les choses à n'être qu'un cauchemar ? Oui, décidai-je. Papa est en bas en train de prendre son café. Tout ça n'était qu'un mauvais rêve.

Comme je me dirigeais vers la porte, elle s'ouvrit. Maman s'encadra dans l'embrasure et resta sur place, à nous regarder. Elle avait les yeux gonflés, ses lèvres tremblaient. Elle était toute en noir.

— Maman ?

Mes lèvres aussi tremblaient, tout autant que les siennes.

— Tu lui as déjà dit ? interrogea-t-elle.
   Non.

— Si elle m'a dit quoi ? voulut savoir mon frère.

— Papa est parti, Lionel.

— Parti ? Et où est-ce qu'il est parti ?

— Rejoindre les siens, répondit maman.

Le cauchemar que j'avais espéré substituer à la réalité venait juste de commencer.

3

La traversée

L'ombre qui s'était abattue sur notre maison, ce soir-là, pesa sur elle durant de longs mois. Même le matin, quand le soleil se levait, elle refusait de se dissiper. Je la sentais coller à toutes les choses qui m'entouraient. Elle était dans chaque recoin, derrière chaque fenêtre. Et avant tout dans nos yeux, surtout dans ceux de maman et les miens.

Il vint beaucoup de monde à l'église pour le service funèbre de papa, et même au cimetière. Des gens que, pour la plupart, maman ne connaissait pas vraiment. C'étaient surtout des relations professionnelles de papa, banquiers, agents immobiliers, avocats et autres. M. Calhoun se montra aussi prévenant que possible, mais sa femme semblait avoir peur de maman et ne tenait pas à ce qu'il l'approche. Ils ne vinrent pas au cimetière avec nous, en fait. Mais l'un des plus proches amis de papa, Taylor Kotes – un homme à peu près du même âge que lui –, se tint constamment à nos côtés. Je savais déjà, par les conversations de mes parents, qu'il possédait la plus grosse affaire de bois de charpente de la région et qu'il était veuf. Sa femme était morte deux ans plus tôt, d'une forme maligne de dystrophie musculaire. Au cimetière, ce jour-là, ses souvenirs l'assaillirent à nouveau, et son visage portait la même expression de souffrance que celui de maman.

Elle avait décidé de ne pas tenir de réunion à la maison, après la cérémonie. Je l'entendis marmonner que la plupart des assistants étaient en réalité dévorés de curiosité. Ils voulaient la voir et tout spécialement nous, les mystérieux jumeaux. À l'église comme au cimetière, je sentais des douzaines de paires d'yeux braquées sur moi. Lionel était distrait par tout ce qu'il voyait, comme d'habitude. Au cimetière, il se montra beaucoup plus intéressé par un corbeau perché sur un arbre que par les paroles de l'officiant, ou que par le cercueil posé sur deux perches devant la tombe vide. Parce que maman ne pleurait pas, je ne pleurai pas non plus.

Lionel avait toujours du mal à comprendre et à accepter que papa soit mort. Longtemps après, il s'arrêtait encore pour contempler l'allée carrossable et la route, en espérant le voir arriver. Même après les funérailles il continuait à le guetter dans l'allée. Quelquefois il poussait un caillou du pied pendant près d'une heure, en s'asseyant de temps en temps au bord de l'allée pour gribouiller des dessins dans la terre. Je le surveillais de la fenêtre. Je n'avais pas besoin de lui demander ce qu'il était en train de faire.

Maman ne nous permit pas de voir papa dans son cercueil. Elle croyait que ce corps sans vie n'avait plus rien de commun avec papa. Son esprit l'avait quitté. Il n'y avait donc aucune raison, selon elle, de le regarder à seule fin de vérifier qu'il n'était plus là.

Pour nous démontrer ce qu'elle croyait, elle remplit d'eau un gobelet en carton et nous dit que cette eau était l'esprit. Puis elle renversa le gobelet.

— Quand on meurt, l'esprit quitte le corps. Ce gobelet vide est votre corps vide. Il ne vaut plus rien, dit-elle amèrement en froissant le carton dans sa main. Qu'on le brûle ou qu'on l'enferme dans une tombe, peu importe. Personne ne le verra plus jamais.

Les yeux de Lionel s'étrécirent de colère. Je voyais bien ce qu'il pensait : que maman se trompait complètement. Qu'elle ne pouvait pas avoir raison. Que papa ne pouvait pas ne pas revenir à la maison. Il secoua la tête et tapa du pied.

— Papa n'est pas un gobelet ! Papa n'est pas un gobelet ! hurla-t-il, avant de courir s'enfermer dans sa chambre pour y ruminer sa rage.

Ses pas ébranlèrent le sol et retentirent dans mon cœur.

Quand maman disait qu'il était têtu, elle était loin de mesurer jusqu'où son entêtement pouvait aller. Elle me regarda en secouant la tête.

— Il faut que nous lui fassions comprendre, Céleste. C'est important.

Pourquoi ne s'était-elle même pas demandé si moi, j'avais compris ? Était-ce seulement parce que je ne hurlais pas et ne pleurais pas, comme Lionel ? Pas plus que lui, je ne voulais comprendre et accepter la mort de papa. Pourquoi ne me prenait-elle pas dans ses bras pour me consoler, moi aussi ? Pourquoi m'envoyait-elle m'occuper de lui ?

En voyant Lionel s'obstiner ainsi dans son refus de la réalité, il m'arrivait de croire qu'il était capable d'entrer en contact avec papa, et j'étais terriblement jalouse. Cette obstination qui durait depuis si longtemps, comment l'interpréter autrement ? Le temps n'opérait pas son œuvre magique sur lui, comme sur maman et moi.

Il ne faisait aucune concession, ne mettait aucune bonne volonté à accepter les faits, quelles que soient les circonstances.

— Papa ne veut pas que nous fassions ça, prétendait-il quand nous étions occupés à un travail quelconque dans la maison, si insignifiant qu'il soit.

Je l'ai même entendu affirmer :

— Papa est venu. Il a dit que nous devions écouter maman et ne plus jamais être méchants, ça lui donne mal à la tête.

Chaque fois qu'il faisait ce genre de déclaration, je le soumettais à un véritable interrogatoire.

— Quand est-ce que tu l'as vu ? Quand l'as-tu entendu dire ça ? Quel air avait-il ? Comment était-il habillé ? Est-ce qu'il a parlé de moi ?

Toutes ces questions détaillées le troublaient et il s'empressait de s'esquiver. Me cachait-il quelque chose ? Les esprits lui recommandaient-ils de ne rien révéler ? Je finis par interroger maman, qui me regarda tristement.

— J'aimerais que ce soit vrai, Céleste, mais je suis certaine que Lionel tire tout cela de son imagination.

— Mais comment le sais-tu, maman ? Peut-être qu'il parle à l'esprit de papa ?

— Je le saurais, affirma-t-elle, avec une telle conviction que je la crus. Le temps n'est pas encore venu pour ça. Ton frère est incapable d'affronter notre perte, voilà tout. C'est un enfant très impressionnable. De cœur, nous sommes pareils. Il a ma sensibilité.

Cette parole me blessa comme une piqûre d'abeille. Il avait sa sensibilité ? Et moi, qu'est-ce que je tenais d'elle ?

— Va le rejoindre. Je n'aime pas le voir tout le temps triste. Distrais-le. Tu dois veiller davantage sur lui, à présent, conclut-elle.

Mais elle ne le dit pas d'une façon dont je puisse me sentir fière, comme si elle s'adressait à une grande fille, au contraire. Sa voix était chargée de colère, comme si elle me reprochait de manquer à mes devoirs. Elle me donna l'impression que j'étais née en même temps que mon frère uniquement pour veiller sur lui, et l'empêcher d'être triste. Comme une sorte de suivante, sans existence personnelle.

— Tu es née la première, Céleste, me disait souvent papa en souriant, donc tu es vraiment la plus âgée. Tu es la sœur aînée.

Quand je parlais de cela devant maman et Lionel, mon frère commençait à pleurnicher.

— C'est moi qui suis né le premier, pas toi !

— Non, m'obstinais-je.

Mais il pleurait et criait de plus belle, jusqu'à ce que maman se lève et vienne me secouer par les épaules.

— Assez ! Tu ne vois pas que tu lui fais de la peine ? Pour ta méchanceté, tu seras privée de dessert ce soir.

— Mais je n'ai pas dit ça pour être méchante, maman !

— Eh bien, tu l'as été, insistait-elle en prenant Lionel dans ses bras.

Elle lui disait que papa ne faisait que plaisanter, qu'il ne voulait pas dire ça. Que c'était lui l'aîné, après tout. Que personne ne pouvait savoir ça mieux qu'elle.

Mon frère se calmait, et maman chassait les larmes de ses joues avec une pluie de baisers. Je la dévisageais, les yeux ronds, mais elle me jetait un de ces regards qui me faisaient parfois si peur, et je m'empressais de détourner le mien.

Peu importe ce qu'elle lui raconte, me disais-je alors. Je sais que j'étais la première. Papa n'aurait jamais menti là-dessus.

Et maintenant, voilà que maman changeait sa version de l'histoire. C'était moi la plus mature. Effectivement, j'étais née la première, née pour grandir plus vite et devenir plus vite raisonnable. Mais cela ne me faisait aucun plaisir de me l'entendre ainsi rappeler par maman, car elle disait cela comme si elle me chargeait d'un fardeau supplémentaire. Une obligation à vie m'était dévolue, simplement parce que j'étais née la première. J'en arrivais à souhaiter que Lionel fût né avant moi.

Je n'en allai pas moins réconforter Lionel, comme elle l'avait souhaité. Je finissais toujours par faire ce qu'elle voulait. Je jouais avec Lionel, aux jeux qui étaient les siens, et je le distrayais. Mais je ne pouvais pas supporter de l'entendre affirmer qu'il voyait et entendait papa sans arrêt. Un jour, je lui fis la leçon.

— Arrête de répéter que tu vois papa et qu'il te parle, Lionel. Cela fait de la peine à maman et c'est mal de mentir à propos de choses pareilles.

— Mais je l'ai vu, c'est vrai !

Je croisai les bras, comme le faisait toujours papa quand il était fâché.

— Alors tu dois me dire où, et quand. Eh bien ?

Il se cacha la figure dans les mains, mais je m'agenouillai près de lui et les écartai de sa tête. Il était plus fort que moi, en ce temps-là, mais il était trop triste pour se servir de sa force : il pleurait.

— Je ne veux pas que papa soit mort, gémit-il.

— Moi non plus, mais c'est comme ça. En tout cas son corps est mort.

— Son gobelet, ronchonna Lionel avec colère.

— Son esprit n'est plus là, Lionel, il est vraiment parti, et tu sais ce que maman nous a promis : un jour, tous les esprits nous parleront, nous les verrons. Nous verrons papa et nous lui parleront à nouveau, pour de vrai. Tu n'aimerais pas ça ?

Lionel avait toujours répugné à croire ces choses-là, mais maintenant qu'elles offraient une possibilité de revoir papa, il n'avait plus le choix. Il acquiesça d'un signe de tête.

— Quand ? voulut-il savoir.
— Bientôt. Maman dit que ce sera bientôt.

Peu de temps après notre entretien, Lionel commença à admettre que papa était vraiment mort. L'ironie de tout ça, c'est que j'en fus chagrinée. Avant, quand il surveillait la route par la fenêtre, ou tournait brusquement la tête en entendant un bruit de moteur au loin, mon cœur battait plus vite et j'allais voir, moi aussi. J'y étais poussée, moins par le doute, comme lui, que par un espoir, un rêve, une prière... Mais le bruit de moteur s'éloignait, s'éteignait, et la route restait tristement déserte. Je reprenais mes esprits et me reprochais mon enfantillage.

Même si j'étais encore bien jeune, je détestais avoir l'air d'une enfant ou me conduire comme telle. Les incitations de maman à me montrer plus responsable, plus grande, plus mûre, avaient germé dans mon corps d'enfant. Souvent, désormais, en surprenant mon reflet dans le miroir du hall, je remarquais la raideur quasi militaire de mon maintien, mes lèvres pincées, mon expression de sagesse précoce. La petite fille en moi disparaissait, se recroquevillait. Elle aurait bientôt disparu tout à fait, après une enfance trop courte. Sur les étagères de ma chambre, les poupées me regardaient fixement, sans grand espoir. Elles semblaient savoir que, pour toutes sortes de raisons, je ne les prendrais plus jamais avec moi. J'ignorais que l'une d'elles, en particulier, m'attendait tel un démon patient.

Au lieu de jouer à la poupée, j'aidais maman à faire la cuisine et le ménage, promenant dans les chambres un aspirateur plus gros que moi. Au lieu d'habiller mes poupées et de leur servir le thé, j'aidais Lionel à faire ses devoirs et le reprenais pour sa négligence. Quand je le voulais, ma voix était une parfaite imitation de celle de maman, maintenant. Je savais me tenir comme elle et faire les gros yeux, comme elle quand elle était fâchée. Lionel m'avait même demandé de ne pas le regarder comme ça, parce que mes yeux devenaient comme des lampes torches et qu'il sentait leur brûlure dans sa tête.

Mais c'était plus fort que moi. Même quand maman ne me regardait pas, je la sentais derrière moi en train de m'observer, pour s'assurer que je devenais vraiment une grande fille.

De son côté, Lionel paraissait régresser. Il ne voulait pas grandir, être responsable, ni entendre parler de corvées domestiques, et il m'en voulait de les lui rappeler sans arrêt. Sur ce sujet, l'attitude de maman me désorientait complètement. Tantôt elle voulait que je sois la grande sœur, mais chaque fois que Lionel pleurnichait ou se plaignait de moi, elle me demandait d'être surtout une compagne de jeux pour lui.

— Il n'a personne d'autre, Céleste. Il faut que tu joues avec lui.

Je n'avais aucune patience pour partager les jeux puérils de Lionel, mais il fallait bien surmonter ma répugnance et entrer dans ses fantasmes. Notre maison redevint un château. Il me fit dessiner des douves autour d'elle avec un bâton pointu. Il en traça l'un des bords, et je dus dessiner l'autre à une distance d'environ deux mètres du sien. Nous entourâmes toute la maison en creusant la terre. Cela nous prit des heures, et quand je me plaignis d'avoir mal aux mains, Lionel piqua une colère. J'avais déjà des cals aux mains, en fait. Je les lui montrai, mais il n'en tint aucun compte. Cela lui était bien égal.

— Il faut que nous sachions où les alligators et les serpents nageront, Céleste, déclara-t-il, les yeux brillants d'excitation.

J'aperçus maman qui nous observait par une fenêtre. Elle avait une expression étrange, où se mêlaient la tristesse et la peur. Il y avait si longtemps que je ne l'avais pas vue sourire, même quand Lionel disait des bêtises. Je me demandais si elle sourirait jamais de nouveau, ou si les sourires étaient morts avec papa. Avait-elle ouvert son cercueil et jeté tout son bonheur dedans, pour l'enterrer avec lui ?

Ce n'était pas comme si toute chance de retrouver le bonheur nous était interdite, pourtant. Nous n'avions pas de problèmes d'argent. Papa avait une assurance vie très importante. J'avais entendu maman évoquer la question avec son avocat, M. Lyman, un petit homme replet aux joues marbrées de rouge. Il avait de gros doigts boudinés, qui ressemblaient à des concombres, et il sentait la pomme surie. Je me tenais à la porte du bureau ce jour-là, et je m'étais reculée pour ne pas être vue. Je détestais que

M. Lyman me caresse les cheveux, et Lionel évitait adroitement tout contact avec lui.

Maman disait que la mort était une aubaine pour les avocats et les comptables. Il y avait tellement de démarches à faire ! Ils s'abattirent sur notre maison comme des mouches. Heureusement, ils eurent tôt fait de déguerpir : l'associé de papa racheta sa part, sa camionnette, la Jeep, et tout cet argent aussi fut pour maman. Il y avait également des fonds placés sur des comptes bloqués, au nom de Lionel et au mien. La maison n'était pas hypothéquée, et tous les crédits encore en cours se trouvèrent payés, grâce à diverses assurances dont maman ignorait jusqu'à l'existence.

— Tout va vraiment très bien pour vous, Sarah, lui déclara M. Lyman.

Ce propos me fit horreur. Comment les choses pouvaient-elles aller bien pour nous, alors que papa était mort ? Maman m'aperçut et surprit les regards noirs que je lançais à M. Lyman. Elle me dit d'aller voir ce que faisait Lionel et me renvoya d'un geste de la main.

Ce que faisait Lionel ? La même chose que d'habitude. Il était dehors, menant des combats imaginaires contre d'imaginaires démons. Les petits arbres étaient les soldats ennemis, ou les hautes herbes des monstres. Il s'était fait une épée dans une latte de bois, arrachée à un cageot trouvé dans le garage, et chargeait la végétation, pourfendant tout ce qui se trouvait sur son chemin en poussant des cris de guerre. Si je ne le rejoignais pas et n'entrais pas dans son jeu, il irait se plaindre à maman.

Parmi ses recommandations, maman insistait surtout sur un point : nous ne devions jamais franchir les limites de la prairie. Nous n'étions pas assez grands pour vagabonder dans les bois, affirmait-elle. Mais Lionel commençait à se rebeller contre cet interdit. Je devais sans cesse lui rappeler qu'il dépassait les limites et que bientôt, comme un nageur en mer, il serait hors de la portée des secours.

— Papa nous emmenait nager dans la rivière et dans l'étang, gémissait-il.

Maman promit de nous y emmener, et un après-midi elle le fit, mais surtout pour nous donner une leçon de botanique. Lionel trouva ça très ennuyeux. Il donnait de grands coups dans les branches, ou tirait des flèches imaginaires sur d'invisibles dragons, surgis de derrière les gros chênes.

— Reste près de nous, le rappelait maman chaque fois qu'il allait trop loin.

Ses réprimandes l'atteignaient comme un lasso et le ramenaient en arrière. Il détestait ça.

— Nous n'avons pas besoin de maman chaque fois que nous allons dans les bois, décréta-t-il un jour. Ce n'est pas dangereux.

Il grogna et rouspéta tellement que maman finit par céder. Elle nous permit d'aller devant tout seuls, sans nous éloigner, et à condition que Lionel ne me quitte pas. C'était à moi d'y veiller, à mes risques et périls. Il me semblait que le poids de mes responsabilités augmentait de jour en jour.

Je me souviens aussi que je me sentais de plus en plus seule. Les jeux de Lionel ne présentaient plus aucun intérêt pour moi, ils ne m'amusaient plus et lui-même donnait l'impression de se forcer, comme s'il était à court d'idées. Il était de moins en moins inventif. Il détestait que je ne partage pas son univers illusoire. Et chaque fois que je traversais nos douves sans emprunter le pont imaginaire, il bondissait en vociférant que j'avais failli me faire dévorer par un alligator. Je n'avais pas l'air affolée, naturellement, ce qui redoublait sa fureur. Et il allait pleurnicher dans le giron de maman.

— Elle n'écoute rien ! Elle ne respecte pas les règles !

Je défendais mon point de vue.

— C'est un jeu idiot, toutes ces règles sont ridicules.

— Passe donc sur ce pont quand tu rentres à la maison, Céleste, me disait maman. Je n'aime pas le voir aussi contrarié. Pas en ce moment.

— Quel pont ? Il n'y a pas de vrai pont, d'abord.

— Fais semblant d'en voir un comme tu l'as toujours fait, m'ordonnait-elle en détachant soigneusement les syllabes, le regard menaçant. Cela ne te coûtait rien, avant, non ? C'est tout aussi facile maintenant. Obéis !

Des larmes s'amassaient sous mes paupières, et je détournais les yeux pour qu'elle ne les voie pas. Si j'avais pleuré, elle aurait été encore plus fâchée contre moi. Elle m'aurait fait sentir que je la décevais, et papa encore plus qu'elle car il nous regardait. Papa nous voyait. Elle le savait.

Oui, maman parlait souvent avec papa, pendant le premier mois qui suivit sa mort. Je n'oublierai jamais le jour où elle nous l'apprit.

Pendant tout ce premier mois, nous avions reçu toutes sortes de visites, de la ville et des environs. Des gens que nous n'avions jamais vus, ou que maman avait vus si rarement qu'elle les avait oubliés. Celui qui venait le plus souvent était M. Kotes. Maman nous expliqua que c'était à cause de la grande amitié qui s'était nouée entre papa et lui, depuis qu'il avait perdu sa femme. Il n'avait pas d'enfants. Ses parents étaient morts. Il ne lui restait qu'une sœur, célibataire, son associée dans l'affaire familiale. Papa disait toujours que c'était un homme dont le cœur s'était endormi. Son visage semblait avoir oublié le sourire. Quand maman et M. Kotes étaient ensemble, j'avais l'impression que c'était elle qui l'aidait à supporter la mort de papa, et non le contraire. Une chose qu'elle était heureuse de faire pour lui, et qu'il souhaitait qu'elle fasse.

Comme les autres visiteurs, il nous apportait toujours quelque chose quand il venait à la maison. La plupart apportaient des gâteaux, des fleurs, et même des jouets pour Lionel et moi. On m'offrit des poupées, mais maman ne voulut nous donner aucun de ces présents. Tout était rangé dans un endroit à part, car ces cadeaux « étaient là pour nous faire oublier notre chagrin, et nous ne devions pas permettre que cela arrive. La souffrance qu'on éprouve en perdant un être cher, insistait-elle, est le chemin à parcourir pour voir et entendre les esprits de nos ancêtres. C'est une chose trop particulière, et bien trop précieuse, pour être traitée comme une simple maladie infantile ».

Lionel était très contrarié de devoir renoncer à ses camions et à ses trains, ses soldats et ses pistolets à bouchons. Mais quand maman prenait son air fâché, il se contentait de partir en boudant. Elle enfonçait le clou en lui disant que papa serait malheureux de savoir qu'il l'oubliait si vite, et pour quoi ? Pour un jouet ? Son père ne comptait donc pas plus que ça pour lui ?

Mon frère se taisait et ravalait ses larmes. Pour se consoler, il sortait et retournait à son monde imaginaire, où il pouvait jouer avec des bâtons et des cailloux, des buissons et des arbres. Ces présents ne devaient pas nous faire oublier papa. Et d'ailleurs, comme maman nous l'avait répété si souvent, et plutôt cent fois qu'une, l'esprit de papa était toujours là. Papa était dans les arbres et les buissons. Papa était dans la maison. Et tant que nous resterions ici, nous serions avec lui. Si nous faisions cela, nous continuerons à faire partie de lui-même.

Maintenant, bien sûr, j'attendais avec une impatience extrême de le voir et de l'entendre. Aussi, quand maman nous appela dans le salon et nous fit asseoir sur le canapé, pour nous raconter ce qui venait de se passer, j'attendis avec une sorte d'allégresse.

Maman ouvrit les rideaux et entrouvrit la fenêtre, comme pour laisser entrer l'esprit de papa dans la maison. Puis elle croisa les mains sur sa poitrine et annonça :

— Mes enfants, aujourd'hui j'ai rencontré votre père.

— Où ? s'écria Lionel en bondissant littéralement de son siège. Où était-il tout ce temps-là ? Il construisait une maison ? Où est sa camionnette ?

Pendant un long moment, maman se contenta de dévisager mon frère. Elle voyait bien que je savais ce qu'elle voulait dire. Et elle était très contrariée que Lionel n'ait toujours rien compris à ce qu'elle nous avait appris, et continuait à nous apprendre, sur le monde des esprits.

Avec la même lenteur appliquée que lorsqu'elle lui donnait une leçon de calcul, elle articula posément :

— Qu'est-ce que je t'ai dit au sujet de l'esprit et du corps, Lionel ? Allez, répète-moi ce que je t'ai dit.

Il la regarda d'un air mauvais, puis quêta mon aide d'un coup d'œil furtif. Mais je n'avais pas l'intention de l'aider, Elle allait voir ce qu'il savait par lui-même, pensai-je. Et peut-être cesserait-elle de dire qu'il ressentait les choses comme elle, qu'ils étaient pareils, tous les deux.

— Je ne m'en souviens pas, répliqua-t-il avec humeur. Pourquoi papa n'est-il pas venu à la maison ?

Maman insista.

— Je veux que tu te souviennes, Lionel. Eh bien ? Qu'est-ce que je t'ai dit ?

Il baissa la tête, puis la releva lentement.

— Que le corps de papa est un gobelet de carton et que son esprit est partout.

— Oui, approuva-t-elle. Sauf que son corps n'est pas exactement un gobelet, il est *comme* ce gobelet. Je me suis servie de ce gobelet comme moyen d'explication, tu comprends ?

Mon frère conserva un silence obstiné.

— Si tu ne me dis pas que tu comprends, je ne vous dirai rien sur papa, menaça-t-elle.

Lionel releva les yeux sur elle.

— Je sais. Papa est mort et son corps n'est pas ici.

— C'est bien, Lionel. Très bientôt, tu comprendras tout. J'en suis certaine.

Elle me regarda en hochant la tête, et je sus que ce signe voulait dire : « Avec ton aide, Céleste. »

Puis elle entra dans le vif du sujet.

— Papa est venu à moi il n'y a pas très longtemps. Ce n'est pas si facile pour un esprit de revenir parler à ceux qu'il aime. Quand on passe de l'autre côté, il y a tellement de changements, tellement de choses différentes à comprendre sur soi-même et sur ce que l'on a été.

Lionel était tout oreilles, à présent, et moi je retenais mon souffle. Je ne voulais pas perdre une seule parole de maman.

— Pendant un certain temps, on ne peut pas s'empêcher de penser comme un être vivant. On ne s'habitue pas à ne plus toucher le sol, à voir tout à la fois comme si on était sur un nuage, à entendre penser les gens. Oui, mes enfants, les morts peuvent entendre nos pensées, alors surveillez-vous. Faites attention à n'avoir pas de mauvaises pensées en présence de vos ancêtres, car ils les connaîtront et en seront fâchés.

Lionel commença à se mordiller l'intérieur de la joue, et maman lui ordonna de s'arrêter.

— De toute façon, il est difficile pour celui qui est parti de comprendre ce qui lui arrive, et de s'habituer à être de l'autre côté. Il aime toujours autant ceux qu'il a quittés, mais c'est frustrant.

— Ça veut dire quoi : frustrant ? s'enquit aussitôt Lionel.

Il voulait absolument comprendre, car cela concernait papa.

— C'est contrariant, expliqua maman. L'esprit ne peut pas agir directement. Si tu es sur le point de tomber dans un trou, de te couper ou d'être renversé par une voiture, il ne peut pas empêcher l'accident de se produire. Il peut seulement essayer de te prévenir, à condition que tu écoutes.

— J'écouterai, dit Lionel en ouvrant des yeux ronds.

— Vraiment ? J'espère que oui, Lionel, soupira maman.

Elle me jeta un coup d'œil, s'aperçut que je la dévisageais avec impatience et en parut agacée. Mais je n'avais pas besoin de toutes ces informations préliminaires sur ce que les esprits pouvaient faire ou ne pas faire. Je voulais entendre parler de papa. Elle n'expliquait tout cela que pour Lionel, et nous le savions toutes les deux.

— Il faut écouter, reprit-elle en ne regardant que lui, écouter pour entendre vraiment. Tu dois croire et te concentrer, Lionel, et ne pas être distrait quand je te parle.

— D'accord, acquiesça-t-il d'une toute petite voix. Je me concentrerai.

— Bien. J'espère que tu te souviendras de ta promesse. Donc, je me promenais dans la prairie...

— Quelle prairie ? coupa vivement Lionel. Où ça ?

Maman leva les yeux au ciel.

— Laisse-moi parler sans m'interrompre, Lionel !

Mon frère se mordit les lèvres et maman poursuivit :

— Je marchais dans la prairie, près du vieux puits. Je baissais la tête et pensais très fort à papa, en visualisant son image. C'est comme ça qu'on établit le contact. Je ne laissais aucune autre pensée s'infiltrer dans ma tête. Il ne m'a jamais dit au revoir, voyez-vous. Il est parti au travail et n'est jamais revenu.

— À moi non plus, observa Lionel. Il ne m'a jamais dit au revoir.

Je crus que maman allait le gronder pour cette nouvelle interruption, mais non. Elle se contenta de fermer les yeux et de les rouvrir.

— Quand je fais référence à moi-même, Lionel, je me réfère à nous tous. Tu comprends ?

Il fit signe que oui, bien qu'il n'ait rien compris du tout. Maman me jeta un coup d'œil et vit que moi, je comprenais.

— Quoi qu'il en soit, il s'est subitement trouvé là, assis sur la margelle du puits, comme quand il s'amusait à me taquiner en faisant semblant de basculer en arrière et de tomber. Il souriait, et j'ai compris qu'il ne souffrait pas.

— Est-ce qu'il a demandé de mes nouvelles ? questionna Lionel.

— Bien sûr que non. Je vous ai dit qu'il vous voyait à tout instant de la journée. Il sait tout de vous. Ceci est très important, alors tiens-toi tranquille ! ordonna maman à Lionel, tout en se penchant vers nous. Il m'a dit que vous allez très bientôt voir et entendre les esprits, tous les deux.

— Mais papa se moquait des esprits ! Il n'a jamais voulu y croire, m'écriai-je.

Peut-être aurais-je mieux fait de me taire. Maman se redressa comme si un élastique la tirait en arrière et me foudroya du regard. Elle semblait bien plus furieuse contre moi qu'elle ne l'avait été contre Lionel, un peu plus tôt. Et soudain, elle sourit, mais ce ne fut pas un sourire appuyé. Il eut quelque chose de discret, de furtif, comme lorsqu'on chuchote à votre oreille.

— Je sais qu'il se moquait parfois de moi avec toi, Céleste.

Je commençai à secouer, la tête.

— Et tu l'écoutais. Vous aviez ce petit secret, à propos de n'écouter que d'une oreille, n'est-ce pas ?

J'en restai bouche bée. Je ne savais pas qu'elle savait. Et elle souriait toujours !

— Il pensait qu'il t'avait mise de son côté, je

suppose, et vous riiez de moi derrière mon dos ?

— Non, maman. Je n'ai jamais ri de toi. Jamais.

— Peu importe. Il a certainement changé d'attitude au sujet de tout ça, maintenant, déclara-t-elle. Une des premières choses qu'il m'ait dites, c'est qu'il aurait bien voulu avoir porté ceci...

Elle balança devant nous le pendentif d'améthyste, et nous le fixâmes comme deux candidats à l'hypnose.

— Donc, fit-elle valoir avant de le retirer, n'oubliez jamais de porter ce que je vous ai acheté chez M. Bogart.

Lionel regarda son amulette, son ver de terre avec des bras et des jambes, comme il continuait à la nommer, puis releva vivement les yeux sur maman. Elle enchaîna :

— Nous avons longuement parlé. Il n'arrêtait pas de s'excuser d'être mort, de n'avoir pas écouté les avertissements, de s'être cru invincible.

— Ça veut dire quoi inv...

— Que l'on ne peut pas être vaincu, battu, détruit, coupa promptement maman.

Il était clair qu'elle ne supportait plus d'être interrompue, maintenant, même pour une explication.

— Il s'est rendu compte qu'il nous avait fait beaucoup plus de mal qu'à lui-même, bien que ce soit lui qui soit mort. Que nous restions seuls, sans lui, et que vous n'aviez plus de père. Il cherchait un moyen de se punir, mais je lui ai dit que nous avions plus que jamais besoin de lui. Et qu'il devait faire tout ce qu'il lui serait demandé de faire pour rester près de nous et nous protéger, surtout vous deux.

« Mais, poursuivit maman d'un ton résolu, je tiens à souligner qu'il ne pourra pas faire cela pour vous, tant que vous ne serez pas capable de voir ni d'entendre le monde des esprits.

« On ne peut pas faire semblant avec ces choses-là, Lionel, lui dit-elle sévèrement. Tu ne dois jamais mentir à ce sujet, c'est compris ? Mentir, tricher, cela provoque la colère des esprits. Ne viens pas me raconter que tu as vu ou entendu quelque chose, si ce n'est pas vrai. C'est valable pour toi aussi, Céleste.

— Je ne ferai jamais ça, maman.

— Moi non plus, promit Lionel.

— Bien. Mais quand cela se produira, je veux le savoir tout de suite, d'accord ?

— Comment cela se passera-t-il ? demandai-je. Quand nous serons avec toi, sur le canapé ?

— Peut-être. Ou bien quand vous serez seuls, ou en train de jouer, ou endormis. Il n'y a aucun moyen de le savoir. Soyez aux aguets. Soyez prêts. Mais surtout, je veux que vous vous concentriez au moins une heure par jour, tous les deux.

— Ça veut dire quoi, se concen…

— Je vais vous apprendre à méditer, coupa maman. À penser fortement à une chose, fixer fermement votre attention sur elle et ne pas vous en distraire, jusqu'à ce que vous ne voyiez plus et n'entendiez plus rien de ce qui vous entoure. Tu as besoin d'apprendre cela, Lionel, pour que tout arrive plus vite. Cela t'aidera, en même temps que le Krena, à te relier à ton énergie psychique.

— Est-ce que papa est là en ce moment ? s'enquit mon frère.

— Oui, juste à côté de toi. Il écoute tout ce que nous disons et entend toutes tes promesses. »

La mâchoire de Lionel s'affaissa. Il regarda autour de lui puis se retourna vers moi, pour tâcher de savoir si je voyais quelque chose. Ce n'était pas le cas mais je ne dis rien et, une fois de plus, il regarda autour de lui.

— Tu ne peux pas encore le voir ni l'entendre, Lionel. Je te l'ai déjà dit.

— Mais je veux le voir ! geignit mon frère.

— Alors fais ce que je t'ai dit... Et maintenant, au lit ! ordonna maman. C'est l'heure. Montez vous préparer pour la nuit, conclut-elle en se levant.

Tout dépité, mon frère se leva aussi. Je le pris par la main et l'entraînai vers l'escalier.

— Est-ce que tu l'as vu ? chuchota-t-il.

— Non. Mais nous le verrons, j'en suis sûre.

Il se retourna. Par la porte ouverte du salon, nous pouvions voir maman sourire en hochant la tête, à ce qui pour nous n'était que vide. J'en étais malade d'envie.

En montant nous dire bonsoir, cette fois-là, elle nous annonça que papa l'accompagnait. Quand elle nous eut embrassés, l'un après l'autre, je fermai les yeux et attendis. Allais-je à nouveau sentir le contact des lèvres de papa ? Son baiser était toujours différent de celui de maman. Il gardait plus longtemps ses lèvres sur ma joue, puis me frottait le bout du nez avec le sien. Je ne sentis pas vraiment ses lèvres, mais je suis sûre d'avoir vaguement senti le bout de son nez frôler le mien. Du coup, je rouvris les yeux. Maman quittait la chambre en tirant la porte derrière elle et, dans la traînée de lumière venue du couloir, je fus certaine de voir la silhouette diffuse de papa. Je voulus l'appeler, mais je n'en fis rien, mon cœur battait trop fort. La porte se referma brusquement.

— Au moins, papa pourra réparer la roue de mon camion, marmonna Lionel. Je n'ai pas besoin de le voir, pour ça.

Je secouai la tête et lui tournai le dos. Il ne comprendrait jamais, décidai-je. Et je me demandai comment maman pourrait supporter ça.

Elle comptait bien apprendre à Lionel à entrer en contact avec le monde surnaturel, pourtant. Sa décision de commencer à nous donner des leçons de méditation était sa façon d'y parvenir. Quand le travail commença, je n'en fus pas fâchée, mais mon frère avait horreur de ça. De tout ce que maman lui faisait faire, c'était ce qu'il détestait le plus.

Le lendemain matin, nous eûmes la surprise de trouver trois coussins posés sur le sol dans le salon ; deux étaient placés l'un à côté de l'autre, pour Lionel et moi, et un troisième en face pour maman. Elle nous prévint que nous ne prendrions pas le petit-déjeuner avant d'avoir médité. Lionel se plaignit d'avoir faim et réclama ses œufs aux champignons, que maman préparait tout exprès pour lui.

— Ce travail doit se pratiquer l'estomac vide, déclara-t-elle, en s'asseyant devant nous pour nous donner l'exemple.

Puis elle se lança dans des instructions détaillées.

— Croisez les jambes, relaxez les épaules. Posez les mains sur les cuisses, dit-elle en se levant pour corriger la position de Lionel. Confortablement, comme ça. C'est bien. Ne te penche pas en avant, Lionel. Le dos bien droit, mais sans raideur. Allez, vas-y.

Lionel grogna mais il lui obéit. Elle me jeta un coup d'œil et vit que je me tenais correctement.

— Bien, commenta-t-elle en reprenant place en face de nous.

Lionel recommença à pleurnicher.

— Qu'est-ce qu'on fait, alors ? J'ai faim !

— Nous apprenons à nous concentrer, afin que vous sachiez quoi faire pour voir de nouveau papa et lui parler. Tu aimerais cela, Lionel ?

— Oui.

— Alors écoute et fais exactement ce que je vous dis. Il est très important d'être détendu. Ouvrez très légèrement la bouche, les enfants, et concentrez-vous sur votre respiration. Surveillez-la, c'est tout. Ne respirez pas trop vite, ni trop fort. Faites attention à la façon dont vous relâchez l'air. Chaque fois que quelque chose d'autre vous vient à l'esprit, chassez-le, et recommencez à vous concentrer sur votre souffle.

Maman ferma les yeux, et elle eut vraiment l'air de faire ce qu'elle venait d'expliquer.

— Je ne peux pas m'empêcher de penser à mes œufs, ronchonna mon frère.

Maman leva les yeux au ciel et prit une grande inspiration.

— Bon, nous allons passer à autre chose. Quand vous inspirez et que vous expirez, je veux que vous disiez : hamsa.

— Quoi ? fit Lionel.

— Je veux qu'en inspirant vous prononciez : h-ah-m, et en expirant : s-ah. Allez-y. Je veux vous entendre.

J'obéis, et maman eut un signe de tête approbateur.

— C'est bien, Céleste.

Lionel émit un son qui ressemblait à « hamster », et maman le corrigea. Elle alla s'agenouiller près de lui, posa la main sur son épaule et le fit recommencer, jusqu'à ce qu'elle juge sa prononciation correcte. Elle lui dit alors de continuer seul.

Nous ne tardâmes pas à psalmodier en chœur. Lionel essayait de chantonner plus fort que moi, et maman nous arrêta.

— Ce n'est pas une compétition, Lionel. Le son ne sert qu'à nous aider à ne penser à rien d'autre. Allez, reprenons.

Il poussa un gémissement, et nous reprîmes. Nous restâmes bien cinquante minutes ainsi, à psalmodier et travailler notre souffle, avant que maman ne décide que cette première leçon était finie. Lionel se leva d'un bond et réclama ses œufs.

— À partir d'aujourd'hui, nous nous entraînerons chaque jour, nous annonça maman. Une fois avant le petit-déjeuner et une fois avant le dîner, jusqu'à ce que vous soyez capables de faire cela sans moi.

Lionel ne prit jamais cette pratique au sérieux. Il l'exécutait comme un devoir, pour en être quitte et pouvoir aller manger. Mais parfois, quand il jouait dehors à construire des châteaux forts ou à combattre des dragons, il m'appelait, chantait : « hamsa » et éclatait de rire. Et moi, à l'insu de maman, je m'exerçais toute seule. Je voulais faire tout ce qui était en mon pouvoir pour me rapprocher des esprits, et en particulier de papa.

Quelquefois, Lionel s'endormait pendant notre méditation ; surtout avant le dîner, fatigué par une journée passée à sauter, courir, escalader des rochers et grimper aux arbres. Comme j'étais chargée de le suivre et de le surveiller, je grimpais et courais tout autant que lui. Depuis quelque temps, il semblait devoir fournir plus d'efforts que moi pour faire tout cela. Nous grandissions à peu près au même rythme. À sept ans, il était peut-être légèrement plus grand que moi. Mais mes bras et mes jambes étaient aussi musclés que les siens, et il ne lui était plus aussi facile de me pousser pour me jeter à terre, comme il en avait l'habitude. En fait, il n'essaya plus de me tyranniser.

Plusieurs mois s'étaient écoulés depuis que

maman nous avait dit que papa était ici, avec nous. Je n'avais pas encore entendu sa voix, mais je croyais en entendre d'autres, la nuit. Souvent, je me réveillais avec l'impression d'entendre murmurer ou chuchoter dehors, juste derrière ma fenêtre. Cela ne m'effrayait jamais, au contraire. J'en éprouvais une excitation pleine d'impatience. De temps à autre, quand je jouais dehors avec Lionel ou travaillais au jardin avec maman, je me retournais. Et je voyais ce qui paraissait être une ombre se mouvoir autour de la maison ou s'enfoncer dans les bois. Et comme il faisait beau je savais que ce n'était pas une simple illusion, causée par un nuage passant devant le soleil.

Une fois, juste après avoir eu l'une de ces visions, je regardai maman. Elle me jeta un coup d'œil entendu mais ne dit rien, et pourtant j'eus l'impression que cela lui faisait plaisir. Lionel ne voyait jamais rien, n'entendait jamais rien non plus. Et si je lui demandais s'il avait vu la même chose que moi, il faisait la grimace et me traitait de menteuse. J'en arrivai à ne plus rien lui demander, ni lui parler de ce que je croyais avoir vu.

J'aimais la méditation, elle me procurait un sentiment de paix. Lionel se mit à détester de plus en plus nos séances, et il en profitait toujours pour somnoler. Affreusement déçue, maman décida bientôt d'essayer autre chose. Nos méditations prirent fin. Je les continuai toute seule, bien sûr, ce qui contrariait toujours mon frère, qui faisait tout ce qu'il pouvait pour me déconcentrer. Quand il n'y parvenait pas en me parlant ou même en criant, il me taquinait avec la pointe d'un bâton ou me lançait de la terre.

Je m'en plaignis à maman.

— Ne pratique pas devant lui ou quand tu es avec lui, me conseilla-t-elle, au lieu de le réprimander.

— Mais quand je médite, je ne sais pas s'il est près de moi ou non, maman. Je ne l'entends pas.

— Alors essaie de l'éviter, Céleste, me jeta-t-elle en s'esquivant.

Quand je faisais quelque chose qui ennuyait ou contrariait mon frère, elle me grondait. Pourquoi n'en faisait-elle pas autant avec lui ? Quand je le lui demandais, elle se contentait de répondre :

— Nous devons faire tout notre possible pour protéger Lionel. Ne l'oublie pas, Céleste. Tu dois veiller sur lui. Je ne peux pas être partout à la fois.

Je ne pleurais jamais à cause de tout ça devant Lionel ni devant elle. Mais quand j'étais seule, et si je n'étais pas en train de méditer ou de penser au monde des esprits, des larmes brûlantes s'amassaient sous mes paupières. Ce n'était pas juste. Pourquoi favorisait-elle ainsi Lionel ? Pourquoi devais-je être l'unique responsable de tout ? Oui, c'était vraiment injuste, me désolais-je.

Et un soir, alors que nous dormions depuis des heures, que les étoiles scintillaient et que les arbres eux-mêmes semblaient dormir, je m'éveillai en sursaut. Quelqu'un me tenait par la main.

Tout d'abord, je regardai cette main. Puis je

levai lentement les yeux... et il était là. J'en eus la certitude, même si quelqu'un d'autre aurait pu prétendre que je rêvais.

    Papa était là.
    Il me souriait.
    Ce n'était plus une ombre.
    J'étais passée de l'autre côté.

4

Une visite à l'école

— Elle ment ! rugit Lionel.

Je ne lui avais rien dit quand nous nous étions levés, lavés, habillés, ni pendant que nous descendions pour aller déjeuner. Mais dès que nous entrâmes dans la cuisine pour aider maman à mettre la table, je lui racontai ce que j'avais vu et ressenti.

Elle faillit lâcher un bol de céréales.

— Tais-toi, Lionel ! le rabroua-t-elle.

Puis elle s'assit et me tendit les mains. Je lui donnai les miennes. Elle les serra très fort, au point que la pression de ses doigts me fit mal, mais je ne me plaignis pas. Debout un peu à l'écart, Lionel nous jetait des regards furibonds.

— Si tu mens, Céleste, je le saurai, m'avertit maman.

Je répliquai d'une voix ferme :

— Je ne mens pas, maman.

Je pouvais sentir ses yeux explorer mon visage, et même mon cerveau. Puis elle hocha la tête et lâcha mes mains. Ses doigts y avaient laissé des taches rouges.

— Raconte-moi, dit-elle dans un souffle.

Je décrivis ce qu'avaient senti mes doigts dans mon sommeil, comment j'avais ouvert les yeux et vu papa près de moi, qui me tenait la main.

— Est-ce qu'il t'a parlé ?

— Non. Il est simplement resté là, à me regarder en souriant.

— Oui, approuva-t-elle, c'est bien ainsi que cela commence. C'est pourquoi je sais qu'elle ne ment pas, Lionel.

Sur le visage de mon frère la fureur fit place à la déception, et maman expliqua :

— C'est comme quand on rentre tout doucement dans un bain chaud. On ne passe pas tout d'un coup de l'autre côté. Au début, on les voit, et quand ils sentent que nous sommes prêts, ils nous parlent et nous les entendons.

— Je ne les ai pas vus, pleurnicha mon frère. Pourquoi je ne les verrais pas, moi aussi ?

— Tu les verras. Maintenant que Céleste a vu papa, ce n'est plus qu'une question de temps, pour toi.

— Pourquoi est-ce qu'elle l'a vu la première ?

— Parce qu'elle a fait plus attention aux méditations et s'est donné plus de mal ! rétorqua maman, presque en criant.

Je retins mon souffle. Il était rarissime que maman prenne mon parti contre lui, ou lui montre aussi clairement sa colère. C'était seulement parce que j'avais vu l'esprit de papa, j'en étais sûre. Si je ne l'avais pas vu, rien n'aurait changé. Même s'il ne comprenait pas tout, Lionel parut avoir compris cela. Il baissa la tête en bougonnant.

— Ce n'est pas juste !

La voix de maman se durcit encore.

— Va t'asseoir tranquillement dans le salon, Lionel. Allez !

— Mais je veux mes céréales.

— Pas encore. Je veux que tu ailles t'asseoir, que tu réfléchisses à ce qui s'est passé, et à ce que tu peux faire pour que ça t'arrive. Et je te préviens, mon garçon. Si tu faisais semblant, si tu essayais de raconter autre chose que la vérité, tu chasserais l'esprit de ton père loin de toi. Il ne pourrait jamais se montrer à toi ni te parler, si tu n'étais pas honnête. Tu comprends ça ? Tu comprends ?

— Oui.

— Va t'asseoir et réfléchis, ordonna maman en pointant le doigt vers la porte.

Mon frère me jeta un regard plein de colère et d'envie, puis il sortit la tête basse.

— Donne-moi plus de détails, demanda aussitôt maman. Comment l'as-tu trouvé ?

— Il m'a paru plus jeune que dans mon souvenir, maman.

— Oui, acquiesça-t-elle. C'est exactement ça.

— Et il n'avait pas l'air malheureux. Il semblait même très heureux.

— C'est cela, murmura-t-elle.

Elle était si contente que je me sentis obligée de continuer. Je me concentrai davantage.

— Et aussi... je me suis sentie enveloppée de chaleur.

— Protégée, approuva maman. C'est bien ça.

Tu as réussi, Céleste ! s'écria-t-elle, les larmes aux yeux. Tu as réussi !

Elle m'attira contre elle et me donna l'étreinte la plus chaleureuse dont je me souvienne, embrassa mon front, puis mes paupières closes. Mon cœur débordait de joie, j'avais l'impression qu'il allait éclater dans ma poitrine.

— Va prendre ton petit-déjeuner, me dit maman. Tu n'as pas idée de tout ce qui vient de s'ouvrir à toi. Chaque jour de ta vie t'apportera une nouvelle surprise. Tu devrais déjà te sentir mieux, et mieux apprécier ce qui t'entoure.

C'était vrai. Maintenant qu'elle me montrait tant d'amour et d'affection, j'étais heureuse comme je ne me souvenais pas de l'avoir jamais été. De tout ce que j'avais pu faire, rien ne lui avait fait plaisir à ce point. C'était vraiment comme si la mort de papa n'avait plus d'importance, car il pourrait toujours être avec moi, et maman m'aimerait plus qu'elle ne m'avait jamais aimée.

— Maintenant, nous devons nous concentrer sur Lionel, déclara-t-elle. Nous devons l'aider à voir, alors nous serons à nouveau réunis. Papa sera de nouveau parmi nous.

Après quelques minutes, elle rappela mon frère dans la cuisine et lui renouvela ses recommandations.

— Tu sais que tu n'as pas encore essayé assez fort, Lionel. Tu le sais, n'est-ce pas ?

Il ne répondit pas et elle se pencha sur lui, le regard lourd d'exaspération et de colère. Il leva les yeux et les abaissa aussitôt. Je me sentis navrée pour lui.

— Tu essaieras encore, et encore mieux ! insista-t-elle.

Lionel se contenta de hocher la tête. Pendant des jours et des jours, après cela, il se montra aussi repentant et aussi coopératif qu'il en était capable. Et il se mit à m'observer. Je le vis à sa façon de plisser les yeux, et à leur intensité. Il interrompait ses activités pour rôder autour de moi quand je m'occupais du jardin, ce qui ne l'avait jamais beaucoup intéressé, ou quand j'aidais maman pour le ménage. Chaque fois que nous allions nous promener, avec ou sans maman, il accordait une grande attention à ce qui attirait la mienne. Il voulait savoir si j'avais vu papa, et surtout si papa m'avait parlé ou pas.

Il ne l'avait toujours pas fait, je ne pouvais donc pas dire à Lionel que c'était le cas. Et je n'avais rien à lui raconter non plus, car je n'avais pas revu papa depuis cette nuit-là et il n'était pas question pour moi de prétendre le contraire. Je prenais très au sérieux l'avertissement de maman : ne jamais mentir à propos des esprits, ni à eux-mêmes.

Depuis que j'avais vu papa, toutefois, j'étais sûre que je commençais à en voir d'autres. Parfois ils se promenaient simplement dans la propriété, en se parlant tout bas, bien que je ne puisse pas les entendre. Je voyais leurs lèvres remuer, leurs mains faire des gestes. De temps à autre ils s'arrêtaient, regardaient de mon côté, me saluaient de la tête et souriaient.

Je dis à maman que je les avais vus et lui demandai ce que je devais faire.

— Ne fais rien, me conseilla-t-elle. Souris et réponds à leur salut. Il faut d'abord qu'ils s'habituent à toi, qu'ils croient en toi. Cela prend du temps.

Je fronçai les sourcils, déconcertée. Pourquoi devaient-ils s'habituer à moi ? Ce n'était pas moi qui étais morte, c'étaient eux. Maman comprit ma perplexité.

— Je vois que cela te paraît bizarre, Céleste, mais c'est vrai. Il est plus difficile pour les esprits de croire que les vivants peuvent les voir et les entendre, que pour nous de croire la même chose à leur sujet. Le temps a rendu plus difficile pour eux de se représenter ce que nous sommes et ce qu'ils sont. Ils ne comprennent pas pourquoi nous accordons une telle valeur à des choses qui ne durent pas, pourquoi nous nous tracassons à ce point pour des questions futiles. C'est un peu comme si l'une des fourmis de Lionel essayait de comprendre Lionel, tu vois ?

Je voyais. Quand elle expliquait les choses de cette façon, je comprenais pratiquement tout. Elle avait dû être une institutrice remarquable, me disais-je. Nous avions de la chance de l'avoir pour nous tout seuls.

— Tu es très intelligente, observa-t-elle, mais sans paraître s'en réjouir autant que je l'aurais cru. Pour être franche, Céleste, je ne m'attendais pas que les choses se passent comme ça. Je pensais que Lionel serait le premier à passer de l'autre côté.

— Pourquoi ? questionnai-je, un peu trop vite sans doute.

Elle regardait par la fenêtre et ne se retourna pas.

— Je n'en sais rien, répondit-elle enfin. C'était censé se passer comme ça, c'est tout.

Sa voix s'éteignit. Je détestais qu'elle ne me donne pas d'explications quand je posais une question. Nous vîmes Lionel passer en courant, brandissant son épée en poussant un cri de guerre. Il me parut plus loin que jamais de franchir le pas, et je crois que maman pensa la même chose que moi. Elle se retourna et son expression se durcit.

— Il faut que nous l'aidions, dit-elle avec une âpreté désespérée. J'ai peur pour lui.

— Peur ? Mais pourquoi, maman ?

— Comme ça, c'est tout. Et tu devrais avoir peur, toi aussi. Tu es spécialement responsable de lui, ne l'oublie pas. Tu dois veiller sur lui.

Pourquoi ? Qu'est-ce que j'ai fait pour qu'on me charge de cette responsabilité ? faillis-je demander. Mais j'estimai que cela aurait paru trop égoïste et méchant. Après tout, elle avait de lourdes responsabilités, elle aussi. Elle devait assumer le double rôle de père et de mère, c'était beaucoup.

Près d'une année avait passé depuis la mort de papa. Nos vies s'étaient installées dans une confortable routine. Pour l'essentiel, maman parvenait à pourvoir toute seule à nos besoins. Elle avait même réussi à comprendre le fonctionnement du fourneau à pétrole, des disjoncteurs, et résolvait nos petits problèmes aussi vite et aussi bien que l'aurait fait papa. Quand elle était convaincue que l'un d'eux la dépassait, et pas avant, elle demandait de l'aide. En général elle appelait M. Kotes, qui arrivait aussitôt, à croire qu'il était déjà en route avant qu'elle téléphone. Quand elle le remerciait, il insistait pour qu'elle ne le fasse pas, et la suppliait de le rappeler en cas de besoin.

— Quel que soit le problème, insistait-il.

Et maman lui répondait toujours :

— C'est très aimable à vous, Taylor.

Je l'aimais bien. Il avait toujours pour moi un bon sourire chaleureux, mais je voyais bien qu'il ne plaisait pas à Lionel. Mon frère ne l'aimait pas du tout.

— Il se sert des outils de papa, grommelait-il quand M. Kotes venait réparer quelque chose.

— Il en a besoin, lui répondais-je, mais il était toujours aussi fâché.

— Il ne devrait pas avoir le droit de s'en servir. Il n'est pas aussi adroit que papa, ni aussi fort.

M. Kotes n'avait pas la stature vigoureuse de papa, même s'il était un peu plus grand que papa ne l'avait été. Le teint pâle et les joues rosées, il avait des cheveux châtain clair, presque blonds, coupés très court. Il s'efforçait de gagner l'amitié de Lionel en lui offrant, de temps à autre, des outils venant de ses ateliers. Ou plutôt en essayant de les lui offrir, car mon frère lui répondait régulièrement :

— Maman nous défend d'accepter des cadeaux qui nous feraient oublier papa.

— Oh ! Mais je ne veux pas que tu oublies ton père, protestait M. Kotes, et je suis sûr qu'il voudrait que tu aies ces outils. Prends-les, et garde-les pour le moment où tu jugeras bon de t'en servir.

Luttant avec sa conscience, Lionel finit par accepter les outils et les cacha dans la resserre du jardin. Je le voyais parfois se servir d'un petit marteau ou d'un tournevis, mais toujours furtivement et d'un air coupable, en s'efforçant de n'être pas vu de maman.

À part M. Kotes, certains ouvriers, le facteur, l'avocat de maman et ses comptables, il ne venait pratiquement personne à la maison. Même pour Halloween, aucun groupe d'enfants ne vint frapper à notre porte pour avoir des friandises, et cela n'était pas seulement dû au fait que papa était mort. Depuis des années, maman préparait des sucreries à l'avance, et c'était chaque année la même chose : il ne venait personne. C'était sans doute parce que nous habitions trop loin du bourg, expliquait maman, ou que notre chemin était trop long. Lionel et moi-même à présent souhaitions vivement avoir des amis de notre âge. Et je demandais souvent à maman quand elle nous enverrait à l'école.

— Nous verrons, répondait-elle ordinairement, et il lui arriva d'ajouter : quand ils me le diront.

Je n'eus pas besoin de lui demander qui ils étaient.

J'en vins à croire que nous n'irions pas à l'école tant que Lionel n'aurait pas traversé, lui aussi. Je tâchais de l'aider à méditer, à se concentrer, mais tous mes efforts et toutes mes promesses étaient inutiles. Mon frère n'avait tout simplement pas la patience nécessaire. Finalement, un soir, maman décida d'essayer autre chose. Il y avait deux mois que j'avais franchi le pas, et Lionel n'avait toujours pas entrevu la plus vague des ombres, sauf en imagination.

Ce soir-là, quand nous eûmes terminé les devoirs qu'elle nous avait donnés, maman nous appela dans la cuisine. Elle était assise à la table, au centre de laquelle brûlait une bougie noire. Elle nous fit asseoir à ses côtés, puis annonça qu'elle allait tenter quelque chose de nouveau pour faciliter le passage de Lionel.

Elle nous dit de lui tenir les mains, de fermer les yeux et de baisser la tête. Pendant un moment, nous ne fîmes rien d'autre. Lionel s'agitait sur sa chaise et maman, d'une voix brève, le rappelait à l'ordre. Il finit par demander :

— Mais qu'est-ce qu'on fait ?

— J'essaie d'attirer les pouvoirs spirituels afin qu'ils entrent en toi, à travers moi. Depuis qu'ils ont commencé à agir à travers Céleste, nous disposons de forces combinées, lui expliqua maman. Cela pourrait aider.

Ces mots ne signifiaient rien pour Lionel. S'il y avait une chose dont il était incapable, c'était de rester longtemps immobile, et c'était justement ce que maman exigeait de lui. Cinq autres minutes s'écoulèrent et il annonça :

— J'ai envie de faire pipi.

Maman gémit et ses mains giflèrent les nôtres, sur la table.

— Aïe ! grogna Lionel. Ça fait mal, maman.

— File à la salle de bains, lui jeta-t-elle, exaspérée.

Il se leva, me décocha un regard en dessous et sortit. Maman tourna vers moi un visage défait, qui m'inspira une frayeur indicible. On aurait dit qu'elle venait de voir quelque chose d'épouvantable.

— Il y a quelque chose qui rôde autour de nous, Céleste. Quelque chose de maléfique, qui barre le passage à Lionel. Je veux que tu sois sans arrêt sur tes gardes. Si tu le vois, viens me trouver aussitôt. Il y a certaines choses contre lesquelles je ne peux rien, si je ne sais pas ce que c'est.

Je fis signe que oui en retenant mon souffle.

— Cela peut se manifester comme une sensation de froid glacial sur la nuque, ou un voile noir sur tes yeux en plein soleil, ou un frisson dans le dos. N'importe quoi, de n'importe quelle façon, et quand cela se produira je veux être certaine que tu viendras me le dire tout de suite. Promets-moi que tu le feras, Céleste, implora-t-elle. Jure-le-moi.

— Je te le promets et je te le jure, maman.

Je m'exprimai avec toute la fermeté possible, mais elle n'en parut pas soulagée pour autant.

Lionel revint, l'oreille basse. Il regagna sa place, maman reprit nos mains, mais au bout d'environ dix minutes elle secoua la tête et libéra nos doigts de son étreinte.

— Ça ne marche pas, en tout cas pas ce soir.

Nous essaierons une autre fois. Bientôt, nous promit-elle.

Et elle nous donna la permission de nous retirer.

Quelques jours plus tard, elle eut une autre idée. Elle avait attendu pour cela que ce soit la pleine lune. Nous étions en automne, les nuits devenaient de plus en plus fraîches, jusqu'à ce qu'il fasse carrément froid. Nous ne pouvions plus sortir après le dîner sans nous couvrir. Il y avait déjà eu quelques nuits de gel.

Tous les arbres étaient dépouillés de leurs magnifiques feuillages mordorés, bruns et cramoisis. La forêt semblait sombre et grise. Lionel disait que les arbrisseaux étaient des ossements et les grands arbres des squelettes ; et c'était aussi l'effet qu'ils me faisaient, surtout quand la pleine lune brillait à travers les branches.

Maman ne nous avait pas encore emmenés au cimetière voir la tombe de papa. Comme elle ne croyait pas qu'un esprit s'y trouvait présent, elle ne voyait aucune raison d'y aller pour déposer des fleurs devant une pierre tombale, ou simplement parce que c'était l'usage. Pourtant, elle allait parfois se recueillir devant les tombes de son arrière-grand-père Jordan et de sa femme Elsie, avec la petite tombe de bébé Jordan entre elles deux. J'aurais voulu lui demander pourquoi leurs esprits se trouvaient dans leurs tombes, si celui de papa n'était pas dans la sienne, mais je n'osais pas. Je craignais d'avoir l'air de ne pas croire en ses visions et ses pouvoirs.

La plupart du temps, elle rendait visite toute

seule à ses parents, mais ce soir-là elle décida de nous emmener avec elle. Une fois sur place, elle dit à mon frère :

— Lionel, je veux que tu poses les deux mains sur la tombe de Grandpa Jordan et que tu restes bien tranquille.

— Pourquoi moi et pas Céleste ? s'enquit-il aussitôt.

Il était rarissime qu'on lui demande de faire une chose qu'on ne me demandait pas. Nous partagions toutes nos tâches ménagères. Nous faisions les mêmes devoirs. Nous dormions dans la même chambre. Nous mangions les mêmes choses à table. C'était parce que nous étions jumeaux, sans doute. Mais d'aussi loin que puissent remonter nos souvenirs, au cours de nos sept ans et demi de vie commune il en avait toujours été ainsi.

— Elle n'a pas besoin de le faire. Elle fera autre chose qui pourra nous aider. Maintenant fais ce que je te dis, ordonna maman.

Mon frère avança, posa prudemment les mains sur le sommet de la pierre et me jeta un regard par-dessus son épaule. Je vis qu'il frissonnait.

— Donne-moi la main, Céleste, me dit maman.

J'obéis, et elle nous surprit tous les deux en tombant à genoux et en inclinant la tête. Nous ne pouvions pas l'entendre, mais elle murmurait une prière.

Je coulai un regard sur ma gauche. J'étais certaine d'avoir vu papa nous observer. J'en fus tout émue car je ne l'avais pas revu depuis ce premier soir, mais il ne paraissait pas heureux cette fois-ci. Je voulais le dire à maman, mais je n'osais pas interrompre sa prière. Quand elle eut terminé, papa n'était plus là.

Elle leva sur Lionel un regard plein d'espoir. Il avait la tête basse et, de toute évidence, il tremblait.

— Il fait froid, se plaignit-il.

Maman me jeta un coup d'œil déçu. Puis elle se leva lentement, saisit la main de Lionel et l'éloigna de la tombe. Nous revînmes à la maison. Maman avait la mine aussi sombre et aussi lugubre qu'à notre retour du cimetière, après l'enterrement de papa.

Ce soir-là, quand nous fûmes tous les deux au lit et Lionel endormi, maman vint à mon chevet. Elle s'agenouilla et, malgré l'obscurité de la pièce, je sentis son regard sur moi. Je retins mon souffle et attendis qu'elle parle, mais comme elle tardait ! Enfin, elle se décida.

— Je te l'ai déjà dit, commença-t-elle. Pour des raisons que je ne comprends pas encore, les esprits n'apparaîtront pas à Lionel, ils ne le protégeront pas comme ils nous protègent, toi et moi. Pas même papa, dit-elle d'une voix déçue, où perçait un accent de colère. Ton frère est sous ta responsabilité personnelle, Céleste. Tu dois le protéger et veiller sur lui, car tu as été bénie et il ne verra pas les dangers comme toi. Je compte sur toi pour cela, ajouta-t-elle. Ne me déçois pas.

Je fus incapable de répondre, j'avais peur de l'entendre répéter ses mises en garde véhémentes.

C'était trop de responsabilité pour moi. Comment pouvais-je veiller nuit et jour sur mon frère ? Pourquoi n'était-ce pas à elle de le faire, et uniquement à elle ?

Elle devina mes pensées, je suppose. Elle tendit la main, caressa mes cheveux et dit en souriant :

— Nous formons vraiment une équipe, maintenant.

Du coup, je me sentis mieux. Elle m'embrassa sur le front et quitta la chambre. Je la regardai fermer la porte. Et même dans le noir, je crus voir papa debout près de moi. Il avait le même air malheureux qu'un peu plus tôt, devant les tombes.

— Papa, chuchotai-je. Qu'est-ce qu'il y a ?

Il ouvrit la bouche pour parler, puis se figea comme s'il écoutait une autre voix, se retourna, s'éloigna et disparut dans un coin d'ombre.

Je scrutai les ténèbres avec espoir, mais bientôt mes paupières se fermèrent, m'isolant de mes visions pour la nuit. Au matin, je ne savais plus très bien si j'avais réellement revu papa ou si j'avais rêvé. J'avais l'esprit si brumeux ! Je songeai à en parler à maman, et à lui demander ce que je devais faire. Mais elle était particulièrement distraite et ne prêtait attention à rien, pas plus à Lionel qu'à moi.

— Nous allons faire un tour en voiture, annonça-t-elle.

Elle venait d'ouvrir une enveloppe et la lettre était étalée sur la table, devant elle. À voir la façon dont elle la regardait, je devinai que son contenu l'avait mise en colère.

— Où ça ? questionna Lionel, tout excité.

Aller n'importe où, ne fût-ce qu'au supermarché, valait pour lui et moi une visite à Disneyland.

Maman nous fixa longuement.

Son visage exprimait une telle colère que ses lèvres pincées avaient blanchi aux commissures.

— Il faut que je vous conduise à l'école pour passer un test de niveau, annonça-t-elle. Je possède le diplôme de professeur des écoles de l'État de New York, mais le directeur tient à ce que ce soit un membre de son équipe pédagogique qui vous fasse passer ce test. Je suis censée ne pas être objective ou honnête, j'imagine, ajouta-t-elle entre ses dents.

L'excitation de Lionel monta d'un cran.

— Alors à partir d'aujourd'hui, on va aller à l'école ?

— Non, rétorqua maman, catégorique. Mais nous devons nous plier à la réglementation du Rectorat de l'État de New York.

À l'entendre, cette réglementation était l'œuvre du démon en personne. Elle brandit la lettre et lut à haute voix :

— Selon les dispositions prévues par la loi, et conformément à l'article 100.10... J'adore leur façon d'essayer de caser chacun dans la petite boîte prévue pour lui, commenta maman.

Comme si la lettre était contaminée, elle l'éloigna d'elle à bout de bras et poursuivit :

— Chère Madame Atwell, peut-être s'agit-il d'un oubli de votre part, mais le directeur tient à vous informer que vous êtes tenue de lui notifier par écrit, dès le 1ᵉʳ juillet de chaque année scolaire, votre intention d'éduquer vous-même vos enfants chez vous. À ce jour, nous n'avons toujours aucune trace d'une telle démarche de votre part, et vous n'avez pas non plus réclamé votre PPI, le programme pédagogique individualisé (obligatoire) pour l'éducation de vos deux enfants.

« J'apprécie également leur façon de glisser des menaces entre les lignes pour intimider les gens, ironisa maman. »

Et elle enchaîna, en secouant ostensiblement la tête après chaque phrase.

— Veuillez noter que les élèves qui, au-delà du primaire, poursuivent un enseignement à domicile, n'ont pas droit au diplôme de fin d'études secondaires. Celui-ci ne peut être décerné qu'aux élèves régulièrement inscrits dans un lycée de l'enseignement public, qui ont suivi les programmes officiels.

— Eux et leurs petites boîtes ! cracha maman.

Elle continua sa lecture pendant que je disposais les bols sur la table, et que Lionel allait chercher nos céréales dans le placard. Sa colère pesait sur nous, et nous nous déplacions sans faire plus de bruit que des souris.

— Les élèves enseignés à domicile ne sont pas admis à participer aux manifestations sportives inter-écoles. Ils n'ont pas droit au prêt gratuit de manuels scolaires. Seul, le directeur de l'établissement de leur secteur scolaire a autorité pour déterminer, après contrôle officiel, si leur niveau est conforme aux exigences de l'article 100.10.

« Comme s'il se souciait de vous ! grinça maman, en froissant la lettre entre ses mains. »

Le visage de Lionel exprimait une perplexité totale, en même temps qu'une vive déception. Il osa déclarer :

— Je veux aller à l'école. Je veux jouer au base-ball !

— Tu n'es pas prêt, renvoya maman, et tu peux jouer au base-ball ici, avec Céleste.

— Elle ne sait pas jouer au base-ball, et il faut plus de joueurs.

— Lionel !

Maman se pencha en avant et plaqua les mains sur la table, avec un claquement sec qui nous fit sursauter tous les deux.

— J'ai bien assez à faire sans entendre tes pleurnicheries, aujourd'hui. Dès que vous aurez pris votre petit-déjeuner, montez vous habiller. Vous mettrez vos habits du dimanche.

C'est ainsi que sa mère et la mère de sa mère avant elle appelaient leurs meilleurs vêtements, et elle en faisait autant, même si nous n'allions jamais à l'église.

— Je monterai te coiffer correctement, Lionel, ajouta-t-elle.

Mon frère détestait ses vêtements du dimanche, qu'il ne fallait pas salir, et il se plaignait tout le temps que ses cols de chemise du dimanche lui irritaient le cou.

— Mangez, habillez-vous et nous partirons, conclut maman.

Lionel entama son bol de céréales en grommelant :

— Je veux aller à l'école.

— Nous irons quand maman nous le dira, Lionel.

Il me jeta un regard furieux.

— Ça t'est bien égal, à toi. Tu ne veux pas y aller. Tu es heureuse avec tes esprits. Moi, je veux des amis.

— Non, protestai-je. Tu te trompes.

Il fit la grimace et continua de manger, en se plaignant toujours d'être obligé de s'habiller en dimanche. Mais un peu plus tard, il se montra tout content de faire cette sortie en voiture. Maman le laissa monter devant et il colla son front à la vitre, en dévorant des yeux tout ce qu'il voyait.

— Cesse d'ouvrir des yeux ronds devant les gens qui passent, le réprimanda maman. Ce n'est pas poli et tu as l'air d'un réfugié qui débarque.

— C'est quoi, un réfu...

— Aucune importance. Arrête de faire ces yeux-là ! glapit maman.

Mon frère se carra sur son siège, l'air malheureux. Jamais nous avions vu maman aussi fâchée de nous emmener quelque part. Assise à l'arrière, je restais bien tranquille sur ma banquette. Non par manque d'intérêt pour ce qui m'entourait : j'étais sans doute aussi excitée que Lionel par cette sortie, et par le fait de voir d'autres maisons, des magasins et des gens. Mais je savais à quel point maman voulait nous voir aimer la maison et notre petit univers.

Ce qui me surprit, par exemple, quand nous arrivâmes sur le parking de l'école, ce fut de voir

M. Kotes qui nous y attendait. En fait, nous ne l'aperçûmes que lorsque maman se gara. Nous étions fascinés par la vue de douzaines d'enfants de notre âge, ou guère plus vieux, qui jouaient dans la grande cour. Leurs cris et leurs rires étaient pour nous comme une musique jamais entendue. Moi aussi je collai mon visage à la vitre, à présent.

Maman s'arrêta, coupa le contact et M. Kotes s'approcha aussitôt.

— J'ai déjà prévenu que vous arriviez, Sarah. Je ne pense pas que vous ayez le moindre problème, mais je préfère rester dans les parages, au cas où vous auriez besoin de quoi que ce soit.

— Merci, Taylor, dit maman en sortant de la voiture.

Elle ouvrit la porte arrière pour moi. Lionel avait déjà sauté à terre et contemplait avidement les enfants. Il semblait prêt à courir vers eux sur un simple signe d'invitation.

— Viens vite, Lionel ! ordonna maman.

Il se retourna avec envie vers l'aire de jeux et nous rejoignit. M. Kotes nous accompagna à l'intérieur de l'établissement et désigna un couloir.

— C'est par là, au fond à gauche.

— Oui, je m'en souviens, répliqua maman.

Elle nous prit la main et nous entraîna vers le bureau du directeur. M. Kotes nous suivit, et je me demandai ce qu'il venait faire avec nous.

La secrétaire du directeur raccrochait le téléphone au moment précis où nous arrivâmes. Elle nous accueillit avec le sourire.

— Madame Atwell ?
— En effet.

La secrétaire jeta un rapide coup d'œil à Taylor.

— Bonjour, monsieur Kotes.

Il répondit par un bref signe de tête.

— Je préviens M. Camfield que vous êtes là, reprit la secrétaire en pressant un bouton.

Le regard de Lionel se posait partout, prenait note de tout ce qui l'entourait, les appareils, les autres membres du personnel, les badges, impatient de tout enregistrer.

— Veuillez entrer, s'il vous plaît. M. Camfield vous attend.

La secrétaire me sourit, mais je ne lui rendis pas son sourire. Je devinais que maman se trouvait en territoire hostile et je me tenais sur mes gardes.

M. Kotes ne nous suivit pas à l'intérieur. Il glissa à l'oreille de maman qu'il l'attendait, au cas où elle aurait besoin de lui, et nous entrâmes. La pièce était entièrement lambrissée, du même bois sombre que la table de travail du directeur. M. Camfield se leva et s'avança pour accueillir maman.

C'était un homme de haute taille, aux cheveux aussi noirs que ceux de papa, aux traits énergiques et aux yeux brun foncé. Il avait grande allure dans son complet feuille morte. Il nous sourit, à Lionel et à moi, et recula un peu comme pour nous admirer de loin.

— Voilà de bien beaux enfants, observa-t-il aimablement.

121

Maman alla droit au but.

— J'ai reçu votre lettre, monsieur Camfield. Vous avez dû apprendre que j'ai perdu mon mari il y a un peu moins d'un an, et que...

— Ah, je vois... Asseyez-vous, je vous en prie, dit le directeur en désignant le canapé adossé à l'un des murs.

Un fauteuil lui faisait face, de l'autre côté d'une table basse du même bois que le bureau. Maman nous fit asseoir sur le canapé avant de prendre place dans le fauteuil.

Le directeur regagna le sien.

— J'avoue que j'ignorais tout de vos problèmes personnels, madame Atwell, reconnut-il. J'ai déjà bien du mal à me tenir au courant de ce qui concerne les familles de nos enfants... enfin, de ceux qui fréquentent notre établissement, je veux dire.

Maman ne releva pas la réflexion. Elle fouilla dans son fourre-tout et en tira un dossier.

— Voici le **PPI** que vous réclamez.

— Que l'Académie réclame, madame Atwell, corrigea le directeur, sans perdre son sourire bienveillant.

— Bon, comme vous voudrez. En tout cas, le voilà, déclara maman en laissant tomber le dossier sur la table.

— Parfait. Je reprendrai contact avec vous dès que je l'aurai parcouru.

— Et voici ma lettre d'information. Comme je vous le disais, j'ai eu tellement d'autres soucis, cette année, que j'ai tout simplement oublié de l'envoyer.

— Je comprends tout à fait, madame Atwell. Et bien qu'avec retard, je vous prie d'accepter mes condoléances pour tout ceci, ajouta M. Camfield.

Tout ceci ? m'indignai-je. « Ceci » était-il censé faire allusion à la mort de papa ?

— J'aimerais que les tests aient lieu le plus rapidement possible, répliqua maman, sans même remercier le directeur.

— Tout est prêt pour les enfants, madame Atwell. M. Katzman vous attend en salle 32. Ma secrétaire, Mme Donald, va vous y conduire.

— J'aurais très bien pu leur faire passer ces tests moi-même, bougonna maman.

M. Camfield conserva son ton bienveillant.

— Oh, je sais, mais de cette façon nous évitons toute contestation possible et tout risque de désagréments quelconques.

Le directeur se montrait si aimable que je me demandai pourquoi maman semblait si fâchée. Alors qu'il restait souriant et compréhensif, elle ne donnait aucun signe de détente. Elle se contenta de répondre :

— Eh bien, allons tout de suite en salle 32, alors.

M. Camfield ne fit pas mine de se lever.

— En fait, reprit-il, je ne voudrais pas vous paraître intéressé, mais pendant que les enfants subiront les tests... je pourrais vous présenter certains membres de notre personnel enseignant. Vous pourriez ainsi voir par vous-même quel genre d'instruction ils recevraient ici, et peut-être envisager de demander un poste dans notre école. Nous sommes toujours en quête d'excellents professeurs, et...

— Vous trouverez toutes les informations réclamées dans ce dossier, coupa maman non sans rudesse. Je n'ai besoin d'aucun renseignement sur aucun établissement. Et je ne vois pas l'intérêt de reprendre un poste dans l'enseignement public, ajouta-t-elle, en prononçant l'adjectif « public » comme si c'était un mot grossier.

Le sourire de M. Camfield se durcit, mais il parvint à le conserver. Il se leva, maman aussi, et elle nous ordonna d'en faire autant.

— Eh bien, merci d'être venue, dit poliment le directeur.

Maman marcha droit sur la porte et il lui emboîta le pas.

— Madame Donald, veuillez accompagner Mme Atwell et ses enfants jusqu'à la salle 32, je vous prie.

La secrétaire se leva aussitôt.

— Très bien, monsieur. Par ici, madame Atwell.

— Bonne chance, les enfants, nous souhaita le directeur.

Maman pivota vers lui.

— Bonne chance ? Tout est une question de qualité d'enseignement, de respect des priorités, et non de chance ! Dans l'enseignement public, de nos jours, tout n'est plus qu'une question de chance.

Cette fois, le sourire du directeur s'évanouit.

M. Kotes, qui nous avait vus sortir, se hâta de nous rejoindre.

— Alors ? demanda-t-il à maman.
— Tout va bien. Merci, Taylor.

Elle lui pressa brièvement la main et il en parut tout heureux.

— Je vous attendrai dehors. Je vous emmènerai prendre un café pendant que les enfants passeront les tests, si vous voulez.

— Merci, dit-elle encore, et nous repartîmes derrière Mme Donald.

Je posai la question qui me trottait dans la tête.

— Pourquoi remercies-tu M. Kotes, maman ?

Elle se pencha vers moi sans cesser de marcher.

— Il fait partie du conseil d'établissement. C'est le patron de M. Camfield, révéla-t-elle, en se redressant avec un sourire de triomphe.

Mon cœur battit soudain plus fort.

C'était la première fois que maman était si heureuse qu'un autre homme que papa fasse quelque chose pour nous.

Mais il y avait plus important encore. C'était la première fois qu'elle avait besoin d'un autre homme, la première fois que les esprits ne lui suffisaient pas.

La seule pensée que cela m'inspirait, c'était que papa ne devait pas s'en réjouir et que peut-être... peut-être il ne reviendrait plus.

5

La loupe de Lionel

Les tests furent très faciles pour nous deux. Même Lionel, qui détestait pourtant rester longtemps immobile, n'émit aucune protestation. Il était ravi d'être assis à un véritable bureau d'écolier, et levait sans arrêt la tête pour parcourir la classe du regard, étudier les avis, les cartes et les dessins épinglés au tableau d'affichage. Il me souriait, tout excité et tout heureux. J'étais aussi contente et surexcitée que lui, mais je n'osais pas le montrer.

Pendant que nous passions nos tests, une sonnerie retentit et des élèves, venus du dehors, s'engouffrèrent dans le couloir. Même à travers la porte fermée nous pouvions entendre leurs voix haut perchées, leurs rires et le bruit de leurs pas.

Il y avait une petite fenêtre près de la porte, ce qui nous permit de les voir passer. Puis une autre sonnerie retentit et le calme se rétablit.

Lionel me jeta un coup d'œil déçu et se remit au travail. J'en fis autant. Nous venions à peine de finir quand maman se montra sur le seuil.

— Juste à l'heure, observa M. Katzman en

recueillant nos copies. Nous devrions avoir vos résultats dès demain.

Maman ne dit rien. Elle ne le remercia même pas. Elle nous prit par la main et nous entraîna vers la sortie, si vite qu'elle remorquait pratiquement Lionel, qui traînait les pieds et voulait tout voir. Ce fut seulement quand nous fûmes dehors qu'elle nous demanda comment s'étaient passés les tests. Et même si la question nous concernait tous les deux, c'est moi qu'elle regarda pour avoir la réponse.

— C'était facile, maman. Je savais tout sur le sujet.

— Moi aussi, renchérit Lionel. Est-ce que ça veut dire que nous pourrons bientôt aller dans cette école, maman ?

— Bientôt, promit-elle.

Mais d'une voix si peu convaincue que Lionel, déçu, détourna les yeux.

Quand la voiture quitta le parking, il regarda les bâtiments scolaires comme s'il voulait s'en souvenir jusqu'au dernier jour de sa vie. Et quand ils furent hors de vue, son visage exprima une tristesse intense. Pour la première fois depuis bien longtemps, je me sentis plus désolée pour lui que pour moi. Il avait plus besoin que moi d'être ici, raisonnai-je. Et pourtant, une partie de moi souhaitait que maman ait capitulé, et décidé de nous inscrire à l'école. J'aurais même voulu qu'elle reprenne un poste d'institutrice.

Quand nous fûmes presque arrivés, elle annonça :

— Nous avons un invité ce soir, les enfants.

— Qui ? voulut savoir Lionel.
— M. Kotes.
— Pourquoi ?
— Il m'a rendu un service, aujourd'hui.

Maman jeta un coup d'œil dans le rétroviseur pour guetter ma réaction. Je ne pus cacher ma surprise. Il y avait bien longtemps que personne n'était venu dîner chez nous, et encore... Le dernier invité se trouvait être un associé de papa, que Lionel et moi avions trouvé très ennuyeux. Mais ceci allait être différent, m'avouai-je. Oui, très différent.

Comme toujours lorsqu'il venait à la maison, M. Kotes apporta des cadeaux. À maman, il offrit des fleurs. Un bouquet de flamboyantes roses rouges qui lui firent monter le sang aux joues, ce qui ne lui était plus jamais arrivé depuis la mort de papa.

— Je crois savoir que tu aimes la lecture, Céleste, me dit-il en me tendant un livre. J'ai pensé que ceci te plairait.

Je retournai le volume entre mes mains : il s'intitulait *Alice au Pays des Merveilles*. Immédiatement, je levai les yeux sur maman pour voir si elle approuvait.

— C'est parfait, déclara-t-elle. Il est temps que Céleste apprenne la différence entre l'imaginaire et le réel. Peut-être nous faudra-t-il également le lire à Lionel, ajouta-t-elle d'un ton sagace.

Le cadeau de M. Kotes à mon frère était enveloppé dans un papier brun. Lionel tendit la main avec hésitation, en regardant surtout maman. Elle acquiesça d'un léger signe de tête, et il s'empara aussitôt du paquet, déchirant fébrilement le papier. Il en tira une boîte, qui contenait une loupe de bonne taille. Les yeux de mon frère s'illuminèrent.

— Je sais que tu aimes observer les insectes, dit M. Kotes. Ceci t'aidera à mieux les voir.

De toute évidence, Lionel mourait d'envie de sortir essayer sa loupe dans le parc.

— Nous avons encore un peu de temps avant le dîner, lui dit maman. Tu peux aller voir ce que ça donne. Vas-y aussi, Céleste.

— Mais tu n'as pas besoin que je t'aide pour le dîner, maman ?

Je me sentais toujours plus proche d'elle quand nous travaillions côte à côte, dans la cuisine.

— Non. Je me débrouillerai. Vas-y ! ordonna-t-elle.

Lionel et moi nous dirigeâmes vers la porte, mais elle nous rappela.

— Vous ne dites pas merci à M. Kotes, les enfants ?

— Merci, monsieur Kotes ! récitâmes-nous d'une seule voix.

Il éclata de rire.

— On peut dire qu'ils font la paire, ces jumeaux-là. Et même une jolie paire.

— C'est vrai, sourit maman. Allez, dehors vous deux. Je vous appellerai, insista-t-elle, en voyant que nous nous attardions.

Même si Lionel était intrigué par son cadeau et pressé de l'essayer, je ne pouvais pas m'empêcher de me demander ce que ceux-là avaient de spécial. Ce qui les rendait différents de tous ceux que nous avions reçus d'autres personnes, et même une fois, de M. Kotes. Pourquoi nous semblait-il permis de les accepter, cette fois-ci ? Était-ce parce que le temps avait passé ?

Lionel se rua vers la porte et courut vers sa chère fourmilière. Je traînai un peu devant les fenêtres. Papa était-il dans la maison, lui aussi ? S'il y était, maman le dirait-elle à M. Kotes ? Que savait-il au juste au sujet des esprits ? Croyait-il en eux ? Pouvait-il les voir ou les entendre ?

— Viens, Céleste ! appela Lionel. Viens voir ça, c'est super. On voit bien mieux leurs yeux. Arrive !

Je le rejoignis sans hâte et regardai à travers sa loupe.

— Nous devons leur apparaître comme des monstres, à travers cette lentille, fis-je observer.

— Ah bon ? fit Lionel, intrigué par cette idée.

Il braqua le verre grossissant sur moi et fit semblant d'avoir peur. Puis il se retourna, et contempla le pré à travers la loupe. Je haussai les épaules.

— Qu'est-ce que tu fabriques, Lionel ? Ce n'est pas comme ça que tu verras mieux.

— Je me demandais si je pouvais voir les esprits, avec ça.

— Tu n'as pas écouté ce que nous t'avons dit, maman et moi ? Tu ne peux pas les voir avant qu'ils ne le veuillent, ou que tu fasses toi-même ce qu'il faut pour les voir. Une loupe ne t'y aidera pas. Ne sois pas idiot.

— Idiote toi-même ! renvoya-t-il.

Puis, après avoir regardé tour à tour sa loupe et la maison, il jeta d'une voix coléreuse :

— Il ferait mieux de ne pas s'asseoir dans le fauteuil de papa !

Je regardai la maison, moi aussi. Je m'étonnais que cette possibilité lui soit venue à l'esprit, et pas à moi. Nous restâmes ainsi, côte à côte, et je me dis que maman avait raison. Je ressentais bien les mêmes choses que Lionel, la même rage brûlait en moi. Je n'aurais pas su dire exactement pourquoi, mais en tout cas elle était là, du moins pour le moment.

Lionel lança brusquement sa loupe loin de lui, puis il courut jusqu'à son arbre favori. Je le mis en garde.

— Tu as intérêt à ne pas te salir. Maman va nous appeler d'une minute à l'autre.

Il se hissa dans son arbre et s'assit sur une branche, fixant la maison d'un œil noir. Je revins sur mes pas et me mis à rôder devant la fenêtre du salon. Les voix étouffées de maman et de M. Kotes parvenaient jusqu'à moi. Et soudain, j'entendis ce que je n'avais pas entendu depuis bien, bien longtemps : le rire de maman.

Il sonna si bizarrement à mes oreilles que, sur le moment, je crus que c'était quelqu'un d'autre. M. Kotes riait, lui aussi. Maman mit un peu de musique et ils rirent encore. En regardant par la fente des rideaux, je vis qu'il la tenait par la taille et lui montrait un pas de danse. Après quelques essais, maman leva les mains pour indiquer qu'elle renonçait, mais il la ramena contre lui pour une nouvelle tentative.

Consternée, je me laissai tomber sur une chaise de jardin, le regard tourné vers la forêt. J'y cherchais un signe de la présence d'un esprit, mais il n'y avait rien. Rien que les arbres et les ténèbres.

Ils sont fâchés, méditai-je. Ils sont tous en colère, et c'est sans doute papa qui l'est le plus.

Finalement, maman nous appela pour passer à table, et ce fut à moi d'appeler Lionel. Il dégringola de son arbre et nous rentrâmes à la maison.

— Où est ta loupe ? demanda aussitôt maman à mon frère.

— Dehors.

— Tu ne devrais rien laisser traîner dehors, Lionel. Tu dois prendre soin des choses qu'on te donne. Va la chercher.

Il sortit en toute hâte et maman s'excusa.

— Je suis désolée, Taylor.

— Ce n'est qu'un enfant, voyons. J'étais probablement pire que lui, au même âge.

— Je veux bien le croire, répliqua maman, et ils rirent tous les deux ensemble.

Ils se comportaient comme de grands amis, tout à coup. Qu'est-ce qui avait provoqué ce changement d'attitude ? Le fait qu'il lui apprenne à danser ? Qu'il lui ait apporté des fleurs ?

Maman me demanda de la suivre à la cuisine, pour l'aider à porter le pain et le beurre, une carafe d'eau fraîche et la saucière. Elle avait préparé du poulet rôti et ses fameuses pommes de terre sautées à la sauce aux airelles, un plat dont papa raffolait. Je vis qu'il y avait aussi une tarte aux pommes. Elle avait fait de ce dîner quelque chose de très spécial. Tout paraissait succulent et sentait merveilleusement bon. J'en avais l'eau à la bouche.

Nous venions de nous mettre à table, M. Kotes effectivement assis à la place de papa, quand Lionel revint... les mains vides.

Immédiatement, maman demanda :

— Et ta loupe ?

— Elle n'est plus là-bas.

— Quoi !

— Elle n'est plus à l'endroit où je l'ai laissée.

— C'est ridicule, Lionel.

Mon frère me jeta un regard furtif avant de risquer :

— Quelqu'un l'a prise.

Maman garda longuement le silence. M. Kotes restait figé, un sourire idiot plaqué sur la figure.

— Quelqu'un l'a prise ? Quelqu'un est venu chez nous et l'a prise ? questionna enfin maman.

Lionel haussa les épaules.

— Elle n'est pas là-bas, en tout cas, dit-il en guettant la réaction de M. Kotes.

Celui-ci gardait le sourire, et le silence. J'avais l'impression que Lionel cherchait à le contrarier, surtout maintenant qu'il le voyait assis dans le fauteuil de papa.

Maman tourna vers moi un visage durci. Ses yeux lançaient des éclairs.

— Céleste, prends ton frère par la main, emmène-le dehors et retrouvez cette loupe. Immédiatement !

— Oh, laissez cela, Sarah, s'interposa M. Kotes. Il la retrouvera plus tard, j'en suis sûr.

— Non, rétorqua maman, catégorique. Il la retrouvera maintenant, sinon il ira se coucher sans dîner. Et Céleste aussi, ajouta-t-elle en me foudroyant du regard.

Je saisis la main de mon frère et lui fis prendre la direction de la porte.

— Sarah, vraiment…

— Ne vous mêlez pas de ça, jeta durement maman à M. Kotes. Un peu de discipline ne lui fera pas de mal. Il a besoin d'apprendre la valeur des choses et le sens de la responsabilité. Ils en ont besoin tous les deux, en fait.

M. Kotes s'empressa de l'approuver.

— Vous avez sans doute raison, Sarah.

Dès que nous fûmes dehors, je fis la leçon à mon frère.

— C'était stupide, Lionel. Tout ce que tu as réussi à faire, c'est de mettre maman en colère pour rien.

Il resta muet. Je le suivis jusqu'à la fourmilière, mais la loupe ne s'y trouvait pas. Il me prit à témoin :

— Tu vois ?

— Où est-elle, Lionel ?

— Je n'en sais rien.

— Ce n'est pas drôle, Lionel. Où est-elle ? insistai-je, les poings aux hanches.

— Je n'en sais rien.

— Je vais retourner à la maison et prévenir maman que tu ne veux pas me le dire, le menaçai-je.

— Dis-lui qu'elle vienne voir elle-même, me défia-t-il d'un air buté. Tu vois bien qu'elle n'est pas là.

— Mais où est-elle, alors ?

Il regarda autour de lui. L'obscurité s'était épaissie. Le ciel nuageux semblait plus proche de nous. Le vent forcissait. Je fis le tour de la fourmilière mais j'eus beau chercher, chercher encore : la loupe resta introuvable.

— Est-ce que tu l'as jetée loin d'ici, Lionel ?
— Non.
— Tu l'as cachée quelque part ?
— Non, s'obstina-t-il. Je n'ai rien fait du tout. Quand je suis descendu de l'arbre, elle n'était plus là.

— J'ai faim, Lionel. Je veux manger. Tout est prêt, bien chaud et maman a fait ta tarte préférée.

Il haussa les épaules et évita mon regard. Je renouvelai mes menaces.

— Maman sera beaucoup plus fâchée contre toi que contre moi, je te préviens.

Comme il ne répondait pas, je me jetai sur lui et le secouai par les épaules. Il s'écarta vivement et se libéra.

Laisse moi tranquille ou je te tape dessus, Céleste.

— Où est cette loupe ? Où est-elle, Lionel ? vociférai-je.

— Je ne sais pas.

— Si tu ne l'as pas jetée quelque part, et si tu ne l'as pas cachée, où peut-elle bien être ?

Après un silence interminable, pendant lequel son regard ne quitta pas le mien, il suggéra :

— C'est peut-être papa qui l'a prise ?

Je sentis ma gorge se nouer, et une onde brûlante me courir le long du dos.

— Quoi ?

— Il est très, très en colère, Céleste. M. Kotes est assis dans son fauteuil.

Je voulus parler, mais j'en fus incapable. Je me retournai vers la maison.

— Demande-lui, toi qui peux le voir, me provoqua Lionel. Demande-lui, tu verras que j'ai raison.

— Je ne le vois pas, chuchotai-je.

Je ne savais même pas pourquoi je chuchotais. Ce que venait de dire Lionel m'avait fait baisser la voix. Je poursuivis sur le même ton :

— Je ne peux pas le faire apparaître sur demande, je te l'ai déjà dit.

La porte de la maison s'ouvrit tout à coup, et maman apparut sur le seuil.

— Céleste, Lionel ! Où êtes-vous ?

— Vas-y, m'encouragea Lionel. Répète-lui ce que je t'ai dit. Elle te croit, toi.

— Non, Lionel. On ne ment pas au sujet de ces choses-là. On ne triche pas avec le surnaturel, dis-je en m'éloignant de lui pour courir vers la maison.

Campée devant la porte, les poings sur les hanches, maman me toisa d'un œil sévère.

— Eh bien ?

— La loupe n'est pas où il l'avait laissée, maman.

— Qu'est-ce que tu racontes ?

— Il l'a jetée près de la fourmilière, je l'ai vu faire. Mais elle n'y est plus, maman.

— Où est-elle, alors ?

Je fondis en larmes.

— Je ne sais pas, maman.

— Eh bien, tant que l'un de vous deux ne le saura pas, vous vous passerez de dîner, déclara-t-elle. Monte dans votre chambre et penses-y bien, ajouta-t-elle comme Lionel se rapprochait de nous. Allez ! insista-t-elle en me montrant l'escalier du doigt.

Lionel rentra et s'y précipita le premier. Je le suivis, la tête basse. La voix de maman s'éleva derrière moi.

— Tu me déçois beaucoup, Céleste.

Je me retournai d'un bloc.

— Pourquoi moi ? C'est lui qui a fait quelque chose, pas moi.

— Tu sais très bien pourquoi. Monte ! m'ordonna-t-elle.

Et elle alla rejoindre M. Kotes pour dîner.

Lionel se jeta à plat ventre sur son lit, et j'allai m'asseoir sur le mien. À travers le plancher, nous pouvions entendre les voix étouffées de maman et de M. Kotes. Mon estomac émettait des grondements de frustration, quand je pensais à ce qu'ils étaient en train de manger. De délicieux effluves flottaient encore dans la maison.

— Tu n'as pas faim, Lionel ? demandai-je tout bas. Moi, si. Je pourrais manger mon oreiller.

Il se retourna et je vis qu'il avait pleuré.

— Je ne la retrouve pas, Céleste. J'ai cherché

partout, elle avait disparu. Je ne mens pas, je t'assure.

Il paraissait sincère, mais alors qu'est-ce que tout cela voulait dire ? Ça n'avait pas de sens.

— Les esprits ne prennent pas les objets, affirmai-je.

— Comment le sais-tu ? Tu ne sais pas tout sur eux. Tu aurais dû le dire à maman. Tu aurais dû, Céleste ! Elle nous aurait laissés manger. Toi, elle t'aurait crue.

— Je te l'ai dit, je ne peux pas lui mentir, surtout à propos de ça. Je risquerais de ne plus jamais revoir papa.

— Ça m'est égal. Je ne le vois pas, moi ! bougonna-t-il en se retournant sur le ventre.

En bas, les voix s'éteignirent, puis il y eut des rires. Comment maman pouvait-elle se conduire comme ça ? Comment pouvait-elle s'amuser, alors que nous mourions de faim ici ?

Je m'étendis sur le dos. Peut-être que si je méditais, je sentirais moins la faim ? Finalement, je m'endormis et Lionel aussi. Plus tard, beaucoup plus tard, je m'éveillai en sursaut et j'entendis des pas descendant l'escalier. Je me levai lentement et ouvris notre porte. Il n'y avait personne, mais j'entendis maman et M. Kotes parler en bas. Puis maman lui dit bonsoir et la porte d'entrée s'ouvrit.

— Merci, répondit-il. C'était un merveilleux dîner, en particulier le dessert. Et je ne parle pas seulement de la tarte aux pommes ! ajouta-t-il.

Maman eut un petit gloussement de rire.

— Je vous appellerai demain, Sarah, dit-il encore.

Et la porte se referma.

Je tendis l'oreille. En bas, maman allait et venait, éteignait les lumières, puis elle monta. Je l'attendais sur le seuil de notre chambre et quand elle m'aperçut, elle s'arrêta.

— J'ai essayé de lui faire dire la vérité, maman. J'ai vraiment essayé, mais il n'a pas voulu. Il s'est endormi.

— Il parlera peut-être demain, quand il verra que vous n'aurez pas de petit-déjeuner, ni lui ni toi, tant que cette loupe ne sera pas revenue dans la maison.

Sur ce, elle passa devant moi et regagna sa chambre. Je pus voir que les lampes étaient allumées, le lit défait, et je m'en étonnai. Pourquoi n'avait-elle pas fait son lit ? Elle ne laissait jamais sa chambre en désordre.

Elle se retourna et me jeta un long regard.

— Je te conseille d'aller dormir un peu, Céleste.

Là-dessus, elle rentra dans sa chambre et s'y enferma. Je rentrai dans la nôtre, et m'approchai d'une fenêtre pour contempler la nuit.

Papa, pensai-je, si tu es là, dis-moi ce qu'il faut faire. S'il te plaît, papa, le suppliai-je. Puis j'éteignis la lumière et je me mis au lit.

Lionel fut debout avant moi, le lendemain. Il s'était endormi tout habillé et ne prit pas la peine de se changer. Il descendit tout de suite, en savourant d'avance son petit-déjeuner. Presque aussitôt, je l'entendis remonter les marches au pas de charge.

— Lève-toi, Céleste ! cria-t-il en s'engouffrant dans la chambre.

Il vint me secouer l'épaule et je grognai :

— Qu'est-ce qu'il y a ?

— Maman ne nous donnera rien à manger tant que nous n'aurons pas retrouvé la loupe.

— Je t'avais prévenu, Lionel.

— Il faut que nous trouvions où papa l'a mise, insista-t-il.

— Lionel ! Tu sais très bien où elle est, tu n'as qu'à aller la chercher. Vas-y, s'il te plaît.

Je refermai les yeux, mais il se remit à me secouer.

— Je ne sais pas où elle est, Céleste ! Il va falloir regarder partout. Tu dois m'aider, c'est maman qui l'a dit. Lève-toi ! ordonna-t-il.

Je m'assis en grognant, me frottai les yeux et glissai les pieds dans mes chaussures. Mon frère me saisit la main.

— Allez, viens !

— Je peux au moins me passer la figure à l'eau froide pour me réveiller, non ?

Il attendit impatiemment que j'aie fini. J'avais également besoin de faire pipi. Lionel ouvrit la porte de la salle de bains pendant que j'étais assise sur la cuvette.

— File de là ! vociférai-je.

Bien que nous partagions la même chambre, je n'aimais pas me trouver dans la salle de bains en même temps que lui. Nous ne prenions plus notre bain ensemble et je ne voulais pas qu'il me voie dans la baignoire.

— Dépêche-toi ! me cria-t-il en retour. J'ai faim.

Je le rejoignis dans le hall et il dévala les marches de la galerie. Je marmonnai avec humeur :

— C'est complètement idiot, Lionel !

J'entendais maman s'activer dans la cuisine. On aurait dit qu'elle retirait les assiettes du lave-vaisselle, ce que d'habitude j'étais censée faire moi-même. Elle était si fâchée contre moi qu'elle ne me permettait même pas d'accomplir mes tâches quotidiennes. Je sortis retrouver Lionel.

— Alors qu'est-ce qu'on fait, maintenant ?

— Nous allons fouiller partout. Je me servirai de ma baguette magique, ajouta-t-il en s'emparant d'un manche à balai qu'il avait peint en jaune et rouge.

Malgré sa faim, tout cela avait finalement tourné au jeu, constatai-je. Un de ses jeux stupides et puérils habituels.

Je traînai le pas derrière lui, de la maison au garage et du garage à la grange. Il brandissait son manche à balai, en marmonnant des mots sans suite dans un jargon de son invention. C'était sans doute cela qu'avait entendu le facteur, et qu'il avait pris pour une langue étrangère. La baguette magique était censée s'incliner d'elle-même dans telle ou telle direction, et nous la suivions comme si c'était un limier. Combien de temps allaient durer ces simagrées ? J'aurais bien voulu le savoir.

Lionel ouvrit les placards du garage, regarda sous les voitures et à l'intérieur, inspecta les étagères. Puis il passa à la grange où, j'en étais sûre, il allait « découvrir » la loupe. Il fouilla parmi les outils, regarda dans une brouette, dans les charrettes, et même sous la tondeuse à gazon. Debout à ses côtés, j'observais et j'attendais.

— La baguette magique ne marche pas. Elle a perdu son pouvoir, annonça-t-il enfin, en la jetant hors de la grange.

Puis je vis briller ses yeux et il cria :
— Non, elle ne l'a pas perdu !
— Qu'y a-t-il encore, Lionel ? questionnai-je avec agacement. J'ai faim, et maman est si fâchée qu'elle ne sera plus jamais gentille avec nous.

Mon frère leva le bras et brandit sa baguette.
— Regarde où elle pointe, Céleste.
— Comment peux-tu voir si elle pointe sur quelque chose ?
— En regardant le bout, grosse bête. Elle pointe par ici, précisa-t-il, en tendant l'index vers les vieilles pierres tombales.
— Lionel...

Il s'élança en courant, et je le suivis. Arrivé près des tombes, il se retourna et ses traits s'illuminèrent.

— Je t'avais dit que c'était papa qui l'avait prise !

Il s'approcha de la tombe du bébé Jordan. Et là, posée sur la pierre... j'aperçus la loupe. Le souffle me manqua.

— C'est toi qui as fait ça, Lionel, articulai-je d'une voix sourde.

— Non, ce n'est pas moi ! Et si tu dis à maman que c'est moi, je recommence. Je jette la loupe n'importe où.

— D'accord, d'accord, je ne dirai rien. Ramenons cette loupe à maman, comme ça, elle sera contente.

En revenant vers la maison, je me retournai une fois et pendant un instant, je crus voir papa. Puis je me dis que ce n'était qu'une ombre, celle d'un nuage poussé par le vent. D'un mouvement de tête, je secouai mes pensées obsédantes et poursuivis mon chemin. Lionel arborait un sourire vainqueur, le sourire de celui qui pense avoir prouvé qu'il a raison. Il pourrait même en arriver à croire à ses inventions, méditai-je. En tout cas, il en donnait l'impression. Avait-il imaginé tout cela… ou était-ce la vérité ?

Quand nous arrivâmes, maman s'avança dans le hall en tenant à la main le plat qu'elle essuyait.

— Eh bien ? s'enquit-elle simplement.

Lionel brandit la loupe.

— Je l'ai retrouvée. Grâce à ma baguette magique, en fait.

— Je vois.

— Tu sais où nous l'avons trouvée, maman ?

— Je n'en ai aucune idée.

— Sur la tombe de bébé Jordan !

Maman cessa d'essuyer son plat.

— Sur une tombe ? Qu'est-ce qu'elle faisait là ?

— Papa ne voulait pas que je l'aie, parce que M. Kotes était dans son fauteuil.

Maman recula comme si on l'avait giflée.

— Rangez-la, allez vous laver, changez-vous et venez prendre votre petit-déjeuner, ordonna-

143

t-elle, en me jetant un regard mauvais. Immédiatement !

Nous nous élançâmes dans l'escalier, pressés de lui obéir. Mon cœur battait à grands coups. Maman pensait-elle que c'était moi qui avais soufflé à Lionel de dire ça ?

— Je t'avais dit de ne pas parler de ça, Lionel. Je te l'avais dit !

— Mais c'est la vérité, affirma-t-il.

En redescendant, nous trouvâmes notre petit-déjeuner préparé. Debout à l'écart, maman nous observa pendant un moment, puis elle s'approcha de la table et toisa Lionel.

— Où as-tu été chercher une idée pareille sur ton père ?

— Je n'en sais rien. Je me suis dit que, puisque M. Kotes était assis dans son fauteuil, papa était très en colère.

Maman me jeta un regard scrutateur et je protestai :

— Ce n'est pas moi qui lui ai dit de dire ça, maman. Je te le jure.

Elle se retourna vers mon frère.

— Je ne veux pas t'entendre dire une chose pareille à M. Kotes ou à qui que ce soit, Lionel. C'est compris ?

Il hocha la tête, mais il n'en eut pas moins l'air très content de lui. Maman le vit, se tourna vivement vers moi, et je me hâtai de baisser le nez sur mes céréales.

— Il n'y a rien de pire que de mentir à leur sujet, murmura-t-elle d'une voix rauque. Vraiment rien.

Je n'arrivais plus à avaler. Ma nourriture se coinça dans ma gorge et des larmes brûlantes me montèrent aux yeux. Plus tard, quand Lionel fut sorti, je m'approchai d'elle pour lui répéter que je n'étais pour rien dans l'histoire qu'il racontait.

— Il a inventé ça tout seul, maman, je te le jure.

Elle eut une moue sceptique.

— Il n'aurait jamais pu faire ça, Céleste.
— Et pourquoi ?
— Il n'aurait pas pu, c'est tout.
— Je ne mens pas, m'obstinai-je en fondant en larmes.
— Peut-être as-tu marmonné quelque chose entre tes dents, ou en parlant toute seule, et il l'aura entendu.
— Non, maman.

Soudain, elle se fâcha.

— Je ne veux plus entendre parler de cette histoire. Va voir ce qu'il fait dehors et surveille-le, m'ordonna-t-elle. Allez !

Je ne pouvais pas m'empêcher d'en vouloir à Lionel pour m'avoir attiré tous ces ennuis. Lui, rien ne paraissait le troubler. C'était vraiment comme s'il mélangeait son monde imaginaire, ses inventions et notre communauté spirituelle. Il ne comprenait pas, mais surtout, il s'en moquait complètement.

Maman avait sans doute raison. Peut-être courait-il un grand danger, seulement voilà : qu'est-ce que je pouvais bien y faire ?

Nous n'en parlâmes plus entre nous ce jour-là,

tous les deux, et maman non plus. À mon avis, c'était parce qu'elle était enchantée par nos résultats aux tests. M. Katzman déclara que nous avions mieux réussi que la plupart des élèves de l'école. Maman tint à nous lire ce commentaire, à haute voix.

Quant à la loupe, Lionel refusa désormais de s'en servir, persuadé que papa ne le voulait pas. Je le savais, mais pas maman. Je l'avertis qu'il ne devait pas le lui dire et pour une fois au moins, il m'écouta. Quand M. Kotes lui demanda ce qu'elle était devenue, il répondit qu'il l'avait retrouvée, mais ne voulut pas en parler. Il ne tenait pas non plus à parler à M. Kotes, d'ailleurs, du moins s'il pouvait l'éviter. Je voyais bien que cela contrariait maman, mais elle ne semblait pas avoir envie de le gronder ou de lui reprocher sa bouderie.

M. Kotes commença à se montrer de plus en plus souvent chez nous, soit en invité, soit simplement en visiteur. De toute évidence, il attachait de l'importance à se faire accepter par Lionel. Il multipliait les cadeaux. Il lui offrit une carabine à air comprimé, et passa beaucoup de temps à lui apprendre à s'en servir. Ils avaient conclu un accord – que mon frère détestait – selon lequel Lionel ne devait l'utiliser qu'en présence de M. Kotes.

Il nous acheta également de nouvelles cannes à pêche, mais je savais que c'était surtout pour Lionel. Toujours escorté de maman, il nous emmenait pêcher à la rivière, et nous racontait comment son grand-père lui avait appris à pêcher, quand il avait notre âge. En fait, je le trouvais très gentil et très bien élevé. Il semblait toujours s'intéresser à nous. Il m'était difficile de lui refuser mon affection, ce qui ne semblait rien coûter à Lionel. Il ne disait jamais s'il vous plaît ni merci, c'était toujours maman qui devait le faire à sa place.

Ce qui me frappait surtout, c'était que maman soit si heureuse et si à l'aise en compagnie de M. Kotes. Il y avait très peu de gens qu'elle tolérait, et moins encore qu'elle aimait. Je dis à Lionel que si M. Kotes lui plaisait, nous devions l'accepter aussi, mais son entêtement était trop enraciné pour lui permettre un compromis. La seule chose qui me tracassait, c'était de n'avoir jamais revu l'esprit de papa. Mais je me répétais sans cesse que, si c'était à cause de M. Kotes que papa évitait de revenir chez nous, maman serait sûrement la première à le savoir.

Je n'avais pas le courage de lui poser la question aussi nettement. Un soir, cependant, j'allai lui demander pourquoi il y avait si longtemps que je n'avais pas vu papa. Elle posa le livre qu'elle était en train de lire et me regarda longuement, calmement. Je pouvais presque entendre les pensées qui se formaient dans sa tête.

— Il attend Lionel, répondit-elle enfin. Il attend que Lionel soit capable de traverser.

— Mais ce n'est pas juste pour moi, maman !

Ses paupières battirent et son regard se durcit.

— Comment peux-tu parler comme ça ?

Comment peux-tu ne penser qu'à toi-même ? Je t'ai déjà dit quel danger courait ton frère.

Je poussai un gémissement désolé.

— Mais qu'est-ce que je dois faire, alors ?

— Patienter, répliqua-t-elle. Patienter, c'est tout.

Elle reprit son livre et je me sentis plus désorientée, plus agitée, plus angoissée que jamais.

Chaque fois que M. Kotes était là, je guettais le moment où maman lui parlerait des esprits, de notre famille, de nos pouvoirs, curieuse de voir comment elle s'y prendrait. J'écoutais leurs conversations quand ils discutaient d'énergies spirituelles et de pouvoirs psychiques. J'étais étonnée de voir à quel point M. Kotes y croyait, ou prétendait y croire. Je voyais bien à quel point maman s'en réjouissait, et je comprenais ce qu'elle faisait. Elle l'introduisait pas à pas dans notre univers, lui révélait une chose après l'autre, à petites doses, comme si elle savait ce qu'il était ou n'était pas capable d'accepter.

Je savais qu'ils se moquaient de la façon dont on parlait d'elle dans notre communauté. J'avais surpris aussi cette conversation, bien que je ne sois pas sans arrêt aux écoutes… Enfin, peut-être que si.

— Beaucoup de gens s'étonnent que je vous voie aussi souvent, Sarah, dit M. Kotes ce soir-là.

— Je sais que votre sœur en fait partie. Chaque fois qu'elle téléphone pour savoir si vous êtes ici, je perçois ce qu'elle ressent.

M. Kotes tenta d'excuser sa sœur.

— C'est juste que... elle se fait toujours un peu trop de souci pour moi, voilà tout.

— Peut-être devriez-vous espacer vos visites, Taylor, riposta aigrement maman.

— Le jour où les fouineurs de cette communauté me dicteront ma conduite sera un mauvais jour pour moi, Sarah, rétorqua-t-il. Et c'est valable pour ma sœur aussi.

Sa réaction plut beaucoup à maman.

Il lui plaisait de plus en plus, et chaque jour qui les rapprochait, je le sentais, augmentait la distance qui nous séparait de papa. Quelquefois, je percevais cela comme une lumière qui vacillait avant de s'éteindre, ou une ombre qui se retirait dans les bois, devenait de plus en plus petite, jusqu'à n'être plus visible.

Papa meurt une seconde fois, me disais-je. Cette idée m'était venue brusquement, me faisant frissonner. Je rêvai de son cercueil, au couvercle hermétiquement fermé. À l'intérieur sa voix s'étouffait, ses cris diminuaient. Je me vis moi-même tenter désespérément de soulever ce couvercle, jusqu'à me faire saigner les doigts.

Je m'éveillai en sursaut. J'avais peut-être même crié, mais je n'en étais pas sûre. Lionel gémit dans son sommeil. Faisait-il le même cauchemar ? Maman avait-elle raison d'affirmer que nous partagions nos sentiments et nos pensées, même en dormant ?

Je m'assis, toute en sueur, et retins mon souffle. Puis je me renversai sur mon oreiller, mais sans fermer les yeux. Je les gardai ouverts le plus longtemps possible, et ne m'endormis qu'après avoir cru entendre papa me parler.

— Ne t'inquiète pas, murmura sa voix douce et tendre, ne t'inquiète pas. Tout va bientôt s'arranger.

Que pouvait vouloir dire ce « bientôt », je n'en avais aucune idée. Quant à M. Kotes, ses visites continuèrent, toujours aussi fréquentes. Finalement, maman accepta qu'il nous emmène dîner en ville, à condition de ne pas choisir un restaurant de la localité voisine.

— Je ne tiens pas à voir tous les amateurs de ragots nous regarder comme des bêtes curieuses, Taylor, se justifia-t-elle.

Et il affirma qu'il la comprenait.

Cette sortie pour aller dîner loin de chez nous fut au moins une chose qui plut à Lionel. Il ne bouda pas et, bien sûr, se montra très intéressé par tout ce qu'il voyait. Il posa même des questions à M. Kotes et fut attentif à ses réponses. Tout cela fit grand plaisir à maman.

Comme elle n'avait jamais voulu prendre une baby-sitter locale, M. Kotes était obligé de nous emmener chaque fois qu'il voulait sortir avec elle. Il était question entre eux d'une grande virée à New York, pour voir le zoo du Bronx, et cette perspective faisait briller d'excitation les yeux de Lionel.

— Nous pourrions faire l'aller-retour en une journée, Sarah, fit valoir M. Kotes.

Mon frère leva sur maman un regard suppliant.

— Nous verrons, répondit-elle, ce qui laissa au moins un peu d'espoir à Lionel.

Malgré ses efforts pour paraître indifférent à M. Kotes, et garder ses distances avec lui, la résistance de mon frère faiblissait à vue d'œil. Il ne lui reprochait plus de s'asseoir dans le fauteuil de papa, et il se servit à nouveau de la loupe. Peu après cela, il se mit à utiliser ouvertement les outils que M. Kotes lui avait donnés auparavant.

Il commença même à guetter ses visites à la maison, en escomptant à chaque fois un cadeau nouveau. J'avais bonne envie de lui demander pourquoi il ne pensait plus tellement à papa, désormais. Ne craignait-il pas de ne jamais le voir ni l'entendre, jamais plus ? Je n'osais pas lui poser la question, de peur qu'il ne s'empresse d'aller le raconter à maman.

En fait, c'était elle qui m'étonnait le plus. Ne se disait-elle pas que plus Lionel s'attacherait à M. Kotes, moins il aurait de chances de traverser et de voir papa ? Pourquoi cette pensée s'imposait-elle à moi, et pas à elle ?

Je rassemblais mon courage pour lui poser la question.

Une question qui me trottait dans la tête et menaçait de jaillir toute seule, à tout moment, si je ne me décidais pas à la formuler sans attendre.

Je finis quand même par me décider à le faire. Mais l'occasion ne se présenta pas, et je n'eus même pas besoin de demander quoi que ce soit.

La réponse était déjà écrite dans les ténèbres, chuchotée par le vent, elle tournoyait autour de la maison, toute prête à pénétrer dans nos cœurs.

Il nous suffisait d'écouter.

6

Quelqu'un m'a poussé

Tout arriva le soir de notre neuvième anniversaire, ce qui lui conféra une importance toute particulière à mes yeux. Maman prépara un dîner spécial. Elle fit un merveilleux gâteau nappé de caramel au chocolat, avec nos noms écrits en sucre glace vanillé. Quand papa vivait parmi nous, nos anniversaires étaient toujours fêtés comme de grands événements. Il nous offrait plus de cadeaux que nous n'en recevions à Noël. Maman lui reprochait toujours de trop nous gâter, mais il était intraitable.

— Les anniversaires sont faits pour gâter les enfants, soutenait-il. Cela leur donne le sentiment d'être importants, uniques, aimés.

— Nos enfants éprouvent ce sentiment-là toute l'année ! ripostait maman.

— J'en suis certain, mais les anniversaires sont quand même différents, Sarah. Je m'étonne que tu ne te souviennes pas des tiens, quand tu avais leur âge, et de l'importance qu'ils avaient pour toi.

— Je n'ai rien d'extravagant à me rappeler,

contrait maman. Mes parents n'étaient pas idiots.

Si petite que j'étais, je me souviens de m'être demandé ce qu'elle voulait dire. N'avait-elle donc pas eu de fêtes d'anniversaire, elle aussi ?

— Ils l'étaient s'ils ne faisaient pas de ton anniversaire une occasion toute spéciale, affirmait papa.

Elle ne pouvait pas le modérer quand il s'agissait de nous couvrir de cadeaux. Elle avait beau recevoir des avertissements de ses esprits, ou menacer papa du mauvais œil, rien n'y faisait. C'était toujours sa voix à lui qui dominait, quand il nous chantait « Joyeux anniversaire », et il était aussi surexcité que nous, aussi pressé de nous voir ouvrir nos paquets. Que ce soit pour le sien ou pour le nôtre, à chaque anniversaire il redevenait petit garçon.

Peut-être maman se rappelait-elle tout cela, ou peut-être papa était-il venu lui dire d'agir ainsi, en tout cas elle décida de nous offrir une vraie fête, et pas seulement un gâteau. Nous n'avions pas d'amis à inviter, mais elle nous avait fait décorer la salle à manger avec du papier crépon et des ballons, apportés par M. Kotes. Un de ses présents, qu'à notre grande surprise maman autorisa, fut un clown magicien qui arriva juste au début de notre dîner de fête.

Lionel était fasciné par ses tours, sa façon de trouver une pièce de monnaie dans son oreille, de tirer de sa gorge une guirlande de ballons, d'escamoter des cartes. De faire couler de l'eau de sa manche sans se mouiller, puis de faire surgir un bébé lapin d'un bouquet de fleurs en papier. De plus, M. Kotes annonça que le lapin était pour nous et que nous pouvions le garder. Il y avait même une cage dans nos cadeaux, exprès pour lui. Plus tard, Lionel laissa d'ailleurs cette cage ouverte et le lapin s'enfuit.

Après le départ du clown, nous passâmes à table et, le dîner fini, maman alluma les bougies. Même si nous étions assez grands pour les souffler tout seuls, nous le faisions toujours ensemble, chacun de son côté. Dès qu'elles furent éteintes, quand maman et M. Kotes entonnèrent « Joyeux anniversaire », je glissai un regard de côté et vis papa qui souriait. J'étais absolument certaine de l'avoir vu. Je me retournai rapidement vers maman, qui hocha la tête et me sourit, puis je regardai Lionel avec espoir. Il concentrait son attention sur les cadeaux, et même s'il regardait dans la direction de papa, il ne parut pas le voir.

Quand le chant prit fin, papa n'était plus là. J'en aurais pleuré, malgré la joie qui régnait parmi nous. Lionel déchira le papier des paquets, passant au suivant dès qu'il avait découvert le contenu de celui qu'il tenait en main. Pour ma part, ce furent surtout des vêtements que je reçus, avec des livres. Le cadeau qui plut le plus à Lionel fut un train électrique avec sa gare, présent de M. Kotes. Il était tellement surexcité qu'il engloutit son gâteau en hâte, et attendit fiévreusement que nous ayons fini le nôtre. M. Kotes avait proposé de l'aider à monter son circuit. Avec la permission de maman, ils l'installèrent dans le salon, sur le plancher, en face de la vieille horloge qui jamais ne tictaquait ni ne sonnait. Comme bien d'autres choses dans notre maison, elle se trouvait là pour la seule raison qu'elle y avait toujours été.

Pendant que mon frère et M. Kotes commençaient à assembler les rails, j'allai dans la cuisine aider maman pour la vaisselle. Enfin, en principe, mais en fait c'était pour lui dire que j'avais revu papa, finalement.

— Je m'en doutais, observa-t-elle. Je l'ai lu sur ton visage, Céleste.

— Et toi, tu l'as vu aussi ?

— Parfois, en certaines occasions très spéciales, les esprits choisissent ceux par qui ils veulent être vus. Et même quand on a un don, il se peut qu'on ne les voie pas. Je pense que ton papa voulait t'offrir quelque chose de bien particulier. C'était son cadeau. Toutefois...

Maman s'interrompit, comme si elle venait de s'aviser d'un détail, puis elle reprit :

— Je n'ai remarqué aucun signe de conscience sur le visage de Lionel, et pourtant c'est son anniversaire aussi. Pourquoi n'a-t-il pas eu son cadeau spécial, lui aussi ? Que se passe-t-il ? Qu'est-ce que je fais de mal ?

— Ce n'est pas ta faute, maman. C'est simplement que Lionel n'est pas prêt, ajoutai-je, et je retins ma respiration.

Parler des échecs de Lionel, c'était un peu comme marcher sur une mince couche de glace. Quelques secondes passèrent, puis maman me dit d'aller rejoindre Lionel et M. Kotes. J'eus l'impression qu'elle n'avait pas entendu ce que je venais de dire.

— C'est ton anniversaire aussi, ajouta-t-elle. Tu n'es pas obligée de travailler à la cuisine, ce soir.

— Ça ne m'ennuie pas de t'aider, maman.

— Non, rejoins-les. J'ai besoin d'être seule un moment, répliqua-t-elle avec sécheresse.

Je la quittai avec le sentiment d'avoir été giflée. J'aurais dû me sentir importante et fêtée, ce soir, mais ce n'était vraiment pas le cas. Maman ne me voulait pas auprès d'elle, et quand j'entrai dans le salon, ni mon frère ni M. Kotes ne firent attention à moi. Apparemment, M. Kotes était redevenu petit garçon, d'un seul coup, et Lionel paraissait de plus en plus à l'aise en sa compagnie. Quand ils finirent par faire démarrer le train, ils tombèrent quasiment en extase.

Je les observai pensivement. M. Kotes allait-il devenir notre nouveau papa ? N'était-ce pas affreux d'oser seulement avoir une telle pensée ? M. Kotes faisait tout ce que papa avait fait : il nous avait aidés à préparer la soirée, acheté des cadeaux ; il secondait maman à la maison, nous emmenait pour des sorties en voiture, et toutes sortes d'autres choses. Qu'arrive-t-il aux gens qui meurent et qu'on remplace ? me demandai-je. Leurs esprits sont-ils mis à la porte ? Est-ce qu'ils disparaissent complètement, et pour toujours ?

Le rire joyeux de Lionel dispersa mes pensées moroses. La petite locomotive envoyait des bouffées de fumée, et elle avait des phares. Un aiguillage permettait de dérouter le train pour l'envoyer dans une autre direction.

— Il faudra que je te trouve une casquette de mécanicien, dit M. Kotes à mon frère. Tu te débrouilles bien.

Lionel leva sur moi un visage rayonnant.

— Tu veux essayer les commandes, Céleste ?

Je le rejoignis et il se mit à me donner des ordres.

— Plus vite. Maintenant, ralentis. Stoppe et mets-le en marche arrière. Je voudrais que le circuit soit plus grand, observa-t-il, réclamant déjà plus.

— On ajoute des rails au fur et à mesure, expliqua M. Kotes qui s'était levé, et surveillait la manœuvre d'en haut. Mais ça m'étonnerait que ta mère soit disposée à te laisser plus de place, commenta-t-il en apercevant maman.

Debout sur le seuil, elle avait une expression bizarre et lointaine. Elle resta un moment ainsi, puis elle s'aperçut que nous la regardions et attendions qu'elle dise quelque chose.

— Nous mettrons le circuit ailleurs quand cela deviendra nécessaire, déclara-t-elle. Peut-être dans le garage.

— Tout va bien, Sarah ?

Depuis quelque temps, j'avais remarqué à quel point M. Kotes était sensible aux humeurs de maman, et combien il était important pour lui de la voir heureuse.

— Bien sûr, le rassura-t-elle. Tout est parfait. Plus que parfait, même, ajouta-t-elle en souriant.

— Tant mieux.

Pendant quelques instants, leurs regards se nouèrent, puis maman alla mettre un disque qu'ils aimaient. Ils s'assirent côte à côte et nous regardèrent jouer.

— Je crois que c'est le plus bel anniversaire de ma vie, murmura Lionel.

J'en restai pantoise. Même avec un clown, des décorations et tous ces cadeaux, comment cet anniversaire pouvait-il être le meilleur pour lui, sans papa ?

Je n'étais pas sûre que maman l'ait entendu, mais il me semblait que oui, et je lui trouvai soudain l'air triste.

Je finis par me lasser du jeu et me plongeai dans un de mes livres. Lionel était furieux que je ne m'occupe plus de son train, et maman décida qu'il était temps pour nous d'aller au lit. Mon frère eut beau grogner et supplier pour rester encore un peu, elle ne céda pas. Il fallut remettre la pièce en ordre et monter nous coucher.

— Je ne vois pas pourquoi nous avons besoin de dormir tellement, se plaignit Lionel. Nous pourrions nous contenter d'une petite sieste de temps en temps.

— Ce ne serait pas suffisant. Nous serions tout le temps fatigués, lui expliquai-je.

Comme s'il croyait qu'il pouvait faire arriver le matin plus vite, il se dépêcha de se laver les dents et de se mettre en pyjama. Puis ce fut mon tour. Quand je sortis de la salle de bains, il semblait endormi. Il n'avait pas dû se rendre compte à quel point il était épuisé. Apparemment, les moments heureux aussi pouvaient être fatigants.

Je me glissai dans mon lit et remontai mes couvertures jusqu'au menton. Quel effet cela pouvait-il faire d'avoir un anniversaire pour vous tout seul ? me demandai-je. Était-ce égoïste de ma part d'avoir des idées pareilles ? Durant toute ma courte vie, je n'avais connu que le partage avec mon frère. Je suppose que rien ne m'aurait paru normal si les choses avaient changé.

Cela avait été une belle journée, décidai-je. Les voix assourdies de maman et de M. Kotes me parvenaient d'en bas, mais de temps en temps je les entendais rire. Je m'efforçais de rester éveillée, car j'espérais toujours que papa m'apparaîtrait encore. Pourquoi se tenait-il toujours dans un coin, et pourquoi s'en allait-il aussi vite ? Une fois de plus, je me demandai si je l'avais réellement vu. L'explication de maman sur mon cadeau spécial tenait debout, et pourtant je m'étonnais qu'elle n'ait pas vu papa, elle aussi. Peut-être avais-je tellement souhaité le voir que je l'avais seulement imaginé ? Cette pensée me rendit toute triste.

Mes yeux s'ouvraient et se fermaient, s'ouvraient et se fermaient encore. J'entendis vaguement un bruit de pas dans l'escalier, puis des murmures, puis la porte de la chambre de maman s'ouvrir et se fermer. J'aurais voulu rester éveillée pour en entendre davantage, mais le sommeil fut le plus fort. Il s'abattit sur moi tel un rideau noir. Et j'eus beau essayer, essayer tant et plus d'écarter de moi ce rideau, rien n'y fit.

Du moins jusqu'à ce que j'entende maman

s'adresser à quelqu'un en criant. Cela venait d'en bas.

— Qu'est-ce que vous dites ? hurlait-elle. Qu'est-ce que vous dites ?

J'ouvris les yeux et regardai autour de moi, étonnée qu'il fasse encore si noir. Le réveil lumineux indiquait deux heures trente-cinq. Pourquoi maman avait-elle une conversation téléphonique aussi tard ? Je regardai du côté de Lionel, mais il me tournait le dos et ne bougeait pas. Je me levai sans hâte et m'approchai de la porte. La voix de maman était devenue suraiguë, on aurait dit qu'elle pleurait en parlant.

— Non, non, ça ne peut pas être vrai !

Lentement, je sortis de la chambre et m'engageai dans l'escalier. J'entendis maman raccrocher le téléphone et passer dans le salon. J'atteignis la dernière marche au moment où elle recommençait à hurler.

— Pourquoi as-tu fait ça ? Comment peux-tu être aussi cruel ? Les enfants ont besoin d'un père, surtout Lionel. Ce que tu n'aurais pas pu leur donner, il leur aurait donné. Tu aurais dû me prévenir. Tu aurais dû, Arthur !

Arthur ? Elle parlait donc à papa... Je m'élançai en courant dans le couloir.

Je la trouvai assise sur le canapé de cretonne, les jambes repliées sous elle. En robe de chambre et en pantoufles, elle regardait par la fenêtre en se tamponnant les yeux avec un mouchoir. Je parcourus la pièce d'un rapide regard, mais je ne vis l'ombre de papa nulle part. Maman se tourna lentement vers moi. Elle n'avait pas l'air fâchée contre moi parce que j'étais descendue. Elle me fixa longuement, secoua la tête et se tourna de nouveau vers la fenêtre. Il faisait noir comme dans un four, dehors. Que regardait-elle ainsi ? Je m'approchai d'elle et me risquai à demander :

— Pourquoi as-tu crié, maman ?

Elle poussa un gros soupir et ramena son regard sur moi.

— Il y a eu un très, très grave accident, Céleste. En rentrant chez lui, M. Kotes a été percuté par une camionnette avec deux adolescents à bord, tous les deux ivres. Ils n'ont rien eu de sérieux. Ils étaient même trop saouls pour se rendre compte de ce qu'ils faisaient.

— M. Kotes est... ?

— Oui. Il est mort. C'est sa sœur qui a appelé. Elle était en pleine crise d'hystérie. Elle me rendait responsable parce que son frère était ici, avec moi. Elle m'a traitée de toutes sortes de noms épouvantables.

J'avais du mal à croire ce que je venais d'entendre.

— Il est mort ?

— Il est mort ! hurla maman. Tu es sourde ? Mort ! Peut-être que... (Elle s'interrompit et prit une profonde inspiration.) Peut-être que c'est vraiment ma faute, après tout.

— Mais pourquoi, maman ?

— Je n'aurais pas dû l'encourager, dit-elle d'une voix éteinte. J'aurais dû savoir qu'ils n'aimeraient pas ça. C'est pour ça qu'ils restaient à l'écart. À présent...

Elle contempla fixement le tapis, puis releva la tête.

— Retourne te coucher, maintenant, Céleste.

Je ne pus me retenir de demander :

— As-tu vu papa ? C'est pour ça que tu criais contre lui ?

— Retourne te coucher ! vociféra-t-elle. Immédiatement !

Elle se détourna de moi et se blottit sur le canapé. Elle paraissait toute petite, subitement, comme si elle était elle-même une petite fille. J'aurais voulu aller vers elle et la serrer dans mes bras, mais j'avais peur. La maison était obscure et silencieuse, mais les cris de maman résonnaient encore à mes oreilles.

M. Kotes était mort ? Mais quelques heures avant il était ici ! Nous chantions tous et nous amusions ensemble !

Je gravis lentement l'escalier. Épuisée, je retournai dans mon lit et, après un dernier regard à Lionel qui dormait toujours, je fermai les yeux. La dernière chose qui se présenta à mon esprit fut le visage de M. Kotes, quand il nous avait chanté « Joyeux anniversaire ».

Le lendemain matin, ce fut Lionel qui m'éveilla en se levant. Pressé de retourner jouer avec son train électrique, il se dépêchait de s'habiller et faisait beaucoup de bruit.

— Quand M. Kotes reviendra, peut-être qu'il m'apportera d'autres voitures, des ponts, des petits personnages et des maisons, annonça-t-il, tout excité.

Je m'assis en me frottant les yeux. Mon frère

s'était déjà brossé les cheveux et boutonnait sa chemise, prêt à descendre.

— M. Kotes ne reviendra pas, Lionel, lui annonçai-je. Il ne reviendra jamais.

Déjà prêt sur le seuil, il lança par-dessus son épaule :

— Et pourquoi ça ?

Maman ne m'avait pas défendu de le lui dire, et je le fis.

— Il y a eu un terrible accident la nuit dernière, il a été tué.

— Quoi ? Tu mens ! éructa-t-il avec colère. Tu n'es qu'une sale menteuse, une grosse imbécile de menteuse !

— Non, Lionel. Je ne mens pas.

Il resta un moment figé sur place, puis sortit en claquant la porte. Je l'entendis dévaler bruyamment les marches. La voix de maman me parvenait très assourdie, mais il n'était pas difficile de saisir le ton de ses paroles. Je me levai, fis ma toilette et m'habillai. En arrivant dans la cuisine, je trouvai Lionel attablé devant ses flocons d'avoine. Il boudait. Debout devant la fenêtre, maman nous tournait le dos et regardait dehors. Elle portait la même robe noire que le jour de l'enterrement de papa. Lionel me lança un regard furibond.

— Ce n'est pas ma faute, marmonnai-je à mi-voix.

Maman pivota vers nous, me regarda un moment sans mot dire et se retourna vers la fenêtre. Je me servis un jus d'orange, mis une tranche de pain dans le grille-pain, mélangeai des céréales et du lait dans un bol. Quand je revins à table, Lionel était appuyé au dossier de sa chaise, les bras enserrant étroitement son buste. On aurait dit qu'il forçait tout son sang à monter vers son visage. Il bougonna :

— Maman m'a interdit de jouer avec mon train. Elle veut que je le remette dans sa boîte et que je le range.

— Tu l'aideras, Céleste, décréta maman sans se détourner de la fenêtre.

Je ne dis rien, mais moi aussi je me demandai pourquoi elle nous donnait cet ordre. Lionel regardait fixement devant lui, l'air furieux.

— Je ne le rangerai pas, finit-il par dire.

Maman se retourna lentement.

— Si tu ne le fais pas, je jetterai toute l'installation à la poubelle, je te préviens.

— Mais pourquoi je devrais faire ça ? pleurnicha-t-il.

— Parce que je te l'ai dit, ça devrait te suffire comme raison. Cette maison est en deuil. Nous n'allons pas nous comporter comme si cette chose terrible n'était pas arrivée.

— Il arrive toujours quelque chose de terrible, ronchonna Lionel en se levant de table.

Il sortit en courant et nous entendîmes la grand-porte s'ouvrir, puis se fermer.

— Lionel ! hurla maman.

Je me figeai, n'osant plus avaler une bouchée.

— Rattrape-le, m'ordonna maman. Empêche-le de faire une sottise. Je ne veux pas qu'il s'éloigne trop de la maison aujourd'hui. Et ne vous avisez pas d'aller dans les bois, surtout.

Son regard revint à la fenêtre et elle murmura :

— Ils rôdent au-dehors, comme un nuage de moustiques sur les vitres.

— Qui ça, maman ?

— Les esprits, chuchota-t-elle. Les esprits mauvais.

Quand je me levai, je tremblais de tout mon corps. Les esprits étaient-ils si proches ? Seraient-ils visibles pour moi ?

— Allez, insista maman. Dépêche-toi.

Je gagnai la porte, hésitai un instant et sortis. Je n'aperçus Lionel nulle part et cela m'effraya. Et s'il s'était déjà sauvé dans les bois ? Si les esprits mauvais s'étaient déjà emparés de lui ? J'appelai à grands cris :

— Lionel ! Où es-tu ?

Je fis le tour de la maison, marchai jusqu'aux vieilles tombes, puis me dirigeai vers la grange. Et pendant tout ce temps-là il était perché dans son arbre favori, le vieil érable qui se dressait non loin de la maison, à me regarder m'affoler. Quand je le vis, je hurlai.

— Pourquoi ne m'as-tu pas répondu ? Maman ne veut pas que tu t'éloignes de la maison. Elle ne veut pas non plus que tu grimpes là-haut. Descends tout de suite, Lionel !

— Non, riposta-t-il sur un ton de défi. Je ne rentrerai pas tant qu'elle ne me laissera pas jouer avec mon circuit.

— Lionel, descends de là.

Pour prouver sa détermination, il grimpa encore un peu plus haut et s'assit sur une branche plus mince. La seule pensée qui me vint fut qu'un esprit mauvais allait fondre sur lui et le pousser. Mon cœur se mit à cogner sous mes côtes.

— Je t'en prie, descends, implorai-je, au bord des larmes. Je jouerai aux jeux que tu choisiras. Je ferai attention aux douves. Nous combattrons les dragons, tout ce que tu voudras.

— Non. Je veux jouer avec mon train, s'obstina-t-il. Je ne descendrai pas tant qu'elle ne me le permettra pas.

— Lionel ! Je t'en prie.

Il me tourna le dos.

— Bon, je vais prévenir maman, dis-je en m'élançant vers la maison.

Maman était dans la cuisine, en train de débarrasser les restes du petit-déjeuner. J'avais oublié mon toast. Il était brûlé. Maman me regarda sévèrement et le jeta dans la poubelle.

— Où est ton frère ? Ne t'avais-je pas dit de rester avec lui ?

— Il a grimpé dans son arbre et il dit qu'il ne descendra pas tant que tu ne le laisseras pas jouer avec son train, débitai-je tout d'une traite. Il est même monté plus haut que jamais.

Les yeux de maman s'agrandirent. Elle lâcha ce qu'elle avait dans les mains et courut à la porte d'entrée. Je la rejoignis dehors.

— Lionel Atwell, descends et viens ici, tout de suite ! lui cria-t-elle.

— Tu me laisseras jouer avec mon train ?

— Tu n'y joueras pas aujourd'hui. Et tu n'y joueras plus jamais si tu ne descends pas de cet arbre. Immédiatement.

Que mon frère fût capable de pousser si loin la rébellion m'étonna moi-même. Au lieu d'obéir, il se retourna et tendit le bras vers une branche encore plus haute.

— Lionel Atwell ! s'égosilla maman.

Il empoigna la branche et commença à se hisser plus haut, mais la branche cassa. Pendant un instant, ce fut comme si la terre s'était arrêtée de tourner. Lionel comprit avec stupeur, en un éclair, qu'il n'avait plus aucun soutien et ses traits se figèrent.

Maman hurla.

Il battit des bras, comme s'il espérait échapper au danger en volant ; puis il tomba, dans une chute à la fois rapide et gracieuse, comme s'il avait décidé qu'il n'y avait rien d'autre à faire que se détendre en acceptant l'inévitable. Il tombait d'assez haut, en sorte que lorsque son pied gauche toucha terre le premier, il se tordit brutalement. Puis il bascula sur les fesses, roula sur lui-même et se retrouva sur le ventre.

Quand il avait heurté le sol, j'avais eu l'impression de ressentir le choc dans tout mon corps, moi aussi. Presque aussitôt après, il poussa un cri de douleur qui fit s'envoler tous les oiseaux d'alentour. Maman inspira bruyamment et courut à lui. Son front saignait, là où il s'était écorché en roulant sur lui-même, et son mollet faisait un angle bizarre avec sa cuisse. Maman se laissa tomber à genoux près de lui et, très doucement, le retourna sur le dos.

J'étais paralysée. Il me semblait que mon cœur était tombé comme une pierre dans mon estomac.

Je ne m'aperçus pas tout de suite que je sanglotais. Les larmes ruisselaient sur mon menton. Lionel était tout rouge à force de crier et de pleurer, sa voix monta dans l'aigu jusqu'à en devenir inaudible. J'eus l'impression d'assister à un film muet.

Avec mille précautions, maman releva le bas du pantalon de mon frère, et je pus voir que son tibia faisait pression sur sa peau, menaçant à tout instant de la crever. Avec un sang-froid remarquable, maman appuya sans hésiter sur l'os et le remit en place. La souffrance de Lionel fut telle en cet instant qu'il perdit connaissance.

Je crus qu'il était mort.

Mon cœur aussi cessa de battre. Puis maman se releva et je parvins à articuler :

— Il est mort, maman ?

Elle me regarda dans les yeux, et je vis que les siens étaient secs.

— Non. Il est mieux comme ça pour le moment. Empêche-le de bouger jusqu'à ce que je revienne. Remue-toi ! s'emporta-t-elle, en voyant que je n'avais toujours pas fait un pas vers mon frère. Assieds-toi près de lui et s'il s'éveille, ne le laisse pas bouger cette jambe avant que je sois là, Céleste.

Je courus aux côtés de Lionel et elle ajouta :

— Fais-le tenir tranquille.

Je ne voyais pas du tout comment, mais je lui pris la main tandis que maman se hâtait vers la grange. Il commençait tout juste à gémir et à remuer la tête quand elle revint, deux planchettes à la main. Je vis qu'elle avait aussi une sorte de bande d'étoffe.

— Maman, murmura Lionel.

— Ne bouge pas, Lionel. Absolument pas, lui recommanda-t-elle. Tu t'es cassé la jambe.

Il leva sur elle un regard effaré.

— Quelqu'un m'a poussé, maman. (Elle cessa ce qu'elle était en train de faire.) Je l'ai senti, murmura-t-il en fermant les yeux. Quelqu'un m'a poussé.

Maman me dévisagea d'un air perplexe, comme si elle attendait une explication de ma part. Je secouai la tête. Je ne savais pas de quoi il parlait. Je n'avais rien vu.

— Va me chercher le désinfectant dont je me sers pour vos coupures et vos écorchures, Céleste. Et ramène-moi aussi un linge humide et du savon. Vite !

Je me levai d'un bond et courus à la maison.

Quand je revins, maman avait solidement fixé les planchettes à la jambe de Lionel. Elle prit la serviette humide et le savon, lava son front écorché, appliqua le désinfectant. Il continuait de pleurer, le corps secoué de sanglots. Maman glissa les bras sous lui et, au prix d'un immense effort, se mit debout en le soulevant dans ses bras. Il laissa rouler sa tête sur sa poitrine et ferma les yeux, pendant qu'elle le portait jusqu'à la maison. Je la suivais de près.

— Il va aller mieux, maman ?

— Ouvre-moi la porte, fut sa réponse, et je m'empressai d'obéir.

Je lui cédai le passage et la regardai porter

Lionel dans l'escalier, puis jusqu'à notre chambre. Elle me dit de replier la couverture et le déposa doucement dans son lit. Après avoir commencé à le déshabiller, elle m'envoya chercher des ciseaux, pour couper les jambes de son pantalon afin de le lui ôter. Cela fait, elle glissa des oreillers sous sa jambe cassée.

— Je vais chercher de la glace et quelque chose pour le calmer un moment, annonça-t-elle. Reste près de lui et veille à ce qu'il ne s'agite pas.

Lionel gémit. Les larmes avaient laissé des traînées brunâtres sur ses joues et son menton. Je pris le gant de toilette et lui nettoyai doucement le visage. Il ne me quittait pas des yeux. Il n'allait pas tarder à s'endormir, me semblait-il. Avant de parler, je me tournai vers la porte pour m'assurer que nous étions toujours seuls.

— Tu n'as pas vraiment senti quelqu'un te pousser dans l'arbre, n'est-ce pas, Lionel ?

— Si, affirma-t-il.

Maman revint avec une poche à glace, un verre d'eau, et un autre contenant une de ses décoctions d'herbes médicinales. Elle la fit avaler à mon frère.

— Je veux que tu dormes un moment, Lionel.

— Ça fait mal, geignit-il.

— Je sais que ça fait mal, et ça te fera mal encore un certain temps. Céleste va rester avec toi et maintiendra cette poche à glace sur ta jambe. Elle te donnera ce dont tu auras besoin, ajouta maman.

Elle prit ma main et la posa sur la poche à glace.

— Garde ça en place aussi longtemps que possible. S'il se plaint que c'est trop froid, enlève-le quelques instants et remets-le, c'est compris ?

Je fis signe que oui. Quand elle se leva et marcha vers la porte, je lui demandai :

— Il n'a pas besoin d'aller à l'hôpital, maman ?

— Non, dit-elle en se retournant. Ils ne feraient rien de plus que ce que j'ai déjà fait, et vais encore faire.

— Il va guérir ?

— Je n'en sais rien. À ton avis ? renvoya-t-elle, énigmatique. Il va guérir ?

Je ne compris pas le sens de sa question. Pourquoi supposait-elle que je connaissais la réponse ?

Elle garda encore un instant les yeux fixés sur moi, puis quitta la pièce. Lionel gémit.

— Ça fait mal, Céleste. Vraiment mal. Plus que des échardes ou des coupures. Plus que n'importe quoi.

Je remis la poche à glace sur sa jambe et lui caressai le bras.

— Je sais que ça fait mal. Je suis désolée, Lionel.

— Pourquoi est-ce que maman ne m'empêche pas d'avoir mal ?

— Elle l'a fait, Lionel. Elle t'a donné quelque chose pour ça, et la glace te soulagera, elle aussi. Bientôt.

Il ferma les yeux et gémit encore. Je regardai sa jambe. Elle portait des marques noires et bleues, là où l'os avait fait saillie. Cela me fit un effet horrible, et je me dis que Lionel aurait dû aller à l'hôpital. Peut-être que maman allait s'en rendre compte, et l'y emmener ?

— Je... je veux jouer... avec mon train, balbutia-t-il.

Et aussitôt après, il s'endormit.

La glace fondait, je commençais à m'ankyloser. Où était passée maman ? N'aurait-elle pas dû revenir tout de suite, pour voir comment allait Lionel ? Soudain, j'entendis ronfler un moteur et je me levai, non sans raideur, pour aller regarder par la fenêtre. Je ne vis rien, mais le bruit s'amplifia et un souvenir resurgit tout à coup dans ma mémoire : je revis papa quand il s'en allait en forêt chercher du bois à brûler.

Intriguée, à présent, je descendis et allai ouvrir la grand-porte. Je m'avançai d'un pas au-dehors et m'arrêtai net. J'étais sous le choc. Avec la tronçonneuse de papa, maman était en train de couper l'arbre dont Lionel était tombé. C'était un grand et vieil érable, un arbre vraiment magnifique. Je ne comprenais pas pourquoi elle faisait ça. Mais le plus difficile à comprendre, pour moi, c'était qu'elle soit capable de tenir en main la scie de papa et de s'en servir comme un homme.

Elle ne me voyait pas, et ne pouvait pas non plus m'entendre l'appeler. Le bruit de la tronçonneuse couvrait ma voix. Ce fut seulement quand elle s'accorda une pause, pour souffler un peu, qu'elle m'aperçut.

— Pourquoi es-tu sortie ?

— J'ai entendu le bruit et j'ai voulu voir ce que tu faisais. Lionel dort et la glace est fondue.

— Je ne veux pas que tu le laisses seul, Céleste. Vide l'eau, remplis la poche avec des glaçons et maintiens-la sur sa meurtrissure. Nous allons devoir nous occuper de lui jusqu'à sa guérison, toutes les deux.

— Mais... pourquoi est-ce que tu coupes l'arbre, maman ?

Elle leva les yeux sur lui, puis ramena le regard sur moi.

— Il a été touché par le mal, maintenant. Il faut nous en débarrasser.

Elle remit la scie en marche, mais je l'entendis ajouter :

— Nous devons nous débarrasser de tout ce qui accueille le mal. Remonte près de ton frère et reste avec lui !

Je regagnai la maison en courant. Pendant un moment je restai dans l'entrée, le temps de reprendre mon souffle. Puis je montai, allai chercher la poche à glace et fis ce que m'avait ordonné maman. Lionel dormit encore plusieurs heures, et quand il s'éveilla il était très mal à l'aise et très mécontent. Il grommela :

— Où est maman ? Je veux maman.

— Elle est dehors en train de couper l'arbre, simplement parce que tu en es tombé, répliquai-je. Et aussi parce que tu as dit que quelqu'un t'avait poussé.

— Elle coupe l'arbre ?

— Tu n'as qu'à écouter. On entend la tronçonneuse.

— Je ne veux pas qu'elle coupe mon arbre, s'indigna-t-il.

— Pour ça, tu ne peux t'en prendre qu'à toi-même, Lionel.

Le bruit de moteur cessa enfin, et mon frère commença à s'agiter. Je l'arrêtai.

— Maman a dit que tu ne devais pas bouger, et surtout pas remuer ta jambe cassée.

— Mais j'ai besoin de faire pipi ! protesta-t-il.

Ce fut seulement à ce moment-là que je m'avisai d'une chose : la question du passage à la salle de bains allait nous poser de gros problèmes. Qu'allions-nous faire ?

— J'ai besoin de faire pipi, répéta-t-il.

— Bon, je vais prévenir maman. Ne bouge pas, Lionel, sinon c'est moi qui me ferai gronder. Je t'en prie, implorai-je en me précipitant hors de la chambre.

Je trouvai maman dehors, près de l'arbre tombé. Les cheveux en bataille, le visage couvert d'éclats de bois et de sciure, elle tenait toujours la tronçonneuse à la main.

— Lionel a besoin de faire pipi, me hâtai-je d'annoncer. Qu'est-ce qu'il faut faire ?

— Va chercher une bouteille vide dans le cellier, il n'aura qu'à faire pipi dedans.

— Quoi !

— Vas-y. C'est facile pour un garçon, tu verras.

D'un coup sec, elle tira sur la chaîne de la tronçonneuse. Comme elle semblait déterminée ! Elle avait tué l'arbre, et maintenant elle allait en faire du petit bois et nous en débarrasser.

Je restai un moment toute pensive, puis je rentrai à la maison et me mis en quête d'une bouteille vide à goulot large. J'en trouvai une, qui avait contenu du jus d'airelle. Toujours choquée par les consignes de maman, je remontai voir Lionel qui gémissait de malaise.

— Maman veut que tu fasses pipi là-dedans, Lionel.

Il cessa de geindre et me dévisagea en fronçant les sourcils, exactement de la même façon que moi. Nous avions tellement de mimiques semblables, lui et moi.

— Je ne peux pas, déclara-t-il.

— Elle dit que tu peux, et c'est facile, pour les garçons. Enfin, c'est ce qu'elle dit, ajoutai-je en lui tendant la bouteille.

Il la regarda, puis la plaça rapidement entre ses jambes. Je tournai le dos, mais j'entendis l'urine couler dans le récipient.

— Tiens, dit Lionel en me la tendant à son tour. J'ai fini.

Beurk. Ce fut le seul mot qui me vint à l'esprit. Je pris la bouteille et courus à la salle de bains pour la vider dans la cuvette.

— Et qu'est-ce qui se passera quand ce sera la grosse commission ? s'enquit Lionel quand je revins.

Cette seule pensée me souleva le cœur. Je devins toute rouge et secouai la tête.

— Je n'en sais rien.

Il ferma les yeux et se remit geindre. Il se plaignait d'avoir mal, d'avoir besoin de remuer, ou envie de se lever. Ses jérémiades semblaient ne devoir jamais s'arrêter. Finalement, maman revint, et ce fut elle qui devint la cible de ses réclamations, qu'il débita comme un tir à feu continu, selon son habitude.

— J'ai mal. Je veux changer de position. Je veux me lever. Je n'aime pas faire pipi dans un flacon. Et comment je ferai pour la grosse commission ? Je peux jouer avec mon circuit ?

— Il ne fallait pas t'entêter, riposta maman. Personne ne t'a demandé de grimper dans cet arbre. Tu n'avais qu'à m'écouter.

Elle vérifia son attelle et examina ses doigts de pieds.

— Je vais te faire un plâtre, décida-t-elle, et tu devras le garder pas mal de temps. Si tu n'écoutes pas et n'obéis pas, ce sera pire. Tu risquerais de ne plus pouvoir marcher normalement, et en tout cas de ne plus courir du tout. Tu comprends ça ?

— Ça fait mal, bougonna-t-il.

— Ça va encore faire mal, et c'est tant mieux. Ça te rappellera l'importance d'écouter ce que je te dis. Je vais descendre te préparer quelque chose à manger. Ta sœur te fera la lecture pour que tu penses à autre chose, conclut-elle en me regardant.

— Je ne veux pas de lecture. Je veux…

Ce que tu veux n'a aucune importance pour l'instant, l'interrompit maman sans s'émouvoir. Obéis-moi et nous te guérirons, ajouta-t-elle, en l'embrassant sur la joue. Toi, fais-lui la lecture, Céleste.

Arrivée à la porte, elle s'arrêta pour nous livrer les pensées qui l'occupaient.

— D'abord, ils ont pris Taylor, commença-t-elle. Maintenant, ils essaient de vous prendre. Tu vois pourquoi il faut te montrer vigilante, Céleste. Cela est en partie ta faute. Tu aurais dû faire plus attention à lui. Tu dois m'aider.

— C'est ce que j'ai fait, maman. Je lui ai dit de descendre de cet arbre et de ne pas monter plus haut.

— Je ne parle pas de ça, Céleste. Je parle des ténèbres, des ombres, du mal. Tu dois toujours y veiller, insista-t-elle. Tu as été bénie. Tu as reçu un don : les yeux. Tu vois ce que d'autres ne voient pas. Sers-toi de tes yeux ! m'ordonna-t-elle en passant la porte.

Je restai quelques instants songeuse. En quoi était-ce ma faute ? Y avait-il quelque chose que j'avais vu, ou perçu, et oublié de lui dire ? Une ombre, une forme, ou même un bruit étrange ?

— Maman t'a dit de me lire quelque chose, jeta soudain Lionel, en croisant les bras sur sa poitrine.

— Je croyais que tu n'aimais pas que je te fasse la lecture. Que tu trouvais ça ennuyeux.

— Maman l'a dit, répéta-t-il. Elle a dit que tu pouvais m'aider à ne plus avoir mal.

Le pouvais-je ? La question se posait.

Peut-être en étais-je capable.

Peut-être avais-je vraiment « les yeux ».

Je commençai par le premier chapitre d'*Alice au Pays des Merveilles,* mais avant que j'en aie lu cinq pages, Lionel dormait.

Et il ne souffrait plus.

7

Au fond des bois

Pendant que Lionel dormait, maman sortit pour aller chercher ce qu'il lui fallait pour faire un plâtre. Je ne pus pas l'accompagner, bien sûr. Elle me dit qu'il en serait ainsi pendant longtemps. Quand elle irait faire des courses, elle nous laisserait seuls à la maison, et je serais plus que jamais responsable de Lionel. Elle déclara que ce serait comme ça jusqu'à ce qu'il soit capable de se débrouiller tout seul avec des béquilles.

Je faisais le ménage dans la cuisine quand j'entendis la porte d'entrée s'ouvrir, puis se refermer en claquant, si violemment que toute la maison trembla. Je passai la tête à la porte et vis maman traverser le hall, les joues rouges et les cheveux en bataille. Je faillis reculer quand elle arriva sur moi comme un ouragan.

— C'est cette femme, la sœur de Taylor ! Elle raconte partout que je suis responsable de ce qui est arrivé à son frère. À croire que je suis une sorcière, ou quelque chose comme ça. Je l'aurais soi-disant ébloui et charmé, à tel point qu'il ne savait plus ce qu'il faisait. Elle oublie que ce sont deux adolescents ivres les coupables. Mais ça, c'est sans importance. Tout ce qui compte, c'est ce qu'elle raconte sur moi. Et les gens sont toujours prêts à croire du mal des autres, tu sais, surtout ceux de ce... de cette petite ville à l'esprit étroit. Nous n'aurons plus jamais aucun contact avec cette communauté, je te le jure ! J'irai faire mes courses beaucoup plus loin, et nous ne demanderons jamais l'aide de qui que ce soit dans le voisinage. Nous sommes plus seuls que jamais, mais ça convient, conclut-elle.

Je ne répondis rien mais je n'en pensai pas moins. Nos chances d'aller un jour à l'école de notre petite ville venaient de passer à la trappe.

Pâle de rage, maman continua à vitupérer l'ignorance de certaines personnes, pendant que je la regardais préparer son plâtre. Elle avait l'air d'avoir déjà fait ça souvent, bien que je n'aie jamais entendu dire que quelqu'un de la famille se soit cassé un membre. Mais elle savait faire tant de choses ! Je me demandais si je serais jamais aussi indépendante et aussi forte qu'elle.

Pendant quelque temps, Lionel trouva intéressant d'avoir un plâtre, c'était toujours ça. Maman fit de son mieux pour qu'il reste immobile et tranquille. Elle le lavait à l'éponge, l'aidait à aller aux toilettes, et m'avait chargée de lui apporter ses repas et tout ce qu'il pourrait désirer. Au bout d'un certain temps, je crois qu'il prit grand plaisir à me faire courir dans toute la maison, pour lui apporter ceci ou cela. Si j'osais exprimer la moindre répugnance à lui obéir, il se plaignait à maman. Et j'avais droit à un sermon sur l'importance de rendre mon frère heureux, afin de hâter sa guérison, ou encore sur ma responsabilité. Autrement dit : c'était ma faute s'il s'était cassé la jambe.

Je ne discutais jamais. Je faisais ce qu'il voulait. Je lisais pour lui aussi longtemps que j'en étais capable, et que lui-même pouvait le supporter. Mais s'il avait déjà du mal à se tenir tranquille avant de se casser la jambe, maintenant, c'était encore pire. Cela ne pouvait plus durer comme ça. Maman finit par s'en rendre compte et, toutes les deux, nous le descendîmes au rez-de-chaussée avec toutes ses affaires. J'en fus aussi heureuse que lui : cela me facilitait la vie, et j'avais notre chambre pour moi toute seule.

Maman l'installa dans le salon et, bien à contrecœur, lui permit de jouer avec son train. Pour je ne sais quelle raison, elle souhaitait que tout ce qui nous rappelait M. Kotes soit rangé et oublié, mais Lionel n'arrêtait pas de réclamer son circuit. Je dus m'asseoir près de lui et le regarder jouer pendant des heures, ajuster des rails, accrocher des wagons et créer des tunnels, en faisant semblant de trouver ça très intéressant. Maman nous surveillait, mais son air malheureux me donnait des frissons. J'avais l'impression de toucher des objets contaminés, mais nous devions tout faire pour tenir Lionel occupé afin qu'il puisse guérir.

Maman lui permit même de regarder plus souvent la télévision. Notre travail scolaire se poursuivait, mais Lionel était si peu attentif que maman réduisit la durée de nos leçons, puis me demanda de l'aider à faire ses devoirs. Il détestait les cahiers d'exercices ; et même s'il dessinait très bien, il ne soignait pas du tout son écriture et ne prenait pas la peine d'écrire sur les lignes. D'habitude, quand il faisait ça, maman l'obligeait à recommencer. Mais elle devenait beaucoup plus indulgente avec lui, à présent, et il en profitait largement.

Sans les visites de M. Kotes, avec Lionel confiné à l'intérieur et si souvent d'humeur grincheuse, la maison devenait comme une grande cage qui nous coupait du monde. À part le facteur, quelques employés à temps partiel, et les gens qui arrêtaient leur voiture au bord de la route pour admirer la propriété d'un air béat, nous ne voyions personne. Aucun visiteur ne venait sonner à notre porte, naturellement. À l'entrée de notre chemin, un grand écriteau signalait : PROPRIÉTÉ PRIVÉE. ENTRÉE INTERDITE. Le téléphone sonnait rarement. La seule fois où il sonna et que maman répondit, ce fut quand on l'appela du foyer de retraite où vivait le père de papa, pour lui annoncer qu'il était mort. Depuis que papa n'était plus là, nous ne parlions plus jamais de son père, et j'avais oublié tout ce qui le concernait.

— Il y a longtemps qu'il est mort, répondit maman à la personne qui téléphonait.

Elle se déplaça pour s'occuper des démarches, mais il ne fut jamais question d'assister aux funérailles. Maman fit le nécessaire pour l'enterrement, et ce fut tout. J'avais à peine connu mon grand-père, je ne pouvais donc pas vraiment me sentir triste. Je me dis que maintenant, au moins, il était avec papa.

Pour occuper un peu plus Lionel, maman alla acheter un fauteuil roulant. Il adorait que je le pousse dans toute la maison, et au-dehors. Nous passions par la porte de derrière, parce qu'il n'y avait que deux marches. Une fois dehors il exigeait d'aller partout, ce qui n'était pas facile pour moi. Il m'arrivait de me plaindre ou de protester. Alors il se mettait à geindre et à hurler, jusqu'à ce que je le pousse, au prix d'un effort inouï, dans les endroits cailloutoux ou en haut d'une colline.

Je fus beaucoup plus contente et reconnaissante que lui, quand maman lui permit de circuler avec une béquille. Au début, il crut que ce serait amusant. Il fit même semblant de voir en sa béquille un compagnon imaginaire, sur l'épaule duquel il pouvait s'appuyer. Il l'avait baptisé Bancroche et s'en servait pour me taquiner, pas toujours très gentiment. Tantôt Bancroche m'interdisait de le toucher, tantôt il m'ordonnait de faire ceci ou cela. Maman lui permit de peindre sa béquille, aux mêmes couleurs que celles du manche à balai qu'il appelait sa baguette magique.

Il n'en était plus à gémir de souffrance, mais il se plaignait toujours autant, à cause d'incessantes démangeaisons. Il ne mangeait plus autant qu'avant et il maigrit. Nous étions toujours de la même taille, mais les travaux ménagers supplémentaires m'avaient rendu plus vigoureuse que lui, et plus endurante. Avant, c'était toujours lui qui allait ramasser du petit bois pour le feu. Maintenant, c'était moi.

Je me demandais à quel point M. Kotes pouvait manquer à maman. Elle n'écoutait plus de musique, laissait pousser ses cheveux, se coiffait n'importe comment. Elle ne mettait plus de rouge à lèvres, et portait plusieurs jours de suite la même robe d'intérieur. J'en étais désolée pour elle, mais plus le temps passait, moins la présence d'un compagnon semblait lui manquer. Elle faisait le ménage, la cuisine, la lessive. Quelquefois, elle me demandait mon aide. Et certaines fois aussi, elle ne supportait pas que je m'active à côté d'elle et la soulage d'autant dans son travail. On aurait dit qu'elle avait toujours besoin d'être occupée. Si je restais trop longtemps dans ses jambes, elle se fâchait parce que je ne faisais pas assez attention à Lionel. Je savais bien pourquoi. Elle croyait que, tant que je me tiendrais tout près de lui, il ne pourrait rien lui arriver de grave.

J'étais aussi vigilante que possible, mais je trouvais cela fastidieux. Et Lionel était très mécontent de devoir rester soit à la maison, soit dans un espace restreint quand il sortait. S'il osait prendre la direction des bois, maman poussait les hauts cris. Puis elle me faisait une scène parce que je l'avais laissé, non pas s'éloigner, mais simplement penser à s'éloigner. Et qu'est-ce que j'aurais pu faire pour l'en empêcher, à part lui arracher son Bancroche ?

— Je ne sais pas pourquoi elle se met dans cet état, se plaignait Lionel. Je ne risque pas de grimper aux arbres, en tout cas pas de sitôt.

— Elle se méfie des ombres, avançai-je.

Il haussa les épaules. Pour lui, tout cela ne signifiait rien. Il était comme un oiseau sauvage, qu'on met en cage en lui disant que c'est pour son bien.

Un soir, pourtant, peu de temps après, maman monta les escaliers quatre à quatre et entra en coup de vent dans notre chambre. Lionel avait retrouvé une certaine liberté de mouvements, et il dormait de nouveau à l'étage. Nous allions nous mettre au lit quand la porte s'ouvrit à la volée. Maman se tenait sur le seuil, les joues en feu et les yeux hagards. Ses cheveux étaient tout ébouriffés, comme si elle y avait fourragé avec ses doigts pendant des heures. Muets de stupeur, Lionel et moi étions figés sur place. Au bout d'un moment, elle reprit son souffle et me dévisagea longuement.

— As-tu vu quelque chose, entendu quelque chose ?

— Non, maman.

Son regard se posa sur Lionel, si intensément qu'il recula pour se rapprocher de moi.

— Votre père, commença-t-elle d'une voix assourdie qui semblait venir de sa poitrine, votre père m'a dit de vous tenir spécialement sur vos gardes. Surtout toi, Céleste.

Une sensation de froid me glaça l'échine. Ma gorge était nouée. Je ne pouvais plus bouger. Maman étreignit ses épaules, leva les yeux au plafond, puis son regard fit le tour de la chambre.

J'avalai péniblement ma salive.

— Moi ?

— Tu as les yeux, proféra-t-elle, en ouvrant tout grands les siens pour souligner la gravité de ses paroles. Il a raison, il y a quelque chose.

Quelque chose de mauvais. Sois très vigilante, me recommanda-t-elle en reculant dans le couloir, avant de refermer la porte.

Même après son départ, Lionel et moi restâmes quelques secondes sans bouger. Puis je le vis se mordre l'intérieur de la joue, ce qu'il faisait souvent quand il était fâché ou perplexe.

— Je déteste ce plâtre ! s'écria-t-il, comme s'il y voyait la cause unique de ce qui venait de se produire.

Pourquoi n'était-il pas aussi inquiet pour nous deux que je l'étais moi-même ? Il passa devant moi et alla s'enfermer dans la salle de bains.

Je respirai profondément et m'assis sur mon lit. Il y avait si longtemps que je n'avais pas senti de présence invisible autour de moi ; si longtemps que je n'avais pas vu ou cru voir papa, ni aucun des esprits de notre famille. Peut-être faisait-il trop sombre, ou trop gris. L'hiver était venu très tôt, cette année-là, chassant précocement l'automne. La bise arrachait aux arbres leurs feuilles jaunes et mordorées ; elle changeait notre forêt en une armée de sentinelles moroses, attendant la venue du matin pour dissiper les ombres qui s'épaississaient, s'étiraient chaque nuit en direction de notre maison et de nous-mêmes.

À l'intérieur de notre cage, nous nous cantonnions tous les trois dans le salon, où un bon feu pétillait dans l'âtre. Maman tricotait ou travaillait à une tapisserie, tout en nous faisant réciter nos leçons, ou parfois en m'écoutant lire. De temps en temps, alarmée par le bruit du vent, elle tournait vers l'une des fenêtres un regard soupçonneux. À chaque fois, je retenais mon souffle et mon cœur battait à grands coups.

Depuis que M. Kotes était sorti de notre vie, du temps avait passé. La vie de Lionel n'était plus la même non plus, avec sa jambe cassée. Il finit par se désintéresser de son circuit, et accepta de nous aider à l'emballer pour l'entreposer dans le garage, pour plus tard. La date de ce « plus tard » était on ne peut plus vague, aussi vague que notre avenir semblait l'être, dans tous les domaines. Qu'il s'agisse de notre inscription à l'école, d'avoir des amis, d'aller au cinéma, d'assister à un match ou à un concert... Autrement dit : d'échapper à cette épaisse toile d'araignée protectrice que maman avait tissée autour de nous.

Et en plus du reste, méditais-je, elle avait jeté sur nous cette menace effrayante, aussi terrible qu'imprécise. Si jamais j'avais eu l'impression de marcher sur des œufs, auparavant, maintenant c'était bien pire. Comme c'était le cas pour maman, le moindre son inattendu me faisait pivoter sur moi-même et chercher d'où cela provenait. Je n'avais pas la moindre idée de ce que je cherchais, mais je cherchais quand même. Je redoutais même de m'endormir trop vite, et bien souvent je m'éveillais la nuit et tendais l'oreille, guettant le moindre bruit insolite.

Il arrivait parfois que j'entende maman chanter d'une voix lente, dans le salon ou dans sa chambre, comme si elle psalmodiait des incantations. Elle allumait des bougies dans toute la maison et brûlait son encens spécial. Chaque jour, et surtout chaque soir, je la voyais jeter des coups d'œil furtifs en direction d'une fenêtre ou de la porte d'entrée, la tête un peu penchée comme si elle tendait l'oreille.

— Tu n'as rien entendu, Céleste ? me demandait-elle.

Je secouais la tête mais elle restait longtemps ainsi, totalement immobile, comme si elle était tombée en catatonie.

Tout cela augmentait de plus en plus mon inquiétude. Souvent, je me levais pour m'assurer que Lionel dormait tranquillement dans son lit. Si par hasard il gémissait, tout mon corps se crispait d'appréhension. Je me hâtais d'allumer ma lampe de chevet. Quelquefois, cela le réveillait et il était furieux.

— C'est pour ton bien que je fais ça, Lionel, expliquais-je.

Et il me tournait le dos en grognant.

— C'est toi qui as dit qu'on t'avait poussé, lui rappelais-je, à chaque fois qu'il se fâchait parce que je le surveillais.

Il finit par m'avouer qu'il avait dit cela parce qu'il avait peur de maman, peur qu'elle ne soit encore plus en colère contre lui parce qu'il était monté dans un arbre. Il savait qu'elle le croirait, et que le blâme retomberait sur quelqu'un d'autre. Et là, il m'étonna. Je ne l'aurais pas cru assez rusé pour savoir quand il convenait d'utiliser ce genre d'argument pour excuser ses bêtises. Je reconnaissais qu'il avait bien manœuvré, néanmoins je voulus en avoir le cœur net.

— Tu n'as vraiment rien senti ?

— Vraiment, confirma-t-il. Alors arrête de me dire à tout bout de champ ce que je dois faire ou ne pas faire. Tu ne me laisses plus jamais tranquille, maintenant !

L'une des raisons pour lesquelles il détestait être privé de liberté tenait précisément à cela : je pouvais voir tout ce qu'il faisait. Il ne pouvait pas se sauver assez vite, ou grimper, dans le grenier de la grange. Sa frustration et sa rage s'étaient muées en haine pour son plâtre. Parfois, quand maman ne le regardait pas, il y plantait une pointe de stylo et en arrachait un petit morceau. Et il se plaignait sans cesse des démangeaisons qu'il lui causait.

Je ne fus donc pas trop surprise, lorsque maman décida de le lui enlever, qu'elle veuille célébrer l'événement. Ce projet de fête nous transporta, nous étions aussi excités que si c'était Noël ou un anniversaire. Il devait y avoir un dîner spécial, avec le gâteau préféré de Lionel, naturellement.

— Faisons un feu et brûlons mon plâtre, suggéra mon frère avec enthousiasme.

À ma stupéfaction, maman trouva que c'était une bonne idée.

— Le feu purifie, déclara-t-elle. C'est pourquoi il fait rage en enfer et éloigne les créatures malfaisantes.

Sur quoi Lionel enchaîna :

— Et nous ferons rôtir des marshmallows, en plus !

Maman n'apprécia pas cette idée-là et lui dit de ne pas tout mélanger.

— Ou le feu garde son caractère sacré, ou il n'y a pas de feu du tout, trancha-t-elle.

Lionel fut très déçu, mais au moins il put faire son feu et prendre sa revanche sur son maudit plâtre.

Sa jambe était toute blanche et toute maigre quand maman la dégagea. Elle le massa avec des lotions à base de plantes, qu'elle avait confectionnées elle-même. Puis elle le fit lever, marcher très lentement et prudemment. Il était raide et boitait très légèrement. Je crois qu'il ne s'en aperçut même pas, mais les yeux de maman s'étrécirent et trahirent l'inquiétude.

— Surtout, pas d'efforts pendant quelques jours, lui recommanda-t-elle. Et plus question de sauter, Lionel. Je te l'interdis.

Mon frère promit d'être sage, et nous sortîmes tous les trois ramasser du bois pour le feu. Lionel voulut qu'il soit très grand, pour que les flammes montent jusqu'aux étoiles. Maman l'alluma en jetant un peu d'essence sur le tas de bois. Il s'enflamma presque immédiatement, et la chaleur intense nous fit reculer.

— Vas-y, Lionel, dit maman sans même un sourire. Jette ton plâtre dans le feu.

Mon frère chercha mon regard. Au moment d'agir il se sentait moins hardi, surtout pour s'approcher du brasier. Il empoigna le plâtre et le jeta dans le feu, où il s'enflamma aussitôt. Maman se rapprocha de lui et lui entoura les épaules de son bras.

— C'est une bonne chose, dit-elle en regardant la fumée s'élever dans la nuit et disparaître. Nous brûlons le mal qui nous a touchés. C'est très bien.

Nous restâmes en contemplation devant les flammes, jusqu'à ce que Lionel en ait assez. Maman nous fit rentrer tous les deux et brancha le tuyau d'arrosage. Elle voulait être sûre que le feu était bien éteint et ne présentait plus aucun danger.

— Nous aurions dû avoir des marshmallows, fut le commentaire final de Lionel.

Après cela, nos vies reprirent leur train-train coutumier. La jambe de Lionel se remuscla, jusqu'à ce que sa boiterie fût pratiquement indiscernable. Il prit du poids et, parce qu'il pouvait de nouveau sortir, retrouva vite les belles couleurs de la santé. Trop souvent, toutefois, le mauvais temps nous contraignit à rester à l'intérieur. L'hiver fut vraiment rigoureux, cette année-là. Nous eûmes plusieurs grosses tempêtes de neige, et ce fut à Lionel et à moi que fut laissé le soin de déblayer l'allée carrossable avec la tondeuse. Équipée d'un soc, elle faisait office de chasse-neige. Lionel voulait toujours la conduire, et je devais attendre qu'il s'en lasse pour avoir mon tour.

Du temps où il venait régulièrement à la maison, M. Kotes avait suggéré à maman d'employer des ouvriers à temps partiel pour entretenir notre allée, particulièrement large et longue, mais elle n'avait pas voulu. Elle tenait à voir le moins possible d'étrangers sur la propriété.

— Nous en avons pris soin nous-mêmes

jusqu'ici, répliquait-elle. Nous continuerons tant que nous le pourrons.

L'hiver et le froid ne m'étaient pas pénibles, loin de là. J'aimais construire des fortins ou des bonshommes de neige avec Lionel, quand il faisait soleil. Nous eûmes un très beau Noël. Maman tint sa promesse de ne plus faire ses courses dans les environs, aussi nos cadeaux et nos décorations furent-ils achetés dans une ville située très loin de chez nous. Ce fut l'occasion de faire de grandes sorties en voiture, ce que nous appréciâmes autant l'un que l'autre, Lionel et moi.

Le dégel fut long à venir et, quand il arriva, la terre était si détrempée que nous fûmes contraints d'attendre encore quelques semaines pour commencer les travaux du jardin. Entre ces travaux, nos études, et quelques petites réparations qu'il fallut faire, nous étions occupés à plein-temps, tous les trois. En outre, Lionel profita de l'indulgence de maman pendant sa convalescence, pour lui extorquer la permission de regarder plus souvent la télévision.

Les beaux jours de printemps vinrent enfin, les arbres commencèrent à refleurir et maman parut plus détendue. Ses accès de méfiance et d'inquiétude se calmèrent, son humeur devint plus légère et plus souriante. Elle parla même de nous emmener au cinéma, ou peut-être dans un parc d'attractions.

Je l'aidai à planter d'autres fleurs, à désherber le petit cimetière, et à faire le grand nettoyage de printemps dans la maison. Lionel fut volontaire pour récurer à fond la vieille grange, et pour nous cette période fut la plus heureuse que nous ayons connue depuis la mort de papa. En fait, je commençai à espérer vraiment que maman nous permettrait d'aller à l'école l'année suivante. Son habituel « Nous verrons », à chaque fois que Lionel lui posait la question, sonnait déjà moins creux. Je savais que, depuis des mois, mon frère n'avait jamais été aussi heureux. Surtout quand maman lui eut permis d'aller un peu plus loin dans les bois, pour y construire son fort. À condition que je le suive partout, bien sûr. Cela ne me dérangeait pas. Lionel se montra très inventif et très adroit pendant la construction du fort. Et quand maman le vit, elle alla jusqu'à envisager de nous laisser y dormir une nuit, pendant l'été. L'ombre qui avait pesé sur nos vies semblait se dissiper. Le monde merveilleux, idyllique, entrevu par notre aïeul le jour où il avait découvert la propriété, semblait de nouveau à notre portée.

Et puis, un certain soir au coucher du soleil, alors que Lionel et moi revenions de la grange après avoir râtelé de l'herbe fraîchement coupée, je les vis. Ils apparurent d'abord comme des ombres, qui peu à peu se muèrent en formes imprécises, pourvues de jambes et de pieds. Puis ils redevinrent des ombres et l'une d'elles traversa carrément Lionel, avant de disparaître au coin de la maison. Je les vis, sans le moindre doute, et pendant un moment cette vision me cloua au sol. Mon cœur battait avec violence. Lionel, qui ne voyait et ne percevait rien, fit encore quelques pas avant de se rendre compte que je ne le suivais plus.

— Qu'est-ce que tu fabriques ? s'étonna-t-il.

Je regardai autour de moi, espérant voir la silhouette rassurante de papa, mais non. Il n'y avait que les ténèbres, qui rampaient partout derrière nous telles des flaques d'encre.

Ma gorge se noua, et je fis un immense effort pour déglutir.

— Bon, je rentre à la maison ! me cria Lionel, furieux de ne pas avoir obtenu de réponse.

Il poursuivit son chemin, et quand j'eus repris mes esprits, je m'empressai de le suivre. Il était déjà rentré quand j'arrivai. Maman était dans la cuisine, et je m'arrêtai sur le seuil pour l'observer. Elle avait l'air de parler toute seule, mais je savais qu'elle fredonnait une de ses incantations. Tout à coup, elle s'interrompit net dans ce qu'elle était en train de faire. Je n'eus pas besoin de l'appeler. Elle pivota sur elle-même et me dévisagea, les yeux rétrécis et le regard noir.

— Qu'y a-t-il, Céleste ?

— J'ai vu quelque chose, je crois.

Elle s'essuya vivement les mains à son tablier, s'avança vers moi et prit une grande inspiration.

— Vas-y, raconte-moi.

Parler me faisait horreur. Je savais que les mauvais jours allaient recommencer, les ténèbres se glisser à nouveau dans nos vies. Et pourtant je dis tout.

— Ce n'était peut-être qu'une ombre, suggérai-je avec espoir. Une illusion qu'on peut avoir au crépuscule, quand le soleil descend derrière les arbres.

— Et elle aurait bougé si vite ? Ça m'étonnerait.

Maman leva les yeux, comme si elle pouvait voir dans notre chambre à travers le plafond.

— Non, reprit-elle. Moi aussi j'ai ressenti de mauvaises vibrations, ces temps-ci.

Cela dit, elle se remit à préparer le dîner. Un peu plus tard, à table, elle s'arrêta soudain de manger pour regarder mon frère.

— Céleste a vu quelque chose de mauvais ce soir, Lionel. Je ne veux plus que tu ailles jouer dans les bois.

— Quoi ? Mais je n'ai pas fini mon fort, et je voulais aller pêcher, ce week-end. Il serait temps que j'y retourne.

— Ne t'avise pas de me désobéir ou je t'enferme dans la maison pour tout l'été, menaça maman.

Mon frère me lança un regard meurtrier.

— Elle a inventé ça parce qu'elle n'aime pas venir dans les bois et qu'elle déteste la pêche, c'est tout.

— Ce n'est pas vrai ! m'indignai-je. J'adore le fort et j'aime la pêche.

Maman attacha sur moi un regard scrutateur.

— Céleste ne mentirait jamais à propos de ces choses-là, Lionel, affirma-t-elle sans me quitter des yeux.

— Je n'ai pas menti, maman.

— Non. Tu n'as pas menti.

Lionel prit son air boudeur et refusa de manger.

— Ce que tu ne manges pas ce soir, tu le

mangeras demain, lui dit maman. Nous ne gaspillons pas la nourriture, Lionel Atwell.

Mon frère se carra sur son siège, croisa les bras et baissa la tête, les lèvres serrées.

— Il y a de la tarte aux pommes et de la glace, comme dessert, lui rappela-t-elle. Mais si tu fais la tête, tu t'en passeras.

Avec son entêtement habituel, Lionel s'enferma dans sa bouderie. Maman finit par lui ordonner d'aller se coucher. Il se leva d'un bond.

— J'irai dans les bois et je pêcherai quand il me plaira, menaça-t-il en quittant la pièce.

Et il monta l'escalier quatre à quatre, en martelant lourdement les marches. Les murs en vibrèrent.

— Il a encore plus besoin de protection que je ne le croyais, soupira maman.

Elle se leva lentement et monta le rejoindre. Des portes claquèrent. Tout redevint silencieux, et soudain j'entendis Lionel cogner à la porte de notre chambre en criant et en tapant du pied.

La nourriture se coinça dans ma gorge, et j'eus du mal à avaler. Je me levai et m'avançai jusqu'au seuil de la pièce. La distance amortissait les cris de Lionel, mais j'en devinai le sens. Il demandait à maman de le laisser sortir.

Le laisser sortir ? Sortir d'où ? Je me dirigeai vers l'escalier, juste au moment où maman posait le pied sur la première marche.

— Ce soir tu dors dans le salon, m'annonça-t-elle en descendant.

Elle avait les bras chargés de vêtements et

d'autres choses qui m'appartenaient. Elle me les tendit et j'accourus pour les recueillir.

— Prends ça et va le mettre dans le salon, m'ordonna-t-elle.

— Pourquoi est-ce que je dors en bas, maman ?

— Lionel doit rester enfermé dans sa chambre, jusqu'à ce qu'il ait juré de ne pas désobéir. C'est pour son bien.

Elle retourna dans la salle à manger. J'entendis Lionel taper du pied de plus en plus fort, puis il se calma. J'allai porter mes affaires au salon, après quoi je rejoignis maman dans la salle à manger.

— Combien de temps Lionel devra-t-il rester là-haut, maman ?

— Je te l'ai dit. Jusqu'à ce qu'il ait juré d'obéir.

J'étais vraiment navrée pour mon frère, et je me sentais terriblement coupable d'avoir parlé des ombres à maman. Peut-être n'était-ce que des ombres ordinaires, sans plus, et voilà ce qui arrivait à Lionel à cause de moi. J'aurais dû me taire. Je n'aurais jamais dû attirer cette atmosphère de malheur dans la maison. Toute cette agitation m'avait coupé l'appétit, je dus me forcer pour terminer mon assiette. Après le dîner, pendant, que maman ne faisait pas attention, je pris le risque de chiper une part de tarte et de la monter à Lionel. Mais à ma grande surprise, la porte était fermée de l'extérieur. Je n'avais jamais su qu'elle pouvait être verrouillée de cette façon, en fait.

— C'est toi ? s'enquit Lionel en m'entendant remuer la poignée.

— Je suis désolée, m'excusai-je.

— Toi et ton satané clapet ! Espèce d'idiote ! s'emporta-t-il, en donnant un tel coup de pied dans la porte que je fis un bond en arrière.

Le bruit attira maman au pied de l'escalier.

— Qu'est-ce que tu fais là-haut, Céleste ? Laisse-le réfléchir à ce que je lui ai dit. Descends, et finis de débarrasser la table.

Je regardais avec affolement autour de moi, cherchant un endroit où cacher le quartier de tarte. Je courus jusqu'à la salle de bains de maman, le jetai dans les toilettes et tirai la chasse.

— Qu'est-ce que tu fabriquais là-haut ? insista maman quand je redescendis.

— Je voulais lui dire d'être sage pour pouvoir sortir.

Elle me dévisagea si longuement que je dus détourner les yeux.

— Contente-toi de faire ce que je t'ai demandé, dit-elle enfin, en regagnant la cuisine.

Je finis la vaisselle avec elle, puis nous passâmes dans le salon où je l'aidai à préparer mon lit sur le canapé. Je tendais l'oreille, dans l'espoir d'entendre Lionel appeler maman et promettre d'obéir, mais il ne céda pas. Maman s'en étonna, elle aussi. Rien n'était plus insupportable à mon frère que de rester enfermé.

Quelque chose le tient déjà en son pouvoir, marmonna-t-elle d'un ton convaincu.

Elle n'ouvrit pas la porte pour tenter à nouveau

de le raisonner. Un peu plus tard, elle monta se coucher, et je restai aux aguets dans mon lit improvisé. J'espérais toujours que Lionel allait décider de promettre à maman ce qu'elle réclamait de lui. Mais il avait dû s'endormir, épuisé par sa rage, et j'étais trop fatiguée pour attendre plus longtemps.

Le lendemain matin, maman m'éveilla pour faire ma toilette et prendre mon déjeuner. Je m'attendais à trouver mon frère à table, mais il était toujours enfermé dans notre chambre. Maman vaqua à ses occupations. Ce fut seulement un peu avant midi que nous entendîmes Lionel appeler, et elle monta le libérer. Je restai en bas des marches et ouvris grandes les oreilles.

— J'ai ta parole, Lionel Atwell ? Promis juré ?

Il marmotta un vague « oui ».

— Si tu me désobéis, je t'enferme dans cette maison pour tout l'été, je te préviens.

L'air fatigué, la tête basse, Lionel descendit l'escalier. Quoi que je puisse faire ou dire, il ne voulut pas m'adresser la parole, ni même m'accorder un regard. Maman essaya de lui remonter le moral, en nous promettant une promenade en voiture et peut-être, seulement peut-être, une journée au parc d'attractions... s'il était bien sage. Une journée entière loin de la maison ! Instantanément, les yeux de Lionel retrouvèrent leur éclat.

— Mais est-ce que je pourrai à nouveau retourner dans les bois et aller à la pêche, maman ?

— Oui, Lionel. Quand je te le dirai.

La réponse parut le satisfaire. Mais le week-end venu, le jour où nous étions supposés aller au parc d'attractions, maman s'éveilla, très mal en point avec un gros rhume. Nous ne l'avions jamais vue aussi malade. Elle avait de la fièvre et toussait, ce qui la fatiguait tellement qu'elle dut garder le lit. Je préparai le petit-déjeuner et le déjeuner, puis Lionel et moi attendîmes qu'elle se lève.

— Ce sera passé dans un moment, nous promit-elle... et elle s'endormit.

Elle devait sommeiller ainsi presque toute la journée.

Lionel fut beaucoup plus déçu que moi. Il s'assit sur la marche la plus basse de la galerie et se mit à tracer des dessins dans la terre avec une baguette. De temps en temps, il relevait la tête et regardait les bois, en direction de son fort.

— Je ne vois pas pourquoi je n'ai pas le droit d'aller là-bas, finit-il par bougonner. Et c'est un jour épatant pour la pêche. Je pourrais attraper quelque chose pour le dîner. Je parie qu'elle changerait d'avis.

— N'y pense même pas, le mis-je en garde. Lionel ?

— Toi, fiche-moi la paix !

Je rentrai dans la maison pour aller voir maman. Elle dormait toujours, et je commençai à réfléchir au menu du dîner. Avec un peu de chance, peut-être Lionel consentirait-il à m'aider ? Cela l'occuperait, et l'empêcherait de penser à son fort et à la pêche. Je sortis pour le lui proposer, mais il n'était plus là.

— Lionel ! appelai-je.

Je rentrai dans la maison et le cherchai, en vain, puis j'allai à la grange. Il n'y était pas non plus, mais j'éprouvai un choc. Mon cœur manqua un battement. Là où nous rangions notre matériel de pêche et nos cannes toutes neuves... celle de Lionel manquait.

Ma première pensée fut de courir avertir maman, mais je savais qu'elle dormait. Et elle serait si bouleversée de savoir que mon frère avait désobéi que cela pourrait aggraver son état. Je décidai d'aller à sa recherche et de le ramener. Il ne devait pas avoir beaucoup d'avance sur moi, et je me rappelais parfaitement où nous allions toujours pêcher.

J'entrai dans la forêt en courant, sans me soucier des branches et des ronces qui me fouettaient les jambes et me griffaient la peau. Il fallait que je trouve Lionel et le ramène à la maison, avant que maman ne s'éveille et ne demande où il était. Parvenue au bord de la rivière, je m'arrêtai et regardai autour de moi. Je ne vis pas mon frère tout de suite.

— Lionel ! appelai-je. Où es-tu ?

Je n'obtins pas de réponse et suivis la berge vers l'amont. Je n'avais jamais vu l'eau aussi haute ni le courant aussi rapide. Cela n'était plus un ruisseau gazouillant mais un torrent grondant, qui ne se souvenait plus d'avoir été rivière. Je remontai un peu le courant, ne vis personne et repartis en sens inverse, jusqu'à l'endroit où la rivière faisait un coude, que je franchis. Et j'aperçus Lionel, accroupi sur un gros rocher, en plein milieu du courant. De toute évidence, il avait suivi le gué que formaient de plus petites roches émergeant de l'eau, plus ou moins alignées. Il inclina sa canne en arrière puis la projeta en avant, exactement comme le faisait M. Kotes.

— Lionel ! criai-je encore.

S'il m'entendit, il n'en montra rien. Je criai plus fort.

— Lionel, rentre immédiatement à la maison !

Il ne se retourna même pas. Je dus entrer dans l'eau, et gagner le rocher en passant d'une pierre à l'autre, des pierres constamment arrosées d'éclaboussures et très glissantes.

— Lionel !

Il finit par se retourner et fit la grimace.

— Qu'est-ce que tu veux ?

— Tu ne peux pas rester là. Il faut que tu rentres. Maman ne veut pas que tu viennes ici.

— Va-t'en, répliqua-t-il. Je vais attraper un gros poisson pour le dîner, elle sera bien contente.

— Non, je ne m'en vais pas. C'est toi qui vas rentrer.

— Non, riposta-t-il sur un ton de défi. Va-t'en.

— Je te traînerai à la maison s'il le faut, je te le jure, Lionel Atwell. Allez, viens.

Une fois de plus, il me tourna le dos. Je parvins à me rapprocher de lui et cette fois, quand il inclina sa canne en arrière, je réussis à en saisir le bout le plus proche de moi. Il la lança en avant et, tout effaré, se retrouva assis sur le derrière.

— Lâche ça ! vociféra-t-il.

— Non. Rentre à la maison, tout de suite. Je ne veux pas me faire attraper à cause de toi.

Je tirai sur la canne, il tira dans l'autre sens. Pendant quelques instants, ce fut comme si nous faisions une vraie partie de tir à la corde, ce qui parut lui plaire énormément.

— Arrête, Lionel ! lui criai-je, sur le point de perdre l'équilibre.

— Non. C'est toi qui vas lâcher ça.

Il se leva pour avoir plus de prise et tira de toutes ses forces. La canne commençait à me brûler les paumes, je fus obligée de la lâcher. Brusquement déstabilisé, Lionel bascula en arrière et tomba du rocher. Pendant un court moment, je ne le vis plus, puis j'aperçus sa jambe, et enfin le reste de son corps, tournoyant dans le courant. Une ligne cramoisie faisait le tour de sa tête en ruisselant. Son corps heurta un autre rocher, s'enfonça sous l'eau et remonta. Pendant une interminable seconde, je restai clouée sur place, puis je me jetai à l'eau pour le rejoindre. Sous mes pieds, le sol semblait descendre en pente raide, j'avais de l'eau jusqu'à la taille. Le filet de liquide rouge semblait couler de l'oreille de Lionel. Pendant un instant, il fut coincé par une grosse roche et je crus que j'allais pouvoir l'atteindre, mais le courant le souleva et l'emporta plus loin en aval, ballottant son corps de rocher en rocher.

Je n'arrêtais pas de hurler son nom mais il ne leva pas la tête, il n'essaya même pas de se retenir à quelque chose pour ne pas être emporté plus loin. En avançant, je m'enfonçai encore et j'eus bientôt de l'eau jusqu'au cou. Elle était glacée, mais je n'y prenais pas garde. J'étais comme engourdie par ce que j'avais vu. Incapable d'aller plus loin, je fis halte et regardai Lionel disparaître dans un tournant. Le courant grondait autour de moi, maintenant, comme s'il était en colère.

Je regagnai la berge aussi vite que j'en fus capable, regardai l'endroit où j'avais vu Lionel pour la dernière fois, pivotai sur moi-même et m'élançai dans la forêt en courant.

Je criai et pleurai tout le long du chemin jusqu'à la maison.

8

Mort et renaissance

Maman n'avait pas l'air de comprendre ce que je lui disais. C'était peut-être parce que je criais trop fort, depuis le seuil de sa chambre. La tête sur l'oreiller, elle me fixait en battant rapidement des paupières, comme si elle se demandait si j'étais réelle ou si elle rêvait. Dans ce cas, elle devait me prendre pour un cauchemar. J'étais trempée, je dégoulinais sur le plancher. Elle finit par se soulever sur un coude et s'assit.

— Qu'est-ce que tu as dit, Céleste ? Parle lentement. Je ne te comprends pas.

Je m'efforçai de reprendre mon souffle. Les mots semblaient coincés au fond de ma gorge et je ne pouvais pas m'arrêter de pleurer. Tout ce dont j'étais capable, c'était de rester plantée là et de frissonner. Je tremblais tellement que je croyais entendre mes os s'entrechoquer.

Péniblement, je parvins à articuler :

— Lionel est... est allé... pêcher.

— Quoi ! Qu'est-ce que tu as dit ? Où est-il allé ?

Maman repoussa ses couvertures et glissa les pieds dans ses mules.

— Je veux qu'il revienne immédiatement. Pourquoi es-tu trempée ? demanda-t-elle en se levant. Parle !

Elle eut une quinte de toux, cracha dans un mouchoir, se retourna et fonça sur moi. Elle avait les yeux rouges et larmoyants, le teint blême. Elle se mit à me secouer par les épaules tandis que je continuais à pleurer, sans pouvoir m'arrêter. Finalement, elle m'assena une gifle magistrale. J'eus l'impression que ma tête allait se décoller. Jamais elle ne nous avait frappés ainsi, pas plus Lionel que moi.

— Parle !
— Il est tombé du rocher.

Les yeux de maman s'agrandirent démesurément. On aurait dit deux tunnels sombres qui conduisaient à son cerveau.

— Tombé ? Quel rocher ? Comment ça, il est tombé ? Que veux-tu dire ? Où est-il ? Où est-il ? répéta-t-elle en me secouant de plus belle. Dis-le-moi, vite !

— Le grand rocher dans la rivière. Le courant l'a emporté. Il a dû se cogner à quelque chose en tombant. Il saignait de la tête.

Maman me repoussa de côté comme si j'étais une poupée de chiffon. Sans penser à ce qu'elle portait, rien d'autre que sa chemise de nuit et ses mules, elle se précipita dans le couloir, puis dans l'escalier. Je courus derrière elle, tellement engourdie que je sentais à peine mes pieds toucher le sol. Elle faillit tomber dans sa hâte et se raccrocha à la rampe. Puis elle agita les bras comme si elle repoussait des chauves-souris, cria quelque chose que je ne compris pas et s'élança brusquement vers la porte d'entrée. Ce fut seulement quand elle eut descendu les marches de la galerie qu'elle s'arrêta et se retourna sur moi.

— Conduis-moi à lui, cria-t-elle. Conduis-moi à ce rocher. Dépêche-toi !

Je la précédai en marchant d'un bon pas.

— Plus vite, ordonna-t-elle d'une voix sifflante.

Et je courus jusqu'à ce que nous entrions dans la forêt. Pendant un moment, je fus incapable de me rappeler la bonne direction. La panique me gagna, je me mis à décrire des cercles en cherchant à m'orienter. Ma jupe s'accrocha dans les branchages et se déchira. Je tombai, mais je me relevai aussitôt.

— Où est-il ? hurla maman.

En désespoir de cause, je me tournai vers une trouée qui s'ouvrait entre les arbres et hâtai le pas. Je commençais à m'y reconnaître, et je marchai plus résolument vers le grondement de l'eau. Maman était juste derrière moi, maintenant. En me retournant, je vis qu'elle aussi s'était accrochée aux ronces et aux branches. Sa chemise portait une longue déchirure sur un côté. Elle avait perdu ses mules en route, et il y avait déjà du sang sur ses doigts de pieds. Elle toussait et hoquetait, mais elle ne semblait pas s'en apercevoir ni s'en soucier.

Au bord de la rivière, je m'arrêtai. Je vis tout de suite que nous nous trouvions un peu trop haut. Péniblement, je suivis la rive, en me hâtant vers le grand roc sur lequel Lionel s'était assis.

— Il était là, dis-je en le désignant du doigt. Il pêchait.

Elle promena autour d'elle un regard affolé.

— Où est-il ?

— Il est tombé et l'eau l'a emporté, je te l'ai dit. J'ai essayé de le faire rentrer à la maison mais il n'a rien voulu entendre.

Je ne dis rien de notre lutte pour la canne à pêche et ajoutai :

— J'ai essayé de le rattraper, mais c'est trop profond, ici.

Maman me dépassa et clopina le long de la berge. Je la suivis, en imaginant combien elle devait souffrir à marcher pieds nus, sur les cailloux et les racines déchiquetées. Elle s'arrêta, regarda, écouta.

— Quelle direction ?

Je me contentai de pointer le doigt vers l'aval, là où j'avais vu le corps de Lionel rebondir contre les rochers luisants. Leurs pointes acérées ressemblaient plus que jamais à des dents, à présent. Maman appela encore.

— Lionel ! Lionel, c'est maman. Lionel, où es-tu ?

À mon tour, je criai le nom de mon frère. Un grand corbeau, le plus grand que j'eusse jamais vu, jaillit d'un arbre en piquant vers l'eau, remonta en flèche, s'éloigna à tire-d'aile et disparut entre deux grands pins. Maman fit halte et le suivit des yeux, le visage torturé d'angoisse.

— Non, gémit-elle en secouant la tête, non.

À nouveau, elle agita les bras au-dessus d'elle à grands gestes fous, comme elle l'avait fait un peu plus tôt dans l'escalier. On aurait dit qu'elle se défendait contre un essaim d'abeilles. Je scrutai attentivement la rive jusqu'à ce qu'elle cesse de gesticuler, puis nous reprîmes notre marche vers l'aval. Subitement, maman s'arrêta et porta les deux mains à sa bouche, en se mordant les doigts jusqu'aux jointures. Elle fixait un endroit précis de la rivière. Je suivis la direction de son regard... et je le vis. Lionel. Son corps était coincé entre deux hautes roches qui pointaient hors de l'eau. Le courant faisait remuer ses jambes, on aurait dit qu'il donnait des coups de pied. Sa tête était tournée vers l'autre rive, sa main droite était sous l'eau. Je ne sais pas trop comment sa canne à pêche l'avait suivi et s'était arrêtée non loin de lui, retenue par un groupe de rochers plus petits.

— Lionel, proféra maman d'une voix sourde, puis elle appela dans un cri : Lionel !

Elle entra dans la rivière grondante et, lentement, s'avança vers lui. Avec de l'eau jusqu'à la taille, elle tendit lentement les mains vers lui, souleva sa tête hors de l'eau et l'embrassa sur la joue. Puis elle passa les bras sous les siens et le serra contre elle. L'eau tournoyait autour d'eux comme pour s'amuser à les prendre au piège.

Maman écarta son visage de celui de Lionel, renversa la tête et hurla. J'eus l'impression que sa voix résonnait dans mon cœur. Elle toussait de plus en plus fort. Mais elle ne perdit pas courage et, tout en maintenant la tête de Lionel hors de l'eau, entreprit de le ramener sur la rive.

— Maman ?

Ce fut tout ce que je parvins à dire. À grand effort, elle tira Lionel à terre. Quand je m'approchai pour l'aider, elle étendit le bras et me frappa les mains.

— Va-t'en ! gronda-t-elle. Va-t'en !

Je m'écartai en sanglotant. Mes jambes faiblissaient de plus en plus, et quand elles refusèrent de me porter je me laissai tomber sur le sol. Une quinte de toux sèche secoua maman, penchée sur le corps de Lionel. Je parvins enfin à voir le visage de mon frère.

Ses yeux ouverts exprimaient la surprise, un filet de sang coulait de sa tempe droite. Sa bouche entrouverte laissait tout juste voir sa langue, qui paraissait bleue. Mais à part cela, il semblait tout prêt à se lever et à se plaindre de moi, pour avoir tiré sur sa canne et gâché sa partie de pêche.

— C'est sa faute ! aurait-il crié en pointant sur moi un index accusateur. Tout est sa faute !

J'y croyais presque et j'attendais, le souffle bloqué dans la gorge, comme si j'avais vraiment un caillou coincé dans le gosier. Maman allait me haïr. Elle me haïrait pour la vie entière.

Je me levai quand elle essaya de le mettre debout, mais il était trop lourd pour elle à présent. Elle était exténuée, sa toux ne lui laissait pas de répit. Finalement, elle s'assit.

— Est-ce qu'il va aller mieux, maman ? lui demandai-je.

Elle me fixa longuement sans répondre, puis elle le reprit dans ses bras et le berça, sans cesser de tousser.

Je m'essuyais furtivement les joues. J'avais l'impression de n'avoir plus de larmes.

— Va chercher la brouette, dit soudain maman d'une voix sans émotion, une voix morne et sèche qui ne semblait pas lui appartenir.

Je me levai d'un bond et repartis en courant à travers bois, en notant mentalement à quel endroit exact j'avais laissé maman et Lionel. J'étais épuisée en arrivant à la prairie, mais je trouvai la force de courir jusqu'à la grange. La brouette était juste à droite de l'entrée, la baguette magique de Lionel appuyée contre elle. À sa vue, je restai un instant abasourdie. Elle semblait pointée droit sur moi exactement comme ce doigt accusateur que j'avais redouté de voir, près de la rivière. Je la posai doucement à terre avant de sortir avec la brouette.

Ce n'était pas facile de la véhiculer dans la forêt. Je me retrouvai bloquée plusieurs fois, et dus me frayer un passage à travers les broussailles et les fourrés. Enfin, après ce qui me parut durer des heures mais ne dut pas excéder dix ou quinze minutes, je débouchai au bord de la rivière.

Je vis que maman avait tiré Lionel un peu plus haut.

— Ici ! appela-t-elle, et je roulai la brouette jusqu'à elle.

Elle saisit Lionel sous les bras, le souleva, et je fis de même avec ses jambes.

— Ne le touche pas ! me rabroua-t-elle rudement.

Je faillis tomber en arrière en m'écartant

précipitamment. Maman toussait et haletait, mais elle réussit à déposer Lionel dans la brouette. Puis elle saisit les poignées et se tourna vers la forêt. J'attendis ses instructions.

— Passe devant, m'ordonna-t-elle. Trouve le chemin le plus dégagé. Vite !

Je courus en avant dans les bois et attendis. Ce fut très difficile pour elle de rouler cette brouette sur le sol inégal, parsemé de souches et de racines. Elle n'arrêtait pas de tousser. Une seule fois, elle accepta mon aide pour franchir une bosse de terrain, mais aussitôt après elle m'écarta sans douceur.

— Contente-toi de tracer le chemin, grommela-t-elle.

Et je repartis en éclaireur, à l'affût de la moindre trouée qui se présentait. La traversée fut rude, mais nous atteignîmes enfin la prairie.

— Va chercher le fauteuil roulant, me dit maman d'une voix éraillée. Ce sera plus confortable pour lui. Dépêche-toi !

Je courus à la réserve, au fond de la maison, là où maman avait rangé le fauteuil. Je dus le déplier, puis je le roulai aussi vite que j'en fus capable jusqu'à l'endroit où elle m'attendait, dans la prairie. Les jambes de Lionel pendaient au bout de la brouette. Maman se pencha sur lui, le souleva juste assez pour le faire pivoter et le transférer dans le fauteuil. Puis elle disposa délicatement ses jambes et ses pieds, bien en place. Sa tête tomba sur le côté, les yeux toujours ouverts et à présent fixés sur moi, me sembla-t-il. On aurait dit qu'il souriait d'un air mauvais, heureux de voir que, pour tout ce qui venait d'arriver, le blâme retomberait sur moi.

— Va ranger cette brouette, m'enjoignit maman, qui repartait déjà vers la maison.

Je saisis les poignées et la suivis à travers la prairie. Entre deux accès de toux, je l'entendais parler à Lionel.

— Pourquoi es-tu allé pêcher alors que je te l'avais défendu ? Il va falloir que je t'enferme à nouveau dans ta chambre. Tu m'as désobéi. Je t'avais prévenu que je t'enfermerais tout l'été. Je pourrais très bien le faire, maintenant. Comment veux-tu que je te fasse encore confiance ?

Une quinte l'interrompit un instant, puis elle reprit :

— La pêche ! Qu'est-ce que la pêche a de si important ? Les garçons sont idiots. Ton père sera très fâché contre toi et très, très mécontent de Céleste. Il pourrait bien ne plus jamais lui apparaître.

À ces mots, je m'arrêtai net. Pourquoi avait-elle dit ça ? Était-elle au courant de notre lutte pour la canne à pêche ? Papa s'était-il arrangé pour la prévenir ?

— Nous avons des tas de choses à faire, ajouta-t-elle en poursuivant sa marche. Des tas de choses.

Je la regardai longer le côté de la maison et passer derrière, tandis que je continuais vers la grange. Une fois là, je remis la baguette magique de Lionel où il l'avait placée lui-même. De tout ce que maman venait de dire, ce qui me troublait le plus était que papa serait fâché contre moi et

213

ne m'apparaîtrait plus jamais. N'avais-je pas tenté de ramener Lionel à la maison ? N'était-ce pas cela que j'étais censée faire ? Je n'avais pas voulu le faire tomber. Je ne savais pas qu'en lâchant la canne, je lui ferais perdre l'équilibre. Pourquoi papa serait-il fâché contre moi ? C'était injuste. Rien n'était juste, dans tout ça.

Je regagnai très lentement la maison. J'avais vraiment peur de rentrer et, sur les marches de la galerie, j'hésitai. Heureusement, il ne pleuvait plus, le temps s'était réchauffé, pour devenir celui d'une belle journée de printemps. C'est à peine si je me rendais compte que j'étais trempée, et j'avais, complètement cessé de trembler. Les écorchures de mes jambes me brûlaient, mais curieusement, cela m'était bien égal. La douleur m'était presque agréable. Elle me ramenait à la vie.

Sur la route, une bande d'adolescents passa en voiture en klaxonnant bruyamment, leurs cris et leurs rires parvinrent jusqu'à moi. Beaucoup de jeunes avaient pris cette habitude, depuis quelque temps. Ils devaient trouver ça drôle. Au village, on continuait à colporter toutes sortes d'histoires sur notre compte. Je regardai la voiture disparaître dans un tournant, puis je gravis les marches et rentrai dans la maison.

Je restai un moment dans le hall, l'oreille tendue, sans percevoir le moindre bruit. Puis j'entendis maman marcher à l'étage. Elle apparut bientôt en haut de l'escalier, les bras chargés des vêtements mouillés de Lionel. Elle fronça les sourcils.

— Tu as vu dans quel état tu es ? Va dans ma chambre, enlève-moi tout ça et prends une douche. Tout de suite. Et ne dérange pas ton frère.

Mon cœur bondit de joie dans ma poitrine. Le déranger ? Ces mots étaient de bon augure. Je me jurai de ne plus jamais l'ennuyer, de ne plus jamais me plaindre non plus quand il me taquinerait. Il pourrait m'envoyer aux quatre coins de la propriété, si ça lui faisait plaisir. Je ferais semblant de croire à tout ce qu'il voudrait, je jouerais à tous les jeux qu'il choisirait, même les plus stupides et les plus puérils.

— Alors il va aller mieux, maman ?

— Nous verrons, répondit-elle en descendant l'escalier.

Arrivée en bas, elle eut une autre quinte de toux et s'appuya quelques instants à la rampe.

— Veux-tu que je t'aide, maman ?

— Non. Ne fais que ce que je dirai, se hâta-t-elle de répondre, en se dirigeant vers la buanderie.

Lionel devait s'être senti mieux dès qu'il était rentré dans la maison, me dis-je en levant les yeux vers l'étage. C'était merveilleux. Et, plus important encore : papa ne serait plus fâché contre moi et ne me priverait pas de sa présence. Tout s'arrangeait pour nous, en fin de compte.

Je montai, fis halte devant la porte de notre chambre et écoutai : je n'entendis rien. Lionel dormait, bien sûr. Maman avait dû lui faire boire une de ses tisanes. Je me hâtai vers sa chambre, ôtai mes vêtements mouillés et pris une douche bien chaude, comme elle me l'avait ordonné. Quand je sortis de la salle de bains, je vis qu'elle avait posé des vêtements secs pour moi sur son lit. Je me dépêchai de m'habiller et je descendis.

Maman était dans la cuisine, en train de préparer le dîner. Ses cheveux tombaient sur ses épaules et elle avait l'air affreusement lasse.

Je vis qu'elle avait préparé ce qu'il fallait pour un pâté en croûte, et je savais comment m'y prendre pour ça, maintenant. La dernière fois que nous en avions fait un, elle m'avait laissée me débrouiller pratiquement seule.

— Tu es malade, maman, et beaucoup plus fatiguée que moi, j'en suis sûre. Laisse-moi me charger de ça, proposai-je.

Elle secoua vivement la tête.

— C'est à moi de m'occuper de son dîner. Toi, va mettre la table pour nous deux. Va vite ! ordonna-t-elle impatiemment.

Je m'empressai d'obéir.

Un peu plus tard, je la vis se diriger vers l'escalier avec un plateau. Chaque plat était recouvert, pour rester au chaud probablement. Une fois de plus, je lui offris mon aide.

— Veux-tu que je monte ça pour toi, maman ?

Elle ne parut pas m'entendre, ou bien ne voulut pas répondre. Elle marchait d'un pas de somnambule, les yeux fixes. Je la regardai monter les marches et l'entendis entrer dans notre chambre. Un bon moment se passa, et elle n'en était toujours pas sortie. Je finis par retourner m'asseoir dans la salle à manger pour l'attendre.

Enfin, elle redescendit. Et cette fois encore, elle me donna l'impression de dormir les yeux ouverts. Je la suivis dans la cuisine, où elle accomplit tous les gestes nécessaires à la préparation du dîner, sauf qu'en réalité elle ne prépara rien du tout.

Elle ouvrit le four, en retira la terrine à pâté, ôta le couvercle. Et elle déposa dans un plat... elle n'y déposa rien du tout, en fait, car il n'y avait rien dans la terrine. Puis elle découvrit une marmite, transféra du vide dans un autre plat et se retourna vers moi.

— Porte le pâté et les haricots verts à la salle à manger, Céleste. Pendant ce temps-là j'écraserai les pommes de terre.

J'en restai figée sur place.

— Dépêche-toi avant que ce soit froid ! me houspilla-t-elle.

— Mais...

Elle se détourna et commença à écraser les pommes de terre dans un saladier, sauf qu'il n'y avait rien dans le saladier. Elle faisait tout cela en toussant, en reniflant et en s'essuyant les yeux. À plusieurs reprises, elle inspira profondément, toujours penchée sur le plan de travail, le dos tourné vers moi. Ne sachant plus que faire, je finis par prendre les plats vides et les portai dans la salle à manger, où je les posai sur la table. Puis je m'assis et attendis. Je n'entendais rien, à part le bruit d'une fourchette cliquetant sur la faïence d'un saladier vide. J'osais à peine respirer. Un silence total régnait dans la maison, à croire qu'elle retenait son souffle, elle aussi.

Au bout d'une minute, peut-être plus, maman entra dans la salle à manger en portant le saladier. D'un geste vif, elle y puisa une louchée d'air et la déposa dans mon assiette.

— Commence à manger sans moi, Céleste, n'attends pas que ce soit froid. Je n'ai pas faim.

Là-dessus, elle retourna dans la cuisine.

Je restai à ma place, ne sachant trop que faire. J'avais envie de pleurer mais je n'osais pas émettre le moindre son. Je ravalai mes sanglots et me tins bien tranquille, attendant de voir ce que maman allait faire ou m'ordonner de faire.

Tout à coup elle revint dans la salle à manger, cette fois-ci avec les mains plaquées sur les oreilles.

— Je ne supporte pas ce bourdonnement... Tu entends ça.

— Non, maman, balbutiai-je, les lèvres tremblantes.

Ce fut plus fort que moi : mes larmes recommencèrent à couler.

— Il faut que je monte. J'ai besoin de me reposer. Je veux que tu débarrasses et que tu fasses la vaisselle dès que tu auras fini de manger. Tu feras ton lit sur le canapé du salon. Et surtout : silence, me recommanda-t-elle en faisant les gros yeux. Arrange-toi pour qu'on ne t'entende pas, c'est compris ?

Je fis signe que oui. Elle ne s'aperçut même pas que je pleurais.

— Bien, approuva-t-elle. Très bien.

Puis elle quitta la pièce et j'entendis son pas dans l'escalier. Pendant un court moment je restai assise, trop effrayée pour oser remuer. Puis je me levai, débarrassai la table des plats et des assiettes vides et les emportai dans la cuisine.

À part ranger les ingrédients préparés pour le dîner, je n'avais rien de spécial à faire. Je n'avais pas très faim moi-même, à vrai dire, j'avais surtout soif. Je me servis du jus d'orange, lavai le verre, le rangeai, puis j'allai dans le salon préparer le canapé pour la nuit. Après cela, je m'assis pour attendre maman, mais plus aucun bruit ne se fit entendre à l'étage. J'en conclus qu'elle avait dû s'endormir.

Ma curiosité au sujet de Lionel devenait irrésistible. J'allai me poster au bas des marches pour écouter. Puis, quand j'estimai que je ne risquais plus rien, je montai rapidement et en silence m'avançai jusqu'à la porte de notre chambre et tournai la poignée. La porte refusa de s'ouvrir.

— Qu'est-ce que tu fais ? cria une voix.

On n'aurait pas dit celle de maman, mais quand je me retournai elle était là, sur le seuil de sa chambre, entièrement nue.

— Eh bien ?

— Je... je voulais juste...

— Va te coucher ! ordonna-t-elle. Je t'avais demandé de rester tranquille, non ? C'est important. Allez !

L'air menaçant, elle fit un pas en avant et je me hâtai de redescendre. À la porte du salon je m'arrêtai, le cœur battant et l'oreille aux aguets. En haut, la lumière s'éteignit. J'allai m'asseoir sur mon lit de fortune et restai ainsi, sans bouger.

jusqu'à ce que la fatigue m'oblige à m'étendre et à fermer les yeux. Je ne m'endormis pas tout de suite, cependant. J'écoutais. Les bruits de la maison se faisaient à nouveau entendre, les bois craquaient, le vent se faufilait par les moindres interstices du toit et des volets. Dieu merci, l'épuisement finit par avoir raison de moi et je sombrai dans le sommeil.

Les esprits tournoyaient autour de moi comme l'eau dans la rivière. Je me tournais et retournais en tous sens, sous l'effet de mes rêves. Je sentis des mains se poser sur moi et j'appelai maman, mais je ne m'éveillai pas vraiment.

Je retombai dans le torrent furieux de mes cauchemars, qui m'emporta vers des lieux de plus en plus ténébreux.

La lumière du matin m'éveilla, et pendant un moment, je me demandai pourquoi je dormais dans le salon. Mon corps était endolori, j'avais mal à des endroits où je n'avais jamais mal. Mon estomac criait famine. Je m'assis et me frottai vigoureusement les yeux. Quand je laissai retomber mes mains, j'émis un hoquet comme si je venais d'avaler un glaçon.

Maman se tenait dans l'embrasure de la porte, le visage cireux, entièrement vêtue de noir. Elle portait la robe qu'elle avait mise pour l'enterrement de papa, et le lendemain de la mort de M. Kotes. Un rictus oblique étirait ses lèvres. Le regard qu'elle attachait sur moi m'épouvanta.

— Maman ? murmurai-je, prête à fondre en larmes.

— Ta sœur est partie, fut sa réponse. Elle nous a été enlevée pour vivre avec son père et nos ancêtres. Nous ne pouvons rien y faire : il faut l'accepter.

— Quoi ?

J'étais comme hébétée de stupeur.

— Il faut que tu viennes dehors avec moi, maintenant. Nous allons dire adieu à son corps. Tu te souviens ? ajouta-t-elle en souriant avec douceur, cette fois-ci. Le gobelet et l'eau ?

— Dehors ?

— Oui, suis-moi, maintenant. Viens.

Maman tourna les talons et s'éloigna vers la grand porte, pendant que je me rechaussais en hâte et me levai. Je m'étais endormie tout habillée.

Elle m'attendait près de la porte d'entrée grande ouverte, et je vis qu'elle tenait en main notre vieille bible familiale. Qu'est-ce que tout cela signifiait ? Pourquoi avait-elle dit : « ta sœur » ?

Dès qu'elle m'aperçut, elle sortit. Je la suivis à pas lents, aussi lentement qu'elle marchait elle-même. Quand elle obliqua vers le vieux cimetière, je l'entendis chanter quelque chose que je ne reconnus pas du tout. Puis elle fit halte, alluma une bougie qu'elle avait apportée, mit délicatement ses mains en coupe autour d'elle pour l'empêcher de s'éteindre et repartit en direction du cimetière. À la grille, elle éleva la bougie et laissa le vent souffler la petite flamme, mais ensuite elle fit tournoyer la fumée autour d'elle.

Je suivais chacun de ses gestes, les yeux écarquillés. À l'instant où elle franchit la grille, je fis un pas en avant pour la suivre et m'arrêtai net.

Mon cœur aussi s'arrêta.

Il y avait une tombe ouverte, juste à côté de celle du bébé Jordan. Quand avait-elle creusé ce trou ? Probablement pendant la nuit, quand je dormais. Elle se retourna vers moi.

— Vite ! Sous la fumée, m'indiqua-t-elle en désignant d'un signe l'endroit où elle avait fait tourner la bougie.

Mes pieds refusèrent d'obéir. Ils ne voulaient pas bouger, mais je m'obligeai à entrer dans le cimetière et me tins debout derrière maman. Je tremblais de tous mes membres.

— Nous sommes venus pour un dernier adieu, Lionel, me dit-elle en pointant le menton vers la fosse ouverte.

Pourquoi m'appelait-elle Lionel ? Je m'avançai jusqu'à la tombe.

Jamais je n'oublierai cet instant. Le cri qui monta en moi faillit me déchirer les tympans, car je ne le laissai jamais sortir. J'étais trop choquée, trop terrifiée. Rien de ce qui m'était arrivé jusque-là, et rien de ce qui devait m'arriver par la suite ne provoqua jamais un tel coup de tonnerre, n'embrasa le ciel d'un feu aussi éclatant, ne me brûla le cœur ou n'arrêta mon souffle aussi longtemps que cela.

Là, dans cette tombe, gisait mon frère Lionel... habillé avec mes vêtements, portant mes chaussures et mon amulette.

Maman avait dû s'arranger pour me l'ôter

pendant la nuit, et jusqu'à cet instant précis je ne m'étais pas aperçue que je portais celle de mon frère. Dans mes vêtements, et avec un chapeau que je n'avais pas mis depuis des années, il me ressemblait à s'y méprendre. J'eus l'impression de me contempler moi-même.

— Au revoir, Céleste, murmura maman. Tu dois maintenant rejoindre nos ancêtres et cheminer parmi eux. Tu dois avoir acquis de grands mérites à leurs yeux, je ne peux que m'en réjouir pour toi. Et maintenant tu seras toujours avec papa, bien sûr. Comme il a dû se sentir seul pour permettre qu'une telle chose t'arrive !

Elle se retourna vers moi et me sourit avec douceur.

— Ton frère veut te dire au revoir, lui aussi. Allez, Lionel. N'aie pas peur. Elle peut encore t'entendre pendant quelque temps. Vas-y.

Je baissai les yeux sur Lionel, puis les levai sur maman. Elle attendait, souriant toujours. Qu'est-ce que j'étais censée dire ?

— Maman...

— Dis simplement au revoir à ta sœur, Lionel. Souhaite-lui de bien dormir. Allez, dis-le.

À nouveau, je regardai Lionel et murmurai un adieu. Maman ouvrit sa bible et commença à lire.

— Le Seigneur est mon berger...

J'écoutai, incapable de faire un geste et presque aussi incapable de respirer. Chaque fois que je baissais les yeux sur mon frère, j'étais prise de vertiges. Les nuages semblaient tourbillonner, descendre en spirale de plus en plus bas, venir sur moi. La voix de maman poursuivait son ronron monotone. J'entendais le vent dans les arbres. Les nuages descendaient toujours.

Subitement, tout devint noir.

Je me réveillai dans mon lit, ou dans ce que je crus être mon lit. En regardant autour de moi, je m'aperçus que j'étais dans celui de Lionel. Ma tête non plus n'était pas tout à fait comme d'habitude. J'y portai les mains et découvris que mes cheveux avaient été coupés. Puis je baissai les yeux et vis que je portais une chemise et un pantalon de Lionel. Je m'assis précipitamment, et au même instant maman apparut à la porte, un plateau dans les mains. Cette fois elle apportait une tasse de tisane, et deux tranches de pain grillé tartinées de sa confiture de myrtilles. Elle posa le plateau sur la table de nuit, approcha une chaise du lit et y prit place. Puis elle se pencha pour remonter mes oreillers derrière moi.

— Assieds-toi bien droit, Lionel.

— Maman, pourquoi est-ce que je porte les habits de Lionel ? questionnai-je, et pourquoi m'as-tu coupé les cheveux ?

En guise de réponse, elle répliqua :

— Elle était très proche d'eux, Lionel. Au fond de moi, je savais qu'ils la prendraient. C'est pour ça qu'ils lui sont apparus si tôt. Nous devrions être reconnaissants pour le temps où nous l'avons eue avec nous. Personne d'autre ne comprendra, naturellement. Tu sais comment sont les gens, par ici. Ce sera notre secret, mon chéri. Notre secret.

— Mais... je suis Céleste, maman.

— Non, non. Tu dois être ton frère, maintenant, pour toujours. C'est ce qu'ils veulent, ce qu'ils attendent. Chaque jour tu apprendras un peu mieux. Tu entendras les esprits te dire la même chose que moi. Tu les entendras comme je les entends. Tu sauras que j'ai raison.

« Si tu les trahis, si tu désobéis, les mauvais esprits te prendront aussi mais tu ne seras pas avec ton père. Car tu n'as pas su protéger l'esprit de ton frère, et maintenant tu dois prendre son esprit en toi. Tu dois être son esprit. Lionel ne devrait pas être parti, ajouta-t-elle. Ce n'était pas son heure. C'était l'heure de Céleste. Maintenant, nous le savons. »

Elle désigna le plateau et me sourit avec tendresse.

— Mange et bois un peu de tisane, je veux que tu reprennes des forces. Nous avons beaucoup à faire ensemble, Lionel.

Je la regardai fixement, mais elle garda le sourire.

— Je ne t'appellerai plus jamais autrement que Lionel, et tu ne dois plus jamais répondre à aucun autre nom. Abandonner ce destin serait te condamner toi-même aux ténèbres et au feu, à demeurer à jamais dans un lieu où il n'y a ni amour ni espoir. Quand la laideur entre quelque part, la beauté s'en va pour toujours. Allez, mange, bois ton thé, récupère et nous pourrons commencer.

Commencer quoi ? me demandai-je.

Tout se passa comme si maman pouvait lire dans mes pensées.

— Commencer ta renaissance, dit-elle en se levant lentement. Pendant un certain temps, nous devrons nous battre contre les gens de l'extérieur. Ils ne pourront jamais nous comprendre, aussi devrons-nous leur dire les choses qu'ils pourront comprendre. Après cela ils disparaîtront de notre vie et nous pourrons continuer, exactement comme avant, acheva-t-elle en marchant vers la porte.

Là, elle se retourna et son sourire s'épanouit encore.

— Devine ce que j'ai fait pour te remonter le moral ?

Incapable de parler, je me bornai à secouer la tête.

— J'ai ressorti le circuit. Quand tu seras prêt, mon garçon, tu pourras descendre jouer avec le train, d'accord ?

Le sourire radieux de maman s'éteignit.

— Elle nous manquera, Lionel. Céleste nous manquera terriblement, mais nous nous consolerons en sachant qu'elle est avec des esprits qui souhaitent sa présence et la chérissent. Elle est heureuse là où elle est. Elle marchera toujours aux côtés de son papa.

« Comme tu le feras un jour, et moi aussi. Tu ne vois pas ? s'enquit-elle anxieusement. J'ai trouvé un moyen pour que nous restions toujours ensemble. »

Elle se retourna vers la porte et s'en alla. Je l'entendis descendre lentement les marches.

Alors, enfin, je laissai mes poumons se vider de l'air qu'ils retenaient.

Je contemplai ce qui avait été mon lit. Je m'attendais presque à m'y voir couchée, en fait. C'était si étrange de le regarder de cette façon !

Je me levai pour aller aussitôt me camper devant le miroir mural. Mes cheveux avaient la même longueur que ceux de Lionel, et dans ses vêtements ce ne fut pas moi que je vis. Ce fut lui. J'eus l'impression qu'il s'était tenu là, près de moi, puis s'était brusquement glissé en moi... et que j'avais disparu, pour être remplacée par lui. Je serais Lionel. C'était ma destinée, maman l'avait dit. Et je savais qu'on ne peut pas éviter sa destinée, ni la changer.

Mais pourquoi en allait-il ainsi ?

Comme si je savais exactement ce qu'aurait dit mon frère, je glissai un coup d'œil vers mon lit puis regardai à nouveau le miroir.

— C'était sa faute, confiai-je à l'image évanescente de Céleste. Si elle n'avait pas tiré sur la canne à pêche, je ne serais pas tombé. Tout est bien ainsi. Maman a raison.

Les choses doivent être ainsi. Pour toujours.

Comme si je refermais un livre, je tournai le dos à la moitié de la pièce qui avait été la mienne, bus la tisane et mangeai les toasts que maman avait préparés pour Lionel.

Pour moi.

Puis je descendis pour aller jouer avec le train.

9

Céleste est partie

Maman me demanda de l'aider à planter du gazon sur la nouvelle tombe. D'aussi loin que je me souvienne, elle avait toujours soigné avec amour le vieux cimetière. Elle m'avait dit souvent que c'était pour nous un devoir sacré d'agir ainsi, car le cœur de sa famille, de notre famille, était enterré là. Elle disait aussi que les esprits qui rôdaient autour de la maison se rassemblaient souvent ici, pour chanter des cantiques. Que si j'écoutais le vent, la nuit, quand il tourbillonnait autour de chez nous, j'entendrais leurs voix douces et mélodieuses. Elle me révéla que bien souvent, maintenant, et surtout depuis la mort de papa, elle sortait le soir pour aller les rejoindre. Elle me promit que la prochaine fois, elle m'éveillerait, et m'emmènerait chanter sur la tombe de nos ancêtres bien-aimés.

Je ratissai la terre, plantai les graines, les arrosai. Toutefois, il ne devait pas y avoir d'inscription au nom de Céleste, sur la tombe, ce qui me fut agréable.

— Nous ne pourrons jamais révéler à personne que quelqu'un d'autre est enterré ici,

Lionel, m'expliqua maman pendant que nous travaillions côte à côte. Les gens ne comprendraient pas. Et c'est pour ça qu'on ne doit pas voir que la terre a été retournée. Ce sera un secret entre nous, que nous devrons protéger aussi chèrement que nos vies. Pose ta main sur la terre au-dessus de notre chère disparue, et jure-moi de garder ce secret enfoui pour toujours dans ton cœur. Jure ! insista-t-elle en tombant à genoux.

J'en fis autant et, comme elle, je plaquai mes paumes sur la terre fraîche. Les yeux fermés, elle prononça le serment.

— Nous ne dirons jamais à personne que Céleste est ici. Je le jure.

— Je le jure, dis-je à mon tour.

Elle me sourit et passa les doigts dans mes cheveux.

— Mon cher Lionel, mon petit Lionel si beau, murmura-t-elle.

Jamais elle ne m'avait regardée avec autant d'amour et d'admiration. En dépit de tout, je sentis mon cœur se gonfler de joie, et cette joie dura malgré les nouvelles et étranges leçons qui devaient m'être données chaque soir, jour après jour.

— Ceci est vraiment ta renaissance, commença maman ce premier soir, après m'avoir fait asseoir dans le salon. Cela prendra du temps, peut-être autant que pour un bébé, neuf mois ou peut-être davantage. Mais maintenant que l'esprit de Lionel est en toi, tu finiras par devenir ce que Lionel serait devenu. Tu y réussiras si bien que ton père lui-même reconnaîtra ton esprit comme étant celui de Lionel. Il sera très fier de toi, me promit-elle. Quand tu le reverras, tu liras sa fierté paternelle sur son visage.

C'était merveilleux. Mon père m'aimerait, et ma mère m'aimerait comme elle ne m'avait jamais aimée. J'y pensais chaque soir, et surtout à la tendresse qui chantait dans sa voix chaque fois qu'elle me parlait ou m'appelait, désormais. Jamais elle ne m'avait autant embrassée ou serrée dans ses bras que maintenant. Elle semblait même rajeunir et embellir à mesure que je grandissais et devenais plus vigoureuse.

— Commençons, annonça-t-elle ce premier soir, après l'enterrement de Céleste, comme je m'étais déjà habituée à penser. (N'était-ce pas ce que maman voulait, ce que les esprits voulaient ?) À partir de maintenant, tu ne dois jamais, jamais laisser qui que ce soit voir ton corps nu. Le fait que tu étudies à la maison rendra cela plus facile. Tu t'en rends compte à présent, non ? Tu ne me demanderas plus sans arrêt quand tu iras à l'école ?

— Non, maman.

— C'est bien. Les garçons donnent toujours plus de mal, je sais. Mais ça ne me dérange pas que tu adores les insectes, ni que tu collectionnes toutes ces bestioles mortes.

J'avalai ma salive. Moi, ça me dérangeait. Maman poursuivit sa leçon.

— Avec le temps, bien sûr, j'espère que tu t'intéresseras à des choses plus importantes, Lionel. Un garçon doit devenir un homme. Tu dois devenir plus responsable. Tu consacreras plus de temps au travail et moins au jeu. Nous avons beaucoup de choses à faire ensemble. Il ne reste que nous deux, maintenant, et je compte sur toi pour m'aider dans les travaux les plus durs. Cela te demandera beaucoup plus de force que tu n'en as montré jusqu'ici, mais tu grandiras et t'endurciras si tu m'écoutes. Tu m'écouteras ?

Rien dans son expression ne révélait que ce n'était pas réellement Lionel qu'elle voyait en moi, maintenant. Quelquefois, quand elle me parlait, je guettais une hésitation de sa part, mais non. Il n'y en avait jamais. Elle me regardait exactement de la même façon qu'elle l'avait toujours regardé. Je l'avais envié pour ces regards, et maintenant ils étaient à moi. Les yeux de ma mère m'appartenaient pour toujours.

Je répondis sans hésiter :

— Oui, maman, je te le promets.

— C'est bien.

Elle prit mes mains dans les siennes et les retourna, paumes en l'air.

— Tes mains aussi vont s'endurcir, Lionel. N'aie pas peur d'avoir des cals. Ils protègent les mains de la douleur que causent les gros travaux. Tu te rappelles combien les mains de papa étaient rugueuses et fortes ?

Je fis signe que oui.

— Les tiennes deviendront comme ça, prédit maman. Ne te soucie pas de lotions pour la peau, n'essaie pas de me ressembler. Les garçons ne pensent qu'assez tard à ce genre de choses, et tu approches rapidement de l'âge où les choses deviennent très différentes entre les garçons et les filles. En tout cas...

Elle me regarda comme si elle allait m'annoncer une bonne nouvelle.

— Sache que, pour l'instant, je trouve normal que tu retournes dans les bois pour finir ton fort. Les jours de ton enfance sont comptés, il faut que tu puisses en profiter au maximum. Je sais combien ces souvenirs te seront précieux, quand tu seras plus grand et que tu ne pourras plus faire ce genre de choses.

« Essaie de te souvenir de toutes les histoires que ton papa t'a racontées sur son enfance. Tu te rappelles comme il aimait évoquer et décrire toutes les choses qu'il avait faites ? »

Je souris à ce souvenir.

— Oui, je me rappelle.

— Eh bien, ce sera pareil pour toi. Tu as beaucoup de choses à apprendre, Lionel. Beaucoup de choses à savoir et à surveiller, surtout en présence des gens qui ne nous ont jamais compris ni appréciés. Nous ne tenons pas à ce qu'ils viennent aboyer sur nos talons, nous épier à travers nos barrières, et chuchoter des horreurs sur notre compte, s'emporta maman, les yeux brillants de rage. Heureusement, j'ai été longtemps institutrice. J'en sais plus long sur les filles et les garçons que n'en savent la plupart des mères, et je serai toujours là pour t'aider. Tu comprends, mon trésor ?

Elle ébouriffa mes cheveux et j'esquissai un geste pour les remettre en ordre, mais elle m'arrêta

— Ne t'inquiète plus tellement de l'allure que tu as, Lionel. Les garçons de ton âge sont beaucoup moins soigneux et soucieux de leur apparence que les filles. Tu n'es pas censé devenir un Petit Lord Fontleroy. Le fils d'Arthur Atwell ne sera jamais traité de petite chochotte, c'est moi qui te le dis.

« Quand je préparais mon diplôme d'institutrice, j'ai étudié les différences entre les genres, autrement dit les différences sexuelles entre garçons et filles. Les garçons détestent être comparés aux filles, ou qu'on trouve qu'ils ressemblent trop à des filles. Mais le contraire n'est pas vrai, et sais-tu pourquoi ? »

Je secouai la tête.

— En général, les garçons se montrent plus agressifs, plus compétitifs. C'est pour cela qu'ils gagnent plus d'argent que les femmes, dans ce pays, et qu'elles ont plus de mal à réussir. Elles ne sont pas censées être dures, acharnées, impitoyables, ni jouer des griffes pour se hisser jusqu'au sommet. Tu vois ? J'ai même employé le mot « griffes ». La plupart des femmes n'aiment pas sortir leurs griffes. Elles n'ont pas envie de se casser les ongles.

Maman jeta un coup d'œil à mes mains.

— Il va falloir que je te coupe les ongles, je vois. Bon, assez de sermons pour aujourd'hui, va travailler à ton fort. J'irai voir tout à l'heure comment tu t'en sors.

Je ne savais pas trop ce que j'étais censée faire, au juste, mais j'allai à la grange chercher les outils dont j'avais vu Lionel se servir. Les murs du fort n'étaient pas tout à fait terminés. Près de ceux qui l'étaient je trouvai une pile de lattes de bois, et j'entrepris de les ajuster à l'espèce de carcasse qu'avait bâtie Lionel. J'y travaillai plusieurs heures. Et quand je reculai pour juger de l'effet, je constatai que mes lattes étaient placées plus régulièrement que les siennes. J'étais si concentrée, je pensais tellement à mon frère que je n'avais pas remarqué la présence de maman, qui m'observait depuis un bon moment. Soudain, j'entendis sa voix et me retournai brusquement.

— Ne te préoccupe donc pas tant de faire quelque chose de joli, Lionel ! C'est la forteresse imaginaire d'un petit garçon, c'est tout. Termine-la, m'ordonna-t-elle.

Et je compris que ce fort était devenu bien plus important pour elle qu'il ne l'avait été pour mon frère. Je me remis au travail, et un peu plus tard une écharde se planta dans ma paume. C'était douloureux, je lâchai le marteau et retournai à la maison. Au salon, assise dans le rocking-chair de son arrière-grand-père Jordan, maman se balançait lentement en regardant par la fenêtre. Elle m'entendit venir et s'enquit sans se retourner :

— Qu'est-ce qu'il y a, Lionel ?
— Je me suis enfoncé une écharde.
— Et alors ? Ce n'est pas la première fois, mais tu ne venais jamais te plaindre de peur que je ne te dise de rentrer, tu te rappelles ? Je ne les voyais que lorsque je te donnais ton bain et que je te grondais à cause du risque d'infection, tu te souviens ? Est-ce que tu t'en souviens ?

Je m'apprêtai à répondre que non, mais maman

pivota subitement vers moi et je m'empressai d'affirmer :

— Oui.

— Bien. Retourne à ton fort. Je t'appellerai pour le dîner.

Je fus sur le point de lui proposer mon aide, au moins pour mettre la table, mais elle me devança.

— Maintenant que Céleste n'est plus là, je m'occuperai de la cuisine et je mettrai le couvert. Tu n'as jamais été très doué pour ça, Lionel. Tu as cassé un de mes plats en porcelaine, un héritage de famille, tu dois t'en souvenir ? Tu étais plutôt maladroit, Lionel, mais les garçons le sont souvent. Ne t'en fais pas pour ça, c'est tout à fait normal.

Elle se retourna vers la fenêtre et murmura, la voix lointaine :

— Tout est bien calme, dehors. Il s'est passé tant de choses... Ils ont dû se retirer pour quelque temps. Mais ne t'inquiète pas, ils reviendront. Tout ira de nouveau très bien, dès qu'ils auront vu que nous faisons exactement ce qui nous a été prescrit. Ne t'inquiète pas, répéta-t-elle à mi-voix.

Cela me rendit pensive. Était-ce pour cela que je ne voyais plus les esprits et ne sentais plus leur présence ?

Je regardai mon écharde, retournai au fort et me remis à l'ouvrage, mais à vrai dire je ne fis pas grand-chose avant que maman m'appelle pour dîner. Ce fut seulement à ce moment-là qu'elle m'aida à arracher mon écharde. Je ne pleurai pas, mais elle me parla comme si je pleurais.

— Les garçons sont de vrais bébés. Ils restent des bébés toute leur vie, en fait. Même adultes ils ont besoin qu'on les dorlote, bien plus que les femmes. Tu n'aimes pas entendre dire ça, je sais, mais les femmes sont vraiment plus endurantes que les hommes. Elles sont dures au mal. Ce sont elles qui mettent les enfants au monde. Les hommes restent à côté d'elles, en remerciant le ciel de ne pas souffrir à leur place. Ce n'est rien du tout, cette écharde. Rien du tout à côté des douleurs de l'enfantement, tu peux me croire.

« Voilà, c'est fini, conclut maman d'une voix apaisante. Essuie-toi les yeux et va te laver les mains. C'est l'heure du dîner. »

Je n'avais pas de larmes à essuyer mais je fis semblant, et j'allai me laver les mains.

Ce dîner fut pour moi le plus solitaire de tous. Je m'attendais sans arrêt à voir mon frère apparaître et s'asseoir sur sa chaise. La façon dont il gigotait et réclamait sans cesse, en se plaignant d'avoir trop de légumes, tout cela me manquait.

— Tu manges trop vite, comme d'habitude, observa maman. Prends le temps de mâcher chaque bouchée. Ton pauvre estomac va protester, sinon.

Je venais à peine de commencer, mais c'était un reproche qu'elle faisait toujours à Lionel. Combien de fois ne l'avais-je pas entendue le lui répéter ? Je regardai fixement sa chaise, sans m'en rendre compte, jusqu'au moment où maman faillit littéralement sauter de la sienne.

— Lionel !

Je retins mon souffle.

— Qu'est-ce qu'il y a ?

— Tu es assis sur la chaise de ta sœur. Tu n'as pas le droit de faire ça. Retourne immédiatement à ta place. Dépêche-toi !

Je me levai lentement. Il m'était très pénible de m'asseoir sur la chaise de mon frère, et j'hésitai. Maman plaqua les mains sur la table et se pencha vers moi.

— Tu dois le faire, chuchota-t-elle. Tu dois le faire.

Je m'assis, et elle posa mon assiette en face de moi.

— Dépêche-toi de manger, m'ordonna-t-elle.

J'attaquai mon dîner en m'efforçant de mettre les bouchées doubles, mais elle m'arrêta.

— Pas si vite, Lionel. Un jour tu devras manger avec d'autres gens, et tu ne veux pas paraître mal élevé, n'est-ce pas ? Tu ne veux pas qu'on pense que tu as grandi dans une porcherie ? Tu te souviens de ce que ton père nous racontait ? À l'en croire, s'il avalait trop vite, sa mère l'obligeait à manger un second repas. C'est ce qu'il disait, mais je ne l'ai jamais cru. Je n'écoutais que d'une oreille, comme il vous disait, tu te souviens ? Que d'une oreille, répéta-t-elle dans un murmure.

Puis elle libéra un long soupir.

— Il y avait tant de joie autour de cette table, autrefois. Je me demande si cela reviendra jamais.

Elle mangea par petites bouchées, en picorant comme un oiseau malade. Quand nous eûmes terminé, j'esquissai le geste de débarrasser mais elle m'arrêta.

— Ne touche à rien. Va jouer avec ton train, ou va déterrer des vers, suggéra-t-elle. Tu veux retourner à la pêche, non ?

Cette seule pensée me terrifia, j'eus l'impression de recevoir une décharge électrique. Je ne dus pas avoir l'air très enthousiaste.

— Bien sûr que tu veux, insista maman. Il le faut. Cela fait partie des choses que j'ai besoin de te voir faire. Tu comprendras plus tard. Tu as la permission de quitter la table, Lionel, acheva-t-elle en me congédiant d'un geste de la main.

Je me levai et sortis. Lionel aurait pris sa torche électrique pour aller chercher des vers autour de la maison. Il les attrapait entre deux doigts et les jetait dans une boîte à café vide. Il me taquinait toujours en disant que c'étaient des morceaux de spaghettis, et quand maman nous en servait, j'avais du mal à les manger.

Je restai un long moment dehors, sans rien faire, puis je fourrai machinalement les mains dans mes poches. Dans celle de droite, je sentis quelque chose de bizarre et l'en retirai avec précaution. C'étaient les restes desséchés d'un escargot. Mon estomac se révulsa, mais je me maîtrisai quand j'aperçus, en me retournant, maman qui m'observait par la fenêtre. Je me hâtai d'aller chercher la boîte à café. Puis, surmontant ma répugnance, je me mis à ramasser des vers avec toute l'ardeur que je fus capable de feindre. Maman rayonnait.

Chaque jour de plus où je faisais ce qu'aurait

fait Lionel était, pour elle, la preuve qu'il revenait réellement. C'est ce qu'elle ressentait en voyant ma figure barbouillée, mes mains écorchées, mes jeans déchirés et mes chaussures boueuses. L'achèvement du fort de la forêt couronna le tout. Elle en parla comme si j'avais bâti l'une des maisons de papa.

— Tu tiens de ton père, décréta-t-elle. Tu as hérité de son goût pour la construction. La prochaine maison que tu bâtiras sera encore mieux. J'ai toujours su que tu serais adroit de tes mains. C'est un don inné. Tu dessines très bien. Tu sais voir.

Ces affirmations me laissaient perplexe. Comment ferais-je pour dessiner aussi bien que mon frère, ou au moins assez bien pour la satisfaire ? Quand j'essayais de dessiner des objets qu'il avait déjà dessinés, le résultat était désastreux, mais maman ne le voyait pas de cette façon. Elle se répandait en éloges sur chacun de mes croquis, comme elle l'avait toujours fait avec ceux de mon frère. Ne voyait-elle donc pas leur maladresse, ou leur trouvait-elle vraiment quelque chose de bien ?

Elle avait raison pour les cals : mes mains devenaient aussi calleuses que l'avaient été celles de Lionel. Au début je n'aimais pas du tout cette peau rugueuse, mais je m'y habituai. Je tenais mieux mon marteau, je plantais plus rapidement les clous, et je n'avais plus peur de me couper quand je me servais d'une scie. Maman m'envoyait ramasser du bois et me montrait comment le débiter en bûches pour notre cheminée, car l'hiver était proche. C'était un travail très dur. Presque chaque soir, je rentrais tout endolorie et ne désirais qu'une chose : prendre un bon bain chaud. Mais maman me disait de me contenter d'une douche rapide et d'aller me coucher.

— Tu ne dois pas te ramollir mais t'endurcir, au contraire. Tu auras des choses de plus en plus dures à faire au cours des jours, des semaines, des mois et des années qui viennent, et tu me remercieras de t'avoir aidé à t'endurcir.

Souvent, le soir dans mon lit, je rêvais à mes savonnettes délicieusement parfumées, surtout à l'assortiment luxueux que m'avait offert papa. J'allais dans la chambre de maman et contemplais tout ce qu'il y avait sur sa coiffeuse, comme une mendiante regarderait les petits pains chauds à la vitrine d'une boulangerie. Je mourais d'envie de m'emparer d'une brosse et de la passer dans mes cheveux, mais maman me les coupait si court ! Il n'y avait plus rien à brosser, de toute façon.

Un soir, elle me surprit en train de respirer son eau de Cologne.

— Qu'est-ce que tu fais ? Ne touche pas à mes affaires ! glapit-elle en traversant rapidement la chambre, pour m'arracher le flacon des mains.

— Je te demande pardon, maman. Je voulais juste...

— Demain, j'irai en ville t'acheter l'eau de Cologne pour homme que portait ton père. Tu aimes cette odeur, je crois ?

— Oui.

— Bien, approuva-t-elle en étreignant mon épaule. Tu t'endurcis. C'est bien.

Elle me fit sortir de sa chambre et m'envoya étudier mes problèmes. Ironie du sort, si je les résolvais rapidement, comme j'en avais l'habitude, elle était contrariée. Elle se donnait un mal fou pour me prendre en défaut, relevait les fautes les plus infimes et me faisait recommencer mes problèmes, même s'ils étaient justes.

— Tes calculs étaient faux, prétextait-elle. C'est un coup de chance si tu as trouvé le bon résultat. Recommence.

Je ne tardai pas à comprendre que j'avais intérêt à travailler lentement, à commettre délibérément des erreurs, et à ne pas écrire aussi bien que j'en étais capable. Cela lui faisait plaisir.

— Tu finiras par y arriver, me répétait-elle, comme elle le disait toujours à Lionel. Il suffit de t'accrocher.

Quand j'avais terminé le texte qu'elle m'avait donné à lire, je me gardais bien de le lui dire. Si je voyais qu'elle m'observait, je revenais rapidement en arrière et faisais semblant de n'en être qu'à la moitié. Elle souriait et m'encourageait à me concentrer.

— C'est plus difficile pour les garçons que pour les filles, expliquait-elle. En tout cas jusqu'à la puberté. Après, ce sont les garçons qui travaillent le mieux. En général les filles deviennent moins bonnes qu'eux.

Puis elle prenait cet air rêveur et lointain qu'elle avait si souvent, quand elle laissait son regard dériver vers la fenêtre du salon.

— À la bonne heure, disait-elle. Tu t'en sors bien. Je suis sûre qu'ils seront contents de nous et qu'ils reviendront. Et alors nous serons en sécurité, bien plus que tous ces incrédules et tous ces fouineurs de l'extérieur.

À part le facteur, qui m'avait vu ramasser du bois et m'avait observée quelques instants, et le livreur de mazout, personne de ceux que maman nommait désormais « les gens de l'extérieur » ne m'avait aperçue. Il faudrait pourtant bien qu'ils me voient un jour, raisonnais-je. Par exemple quand j'irais passer mes tests de niveau, sans parler des tournées de courses où j'accompagnais maman, même si elle les faisait loin de chez nous. Qui les gens verraient-ils en moi, Lionel ou Céleste ? Et comment réagirait maman ? Plus important encore : quel impact cela aurait-il sur notre famille spirituelle ?

Ce fut seulement quand l'herbe eut repoussé sur la nouvelle tombe, au point qu'on ne puisse plus en discerner la trace, que maman m'appela un soir au salon pour une communication spéciale. Elle tenait à m'exposer son plan d'action vis-à-vis de « cette communauté de fouineurs et d'ignorants ».

— Je veux que tu ailles à la pêche demain, Lionel, et que tu emmènes Céleste.

Devant ma grimace perplexe, maman sourit.

— Vous avez la même façon de froncer les sourcils, tous les deux. J'ai souvent dit à Céleste qu'elle aurait deux grosses rides plus tard et qu'elle le regrettait un jour.

« Un jour, répéta-t-elle en souriant. Quelle

expression, si chargée d'espoir et de promesses ! Elle suffit à chasser toutes nos idées noires. Un jour je ferai ceci, un jour je ferai cela... ça marche presque toujours, d'ailleurs. Nous ne pouvons pas toujours tout faire tout de suite, ou alors il est beaucoup trop tard... »

Elle se tut, réfléchit un moment et s'éclaircit la gorge.

Moi aussi, j'étais pensive. Qu'entendait-elle par « emmener Céleste » ? Elle s'expliqua.

— Tu iras avec ta sœur, Vous vous séparerez. Et plus tard, en fin de journée, tu reviendras en courant m'annoncer que tu l'as cherchée sans la trouver. Prends sa canne à pêche. Au fait, où est la tienne ?

J'écarquillai les yeux en signe d'ignorance. Eh bien, Lionel ?

— Elle était dans l'eau, maman, répondis-je enfin.

Un peu plus et j'ajoutais : « Tu te souviens ? »

Elle médita ma réponse et parut satisfaite.

— C'est une bonne chose, j'imagine. Ils la trouveront.

— Qui ça ?

— Le groupe des chercheurs. La police viendra chez nous, ils nous poseront des questions très précises, aussi allons-nous en discuter maintenant. Cela fait longtemps que j'y pense, tu t'en doutes, et je sais exactement ce que tu diras.

Je dus avoir l'air très mal à l'aise, car maman ajouta :

— Ne fais pas la grimace, mon garçon ! Tu ne vois pas combien tout cela est sérieux ? Je t'ai suffisamment parlé de ces gens du voisinage, qui racontent des tas de choses sur nous et voient le mal partout. Ils ne nous comprendraient pas, ils ne croiraient jamais qu'à leurs idées stupides et malveillantes.

« Nous devons agir maintenant. Les gens vont bientôt se poser des questions, sinon. Je dois soumettre des rapports sur vos études, et l'école pourrait envoyer quelqu'un ici, tu comprends. Ce mêle-tout de M. Camfield serait trop content de sauter sur l'occasion, surtout maintenant qu'il n'a plus rien à redouter de M. Kotcs.

« Mais tout ça est sans importance, ajouta maman, rassurante. Notre vie est ici, elle est à nous, et nous n'avons pas besoin de fouineurs qui nous épient sans arrêt, n'est-ce pas, mon trésor ? »

Elle passa la main dans mes cheveux, puis sur ma joue, et je fermai les yeux pour en savourer le contact, enfermer pour toujours sa douceur dans mon cœur. Je l'avais désirée si longtemps, si souvent, quand je la regardais caresser Lionel et pas moi.

— N'est-ce pas ? répéta-t-elle.
— Non.
— Bon. Très bien. Parfait. Demain matin, Céleste et toi sortirez pour aller à la pêche. Vous déciderez de vous séparer. Tu partiras vers l'amont, elle ira vers l'aval, en dessous de cet horrible rocher. Vers midi, tu accourras à la maison pour me dire que tu n'arrives pas à la trouver. Elle n'était pas au point de rencontre que vous vous étiez fixé. Nous irons tous les deux à sa

recherche. Nous trouverons la canne à pêche et j'appellerai la police.

On aurait dit une histoire, comme celles que je lisais dans les livres de notre bibliothèque.

— Pourquoi t'es-tu séparé de ta sœur ? demanda soudain maman, jouant le rôle d'un policier.

— Quoi ?

— Pourquoi ne pêchiez-vous pas ensemble ?

— Elle parle trop, improvisai-je, et maman sourit.

— Oui c'est vrai. Ça sonne juste. Très bien.

J'étais ravie quand maman me complimentait. Je continuai.

— Et puis, elle n'aime pas tellement la pêche. Je croyais qu'elle allait juste se chercher un bon coin pour lire, comme elle le fait souvent, et ça m'était bien égal. Moi, je voulais pêcher.

— Excellent. Et en voyant qu'elle n'arrivait pas, qu'as-tu fait ?

— J'ai couru partout, je l'ai appelée, jusqu'à ce que je me dise qu'elle avait dû rentrer sans moi.

— Très intelligent, Lionel. Vraiment, me félicita maman, les yeux brillants d'approbation.

C'était si bon, cette lueur dans son regard ! Je fis durer le plaisir.

— Mais quand je suis arrivé à la maison...

— Elle n'était pas là. Exactement. Alors nous sommes partis tous les deux à sa recherche et...

Maman me fit signe de poursuivre.

— Nous avons trouvé la canne, mais pas Céleste. Où est-elle ? demandai-je comme si je m'adressais aux chercheurs.

Et maman m'imita.

— Où est-elle ? Céleste... ma petite Céleste... Je ne veux pas penser au pire, mais... quelqu'un a-t-il vu...

La réplique me vint sans effort, cette fois...

— Non, mais j'ai entendu quelque chose. Je crois que quelqu'un a crié, mais je n'en suis pas certain. Le courant est tellement bruyant ces jours-ci.

— Oui, c'est vrai.

Maman sourit encore et se pencha pour m'embrasser la joue.

— Et puis, ajouta-t-elle, nous avons trouvé sa chaussure, n'est-ce pas ?

— Sa chaussure ?

— Exactement. Une chaussure, juste une seule.

Elle se renversa en arrière, le visage rayonnant de satisfaction.

— Ils ne nous embêteront plus après ça. Plus jamais.

Cette nuit-là je rêvai de l'histoire, et tout se passait absolument comme nous l'avions dit, maman et moi. Je me vis moi-même marcher dans les bois avec... avec Céleste. Ce fut si étrange, au début, de me retourner et de la voir traîner derrière moi, la tête basse ; de l'entendre marmonner que c'était trop difficile de marcher à travers les fourrés, et vraiment dégoûtant de mettre un ver sur un hameçon.

— Il faudra que tu le fasses pour moi, Lionel, ou je ne viens pas avec toi. Et ne me dis pas que ça ne leur fait pas mal. Ils saignent, non ?

— Ce que tu peux être bête, Céleste.

— Ce n'est pas vrai ! pleurnicha-t-elle, et je souris.

Cela m'amusait de la taquiner. J'avais toujours aimé ça. Je ripostai :

— Pourquoi ne demandes-tu pas à tes esprits d'accrocher les vers à ta place ?

Il avait dit ça, je m'en souvenais très bien.

— Ils n'aiment pas faire ce genre de choses, je te l'ai dit et maman aussi. Un jour, quand tu les verras, tu comprendras.

Un jour... un jour... un jour... Les promesses, voletant comme des rubans blancs dans les ténèbres de mon sommeil, me conduisirent jusqu'aux premières lueurs du jour.

Maman jubilait, ce matin-là. Elle chantait l'une des plus joyeuses de ses chansons d'autrefois. Elle avait préparé le petit-déjeuner favori de Lionel : des crêpes aux myrtilles avec du sirop d'érable et des petites saucisses. Leur odeur me faisait venir l'eau à la bouche, ce qui me surprit car je n'avais jamais raffolé des saucisses. Quelquefois, elles me restaient sur l'estomac, mais ce matin-là je mangeai comme un ogre. Maman m'enleva mon assiette et me versa un jus d'orange.

— Maintenant, Lionel, je te rappelle ce que tu as promis : tu nous ramènes notre dîner. Et je ne veux pas entendre parler de disputes entre ta sœur et toi. Soyez sages. Je vous ai préparé des sandwichs au beurre de cacahuète et à la confiture, et il y a du chocolat au lait dans la thermos. Partagez à égalité. Je ne veux pas entendre : « Il a tout bu et ne m'a rien laissé », je vous préviens, conclut-elle en me menaçant du doigt.

Tout étonnée d'avoir autant mangé, je pris le panier du déjeuner et me dirigeai vers la porte d'entrée. La canne à pêche, celle de Céleste en réalité, était dans le hall à côté de la boîte de vers. Sur le seuil, maman m'embrassa et me recommanda la prudence.

— Je vous aime, tous les deux ! cria-t-elle quand je m'éloignai vers la forêt.

Mon cœur battait à grands coups précipités. Je n'étais jamais retournée à la rivière depuis ce jour-là, bien sûr. Je redoutais de la revoir, de l'entendre. Tout en écartant les buissons qui barraient notre chemin familier, j'imaginais maman racontant une fois de plus notre histoire, soigneusement mise au point. Comment elle nous avait préparé un délicieux petit-déjeuner, comment nous étions partis tout heureux, débordants d'énergie. Dans son récit, Céleste était particulièrement jolie et rayonnante, ses cheveux brillaient au soleil.

— Je n'oublierai jamais la façon dont ils dansaient autour de son visage, ni ce soleil... mon adorable petite fille ! disait maman, les yeux pleins de larmes.

J'en pleurais moi-même.

Tout en écoutant cette voix dans ma tête, je perçus un autre bruit de pas que le mien, derrière moi. Je m'arrêtai et criai :

— Dépêche-toi de me rattraper. Je n'ai pas envie de passer la journée à faire le chemin !

Il avait souvent dit ça, avant. Oui, c'est ce qu'il disait.

J'avançai, et, trouvai l'endroit où papa et M. Kotes nous avaient appris à pêcher. Je posai le panier du déjeuner, ouvris la boîte à appâts. Mon estomac eut un bref mouvement de répulsion, puis se calma. Je tenais un gros ver entre les doigts. Il se tortilla légèrement, déjà à moitié mort.

Soigneusement, avec toute l'adresse que je croyais avoir, j'enfilai le ver sur l'hameçon de façon qu'il tienne bien, puis je lançai ma ligne à l'eau et m'assis sur un rocher. Céleste s'ennuya très vite, bien sûr, et elle me fit enrager jusqu'à ce que je l'envoie s'installer plus bas. Elle ne demandait qu'à s'en aller.

— Je t'appellerai quand j'aurai faim, lui criai-je.

Sur l'autre rive, un corbeau me regarda puis fila se percher dans un chêne. Je pouvais voir son bec s'ouvrir et se fermer, comme s'il se parlait à lui-même.

— Yaah ! lui lançai-je pour l'effrayer, comme le faisait souvent Lionel.

Il quitta sa branche et s'envola vers l'aval en croassant. Je ris, m'adossai au rocher et me laissai bercer par le grondement du courant, le froissement des feuilles agitées par la brise, et le vrombissement lointain d'un avion.

Peut-être somnolai-je un peu, je n'en sais rien, mais je m'aperçus tout à coup que j'avais faim. Aucun poisson n'avait mordu à l'hameçon. La ligne était toujours lâche. Je la rembobinai et j'examinai l'hameçon. Quelque chose avait mangé le ver. Il n'en restait qu'un lambeau accroché à la pointe de l'hameçon. Drôlement futé, ce poisson, observai-je à part moi. Puis je fis quelque chose qui me surprit moi-même.

J'appelai Céleste exactement comme maman m'avait dit de le faire. Je criai et criai encore, en vain. À bout de patience, je laissai tomber ma canne à pêche par terre et me mis à descendre vers l'aval, en criant toujours. J'allais appeler encore quand quelque chose éveilla mon attention. Était-ce un mouvement dans les branches, le bruit d'une course furtive, et maintenant... un cri ?

Je marchai plus vite, puis je m'arrêtai net, sous l'effet du choc et de la frayeur. Là, devant moi, juste au bord de l'eau, il y avait une chaussure. Une petite chaussure de fille, en tissu rose et blanc.

— Maman, pensai-je aussitôt. Maman !

Je pivotai sur moi-même et m'élançai à travers bois, écartant les branches et les broussailles de mon chemin, jusqu'à ce que je débouche dans la prairie en hurlant plus fort que jamais. Accroupie près de ses plants de tomates, maman se leva, se tourna dans ma direction et cria :

— Qu'y a-t-il, Lionel ?

Je courus vers elle et lui dis ce qui venait de se passer. Et c'est alors, comme si elle avait tout programmé, que le facteur arriva, juste à temps pour me voir courir en criant. Il descendit de sa voiture, s'avança vers nous et demanda :

— Quelque chose qui ne va pas, madame Atwell ?

— C'est ma petite fille ! Elle est introuvable !

L'homme hâta le pas, puis s'arrêta pour m'écouter.

— Ça ne me dit rien de bon, marmonna-t-il en consultant sa montre. Elle est loin, cette rivière ?

Prête à partir avec moi, maman se retourna pour lui répondre :

— Pas très loin, non.

— Bon. Je téléphone à la poste pour les prévenir et je vous rejoins.

— Céleste ! appela maman.

Et nous nous élançâmes toutes les deux vers la forêt.

Le facteur nous suivit bientôt, mais nous restâmes devant lui jusqu'à ce que nous arrivions à la rivière. Là, je conduisis maman à l'endroit où j'avais aperçu la chaussure. Le facteur nous suivit, puis s'arrêta près de nous et examina la chaussure de toile.

— C'est à elle ?

— Oui, dit maman. Mais où est-elle ?

Elle cria et répéta le nom de Céleste, le facteur suivit la rive en courant vers l'aval, puis il revint.

— Nous ferions mieux de demander de l'aide, madame Atwell. Ce que nous a dit son frère ne me plaît pas du tout.

— Où est ma fille ? vociféra maman, comme s'il était responsable de ce qui arrivait.

— Voyons, calmez-vous, madame Atwell. Allons chercher de l'aide. Ce n'est peut-être pas si grave que ça.

Là-dessus, il repartit en courant à travers bois.

Maman retira la chaussure du sable et m'entoura les épaules de son bras.

— J'ai peur qu'elle ne nous ait quittés, Lionel, mais tu ne dois te faire aucun reproche. Jamais.

Il ne fallut pas longtemps à l'agent de police local pour arriver chez nous ; mais environ une demi-heure plus tard, il fut suivi par un fourgon de pompiers et une demi-douzaine de pompiers volontaires. Puis vinrent deux hommes de la police d'État.

Comme l'avait prévu maman, ils me questionnèrent à plusieurs reprises sur les événements. Je les conduisis là où j'avais pêché, puis où j'avais trouvé la chaussure de Céleste. Les pompiers explorèrent les deux côtés de la rivière, jusqu'à ce que l'un d'eux pousse un cri, et nous convergeâmes tous vers le lieu de la découverte. La canne à pêche était bloquée sur la rive, coincée entre les racines d'un arbre.

La nouvelle se répandit dans le village, d'autres volontaires vinrent se joindre aux recherches. Quelqu'un trouva un lambeau d'étoffe sur un buisson épineux, et maman confirma qu'il venait de la jupe de Céleste. Plus tard, le shérif du comté amena quelques limiers, qui se mirent à aboyer et à flairer le sol, en décrivant de petits cercles.

Maman et moi retournâmes à la maison pour attendre au salon, maman étendue sur le canapé avec un linge humide et frais sur le front. Dehors, des groupes d'hommes – auxquels se mêlaient quelques femmes – discutaient. On posait sans fin les mêmes questions au facteur, qui devint vite l'homme de la journée. Je l'écoutai et l'observai : il semblait ravi de répéter sans arrêt son récit des événements.

— Il y a sûrement un pervers qui guettait ces enfants, à l'affût d'une occasion comme celle-là, confia un délégué du shérif à un autre.

La nuit vint, les gens s'en allèrent en promettant de reprendre les recherches le lendemain matin. On demanda à maman une photo récente de sa fille, et elle dut admettre que la plus récente qu'elle possédait datait de deux ans. Elle donna une description détaillée de Céleste.

Le shérif amena un détective pour m'interroger. Je lui dis que j'avais entendu du bruit de l'autre côté de la rivière, puis un cri. J'expliquai pourquoi nous nous étions séparés, et je pleurai. Il me remercia et me recommanda de faire tout mon possible pour aider ma mère.

— Elle aura besoin que tu sois fort, me dit-il en partant.

Ce soir-là, quand j'allai me coucher, je me sentis affreusement mal pour toutes sortes de raisons, dont la plupart m'échappaient. Je n'avais jamais vu autant de gens chez nous. Les lumières, les voitures de police, les chiens, la foule, tout cela me bouleversait.

Maman monta l'escalier d'un pas lent et pesant. Elle s'encadra dans l'embrasure de ma porte, silhouettée sur la lumière du couloir.

— Tout va bien, Lionel ?

— Oui, murmurai-je, d'une petite voix qui ressemblait à celle de Céleste, ce qui arrivait de moins en moins.

Maman m'avait appris à réfléchir avant de

parler, pour placer ma voix autrement, la faire émerger d'un endroit plus profond. Elle affirmait que bientôt, cela me viendrait tout naturellement.

Elle entra dans la chambre, s'assit sur mon lit, puis me caressa les cheveux et la joue.

— Tu t'en es très bien tiré, aujourd'hui. Je sais qu'ils seront fiers de toi. Nous pouvons espérer les voir revenir.

— Qui ? demandai-je, en pensant aux pompiers et à la police.

— Tu sais bien qui, et papa aussi reviendra, j'en suis sûre. Encore un peu de temps, et tous ces gens du bourg nous laisseront tranquilles, mon chéri. Une fois pour toutes.

Elle se pencha et déposa un baiser sur ma joue.

— Dors bien. Nous aurons besoin de nos forces pour bien nous y prendre avec eux, demain, dit-elle en se levant. Mais bientôt, très bientôt, tout sera fini et il n'y aura plus que nous deux, et nos esprits bien-aimés. Bonne nuit, murmura-t-elle en s'en allant sans bruit, refermant doucement la porte derrière elle.

J'écoutai longtemps le vent susurrer à ma fenêtre, puis je poussai un soupir et me tournai vers le lit vide de Céleste.

— Pardon, chuchotai-je, juste avant de m'endormir.

Pardon pour quoi ? Je n'en avais pas la moindre idée. Maman avait vu juste : les volontaires et les policiers furent encore plus nombreux le lendemain. Le journal local envoya un reporter, et maman lui fournit une description détaillée de Céleste. Il fut le premier à me dévisager et à demander : « Alors, ils sont jumeaux ? »

— Oui, acquiesça maman, avant de lui donner la photo vieille de deux ans. Tenez, c'est toujours mieux que rien.

Le lendemain, l'histoire s'était répandue partout et il vint encore plus de gens chez nous, certains en simples curieux, d'autres sous le prétexte de participer aux recherches. Des dizaines de badauds déambulèrent à travers nos terres et passèrent de là chez notre plus proche voisin, Gerson Baer, un vieux monsieur qui vivait seul. Il n'avait rien à raconter, mais comme il était notre voisin et vivait seul, il fut un moment soupçonné. Il eut la sagesse d'autoriser une fouille approfondie de sa maison et de sa propriété, et la police finit par le laisser tranquille. Mais maman prédit que les gens malveillants et bornés continueraient à le soupçonner. Elle en parut désolée pour lui, mais mentionna tout de même que cela ne pourrait que nous aider.

Une semaine s'écoula, et l'histoire cessa d'intéresser la presse. De temps à autre, un des adjoints du shérif faisait une apparition à la maison. Le détective se montra, lui aussi, et revint sur toute l'histoire. Maman avait une mine affreuse. Elle ne mangeait pas. Elle ne faisait rien non plus pour paraître séduisante. De vieux amis de papa, ainsi que son ancien associé, M. Calhoun, envoyèrent des fleurs et des sucreries avec des messages de sympathie. Le détective proposa de prendre contact avec certaines familles pour nous aider, mais maman déclina l'offre et l'assura que tout irait bien. Il promit, en cas d'évolution de la situation, de nous tenir informés.

— On trouvera bien quelque chose, promit-il. Nous avons passé cette forêt au peigne fin. Rien d'inquiétant ne s'est passé là, j'en suis convaincu, affirma-t-il pour nous donner du courage.

Et il dit à maman qu'elle pouvait l'appeler chaque fois qu'elle le souhaiterait.

Elle le fit, quelquefois. Quand je l'entendais parler au téléphone, j'étais navrée pour elle, tant elle paraissait désespérée.

Et puis, un jour, nous sûmes que plus personne ne viendrait. Les voitures continuaient à ralentir devant la propriété, les gens à contempler béatement la maison, ou même nous si nous étions dehors, mais le téléphone cessa pratiquement de sonner. Les jours passèrent. De temps à autre, la presse évoquait notre histoire, mais la place qu'elle occupait dans les journaux diminuait de plus en plus, et les rappels s'espaçaient. Les statistiques relatives aux enfants disparus qu'on ne retrouvait jamais étaient impressionnantes. Quand maman me les lut, il me sembla que quelqu'un cognait à une porte fermée pour toujours.

Elle replia le journal et sortit. Pendant quelques instants, elle resta simplement immobile devant la maison, en laissant errer son regard sur la propriété. C'était une belle journée chaude, où l'on sentait percer l'été tout proche.

— Eh bien, observa-t-elle quand je la rejoignis,

cette fois, ça y est. Nous avons fait tout ce qu'ils nous demandaient de faire.

Puis elle retourna sans se hâter vers son jardin, vers notre vie.

Quand je montai dans ma chambre ce soir-là, j'y trouvai certains changements. Le lit de Céleste était dépouillé de ses couvertures et de ses oreillers, il ne restait plus que le matelas. La porte de son placard était ouverte, tous ses vêtements avaient disparu, toutes ses chaussures aussi. Les étagères qui encadraient le lit étaient vides. Plus de livres, plus de poupées. Toutes celles qu'elle gardait dans notre chambre étaient parties, comme le reste. Il ne restait plus la moindre trace d'elle. Pas un ruban, pas une brosse à cheveux : rien. Où était passé tout cela ?

Je venais de me coucher quand maman entra tout à coup, très excitée. Elle me raconta qu'elle venait juste de voir son grand-père traverser tranquillement la prairie en compagnie de sa grand-mère. Ils étaient bras dessus, bras dessous, et ils paraissaient très heureux.

— Le rideau s'est rouvert, expliqua-t-elle, et c'est en grande partie grâce à toi.

Elle insista pour me border et me chanter une des vieilles chansons folkloriques de sa grand-mère. Sa voix mélodieuse était si chargée de nostalgie qu'elle en avait les larmes aux yeux. Sa chanson terminée, elle me souhaita bonne nuit, m'embrassa et quitta la pièce.

Pour moi, le sommeil fut plus long à venir que d'habitude, cette nuit-là. Je restai très longtemps les yeux ouverts en me tournant de temps en temps pour regarder le lit vide, à côté du mien. Céleste était vraiment partie.

Je ne savais pas que je pleurais. Je n'en pris conscience que lorsque je sentis, sous ma joue, mon oreiller mouillé de larmes.

10

Un beau petit gars

Ma plus grande peur était de décevoir maman, et par conséquent de décevoir papa. Je dois être ce qu'il veut que je sois, me répétais-je. Même si Lionel ne lisait pas aussi bien que moi, si ses résultats aux tests étaient moins bons que les miens, s'il ne voyait jamais papa quand je croyais le voir, maman semblait toujours avoir une bonne raison de l'aimer plus que moi. Et ce qui m'effrayait le plus était que, quelle que soit cette raison, je ne la connaîtrais jamais et que tout finirait mal.

Il fallait que j'essaie, pourtant, et que je fasse de mon mieux. Je compris vite que le bonheur de maman en dépendait, et aussi, sans doute, un enjeu encore plus important. Son aptitude à communiquer avec l'autre monde était peut-être directement reliée à cela. Plus je deviendrais Lionel, semblait-il, plus fréquentes et plus claires seraient ses visions des esprits.

Puis, je réfléchis que ce serait certainement vrai pour moi aussi. Que si je réussissais, papa reviendrait à moi. Aussi, chaque fois que je pensais à mon frère mort, je m'arrêtais aussitôt et récitais mentalement : « Lionel n'est pas mort. Céleste est morte. Ma sœur, Céleste, est morte et enterrée. »

Le fait que tout ce qui était féminin ait disparu de ma chambre, et que mes tâches quotidiennes deviennent de plus en plus lourdes, m'aidait beaucoup à m'approprier l'identité de Lionel. Je travaillais aussi dur que je pouvais à toutes les besognes dont maman me chargeait. Je ne me préoccupais ni de mes mains ni de mes cheveux. Je ne réclamais jamais une poupée, ni une tasse de thé. Et j'affichais envers les corvées ménagères la même aversion que Lionel avait toujours montrée.

Je sentais que maman me surveillait, à l'affût de la moindre erreur de ma part. Si j'omettais de faire ce que Lionel aurait fait, comme ramener de la boue dans la maison, par exemple, maman réagissait comme si je l'avais fait. Elle me grondait pour n'avoir pas essuyé mes pieds, ou enlevé mes chaussures, pour avoir sali mes vêtements ou laissé des traces de boue sur les murs en les touchant avec mes mains sales. Quelquefois, il y avait vraiment des taches de boue sur mes vêtements ou sur les murs, et je me demandais : « Est-ce moi qui ai fait ça ? »

Elle se mettait en colère à propos d'un pantalon que j'avais déchiré, et soi-disant laissé traîner à côté de mon lit. Puis elle me prenait à part et me recommandait, très gentiment, d'être plus soigneux quand je jouais.

— Tu es trop pris par ton jeu et ton imagination, Lionel. Tu dois réfléchir aux conséquences.

Un soir, pendant que je faisais mes devoirs, elle entra dans la chambre avec un bocal rempli d'araignées mortes à la main, et me dit que je l'avais laissé dans la réserve à côté des pots de confiture. Je me souvenais d'avoir vu Lionel faire ça, mais je n'avais jamais rien fait de pareil. Et pourtant, je n'osai rien nier.

Et un jour, pendant que je faisais pipi dans la salle de bains, dont j'avais laissé la porte ouverte, maman vint jeter un coup d'œil dans ma chambre. Je l'entendis pousser un cri et me dépêchai de finir. Elle me fit la leçon.

Les garçons ne s'assoient pas pour faire pipi, Lionel. Tu veux que les gens se moquent de toi ? Les garçons font ça debout.

J'en restai bouche bée, ne sachant que dire ni que faire. Je n'avais jamais réfléchi à ça.

— Pense toujours à relever le siège des toilettes, m'avertit-elle. Ton père oubliait souvent. Ah, les hommes et les garçons ! s'exclama-t-elle en secouant la tête.

Je ne savais pas ce que j'étais censée faire, mais la fois suivante je relevai le siège et me plaçai le nez au mur, un pied de chaque côté de la cuvette. Ce n'était pas très confortable, mais j'y arrivai. Quand elle me vit faire cela, quelque temps plus tard, maman fut très satisfaite. Le jour même, elle annonça qu'elle avait eu un entretien très agréable avec sa grand-tante Sophie, dont la fille était morte très jeune à cause d'une malformation cardiaque. D'après maman, la chirurgie du cœur n'avait pas encore les moyens qu'elle avait développés depuis, à cette époque-là.

— Elle m'a réconfortée, me confia-t-elle. Je me sens plus capable de supporter la perte de ma propre fille. J'ai beaucoup de chance d'avoir pu lui parler.

Malgré toute la peine que je me donnais, et la satisfaction manifeste de maman, le monde des esprits ne s'ouvrait pas pour moi comme j'étais en droit de l'espérer, surtout après les expériences répétées de maman. J'avais peur de lui demander pourquoi, peur de dire quoi que ce soit, peur qu'elle ne me critique à propos d'une chose que je faisais ou que j'oubliais de faire. Ou, pire encore, d'une chose que j'avais faite.

Sois patiente, me répétais-je sans cesse, fais ce que maman te demande. Ce ne serait sûrement plus très long, maintenant. Papa reviendrait à moi. Et la merveilleuse lignée des esprits familiaux, mon héritage maternel, serait mienne, elle aussi. Nous formerions à nouveau une famille heureuse.

Un après-midi, cependant, alors que maman se promenait dans les prés en parlant avec ses esprits, l'ennui me gagna et j'eus l'idée de monter dans la petite chambre de la tourelle. C'était là que toutes mes affaires avaient été entreposées. Imprévue, et pourtant chaleureuse, une étrange nostalgie s'empara de moi. Tout d'abord, ce fut comme si Lionel était venu revoir les anciennes possessions de sa sœur, et avait compris tout à coup à quel point elle lui manquait.

Je restai là, les mains aux hanches, dans une attitude qu'il avait souvent, et inspectai la pièce. Voilà une bonne occasion de devenir Lionel, raisonnai-je. Pense comme il aurait pensé. Vois les choses comme il les aurait vues.

Ce fut plus facile que je ne l'aurais imaginé.

Comme je voudrais pouvoir la taquiner, à présent, pensai-je tout naturellement. Je serais même gentil avec elle. C'étaient sûrement les plus beaux jours de ma vie, ceux où nous jouions ensemble, où nous « faisions semblant », où nous inventions un monde magique. Et elle m'aidait si souvent à faire mes devoirs ! J'ai besoin d'elle. J'ai besoin de Céleste.

Je réussis plutôt bien à imaginer les pensées de Lionel, tout en observant ce qui m'entourait ; jusqu'au moment où je m'accroupis près d'un carton et l'ouvris, pour découvrir toutes les poupées entassées. Totalement imprévisibles, une chaleur et une émotion bouleversantes m'assaillirent telle une marée.

Papa m'avait offert deux poupées de chiffon anciennes, quand j'avais eu la varicelle. Il affirmait que c'étaient deux créations authentiques d'un artiste écrivain nommé Johnny Gruelle, qui les avait baptisées Ann et Andy, et qu'elles dataient de 1915. Papa était emballé par ces poupées. Il restaurait une vieille demeure quand il les avait découvertes dans la cave. Elles n'intéressaient pas le propriétaire. Et en apprenant que papa avait une petite fille malade, il lui dit qu'il pouvait les prendre.

— J'ai accepté sans hésiter, me raconta papa. L'homme n'avait aucune idée de ce qu'il me donnait. Ces poupées ont beaucoup de valeur, Céleste.

Ce sont de véritables antiquités. Prends-en grand soin.

Quelle que fût leur valeur, Lionel les trouvait sans intérêt car leurs yeux ne bougeaient pas, et aucun mécanisme ne permettait de les faire marcher ou parler. J'essayai de les voir de la même façon, mais ce me fut impossible. Le souvenir d'avoir joué avec elles, du sourire de papa, d'avoir dormi à leur côté, tout me revint d'un coup comme si j'avais ouvert les vannes d'une écluse. Ce fut plus fort que moi, je les serrai dans mes bras. Elles m'étaient tellement précieuses !

J'avais dû faire du bruit en remuant les cartons. Maman était rentrée, m'avait entendue et s'était hâtée de monter, pour me découvrir assise par terre, les poupées serrées sur mon cœur et les yeux fermés, en train de me balancer doucement. Son hurlement fit voler mes souvenirs en éclats. Et j'eus le souffle coupé en la voyant sur le seuil, les yeux exorbités de frayeur et de rage.

— Qu'est-ce que tu fais là ? Qu'est-ce que tu fabriques avec ces poupées ?

Je ne savais pas trop quoi dire et j'improvisai :

— C'est plus fort que moi, maman. Céleste me manque.

Ma réponse la calma pour un moment, mais cela ne fut pas suffisant. Comme si une idée se faisait jour en elle, son visage s'éclaira. Elle hocha la tête, acquiesçant à ses propres pensées, puis se rua dans la pièce et m'arracha brutalement Ann et Andy.

— Suis-moi, ordonna-t-elle en s'élançant dans

l'escalier, tenant une poupée par le cou dans chaque main, comme elle tenait nos poulets quand elle venait de leur couper la tête.

Je la suivis, le cœur cognant à grands coups sous mes côtes. Une fois en bas, elle bondit littéralement jusqu'à la porte et sortit. Puis elle courut jusqu'à la resserre à outils, empoigna une bêche et me la jeta.

— Par là, m'indiqua-t-elle.

Nous contournâmes la maison côté est et nous en éloignâmes dans cette direction, jusqu'à ce qu'elle me dise de m'arrêter et de creuser un trou. Elle resta là pour me surveiller. Elle voulait que ce trou soit profond, et j'eus du mal avec certains gros cailloux, mais elle ne bougea pas et ne proposa pas de m'aider. Puis, quand elle estima la profondeur suffisante, elle jeta Ann et Andy dans le trou.

— Céleste est morte ! Elle est morte ! Et ses poupées devraient l'être aussi, du moins pour toi, me dit-elle d'une voix sévère. Enterre-les et oublie-les pour toujours. J'espère qu'il n'est pas trop tard, ajouta-t-elle en jetant des regards inquiets autour d'elle.

Je n'avais aucune idée de ce qu'elle entendait par « trop tard », mais cela me fit peur et je travaillai aussi vite que j'en étais capable. Quand j'eus terminé, elle tassa la terre à coups de pied vigoureux, m'ordonna d'aller ranger la bêche dans la resserre et regagna la maison.

Un peu plus tard, je la trouvai au salon, en train de se balancer dans le vieux rocking-chair, devant la fenêtre. À mon entrée elle se retourna, le visage aussi convulsé de rage que lorsqu'elle m'avait découverte dans la tour.

— À cause de ce que tu as fait, siffla-t-elle, ils se sont retirés dans les ténèbres. Ton père lui-même s'est tapi dans l'ombre. Qui sait s'ils reviendront jamais ? ajouta-t-elle avec colère.

— Je te demande pardon, maman.

— Ne pleurniche pas comme une fillette, Lionel. Il est temps que tu essaies de devenir comme ton père, plein de force intérieure. Tu veux ressembler à l'homme qu'il était, non ?

Je hochai la tête avec empressement, et maman ajouta :

— Bien. Va casser du bois jusqu'à ce que je te dise de rentrer.

Nous nous faisions livrer le bois, depuis quelque temps, mais il fallait refendre les bûches pour qu'elles puissent sécher correctement. C'était mon travail.

— L'hiver sera rigoureux, cette année, reprit maman. Il nous faudra deux fois plus de bois que l'année dernière, à ce qu'on m'a dit. Allez, vas-y !

Elle se retourna vers la fenêtre et je sortis, la tête basse.

Je travaillai plus dur et plus vite que jamais, jusqu'au moment où je m'aperçus que ma main gauche saignait. Je m'étais arraché un grand lambeau de peau. L'écorchure me brûlait, mais je continuai. De temps en temps je m'autorisais une petite pause, fouillais la prairie du regard, puis la forêt, scrutant chaque zone d'ombre. Mais je ne voyais rien d'autre que de vagues parcelles de ténèbres, indistinctes et sans forme.

— Pardon, m'excusais-je à mi-voix. Pardon, papa.

Et à la moindre larme qui pointait sous mes paupières, je me hâtais de m'essuyer les yeux. Je ne voulais à aucun prix que maman me voie pleurer.

— Un grand garçon ne pleure pas, me répétait-elle régulièrement depuis la tragédie. Quand tu as mal, enferme ta souffrance dans ta main comme si tu attrapais une mouche et serre le poing, serre-le très fort. Ça t'endurcit à l'intérieur, là où tu en as besoin, et peu à peu cette force sort de toi et te cuirasse à l'extérieur. Un jour, tu auras une carapace aussi dure que celle d'une tortue, affirmait-elle.

Je levai la hache, fendis une nouvelle bûche. J'arrivais souvent à les fendre en deux d'un seul coup, maintenant. Quand maman me voyait réussir, elle souriait et me disait :

— Quand tu travailles comme ça, Lionel, tu es le portrait craché de ton père.

Je voulais la voir à nouveau me sourire ainsi. Je continuai à couper mon bois, et chaque fois que ma hache frappait une bûche je récitais : « Céleste est morte. Ann et Andy aussi, et ils sont partis pour toujours. »

Les jours passèrent, les mois aussi, je ne retournai jamais à l'endroit où Ann et Andy étaient enterrés. Je m'arrangeais pour l'éviter, et bientôt l'herbe sauvage y poussa si vite, si haut et si dru qu'on ne distinguait plus l'emplacement. Maman s'en réjouit. Une fois de plus, elle se réinstallait dans le confort de son univers.

J'étudiai, je passai mes tests avec succès, je grandis et pris des forces. Un jour, maman m'annonça que les esprits, s'ils avaient été effrayés par quelque chose qu'ils avaient vu ou entendu, sortaient à nouveau de l'ombre. Après cela, pas un jour ne se passa sans qu'elle ne parle à l'un d'entre eux. Et un soir, elle se mit tout à coup à parler de Céleste. Elle me révéla qu'elle avait fini par la voir.

Je rentrais, après avoir été donner du grain aux poules, quand elle surgit dans le hall, les yeux brillants d'excitation.

— J'étais en train de mettre du linge dans le séchoir, commença-t-elle, quand j'ai senti une présence. Je me suis retournée, et là, je l'ai vue : elle me regardait en souriant.

Mon pouls s'accéléra. L'esprit de Céleste était dans la maison ? Comment était-ce possible ? Avions-nous vraiment échangé nos âmes, Lionel et moi ? Était-ce maman qui avait fait arriver tout cela ?

— C'était tellement merveilleux ! s'écria-t-elle en me serrant dans ses bras.

Je fus prise d'un tremblement incontrôlable, mais elle ne s'en aperçut pas.

— J'en suis très heureux, maman.

— Je sais, je sais. Je m'étais fait tellement de souci à propos de tout ça, Lionel. J'avais peur qu'elle ne soit punie pour quelque chose, ou que ce soit moi. Personne ne pouvait rien me dire. Vois-tu, mon trésor, il y a encore plus de mystères dans le monde des esprits que dans le nôtre. Et il y a de bonnes raisons pour ça, quand on y réfléchit...

Maman reprit soudain son ton professoral.

— Nous, nous avons la science qui nous aide à comprendre certaines choses. Je peux répondre à toutes les questions que tu me poses sans arrêt sur les insectes, les animaux en général, les oiseaux et les plantes. Et toi-même, tu seras bientôt capable de trouver toutes ces réponses dans tes lectures. Mais dans le monde des esprits...

« Pour eux, c'est très différent. D'après ce qu'ils me disent c'est comme s'ils marchaient presque tout le temps dans les nuages. C'est agréable, cela n'a rien d'inquiétant, mais c'est si vaste... Et on ne peut plus rien toucher, on n'a plus de contact avec rien. La pauvre Céleste paraissait assez frustrée de ne plus pouvoir m'aider, comme elle l'avait toujours fait. Mais je lui ai rappelé que dans le monde où elle vivait désormais, plus rien ne la dérangerait jamais, et qu'elle devait quitter celui-ci. Là-bas...

Maman marqua une pause et sourit.

— Là-bas, rien n'est frustrant, rien n'est déplaisant. Elle semblait un peu désorientée, mais je suis sûre qu'elle s'adaptera. Du moins je l'espère, pour son salut comme pour le nôtre, ajouta-t-elle pensivement. Sinon...

Je retins mon souffle, comme autrefois lorsqu'elle arrivait à la fin d'une merveilleuse histoire, dont nous ignorions si elle se terminerait bien ou mal.

— Sinon quoi, maman ?

— Laissons cela, dit-elle d'un ton bref. Tout s'arrangera. Elle se trouvera très bien là où elle est.

Maman semblait toujours très contente de ce qu'elle savait ou apprenait sur l'autre monde, et cela m'inquiétait souvent. J'avais peur qu'elle ne l'aime trop et qu'elle me quitte. Elle dut lire cela sur mon visage, car elle me promit de ne jamais me quitter.

— Je resterai à tes côtés tant que tu auras besoin de moi, Lionel. Oui, au moins jusque-là.

Ce qui voulait dire quand, au juste ? J'étais incapable de l'imaginer.

Maman et moi resterons toujours ensemble, décidai-je, toujours et toujours. Et quand elle mourra, je mourrai aussi. Que deviendrais-je, sans elle ? De son côté, je suis sûre qu'elle pensait la même chose. Que ferait-elle sans moi ?

Bien sûr, je redoutais toujours qu'un matin elle ne se réveille et ne voie plus Lionel en moi. Que je fasse de mon mieux, que j'aie pris des forces n'y changerait rien. Elle serait incapable de le retrouver en moi et me haïrait encore plus, car à ses yeux, ce serait ma faute s'il avait disparu de sa vie pour toujours. Cette seule idée me donnait des cauchemars.

— Où est-il ? me demandait-elle dans ces mauvais rêves. Comment est-il tombé de ce rocher ? Raconte-moi encore comment c'est arrivé. Dis-moi tout, jusqu'au plus petit détail.

— Il s'est un peu trop penché en arrière, c'est tout, répondais-je, mais alors ses yeux lançaient des flammes.

Telles deux lampes torches, ils débusquaient tout ce que j'avais tenu caché.

Si je n'avais pas empoigné sa canne à pêche, si je n'avais pas joué au tir à la corde avec lui, Lionel serait-il tombé ? Avais-je tiré ou poussé ? Avais-je souhaité qu'il tombe ? Dans mes rêves, la question semblait venir de maman, et non de moi, et à chaque fois je me réveillais en frissonnant.

Chacun des meubles anciens de la maison ne gardait-il pas en lui l'esprit de nos ancêtres, de tous ceux qui avaient vécu ici avant nous ? De même, le lit de Lionel conservait son esprit. Et cet esprit entrait en moi, tout comme celui du grand-père Jordan entrait en maman quand elle se balançait dans son rocking-chair. Je regardai le lit dépouillé de Céleste. Que se passerait-il si je voyais tout à coup son esprit sur ce lit ? J'étais sûre qu'elle sourirait, très contente d'elle-même.

— Tu m'as poussé, l'accuserais-je. Tu n'as pas tiré sur la canne. Tu l'as poussée et tu m'as fait basculer en arrière.

Son sourire s'effacerait instantanément, comme il le faisait dans mon imagination en ce moment même, et comme elle disparaissait aussi.

— Tu mérites de disparaître, criai-je à sa place vide. Tu mérites d'être morte avec toutes les poupées !

C'était ce que pensaient les esprits, ce que pensait maman, et il en serait ainsi. Céleste était morte. Elle était morte. Elle ne pouvait plus me présenter son visage coupable. Aussi surprenant que cela puisse paraître, cela me faisait du bien.

Maman ne verrait plus que Lionel quand elle me regarderait, me rassurais-je. Elle ne serait jamais déçue.

Tout se passerait bien.

Et pendant très longtemps tout se passa bien, même quand nous quittions la propriété pour aller faire des courses ou pour d'autres nécessités. Je sais que maman était plus inquiète que d'habitude quand elle me conduisit à l'école pour passer mes tests, les premiers depuis ces événements tragiques. Elle appréhendait toutes sortes de complications, mais M. Camfield se montra plus aimable avec nous qu'elle ne s'y attendait. Il s'efforça d'être accommodant, intervint pour que nous ayons les résultats le jour même, et complimenta maman sur les progrès que j'avais faits en dépit de nos épreuves.

— En général, les jumeaux ont tendance à régresser en pareilles circonstances, observa-t-il. Votre fils, lui, a progressé, ce qui est d'autant plus remarquable. Je souhaite vivement que vous reconsidériez votre décision, et que vous reveniez à l'enseignement public, madame Atwell. Vous êtes une excellente pédagogue.

— Nous verrons, répondit maman, satisfaite du compliment et de moi aussi, mais je connaissais trop bien ses « nous verrons ».

C'étaient des promesses creuses : jamais elle ne reprendrait un poste dans l'enseignement public. Jamais. Je le savais.

Et pourtant, je ne pouvais pas m'empêcher d'espérer qu'elle le ferait. Quand nous quittâmes l'école, cette première fois depuis la disparition de Céleste, je me retournai pour la regarder, tout comme Lionel l'aurait fait lui-même. Mon attitude exprimait le désir d'être sur le terrain de football, la répugnance à m'en aller, l'envie de pénétrer dans les salles de classe. Et j'avais le même sourire que lui lorsqu'il entendait les cris des élèves. Dans la voiture, le nez collé à la vitre, je dévorai des yeux le monde que j'avais à peine entrevu. Si quelqu'un m'avait observée, il aurait sûrement pensé que j'avais l'air d'une mendiante affamée devant l'entrée d'un restaurant.

— Ne les regarde pas avec ces yeux-là ! me rabroua maman. Ils n'ont pas autant de chance que toi, Lionel. Un jour, tu comprendras la valeur de ce que tu as. Tu verras combien c'est merveilleux.

Je ne demandais qu'à la croire, mais qu'est-ce qui aurait pu être aussi merveilleux que d'avoir des amis de mon âge, d'aller à des fêtes, des soirées ou au cinéma ensemble ? Ne pouvais-je pas avoir tout cela et connaître le monde des esprits en même temps ? N'était-il pas suffisant de garder le secret, tout simplement ?

Peut-être était-ce parce que j'étais trop solitaire, ou parce que j'accomplissais si bien tout ce que maman et les esprits attendaient de moi, mais j'aurais pu jurer que je commençais à les entrevoir à nouveau. Au début, ce ne furent que des formes, puis je vis nettement des visages me sourire. J'en parlai à maman, car je savais qu'elle voudrait le savoir, et elle en fut très heureuse. Et pourtant je ne pus rien dire de plus, car je n'avais parlé à aucun d'eux et aucun d'eux ne m'avait parlé.

— Tout va s'arranger pour nous, Lionel, affirma-t-elle. Sois patient, c'est tout. Fais seulement ce que tu as à faire et crois en eux. Quand ton cœur sera plein de foi, tout se passera comme cela s'est passé pour moi, ajouta-t-elle.

Puis elle me raconta cette première fois où elle avait vu l'un des esprits de la famille. Sa mère et sa grand-mère l'avaient préparée à cette vision, qu'elle me décrivit.

— Et tout s'est passé comme elles l'avaient dit. Un jour, une ombre a pris la forme d'un esprit, comme c'est arrivé pour toi. C'était celui de mon aïeule Elsie. Elle était encore plus contente d'être visible pour moi que moi de la voir. Ils ont besoin de se sentir à nouveau entiers, et rien ne peut mieux leur donner ce sentiment que de voir l'un de nous traverser la frontière entre nos deux mondes, mon chéri.

À l'entendre, comme tout cela paraissait agréable, extraordinaire ! Et comme j'avais hâte de connaître à nouveau cette expérience, maintenant et pour toujours, et surtout de parler avec eux. J'étudiais la moindre volute de fumée. Je scrutais le brouillard. J'observais la lente avancée du crépuscule, venant de la forêt. J'écoutais et j'attendais. Patienter ne m'était pas facile, surtout parce que j'avais peur d'être indigne d'eux, et de passer le reste de ma vie sans rien voir ni entendre de tout ce qu'ils avaient à offrir.

Peut-être était-ce pour cela que le temps s'écoulait aussi lentement pour moi. Chaque jour ressemblait au précédent, malgré la quantité de tâches, dont me chargeait maman. Quand je faisais une pause et me plongeais dans un livre, elle m'ordonnait aussitôt d'aller cueillir des myrtilles ou des fraises des bois, ou d'aller ramasser quelques œufs. Recueillir le sirop d'érable était aussi un travail important, chez nous.

Quelque temps plus tôt – enfin : cela faisait déjà assez longtemps, maintenant – papa nous avait montré comment inciser un érable pour obtenir la sève. On la laissait couler dans de petits récipients, cela s'appelait saigner l'arbre. Notre tâche consistait à faire le tour des érables et à transvaser la sève dans un grand pot, pour la faire bouillir jusqu'à ce qu'elle devienne le sirop que nous mettions sur les crêpes. Ce travail était déjà pénible pour nous deux. Mais maintenant il n'y avait plus que moi pour m'en charger, y compris la cuisson du sirop.

Je sais que le travail m'endurcissait. C'était moi qui tondais la pelouse, qui ratissais les feuilles, qui retournais la terre pour replanter. Je faisais aussi la corvée de bois. J'avais de plus en plus de bûches à refendre, je peignais, je réparais, je nettoyais le poulailler. De temps à autre, le facteur ou un livreur m'apercevait dans les champs, et faisait remarquer à maman combien j'avais grandi.

— Un beau petit gars que vous avez là, madame Atwell, dit un jour l'un d'eux à maman, en me regardant transporter dans la grange les cartons de semences que nous avions commandés.

Elle répliqua non sans fierté :

— Oui, ce sera un vrai jeune homme, bientôt. Qu'est-ce que je deviendrais sans lui ?

L'homme eut un hochement de tête compréhensif, comme tous ceux à qui elle tenait le même discours. Maman avait besoin qu'on l'aide à vivre. Tel un feu étouffé sous la cendre du malheur, elle avait besoin qu'on ravive sa flamme.

Pendant près d'un an après la tragédie, elle erra comme une âme en peine à travers la maison, dans une robe d'intérieur défraîchie et de vieilles chaussures. Elle avait les cheveux en désordre, le visage blême. Elle évitait le plus possible de quitter la propriété, mais quand nous allions faire des courses elle se souciait fort peu de son apparence, ou même pas du tout. Les gens semblaient trouver cela normal, d'ailleurs. La tristesse l'enveloppait telle une robe de deuil. Ses regards, ses soupirs proclamaient qu'elle avait subi une perte terrible. Sa petite fille lui avait été arrachée brutalement, et qui pouvait savoir ce qu'on lui avait fait ? Qui avait pu l'enlever ? La question restait sans réponse, bien que les soupçons concernant notre infortuné voisin, Gerson Baer, ne fussent pas totalement dissipés. Toutefois, plus je prenais des forces, plus j'abattais d'ouvrage, et plus maman semblait heureuse et en bonne santé. Quand on la complimentait sur moi, ses idées noires s'envolaient. Elle recommença à porter de jolies robes, prit soin de ses cheveux, et même, elle se maquilla légèrement pour aller faire des courses avec moi. Je voyais la façon dont les hommes la regardaient, et je savais que certains d'entre eux l'appelaient parfois pour lui demander de sortir avec eux. Mais elle les repoussait tous, comme on chasse des mouches importunes d'un geste de la main.

Elle trouvait son bonheur à s'occuper de la maison, lire, coudre ou tricoter, faire la cuisine, travailler avec moi au potager ou dans son jardin d'herbes médicinales. Pendant ce temps-là je l'écoutais parler de sa jeunesse, citer les interminables histoires de sa grand-mère sur la Hongrie et les bohémiens, vanter les merveilleux remèdes de sa mère, qui guérissaient tout. À nouveau, elle évoquait le fameux jour où papa était venu à la maison réparer le toit. Je devais prendre garde à ne pas poser les questions que posait toujours Céleste. Puis elle me parlait d'elle et de papa, de la cour qu'il lui avait faite et de sa demande en mariage.

Elle affirmait que cela n'avait pas d'importance si elle se répétait souvent, car il aimait qu'elle me raconte des anecdotes à son sujet.

— Les morts veulent qu'on se souvienne d'eux, Lionel. Ils espèrent entendre prononcer leur nom. C'est comme un son de cloche, pour eux. Où qu'ils soient, ils dressent l'oreille et viennent à nous, rien que pour nous entendre parler d'eux.

Un jour, elle me confia en baissant la voix :

— Quelquefois, je le fais délibérément dans ce but pour qu'il apparaisse. Il le sait mais ça lui est bien égal.

Elle se livrait de plus en plus à ces réminiscences, à mesure que les années passaient, dans cette solitude à deux où nous travaillions côte à côte, et où nous nous réconfortions mutuellement. Nos journées étaient toujours bien remplies. Nous étions comme deux abeilles qui faisaient le travail de toute la ruche. Si quelque chose cassait, nous nous efforcions de le réparer nous-mêmes. Pour maman, rien ne semblait plus important que de tenir les étrangers à l'écart de chez nous et de notre vie. Elle disait qu'ils créaient des perturbations dans l'air et nous coupaient du monde des esprits. J'appris donc à colmater un tuyau qui fuit, à déboucher les sanitaires, à nettoyer les gouttières pleines de feuilles, et même à raccommoder les fils électriques. Ce que maman ne savait pas déjà faire, nous l'apprenions dans les livres qu'elle empruntait à la bibliothèque ou qu'elle se procurait en librairie.

À chaque tour de clé à mollette, chaque coup de marteau, je sentais mes bras se durcir et mes épaules s'étoffer. Malgré ma petite stature, mes traits délicats et mes mains fines, je finis par me construire une silhouette solide, plus nerveuse que musclée, sans doute, mais certainement plus vigoureuse que celle de la plupart des jeunes de mon âge ; et très différente, en tout cas, de celle des autres filles. Aucun doute là-dessus.

Parfois, maman m'observait longuement, à quelques pas de distance. Je la voyais remuer les lèvres, puis tourner la tête vers quelqu'un qui se tenait à côté d'elle. De toute évidence, on m'admirait, et cette admiration renforçait ses liens avec ceux qu'elle chérissait.

Le soir, après m'être couchée, presque toujours à moitié morte de fatigue, j'entendais sa voix assourdie au rez-de-chaussée. La plupart du temps, elle s'adressait à papa. J'étais tentée de me lever, curieuse de savoir si je le verrais aussi, mais elle m'avait déjà mise en garde : les esprits n'aimaient pas qu'on l'espionne. Et je restais là, attendant sans cesse le jour, ou la nuit, où je reverrais papa près de moi, où je l'entendrais enfin me parler comme il lui parlait à elle.

De temps à autre je l'entrevoyais du coin de l'œil, tout près de moi, qui me regardait travailler et souriait. Mais si j'essayais de lui parler, il disparaissait. J'en informai maman, qui déclara que c'était normal.

— Un jour, il se mettra tout simplement à te parler, tu verras.

Tout allait si bien maintenant que je ne doutais pas de sa prédiction. Même les anniversaires se passaient bien, à présent. Des anniversaires où autrefois tout se faisait en double, et où désormais il n'y avait plus que moi. Au cours des tout premiers qui avaient suivi l'accident, maman me dit que papa et Céleste étaient là, et qu'ils se tenaient par la main. Je ne les vis ni l'un ni l'autre. J'avais cru voir papa au cours d'une de ces fêtes, mais c'était au temps où Céleste vivait dans notre monde. Je suis Lionel, me remettais-je en mémoire, et j'ai encore beaucoup de chemin à faire. Je m'en plaignais, et une fois de plus maman me promettait que c'était pour bientôt.

— Patience et foi, répétait-elle. Patience et foi. Fais ce que tu as à faire, mon chéri, et tout deviendra vrai.

Jusqu'au jour où, tel un éclair surgi de la réalité qui nous entourait de toutes parts, une prise de conscience soudaine me glaça d'effroi, corps et âme. C'était un matin. Cela commença par une douleur légère, presque inaperçue. Je baillai, passai lentement la main sur ma poitrine... et m'assis brusquement, sous le coup de la surprise. Je me tâtai encore, des deux côtés. Puis je me levai pour aller me regarder dans la glace. Il n'y avait plus aucun doute.

Ma poitrine avait commencé à pousser.

J'avais onze ans à présent, j'allais en avoir douze dans quelques mois seulement. Quand nous avions cinq ans, maman avait insisté pour nous enseigner l'anatomie. Papa trouvait que nous étions trop jeunes, mais maman soutenait que l'enseignement public avait tort de traiter le corps humain comme un film classé X.

Avant la fin de cette année-là, Lionel et moi faisions toutes sortes de choses ensemble que nous ne fîmes plus par la suite. Nous prenions notre bain ensemble. Nous allions aux toilettes et nous nous habillions sans nous cacher l'un de l'autre. J'imagine que nous étions comme Adam et Ève avant qu'ils ne croquent la pomme.

Après les cours de maman, nous évitâmes soigneusement de faire n'importe laquelle de ces choses en présence l'un de l'autre. Maman affirmait qu'il était naturel d'être pudique et que c'était une bonne chose.

— La honte préserve du péché, déclarait-elle, mais nous ne comprenions pas très bien ce que cela signifiait.

Nous savions seulement que nous étions mal à l'aise, désormais, en faisant ce qui nous semblait tout naturel avant, quand nous ne savions pas encore en quoi nous étions différents.

Quand Lionel apprit que le corps féminin produisait des ovules, c'est-à-dire des œufs, il trouva cela très drôle. Il se moquait souvent de moi en venant fouiller mon lit le matin, pour voir si j'avais pondu. Je me plaignais et je pleurais. Je sais qu'avant l'accident, maman envisageait de nous séparer. Elle comptait transformer la lingerie en chambre pour l'un de nous deux, mais cela ne se fit jamais.

Je crois que ce qui me surprit le plus, quand j'eus découvert ces bosses qui me poussaient sur la poitrine, c'est d'avoir pu oublier que cela devait arriver. Il y avait si longtemps que je ne m'occupais plus de ce qu'on appelle des histoires de filles. Je ne crois pas m'être jamais souciée d'être jolie ou de faire bon effet. Peu de temps après que Lionel se fut cassé la jambe, maman avait débranché la télévision et rangé le poste dans le débarras, sous une bâche. Nous n'avions pas de magazines. Les seuls moments où je me préoccupais de ces histoires de filles, c'était quand nous allions faire des courses. J'avais juste le temps d'entrevoir des magazines, de voir des filles dans les boutiques ou dans les rues, et aussi, une fois par an, à l'école.

Je les regardais comme des créatures étrangères, pratiquement extraterrestres. J'avais peur que maman ne lise mon désir dans mes yeux, et je m'efforçais de ne pas les observer longtemps, ou de ne pas me laisser surprendre en train de le faire. Il faut dire que j'étais tellement différente d'elles, maintenant. Je n'étais ni chair ni poisson, quelque chose d'indécis flottant dans le vague, attendant d'atterrir et de devenir quelqu'un.

Dans les magasins, il arrivait que les filles me regardent d'une certaine façon, qui n'était pas seulement de la curiosité. Je le lisais sur leurs visages. Que voyaient-elles lorsqu'elles m'observaient ainsi ? Reconnaissaient-elles en moi quelque chose d'elles-mêmes, quelque chose que je ne pouvais ni changer ni cacher ? Cela me terrifiait. J'imaginais l'une d'elles, ou même un garçon, pointant le doigt sur moi en riant.

— C'est quoi exactement ? Ni un garçon ni une fille, s'écrieraient-ils tous à la fois, et je m'enfuirais.

Maman serait anéantie.

La meilleure façon d'éviter cela était de regarder ailleurs et de ne jamais, jamais y penser. Pendant un certain temps, la méthode avait bien fonctionné, et voilà qu'il m'arrivait... cela. Je ne pouvais pas m'empêcher de penser que mon corps me trahissait, nous trahissait tous. Comment Céleste pouvait-elle insister ainsi pour revenir dans ce corps ? N'avais-je pas été obligée d'assister à son enterrement dans le vieux cimetière, mais aussi de l'enterrer au plus profond de moi-même ? Je ne m'autorisais même plus à rêver d'elle.

Pendant un moment, je songeai à couper ces germes de seins, étouffant Céleste avant qu'elle puisse seulement penser à ouvrir les yeux en moi. Je pris même un couteau pour m'amputer moi-même, mais j'en fus incapable. Au lieu de quoi, je fis ce que maman détestait me voir faire : je pleurai. Elle m'entendit en passant devant ma chambre, et elle ouvrit la porte.

— Qu'est-ce qui t'arrive ? m'interpella-t-elle. Qu'y a-t-il d'assez grave pour qu'un solide gaillard, presque un jeune homme, pleure comme un bébé ? Eh bien ? Réponds !

J'étais assise sur mon lit, ne portant que mes sous-vêtements. Je me retournai pour qu'elle voie ma poitrine bien en face. Elle ouvrit des yeux ronds mais ne dit rien.

Que fallait-il comprendre ? Est-ce qu'elle était fâchée contre moi ? Les esprits n'allaient-ils plus jamais me parler ?

Elle ne poussa pas les hauts cris mais hocha lentement la tête.

— Une fois, Grandma Jordan m'a parlé d'un cas semblable dans notre famille, un garçon qui se transformait en fille. Je sais qu'on peut lutter contre ça, il faut que j'étudie les remèdes. Jusqu'à ce que j'aie trouvé, veille à ne jamais ôter ta chemise quand tu es dehors, me recommanda-t-elle.

Je ne le faisais jamais, de toute façon.

— Et arrête de brailler comme un bébé, reprit-elle sévèrement. Nous avons un problème, nous résoudrons ce problème. C'est ce que nous avons toujours fait, Lionel. Maintenant, habille-toi et commençons notre journée.

Là-dessus, elle s'en alla, me laissant toute seule pour tirer mes conclusions. À savoir que ma sexualité était devenue ma maladie, mon handicap, un fardeau dont il fallait que je me débarrasse.

Elle essaya différents remèdes sur moi, des décoctions d'herbes médicinales et même des baumes. Il me sembla que les poils de mes bras devenaient plus sombres et plus épais, mais à part ça rien ne changea. En fait, ma poitrine continua de pousser. Chaque matin, en m'éveillant, j'observais mon torse. Un jour où je ne l'avais pas entendue venir, maman me surprit en train de caresser mes mamelons. Elle hurla.

— Arrête ! Tu dois nier leur existence. Tu dois les forcer à disparaître sinon… sinon…

Elle ne parvint pas à formuler ce qui se passerait si je n'y arrivais pas, mais je ne devinais que trop bien sa pensée. Les mots étaient comme gravés dans ma tête : « Sinon, Lionel mourrait une deuxième fois. »

Elle alla chercher un rouleau de gaze, dont elle se servit pour bander mes seins naissants. Elle fit de nombreux tours, pour être certaine que je ne pourrais rien voir au travers, puis elle fixa le tout avec de l'adhésif et recula pour contempler son œuvre.

— Pendant quelque temps, c'est moi qui changerai ton bandage, décréta-t-elle. Et je veux que tu fasses comme s'il n'était pas là. Tu dois l'oublier, c'est compris ?

— Oui, acquiesçai-je.

Ce ne fut pas facile. Certains jours, surtout quand le temps était lourd et chaud, je transpirais et cela me chatouillait terriblement. J'essayais de ne pas me plaindre, mais les démangeaisons étaient parfois si pénibles que je ne pouvais pas toujours m'en empêcher. Un jour maman me vit me gratter, me fit rentrer et monter aussitôt dans ma chambre. Là, elle déroula ma bande, ce qu'elle faisait à intervalles à peu près réguliers. Depuis quelque temps, elle semblait plus mécontente quand elle se reculait pour m'examiner, et je savais pourquoi. Mes formes s'arrondissaient et se développaient.

Elle prit l'un de ses baumes et me frictionna rudement les seins, puis elle remit la bande en place, en serrant si fort qu'une plainte m'échappa. Je ne pouvais presque plus respirer.

— C'est une question d'habitude, affirma-t-elle. Tu t'y feras.

Et de fait, je parvins à ignorer cette sensation d'inconfort. Les démangeaisons s'adoucirent, et je finis par oublier que j'avais le torse bandé. Maman continuait à me faire boire certaines de ses tisanes, et il arrivait qu'elles me rendent malade. Une fois, je vomis toute la journée et fus incapable du moindre travail. Ce jour-là, elle arpenta la maison en se parlant toute seule à voix basse.

— Quelque chose de mauvais est à l'œuvre, finit-elle par me dire, le regard soupçonneux.

Du coup, je me sentis coupable et détournai les yeux. Ma réaction parut confirmer une chose qu'elle pensait. Elle sortit pour aller s'entretenir avec ses esprits.

Puis, une nuit, alors que je dormais depuis longtemps, les lumières se rallumèrent dans ma chambre et je vis maman campée sur le seuil, les yeux hagards.

— C'est Céleste, annonça-t-elle. C'est vrai

qu'elle est venue ici en me souriant, qu'elle est même venue avec ton père, et quelle s'est montrée charmante à ton anniversaire ; mais la vérité c'est que, malgré tout ce que j'ai pu lui dire et que les autres lui ont dit, elle refuse de reposer en paix. Jusqu'à ce qu'elle y consente, je dois la tenir à l'écart de chez nous.

J'étais plus intriguée que jamais.

— Comment pourrons-nous faire ça, maman ?

— Elle ne doit plus revenir à la maison. Il ne faut plus que tu penses à elle. Cela lui ouvre un passage depuis l'autre côté, un portail par lequel elle peut revenir dans notre monde, non comme un esprit bienveillant mais comme un esprit perturbateur. Cela s'est déjà produit. Ma cousine Audrey répugnait tellement à passer dans l'autre monde qu'elle a causé de graves ennuis à ma tante Bella, et de grands tourments. Son fils a été poussé au suicide, révéla maman. C'était la seule chose qui pouvait satisfaire Audrey. C'est seulement après cela qu'elle a pu reposer en paix.

Le suicide ? Un souffle de panique s'insinua en moi. Était-ce le sort qui m'attendait ?

Maman lut ma crainte sur mon visage et s'avança dans la chambre. Elle eut un sourire froid.

— Oui, le suicide. Tu ne vois donc pas, Lionel ? Tu dois la chasser, repousser toute pensée qui la concerne. Ne la laisse pas s'approcher de toi, tu as compris ?

Je fis signe que oui. J'étais si terrifiée que j'osais à peine respirer.

— Demain, je passerai la maison au crible,

annonça maman. J'en ôterai jusqu'au plus petit objet qui lui ait appartenu, ou qui ait pu avoir un rapport avec elle, de près ou de loin. Nous débarrasser de ces poupées de chiffon n'a pas suffi, c'est clair. Je veux que tu creuses une nouvelle tombe au cimetière, derrière celle du bébé Jordan. Tu t'y mettras juste après le petit-déjeuner.

— Entendu, maman.

— À la bonne heure, approuva-t-elle.

Puis elle balaya la pièce d'un regard inquisiteur et, brusquement, s'élança vers l'un des murs pour en arracher une photographie de papa et de nous.

— Chaque photo d'elle, la moindre image, marmonna-t-elle entre ses dents.

Puis elle quitta la pièce, en tenant la photo bien serrée sous son bras.

Je me renversai sur mon lit, le cœur battant... et j'entendis la voix de Céleste : elle m'appelait. Je plaquai les mains sur mes oreilles en hurlant :

— Non !

Maman rentra dans la chambre.

— Qu'y a-t-il, Lionel ?

— Sa voix, articulai-je.

Elle sourit.

— Bien. Parfait, commenta-t-elle. Empêche-la d'entrer.

Puis elle éteignit la lumière et sortit.

Le silence m'apaisa. Je fermai les yeux et m'appliquai à penser strictement comme Lionel, à ne rêver que ses rêves. Une colonne de fourmis rouges défila devant mes yeux, et ce fut en les comptant que je m'endormis.

Maman était déjà au travail quand je m'éveillai, je l'entendais transporter des objets en bas de la tour d'angle.

Je fis ma toilette et m'habillai en toute hâte.

— Nous n'avons pas le temps de déjeuner, me cria-t-elle quand je descendis. Va commencer à creuser.

J'allai chercher la pelle dans la resserre à outils et me hâtai vers le cimetière. Le ciel se couvrait rapidement, de gros nuages noirs arrivaient de l'est. L'air était calme mais pesant, ce qui ne me facilitait pas le travail. Et le sol du vieux cimetière était dur comme du ciment. Tous les dix centimètres environ, je me heurtais à des pierres qu'il me fallait extraire, en me servant de ma pelle comme d'un levier.

Puis il se mit à pleuvoir, légèrement d'abord, à peine une petite bruine, mais qui se changea bientôt en averse. Maman sortit pour venir inspecter mon travail.

— C'est trop lent, déclara-t-elle. Travaille plus vite et plus dur.

La pluie tombait dru, à présent, et le vent s'était levé, rabattant des nappes d'eau sur la propriété. J'étais trempée comme une soupe. Les parois de mon trou mollissaient, se changeaient en boue. La moindre pelletée que j'arrachais du sol était aussitôt aspirée vers le fond. J'avais l'impression de tourner en rond.

— Nous devrions attendre que la pluie s'arrête, fis-je observer à maman.

— Non. Continue.

L'averse durait depuis déjà un bon moment, je dégoulinais, et j'étais si fourbue que j'en perdais l'équilibre. À chaque coup de pelle, je glissais. La terre était bien plus lourde qu'avant, je ne pouvais plus creuser aussi vite. Sur les bords du trou, le sol continuait à s'affaisser. Il y avait même une flaque d'eau dans le fond.

La futilité de l'entreprise fit naître dans les yeux de maman une lueur de pure terreur. Elle fit le tour de la fosse, en cherchant désespérément une nouvelle idée. Puis, en voyant que je n'arrivais à rien, elle me dit d'arrêter. J'avais mal partout, aussi n'accordai-je pas une attention particulière aux douleurs que je ressentais dans le ventre. Nous retournâmes à la maison et, sur la galerie, maman me fit ôter mes souliers boueux et mes vêtements trempés. Je tremblais comme une feuille, à présent. Maman me dit de monter dans ma chambre où elle m'enlèverait mon bandage.

Dans le hall s'entassaient tous les objets qu'elle estimait reliés à Céleste, fût-ce par le lien le plus infime. Il y avait ses vêtements, bien sûr, et tous ses jouets. Mais aussi ses cartes d'anniversaire, les dessins que papa avait aimés et affichés sur le réfrigérateur, ses cahiers, ses stylos et ses crayons ; sa brosse à dents, sa brosse à cheveux, et d'autres choses qui auraient pu appartenir à n'importe qui, comme un savon, ou des gants de toilette. Et même sa descente de lit. Maman débarrassait la maison de tout ce que Céleste avait touché !

291

Je contemplai tous ces objets avec stupeur, puis j'entendis le pas de maman et me dépêchai de monter. Elle me suivit dans la salle de bains et commença à dérouler la gaze, tout en maugréant contre la pluie. La boue avait carrément transpercé mes vêtements et maculé ma peau. Bien qu'ils soient coupés très court, mes cheveux ruisselaient encore.

— Tu vas prendre un bon bain chaud, décida maman. Je n'ai pas envie d'avoir un malade sur les bras en ce moment. Ce qu'il nous faut pour l'instant, c'est…

Elle s'interrompit, les yeux fixés sur moi, et je vis ses traits se convulser. Elle plaqua les deux mains sur sa poitrine, puis sa bouche s'ouvrit, mais aucun son n'en sortit.

Incapable de parler, moi aussi, je pivotai vers le grand miroir fixé au dos de la porte.

Un mince filet de sang coulait à l'intérieur de ma cuisse droite. Et tandis que je m'observais, mon reflet, mes crampes abdominales s'intensifièrent. Soudain glacée d'effroi, je me retournai vers maman. Elle s'avança vers moi, me prit par les épaules et me secoua sans douceur.

— Céleste, proféra-t-elle d'une voix rauque, il faut que tu partes et tu partiras, rien de tout cela n'y changera rien.

Elle alla ouvrir l'armoire à pharmacie et façonna un nouveau pansement de gaze, en forme de serviette hygiénique, cette fois-ci.

— Prends cela pour ce que c'est, une blessure et rien de plus, m'ordonna-t-elle. Une blessure causée par Céleste, et comme n'importe quelle blessure, nous la guérirons.

Elle me fit prendre une douche au lieu d'un bain, puis fixa le nouveau bandage entre mes jambes et me dit de me reposer. Mes crampes devenaient de plus en plus pénibles, je gémissais et je pleurais. Maman glissa sous mon oreiller une branche de romarin – pour chasser les mauvais esprits et la douleur, affirma-t-elle –, et je me sentis glisser dans le sommeil. J'étais si fatiguée que je dormis presque toute la journée.

En m'éveillant, j'eus la surprise de trouver mon lit entouré de bougies allumées. Assise à mon chevet, maman attendait que j'ouvre les yeux. Aussitôt, elle me prit la main.

— N'aie pas peur, et répète après moi. « Céleste, va-t'en, commença-t-elle à psalmodier. Allez, vas-y. Répète.

Je joignis ma voix à la sienne.

La flamme des bougies vacilla.

Au-dehors les nuages gris s'assombrirent, puis se déchirèrent, laissant filtrer un peu de lumière qui vint effleurer notre maison.

— « Céleste, va-t'en », reprit maman, et je répétai l'incantation avec elle, jusqu'à ce que je sente l'esprit de Céleste me quitter, et celui de Lionel revenir.

Tout allait s'arranger, me rassurai-je. Maman ne lâcherait plus jamais ma main. Elle ne me retirerait pas son amour.

Un peu plus tard, quand nous eûmes pris un léger repas, nous retournâmes au vieux cimetière. Cette fois-ci, maman m'aida, et nous parvînmes à creuser la tombe aussi grande et aussi profonde qu'elle le souhaitait. Puis nous allâmes chercher tous les effets et objets qu'elle avait réunis, et les jetâmes dans le trou sombre et boueux.

Nous travaillâmes jusqu'à la tombée de la nuit, et quand tout fut enfin terminé, les étoiles s'allumaient au ciel. Maman passa un bras autour de mes épaules.

— Écoute, Lionel. Écoute bien. Tu les entends ?

— Oui, répondis-je, peut-être un peu trop vite.

Elle tourna la tête et m'observa avec attention. Son visage exprimait à la fois le doute et l'espoir.

— Eh bien ? Qu'est-ce qu'ils disent ?

Je fermai les yeux et écoutai, de toutes mes forces. Parlez-moi, implorai-je. Parlez-moi. Était-ce le vent ? Non, pas seulement le vent. Je distinguais des paroles. Aucun doute : c'étaient des paroles.

— Céleste, va-t'en, répondis-je.

C'était ce que je croyais avoir entendu. Étais-je dans le vrai ? Je rouvris les yeux et vis que maman souriait.

— Tu les entends vraiment ! s'exclama-t-elle. C'est merveilleux. J'ai attendu cela si longtemps !

Elle me prit dans ses bras et me garda longtemps serrée contre elle, puis elle m'embrassa sur le front et me caressa la joue.

— Maintenant, mon chéri, je suis certaine que tout ira bien pour toi.

Elle laissa son bras sur mon épaule quand nous regagnâmes la maison, où l'esprit de papa devait nous attendre dans son fauteuil préféré. Je pourrais peut-être même le voir, qui sait ?

Je l'imaginai en train de me sourire. Comme j'aurais voulu pouvoir à nouveau courir vers lui, me jeter dans ses bras... J'aurais tout donné pour cela.

J'aurais même enterré Céleste un millier de fois.

11

Le garçon d'à côté

En grandissant, ma poitrine se développa encore et je pris l'habitude, le soir, d'ôter moi même ma bande afin d'être plus à l'aise. Maman le savait mais elle me laissait faire, tant que je fus capable de me bander assez serré chaque matin pour m'aplatir suffisamment les seins. Mais cela devenait de plus en plus difficile à faire, en tout cas d'une façon satisfaisante pour elle. Un matin, elle entra dans ma chambre avant que je sois levée. Elle tenait à la main un vieux corset dont elle avait recoupé les bords. Une antiquité qu'avait portée l'une de nos aïeules.

— Assieds-toi, m'ordonna-t-elle.

Puis elle plaça le corset autour de mon buste, de façon que l'ouverture se trouve devant, et commença à le lacer.

— Tu n'auras pas besoin de moi pour mettre ça chaque matin, affirma-t-elle. Tu serreras les cordons autant que ce sera nécessaire.

J'avais du mal à respirer, aussi desserra-t-elle un peu le laçage, mais vraiment très peu.

Depuis, chaque matin elle m'attendait au pied de l'escalier pour me faire subir une inspection sévère. Je la sentais prête à exploser à la moindre erreur de ma part, et j'appris à traiter ma sexualité naissante comme d'autres traitent leurs maladies.

Maman surveillait ma mine, le moindre de mes changements d'humeur éveillait ses soupçons. Si j'avais le visage un peu rouge, elle me faisait avaler une tisane. Apparemment, elle se souvenait des dates auxquelles je risquais d'avoir des douleurs abdominales. Ces jours-là, au petit-déjeuner, je trouvais toujours un de ses remèdes qui m'attendait.

Ma silhouette s'amincissait, je prenais des formes, et maman dut penser qu'un peu d'embonpoint masquerait tout cela. Elle décida que je devais manger davantage.

— Il n'y a rien de mal à ce qu'un garçon ait un peu trop de poids, marmonnait-elle, en me servant une cuillerée de purée supplémentaire, ou en me coupant une seconde part de son gâteau au chocolat.

Mes cuisses grossirent, ma taille s'épaissit. Je ne pouvais pas m'empêcher de trouver déplaisant l'aspect qui devenait le mien. Je savais que Lionel n'aurait pas été gros à mon âge, et que je n'aurais pas dû l'être. Mais si je refusais de manger ce que maman mettait dans mon assiette, elle m'empêchait de quitter la table jusqu'à ce que j'aie fini. Une fois, elle me fit avaler une telle quantité de nourriture que je vomis. Elle me resservit aussitôt la même chose. Et elle resta à table, afin de s'assurer que je ne vomirais pas une seconde fois.

Me regarder dans un miroir était, à ses yeux, la pire chose que je puisse faire. Pour empêcher cela, elle décrocha tous ceux de la maison, même celui de ma salle de bains. Elle m'expliqua que les esprits n'aimaient pas les miroirs, qu'ils étaient malheureux de ne pas y voir leur reflet ; et que nous devions tout faire pour rendre agréable la vie de nos compagnons invisibles. Mais au fond de moi, je savais que son seul souci était que ma nouvelle apparence me déplaise.

— Cesse de te tracasser parce que tu grossis. Travaille plus dur et tes muscles deviendront plus vigoureux, m'encourageait-elle. Ton père n'avait pas ce genre de vanité.

Comme si je lisais dans ses pensées, je la voyais chercher tous les moyens possibles pour que je me sente devenir de plus en plus Lionel en grandissant. Quand j'eus quatorze ans, elle décida que je devais avoir un chien.

— À la campagne, tous les garçons en ont un, affirma-t-elle.

Et nous allâmes à Luzon, un gros bourg situé à environ trente kilomètres au sud, pour visiter une animalerie. Je n'avais aucune idée du genre de chien qui me conviendrait, mais maman estima que, vu les dimensions de la propriété, un Golden Retriever était tout indiqué. Le chiot de quatre mois qu'elle choisit était un mâle, à qui elle trouvait une certaine ressemblance avec un lionceau et qu'elle baptisa Cléo.

Il me sembla que c'était surtout elle qui désirait avoir un chien. Mais quand nous eûmes ramené Cléo à la maison, c'est moi qui devins responsable de lui, et par la même occasion de toutes ses bêtises. Il creusait des trous dans le jardin d'herbes médicinales de maman, par exemple, ou effrayait les poules, ou faisait ses besoins trop près de la maison. À chaque fois, maman m'adressait les mêmes menaces.

— Si tu ne t'occupes pas un peu mieux de cet animal, Lionel, je le renvoie là d'où il vient.

À l'entendre, on aurait pu croire que c'était moi qui avais insisté pour avoir ce chien.

J'avoue que je m'attachai vite à Cléo. Il prit l'habitude de me suivre partout et, quand il eut un an, il était devenu assez gros pour se mesurer à n'importe quel autre animal, y compris à un lynx qui était venu rôder du côté de l'étang. Il reçut de sérieux coups de griffes, mais maman ne l'emmena pas chez le vétérinaire. Elle soigna elle-même les balafres et il guérit très rapidement. Elle ne me fit pas de reproches, et d'ailleurs nous n'avions aucune prise sur lui. Il adorait foncer à travers bois, flairer la piste de toutes les créatures qui creusaient leurs terriers ou se cachaient dans les fourrés. Le voir chasser les lapins de garenne était un vrai plaisir. Il n'en attrapait jamais, mais ne renonçait jamais non plus à tenter sa chance.

Et dès qu'il approchait de l'eau, il se comportait littéralement comme un poisson. Il ne pouvait pas voir la rivière ou l'étang sans courir s'y jeter. Il barbotait, projetait des gerbes d'éclaboussures, remuait la langue et agitait la tête en tous sens. C'était un chien que n'importe quel garçon aurait adoré, je m'en rendais compte. Je pris l'habitude de courir avec lui, je lui appris à rapporter des petites branches et des balles. Je voyais bien, d'ailleurs, que maman prenait grand plaisir à nous regarder jouer ensemble.

Mais si Cléo entrait avec des pattes boueuses dans la maison, j'avais droit à une scène. Et un jour, en découvrant qu'il s'était fait les dents sur l'un des pieds du piano, maman entra dans une rage folle et menaça de nous envoyer tous les deux coucher dans la grange. Elle travailla sur ce pied de piano comme un véritable artisan, jusqu'à ce qu'elle ait effacé toute trace des méfaits de Cléo.

Peut-être que ce chien n'aime pas la musique, invoquai-je comme excuse à sa conduite, mais maman n'était pas d'humeur à plaisanter sur son sacro-saint mobilier. En plus, rien n'était plus éloigné de la vérité : Cléo adorait la musique. Il se couchait à mes pieds quand maman jouait un morceau classique au piano, dressant parfois l'oreille sur quelque note aiguë, comme s'il avait perçu un son vraiment très étrange.

Un jour, en l'entendant aboyer dehors, je sortis pour voir ce qu'il avait et regardai de l'autre côté de la prairie, là où il regardait lui-même, mais je ne vis rien. Il continuait à aboyer et à gronder. Je m'agenouillai près de lui, posai la main sur son encolure et sentis son grondement se répercuter dans tout son corps. Ses yeux fixaient toujours la même direction. Je scrutai longuement cet endroit, en vain. Je finis par conclure qu'il voyait peut-être des esprits, et que cette vision n'était pas forcément agréable. Était-ce possible ? Je soumis mon idée à maman.

Elle posa sur ses genoux la tapisserie qu'elle exécutait, puis réfléchit longuement. Comme toujours, elle avait une histoire de famille à raconter.

— Mon grand-oncle Herbert avait un Golden Retriever exactement comme Cléo, commença-t-elle. Il s'appelait Kasey. Tu sais... certains animaux peuvent sentir les animaux et les humains du monde spirituel, eux aussi. C'est un don. Et lui...

Elle jeta un regard pensif à Cléo.

— J'ai l'intuition qu'il a ce don. Quand je l'ai regardé dans les yeux, à l'animalerie, je l'ai senti. En fait, le chien d'Oncle Herbert s'attacha tellement à l'esprit de son jeune frère défunt, Russell, qu'il disparaissait parfois trois jours de suite pour rester avec lui. Mais quand il revenait, il était plus proche que jamais de son maître. Oncle Herbert disait que l'esprit de Russell lui avait fait comprendre la valeur de la loyauté, et l'importance de veiller sur son frère.

« Il est possible que Cléo ait pris contact avec l'esprit de ton père, et que ce soit pour cela qu'il ait grogné. Il est là pour te protéger, et il a peut-être vu quelque chose dont ton père lui avait dit de se méfier, conclut maman. »

Je regardai soudain Cléo d'un autre œil. Il me fixait avec intensité, comme s'il avait compris tout ce dont maman venait de parler.

— Il existe un lien entre toutes les créatures aimantes et belles de ce monde, reprit-elle.

N'oublie jamais cela. C'est pourquoi je te grondais toujours quand tu tuais les jolis papillons ou leurs chenilles, Lionel.

Elle me menaça du doigt, puis se pencha pour m'embrasser, comme elle le faisait toujours quand elle réprimandait Lionel. Et comme il le faisait toujours lui-même, je niai. Elle me jeta ce regard que je connaissais bien, à la fois sévère et tendre, et reprit sa tapisserie.

Trois jours plus tard, Cléo se remit à aboyer en fixant la lisière du bois. Sauf que cette fois, le doute n'était pas permis : ce n'était pas un esprit, bon ou mauvais, qu'il voyait.

C'était un grand garçon élancé qui portait un T-shirt bleu marine de taille giga, un jean et des chaussures de randonnée en cuir, aux lacets dénoués. Ses cheveux roux lui tombaient négligemment de chaque côté de la tête, jusqu'à frôler ses épaules. Adossé à un chêne, il était tellement immobile qu'il semblait faire partie de la forêt, comme s'il avait poussé là. Mon cœur s'accéléra. J'eus l'impression que l'adolescent me fixait et lui rendis son regard.

Cléo aboya plus fort et s'élança vers le chêne. Le garçon ne broncha pas. Il tapa dans ses mains, siffla Cléo et je suivis mon chien. En arrivant au chêne, Cléo se mit à frétiller de la queue et le jeune homme s'agenouilla pour lui tapoter le dos. Il leva les yeux à mon approche et m'aborda sans façon.

— Salut, comment ça va ?

— Qui es-tu, d'abord, et qu'est-ce que tu fais là ? renvoyai-je en guise de réponse.

J'éprouvais, désormais, la même méfiance que maman envers les étrangers qui pénétraient chez nous. Je répondais rarement au facteur, quand il me disait bonjour, pas plus qu'aux livreurs qui me saluaient du geste.

— Charmante façon d'accueillir un nouveau voisin, commenta le garçon, tout en continuant à flatter Cléo de la main.

Et Cléo, tout content, se laissait faire et ne me quittait pas des yeux, ce qui m'arrangeait plutôt. Je pourrais toujours dire à maman que, si je n'avais pas immédiatement chassé l'intrus de chez nous, c'était parce que Cléo lui faisait confiance.

— Un nouveau voisin ? relevai-je. Qu'est-ce que tu veux dire ?

— Mon père a acheté la maison de M. Baer. On a emménagé hier. Vous ne saviez pas ça, vous autres ?

— Nous autres, on ne s'occupe pas des affaires du voisin, rétorquai-je vertement. Et on ne se promène pas chez lui non plus, d'ailleurs.

Ignorant la rudesse de ma remarque, le garçon continua à caresser Cléo.

— Super, ce chien, commenta-t-il. J'ai dû laisser ma chienne quand on a déménagé.

— Pourquoi ?

— Elle avait un problème à la hanche. C'était un magnifique Labrador.

— Et où l'avez-vous laissée ?

Le garçon se releva.

— Chez le vétérinaire, dit-il en évitant mon regard. Il l'a piquée. Endormie pour de bon, expliqua-t-il en se retournant vers moi. Je n'ai pas voulu voir ça, alors je l'ai laissée. Ça fait combien de temps, que tu habites ici ?

— Depuis toujours. C'est notre maison de famille, et il y a des pancartes « Défense d'entrer » un peu partout, je te signale.

— Oui, j'ai vu. Vous avez des chasseurs qui traversent votre terrain, ou quoi ?

— Non. La plupart des gens respectent les panneaux.

— Quel âge as-tu ? s'enquit-il, en continuant d'ignorer mon attitude hostile.

Il était idiot ou simplement têtu ? Je ripostai :

— Qu'est-ce que ça peut te faire ?

Il haussa les épaules.

— Je voulais juste savoir si on serait dans la même classe en septembre. Tu vas au collège, non ?

— Non. Il se trouve que je ne fréquente pas l'école publique, si tu veux le savoir.

— Ah ! Tu vas dans une école religieuse ?

— Non.

— Eh bien où, alors ? s'impatienta-t-il. Dans une boîte privée pour gosses de riches ?

— Cette boîte est juste sous ton nez, répliquai-je, en désignant la maison d'un mouvement de la tête.

Il regarda par-dessus mon épaule comme s'il pensait avoir mal vu.

— Hein ? C'est ta maison, ça, non ?

— En effet. J'étudie à domicile, avec ma mère.

— À domicile ? répéta-t-il, en fronçant le nez d'un air perplexe.

J'avais toujours évité de regarder les gens avec insistance, de peur qu'ils ne me rendent la pareille. Mais je ne résistai pas à la tentation d'observer ce garçon de près. Il avait des yeux turquoise à l'éclat intense, des sourcils très clairs, et les joues semées de minuscules taches de son. Sa bouche ferme et pleine était très colorée, et une petite fossette lui creusait le menton.

— Oui, à la maison. Je travaille mieux que dans un établissement public, où l'on consacre de moins en moins de temps à la véritable éducation, débitai-je, citant un des couplets favoris de maman sur la décadence de l'enseignement en Amérique. Je passe des tests de niveau tous les ans, et je suis toujours classé dans les trois pour cent qui obtiennent les meilleures notes.

— C'est vrai ? Moi je passe de justesse, surtout en anglais. En maths, je me défends et en sciences aussi, mais j'ai horreur de la sociologie. C'est mortel.

— Pas pour moi, répliquai-je.

— Peut-être que je devrais prendre des cours avec ta mère, alors.

— Impossible. C'est juste pour moi.

— Ah ! (Il eut un sourire hésitant). Comment ça, juste pour toi ? Je ne saisis pas.

— Ma mère est professeur des écoles, et elle m'enseigne toutes les disciplines. C'est si difficile à comprendre ?

— C'est juste que... je n'ai jamais connu personne qui fasse ce genre de choses à ton âge.

— Eh bien, maintenant, tu connais quelqu'un.

Une fois de plus, il haussa les épaules, puis il examina le paysage autour de lui. Je ne faisais rien pour le mettre à la porte, c'était le moins qu'on puisse dire.

— Tu restes ici toute la journée ? voulut-il savoir.

— Bien sûr. Et après ?

— Comment est-ce que tu te fais des amis ?

— Je n'ai pas d'amis. Enfin, pas pour l'instant, éprouvai-je le besoin d'ajouter.

Il donna une petite tape sur le dos de Cléo et hocha la tête, comme si tout ce que je venais de lui dire concordait avec ses pensées personnelles. Et brusquement, il me tendit la main.

— Elliot Fletcher, se présenta-t-il.

Et comme je regardais fixement sa main, il ajouta :

— Je ne mords pas, tu sais.

Je me hâtai de serrer sa main tendue.

Lionel Atwell.

— Wouaoh ! Qu'est-ce qui t'est arrivé ? demanda-t-il en retournant mes mains dans les siennes. Tu t'es frotté les paumes au papier de verre ou quoi ? Tu as des cals durs comme des cailloux.

Je lui retirai vivement mes mains.

— Je fais des travaux d'extérieur, annonçai-je fièrement.

— Comme quoi, par exemple ?

— Comme ramasser du bois, tondre l'herbe, Planter, nourrir nos poules et m'occuper d'un tas d'autres choses.

— Je vois. Mon père a parlé de me faire participer aux travaux de la maison, maintenant, pour payer l'essence de ma voiture, s'il m'en achète une quand j'aurai mon permis. Nous habitions en ville, avant, à Jersey. Pas de pelouse à tondre, et encore moins de corvée de bois. C'est une véritable exploitation agricole que vous avez là ! s'exclama-t-il, en balayant ma propriété du regard. C'est des plants de maïs, ça ?

— Oui. On le fait griller dès qu'on l'a cueilli, c'est délicieux.

— Et tu chasses, je parie ?

— Non.

— Tu pêches ?

J'évitai son regard, et me demandai si j'allais le prier de partir ou m'en aller moi-même. Je crus voir maman contourner l'arrière de la maison, et j'en eus froid dans le dos, mais ce n'était que l'ombre d'un nuage.

— Quelquefois, répondis-je.

— Je me demandais ce qu'on pouvait pêcher dans cette rivière. Elle a l'air rudement profonde, par endroits.

— C'est vrai. Au printemps, avec les grosses pluies, si on se baignait dans certains coins on aurait de l'eau plus haut que la tête.

— Je veux bien le croire. J'ai fait une petite virée d'exploration, hier. Papa était furieux, bien sûr. Il voulait que je l'aide pour le déménagement, mais j'en ai eu vite assez de déballer des cartons.

Je leur ai dit, à ma sœur et à lui, que j'allais faire une promenade que ça leur plaise ou non. J'étais parti avant qu'ils aient eu le temps de se plaindre, conclut Elliot avec le sourire.

Un sourire très agréable, qui commençait autour de ses yeux et semblait couler jusqu'aux coins de sa bouche.

— Quel âge a ta sœur ? questionnai-je.

— Bientôt dix-huit ans et ce n'est pas un cadeau, surtout pour papa.

— Pourquoi ?

— Bof ! Elle est comme ça, c'est tout. Elle essaie toujours de refiler aux autres sa part de travail. C'est pour ça que j'ai été bien content de la laisser déballer la batterie de cuisine. J'ai travaillé ce matin, puis je suis ressorti en catimini pour aller faire un tour. J'ai vu ton fort, acheva Elliot, en pointant le menton vers l'endroit où il se trouvait.

— Il y a un bon bout de temps que j'ai bâti ce truc-là. Je ne joue plus à ça, maintenant.

— Au fait, quel âge as-tu ?

— Quinze ans, si tu tiens à le savoir, répliquai-je agressivement.

— Je serais dans la classe juste au-dessus de la tienne, au collège. Comme je te le disais, j'aurai mon permis de conduire et ma voiture, cette année. Papa s'est servi de ça comme chantage pour me décider à venir dans la cambrousse.

— La cambrousse ?

— Les bois, la campagne ou tout ce que vous voulez, je ne sais pas comment vous appelez ça ici. Nous venons de Paramus, dans le New Jersey.

Mon père avait une pharmacie, là-bas, mais quand un drugstore s'est ouvert juste en face, les affaires ont dégringolé. Il est assistant dans une grande parapharmacie à Monticello, maintenant. Il dit que c'est bien mieux d'être employé que d'être patron.

Dans toutes ces confidences, quelque chose m'étonnait.

— Comment se fait-il que tu parles tellement de ton père et pas de ta mère ?

— Elle est morte il y a déjà longtemps, répondit vivement Elliot.

— Ah !

— Et ton père, qu'est-ce qu'il fait ?

— Il est mort, il y a déjà longtemps.

Il hocha la tête, avec une expression bizarre qui m'intrigua.

— Pourquoi me regardes-tu comme ça ? Qu'est-ce qu'il y a ?

— Eh bien, en fait... je le savais. Ton nom aussi, d'ailleurs. On nous a tout raconté sur tes parents, et sur le terrible accident qui est arrivé à ta sœur. C'est pour ça que nous avons eu la maison pour si peu cher. Personne ne voulait l'acheter à ce vieux type, ni vous avoir comme voisins. C'est ce que papa nous a dit, en tout cas.

— Tant mieux pour vous. Maintenant, file de chez nous ! lançai-je avec colère, en tournant le dos pour m'en aller.

Mais Elliot me retint.

— Hé là, ne t'emballe pas. Je n'ai pas dit que

je me faisais de drôles d'idées sur vous. Je ne serais pas venu ici pour te voir, sinon.

Mon chien était toujours assis aux pieds d'Elliot.

— Cléo ! appelai-je, voyant qu'il ne faisait pas mine de bouger.

— Allons, ne sois pas si susceptible, Lionel. Tu réagis comme une minette.

— Je ne suis pas susceptible, et ne me traite pas de minette !

— J'essayais juste de te calmer, répliqua Elliot en haussant les épaules.

Il avait l'air inoffensif et amical, mais son allusion à notre malheur m'avait fait frémir. Je rétorquai avec rudesse :

— Je sais ce que les imbéciles du coin pensent de ma mère et de moi. Inutile de me le rappeler.

Il leva les deux mains en signe d'apaisement.

— Bien sûr. Je ne dirai plus un mot là-dessus.

— Tu peux dire ce que tu veux, ripostai-je, en m'éloignant vers la maison.

Cléo me suivit, mais il n'arrêtait pas de se retourner.

— Oublie-le, Cléo, maugréai-je à mi-voix.

Il me rejoignit et trotta près de moi tout le long du chemin. De loin, Elliot me cria :

— Peut-être qu'ils ont raison de penser ça de vous !

Je ne tournai même pas la tête.

Mon cœur ne s'était toujours pas calmé quand j'arrivai à la maison. J'entendis maman aller et venir dans la cuisine. Devais-je aller lui raconter ma rencontre avec Elliot ? Cela vaudrait mieux, sûrement. Elle finirait par l'apprendre et voudrait savoir pourquoi je n'en avais rien dit. Entre nous, rien ne pouvait rester caché, me rappelai-je. Jamais. Dès qu'elle me vit à l'entrée de la cuisine, elle demanda :

— Qu'est-ce qui t'arrive ?

— Nous avons de nouveaux voisins, je viens de rencontrer le garçon.

Elle cessa de farcir son poulet et s'essuya les mains au torchon.

— Quoi ? Quel garçon ?

Presque sans reprendre haleine, je lui décrivis Elliot et lui répétai ce qu'il m'avait dit. Elle s'étonna.

— J'ai vu la pancarte devant la maison Baer, mais je n'aurais jamais cru que quelqu'un l'achèterait aussi vite. Il a dû la vendre pour une bouchée de pain.

Je lui racontai ensuite comment Cléo et Elliot avaient sympathisé.

— Ne te montre pas trop amical, me recommanda-t-elle. Parfois, les gens essaient de se lier avec vous dans le seul but de pouvoir colporter des ragots sur vous. Sois prudent. Quand même, je n'aurais pas cru que cette maison se vendrait si vite, ajouta-t-elle, comme si elle en avait été certaine.

Quand je la quittai en emmenant Cléo, elle semblait plongée dans ses pensées. Je l'étais moi-même, d'ailleurs. Dans ma chambre, je m'allongeai sur mon lit avec Cléo couché à mes pieds. Je me sentais partagée. Je ne voulais pas chasser

Elliot, mais je n'avais pas pu m'en empêcher. Cléo semblait déçu que je l'aie fait. Chaque fois que je changeais de position, il levait la tête avec espoir, comme s'il attendait que nous ressortions pour aller retrouver ce garçon.

— Tu as entendu maman, lui disais-je. Il ne cherche qu'à découvrir des histoires qu'il pourra aller raconter sur nous.

Mais il n'empêche que tout cela m'intriguait. Enfin, nous avions de vrais voisins. Je n'avais jamais eu envie de connaître M. Baer ou de le voir. Il m'avait toujours fait l'effet d'un vieux bonhomme grincheux. Cela ne m'avait pas tellement surprise que les gens l'aient soupçonné d'avoir pu faire ce dont on l'accusait.

Mais Elliot, sa sœur et son père, ce n'était pas pareil. C'était une autre famille. Pour le moment, c'était surtout la sœur d'Elliot qui m'intéressait. À quoi ressemblait-elle ? Comment s'habillait-elle ? Quel genre de musique écoutait-elle ? Quels livres et quels magazines lisait-elle ? Tout ce qui la concernait m'intriguait.

Mais le pire, depuis ma conversation avec Elliot, c'était qu'elle avait avivé mon sentiment de solitude. Ma chambre me faisait l'effet d'une cellule de prison. Ses murs étaient nus, à part quelques modèles réduits de voitures et quelques cages à insectes, sur les étagères. Les nuages qui arrivaient de l'est avaient englouti le peu de soleil qui pénétrait dans la pièce. Je me sentais glisser dans une humeur morose, pour ne pas dire lugubre.

À la fin, je n'y tins plus. Je me levai et descendis, Cléo sur mes talons. Maman était toujours dans la cuisine, mais elle m'entendit et voulut savoir ce que je faisais.

— J'ai besoin d'appâts. Je crois que je vais aller à la pêche, demain après-midi.

Elle ne répondit rien et je me dépêchai de sortir. J'avais menti, et les mensonges laissaient une mauvaise odeur dans l'air, chez nous. J'avais espéré voir Elliot à l'orée du bois, là où je l'avais laissé, mais il était parti. J'allai chercher un de mes seaux et traversai la prairie en direction de la forêt, dont la terre brune regorgeait de vers. Cléo me précédait à quelque distance, je l'entendais fourrager dans les broussailles. De temps à autre, il se retournait pour voir si j'étais toujours là. Je mélangeai un peu de terre humide avec mes vers, et j'en trouvai quelques gros rondouillards, comme disait Lionel.

Le ciel était entièrement couvert, à présent, mais on n'avait pas l'impression qu'il allait pleuvoir. Incapable de dominer ma curiosité, je décidai de traverser la forêt, par des sentiers bien connus de moi, et d'aller me poster à un endroit d'où je pourrais épier l'ancienne maison Baer sans me montrer.

J'aperçus Elliot, en train de réparer des meubles de jardin, me sembla-t-il, avec un homme qui de toute évidence était son père. Il était bâti comme lui, mais un peu plus grand, et si ses cheveux étaient moins roux que ceux de son fils, leur nuance brune tirait nettement sur l'acajou. Je les observai un instant, tous les deux, puis je vis une fenêtre s'allumer à l'étage. Mon attention s'aiguisa.

L'ancienne maison Baer était beaucoup moins agréable que la nôtre, pour mon goût, mais c'était quand même une grande demeure classique, avec une longue galerie en façade et une autre, plus modeste, donnant sur l'arrière. De toute évidence, la propriété n'avait pas été entretenue depuis longtemps. Le gazon n'était plus qu'un champ de mauvaises herbes montées en graine. La végétation des bois voisins empiétait déjà sur le terrain, comme si elle se préparait à envahir la maison tôt ou tard. À gauche de celle-ci, une vieille camionnette était renversée sur le flanc, à côté d'une antique brouette rouillée. Le revêtement de bois avait cruellement besoin de quelques couches de peinture fraîche ; plusieurs volets étaient brisés et certains pendaient tout de guingois, n'étant plus soutenus que par un seul gond.

Cléo me rejoignit et s'assit près de moi, pantelant. Son pelage était plein de brindilles et de feuilles, il avait de la boue jusqu'à mi-pattes. Je devrais lui faire subir un nettoyage sévère, avant de rentrer avec lui dans la maison. Ce que je redoutais le plus, toutefois, c'était qu'il aboie contre Elliot et son père, et qu'ils ne me découvrent en train de les épier.

— Sage, Cléo, murmurai-je en posant fermement la main sur son cou, pour qu'il comprenne qu'il ne devait pas bouger.

La fenêtre allumée s'ouvrit brusquement, et une fille bien en chair aux cheveux auburn se pencha au-dehors. Elle ne portait qu'une petite culotte et un soutien-gorge.

— Papa ! hurla-t-elle. Papa !

Le père d'Elliot posa son tournevis et contourna l'angle de la maison, de façon à pouvoir lever les yeux vers sa fille.

— Qu'est-ce qu'il y a ?

— L'eau coule d'une drôle de couleur. Elle est marron.

— Marron ?

— C'est de l'eau sale ! ronchonna-t-elle.

— Je suis sûr que ce n'est pas grave. On ne l'a pas fait couler dans cette pièce depuis longtemps, c'est tout. Laisse-la couler, tu verras qu'elle redeviendra claire.

— J'ai autre chose à faire que d'attendre que l'eau s'éclaircisse, papa !

— Betsy, prends au moins la peine d'essayer.

— Je me demande bien pourquoi on a déménagé ! brailla-t-elle en reculant dans la pièce.

Son père secoua la tête et rejoignit Elliot. Je pouvais voir Betsy arpenter la pièce, tout en passant une brosse en argent dans ses cheveux. Bien qu'elle ne me parût pas très jolie, je dus reconnaître qu'elle avait de très beaux cheveux, et j'éprouvai un pincement au creux de l'estomac. Je surveillai la fenêtre pour l'apercevoir encore une fois, mais je m'en lassai vite et repris le chemin de la maison.

Le nettoyage de Cléo me prit une bonne demi-heure, et quand je rentrai avec lui maman avait déjà mis la table pour dîner. Depuis quelque temps, elle acceptait que je l'aide pour cela, mais elle prenait toujours soin de préciser : « C'est une chose qu'un bon fils doit savoir faire, de toute façon. »

Je me rendis compte qu'elle était toujours troublée par la présence de nos nouveaux voisins. Elle n'arrêtait pas de parler d'eux.

— C'était plus agréable du temps de M. Baer, observa-t-elle. Il était sale et grincheux, d'accord, mais au moins il ne se mêlait pas de nos affaires. Comme si j'avais besoin d'une voisine qui vienne papoter ici, sous prétexte de boire un café. Je n'ai pas de temps à perdre, moi !

— Il a dit que sa mère était morte, maman.

Pour une raison qui m'échappait, j'avais oublié de mentionner ce détail. Maman haussa les sourcils.

— Ah bon ? Qu'est-ce qui lui est arrivé ?

— Je n'en sais rien. Il ne l'a pas dit et je ne le lui ai pas posé la question.

— Et tu as bien fait. Mais quand même...

Elle regarda par la fenêtre et acheva d'une voix radoucie :

— Je me demande si son esprit l'a suivie jusqu'ici ?

Cette idée me fit réfléchir.

— Tu serais capable de la voir ?

— Oui, je pourrais. Et toi aussi, ajouta-t-elle fermement.

Comme si elle s'attendait à une certaine agitation, ce soir-là, chez les esprits qui nous entouraient, elle sortit aussitôt pour aller scruter l'obscurité. J'envisageai de la suivre, mais je savais qu'elle n'aimait pas ça. Elle m'avait toujours dit qu'elle avait besoin d'être seule, quand elle traversait la frontière avec l'Au-delà.

J'eus du mal à m'endormir, ce soir-là. Certains propos d'Elliot me trottaient dans la tête. Est-ce que ce ne serait pas une bonne chose d'avoir des amis de mon âge ? Elliot reviendrait-il, ou avais-je déjà réussi à m'en faire détester ? Je ne parvenais pas davantage à oublier sa sœur. Sans arrêt, je la revoyais en train de brosser sa chevelure. Cette image me hantait. Je me tournais et retournais dans mon lit en gémissant, mais le sommeil me fuyait. Je ne me souvenais pas d'avoir jamais eu d'insomnie aussi longue.

En allant se coucher, maman m'entendit et poussa la porte de ma chambre, mais elle ne prit pas la peine de me demander ce qui n'allait pas. Elle avait quelque chose d'important à me dire.

— Aucun esprit n'a accompagné ces gens ici, annonça-t-elle.

— Comment le sais-tu ?

— Je le sais. Il y a quelque chose qui ne va pas. Tiens-toi à l'écart de ces gens, m'avertit-elle en refermant la porte.

Pendant un long moment, je restai comme pétrifiée. Quelque chose n'allait pas ? Que fallait-il comprendre ? Moi qui avais déjà du mal à m'endormir avant, je pouvais être sûre que ça n'allait pas s'arranger, maintenant. En fait, je dus passer encore deux heures à chercher le sommeil.

Au cours des jours suivants, je regardai souvent du côté de la forêt, espérant voir Elliot m'épier ou se promener dans le sous-bois. J'observai attentivement Cléo, également, mais il n'aboya contre rien de spécial, et se contenta de m'accompagner partout pour me regarder travailler. Maman ne parlait plus de nos nouveaux voisins, mais je voyais bien que leur présence la tracassait toujours. Quand je lui demandais si quelque chose n'allait pas, elle m'ignorait comme si je n'avais rien dit. Ce qu'elle n'avait pas oublié, en revanche, c'était que j'avais parlé d'aller pêcher.

— Je suis contente que tu t'y remettes, Lionel, me dit-elle quand j'allai chercher mon matériel et mes vers, mais surtout, sois prudent. Ne reste pas trop longtemps là-bas. Je vais au supermarché, puis j'irai faire quelques autres courses. Il faut que j'aille voir M. Bogart, ajouta-t-elle, ce qui m'étonna.

Nous n'étions pas retournées à la bijouterie depuis le jour où nous y avions acheté les amulettes, des années plus tôt.

— Nous dînerons un peu plus tard, ce soir, conclut-elle.

— Entendu, maman.

Dans la forêt, j'allai jusqu'à la rivière mais loin de la scène du drame. Je me plaçai très en aval. Au début, je restai simplement assise là, les yeux fixés sur ma ligne en attendant de voir plonger le bouchon. J'eus quelques touches, mais rien d'intéressant, et je dus remplacer trois fois le ver de l'hameçon. Et tout à coup, j'entendis de la musique. Du rock, en fait. Cela venait de la maison Baer, et je fus incapable de surmonter ma curiosité. Je ramenai ma ligne et posai ma canne à pêche. Puis, Cléo sur les talons, je m'avançai prudemment sous le couvert jusqu'à la limite de la propriété Baer. La musique venait d'une fenêtre ouverte qui, je le savais maintenant, était celle de la chambre de Betsy. J'entendis également un bruyant éclat de rire. Puis quelqu'un cria, et je reconnus la voix de M. Fletcher. Quelques instants plus tard, le volume sonore baissa, puis le son fut coupé.

J'entendais tous les mouvements qui se produisaient dans la maison et, en descendant un peu plus vers la gauche, je fus en mesure de voir ce qui se passait dans la salle à manger. J'aperçus Elliot, debout derrière la table, les bras croisés. Puis il s'assit et je ne vis plus que le haut de sa tête.

Ma curiosité était insatiable. Elle devint de plus en plus vive, jusqu'à ce que je n'y tienne plus et me mette à courir, pliée en deux pour rester hors de vue. Cléo courait à mes côtés, sans aboyer heureusement, comme s'il savait qu'il ne devait pas faire de bruit.

Quand j'atteignis la maison Fletcher, je m'adossai au mur pendant quelques instants et repris mon souffle. Puis, avec une lenteur infinie, je me déplaçai jusqu'à ce que je puisse voir à l'intérieur de la salle à manger par un coin de fenêtre. Le père d'Elliot entra, sanglé dans un tablier de cuisine, en portant une dinde rôtie sur un plateau d'argent. Maintenant que je le voyais de plus près, je me rendis compte qu'Elliot avait le même front et le même nez que lui, mais la bouche nettement plus ferme.

Betsy entra ensuite, chargée d'un saladier de

purée, et prit place à table. Elle portait un chemisier à manches courtes en coton rayé rouge et noir, et un pantalon assorti. Une cravate noire, lâchement nouée, tombait mollement dans l'échancrure de son chemisier au col largement ouvert. Je trouvai qu'elle avait l'air plus masculine que moi, malgré sa chevelure soyeuse et les rondeurs que révélait sa tenue. Et la quantité de maquillage qu'elle arborait, surtout pour un dîner en famille, me stupéfiait.

Il existait une certaine ressemblance entre Elliot et elle, mais elle avait le visage plus rond, les yeux bruns et une bouche assez molle, avec des lèvres tombantes qui lui donnaient un air dégoûté. Elle posa brutalement le saladier sur la table, s'affala sur son siège et annonça d'un ton geignard :

— Je voudrais aller au cinéma. J'aimerais rencontrer quelques jeunes de mon âge, avant la rentrée des classes, et Billy Lester veut venir me chercher.

— Nous ne savons encore rien de lui, observa son père.

— Qu'est-ce qu'il y a à savoir ? C'est le fils de l'agent immobilier qui nous a vendu la maison, papa. Ce n'est sûrement pas un tueur en série.

— Je pensais que tu apprécierais ce premier vrai dîner dans notre nouvelle maison, c'est tout.

— Et ça va durer combien de temps ? insista-t-elle.

— Ce serait bien de passer ensemble nos

premières soirées ici, tu ne crois pas ? Il y a tellement à faire, Betsy.

Elle fit la moue et son frère intervint.

— C'est ta faute, papa. Tu l'as laissée s'acheter tous ces nouveaux vêtements, et elle se croit obligée d'aller se montrer partout.

— Pas du tout. Ce n'est pas parce que tu t'habilles n'importe comment que je dois être inélégante, quand même !

— Wouaoh ! Inélégante, voyez-vous ça. Mille excuses, Miss Amérique.

— Allons, les enfants, s'interposa leur père. C'est une nouvelle vie qui commence, pour nous. Tâchons de partir du bon pied.

— Tu parles d'une nouvelle vie ! maugréa Betsy.

Son père se rembrunit, visiblement déçu.

— Il faut toujours un peu de temps, pour s'adapter.

— Je ne m'adapterai jamais. La vie va être mortelle, ici, comme je m'y attendais, bougonna-t-elle.

Et elle se renversa sur son siège en croisant les bras.

— Betsy, je t'en prie, implora son père.

— Ce sera mortel si je dois rester à la maison chaque soir à contempler ces vieux murs, à faire couler de l'eau sale jusqu'à ce qu'elle change de couleur et...

— Ça va, ça va, capitula M. Fletcher. Après le dîner, tu nous donneras un coup de main pour la vaisselle et tu iras au cinéma. Mais je veux que tu sois rentrée de bonne heure, Betsy. Je ne connais pas encore cet endroit, je ne tiens pas à ce que tu aies des problèmes.

Très satisfaite d'elle-même, elle s'empressa d'affirmer :

— Pas de danger !

— Bien sûr que non. Et le soleil ne se lèvera pas demain matin, persifla Elliot.

— Si tu te crois malin !

— Ce n'est pas moi qui ai eu des ennuis l'année dernière, en tout cas.

— Mais non. Tu as seulement été suspendu deux fois pour t'être bagarré, riposta Betsy. Et tu as pratiquement raté deux contrôles.

— Ce qui n'est rien à côté de ce que toi, tu as fait, et tu le sais très bien.

— Est-ce que nous pourrions avoir au moins la paix ? se plaignit leur père d'une voix infiniment lasse.

Le frère et la sœur échangèrent des regards furibonds.

Était-ce ainsi que les choses se seraient passées entre Lionel et moi ? me demandai-je. Et pourtant, même leurs chamailleries me plaisaient, elles me faisaient sourire. Ils passèrent bientôt à d'autres sujets, la maison, par exemple, et la façon dont leur père comptait la remettre en état. Il leur présentait cela comme un merveilleux projet pour eux. Betsy parla peu, mangea vite, promit de faire ce qu'elle avait à faire. Et subitement, Elliot annonça :

Je veux un autre chien. Les barjos d'à côté ont un Golden Retriever.

— Nous verrons, répliqua son père. Chaque chose en son temps, Elliot.

Les barjos d'à côté ? C'était donc ainsi que le monde nous voyait, maman et moi ?

Tout à coup, je crus voir Elliot jeter un coup d'œil en direction de la fenêtre et je me rejetai vivement en arrière le cœur battant. Puis je me retournai et, à nouveau pliée en deux, je repartis en courant vers la forêt. Cléo gambadait derrière moi, en prenant beaucoup, beaucoup trop de temps. Parvenue à la lisière des bois, je me retournai.

Elliot se tenait debout à la fenêtre. Il avait relevé le store et regardait de mon côté. J'eus la certitude qu'il souriait.

Ce sourire me fit rentrer promptement sous le couvert des arbres. Je ne m'étais pas rendu compte qu'il était si tard. Je ramassai ma canne, la boîte d'accessoires et mon seau de vers, puis je m'élançai à travers bois vers la maison. Maman venait juste de se garer dans l'allée.

— Que se passe-t-il ? s'enquit-elle en sortant de la voiture, les bras chargés de sacs.

— Rien du tout.

— Pourquoi arrives-tu de la forêt au pas de course ? Tu as vu quelque chose ? Entendu quelque chose ? Quoi ? demanda-t-elle sur un ton de commandement, tandis que je reprenais mon souffle.

— Rien, lui répétai-je.

Elle me regarda fixement, comme si elle voyait l'intérieur de ma tête. Puis elle annonça tout à trac :

— Ils ne resteront pas longtemps. On m'a prévenue. Des jours sombres les attendent. Écoute attentivement, Lionel. Tu entendras les mêmes choses, si ce n'est pas déjà fait. Eh bien ? Ils t'ont parlé ?

— Non, murmurai-je avec effroi.

J'avais l'impression qu'une bourrasque de pluie et de vent m'enveloppait de son souffle glacé.

— Cela viendra, prédit maman, tout en marchant vers la porte. J'ai beaucoup de choses à faire, pour l'instant. Vraiment beaucoup. Fais ta toilette pour le dîner, et nettoie-moi ce chien avant d'entrer.

— Entendu.

Elle rentra et je me retournai vers la forêt.

Qu'allait-il arriver à nos voisins ? Et quand en serais-je avertie ? Où étaient les esprits ? Pourquoi ne les voyais-je plus, pourquoi ne me parlaient-ils plus ? Combien de temps leur faudrait-il encore pour m'accueillir avec bienveillance, comme ils avaient accueilli maman ?

Parlez-moi ! avais-je envie de crier aux ombres.

Et je le fis peut-être.

Mais je n'entendis rien, sinon le halètement de Cléo et le battement de mon propre cœur.

12

Conjugaison

Ce ne furent pas seulement les avertissements voilés de maman qui me donnèrent le frisson ce soir-là, et me firent sursauter au moindre craquement comme au bruit d'un pétard. Ce furent les choses qu'elle fit dans toute la maison et au-dehors, à travers toute la propriété. Des choses qu'elle n'avait jamais faites avec une telle intensité, ni en aussi grand nombre. Oui, ce fut tout cela qui me fit vraiment peur.

Pour commencer, elle alluma des bougies devant toutes les fenêtres, et pas seulement celle du salon, mais ce ne fut pas tout. M. Bogart, semblait-il, lui avait encore donné d'autres consignes. Elle avait ramené à la maison un long couteau ciselé. Elle n'en parla pas mais, après le dîner, elle l'exhiba subitement et, sans un mot pour moi, sortit en l'emportant.

Je la suivis et l'observai de la galerie. À l'aide du couteau elle traça une longue ligne dans la terre, entre la prairie et la partie des bois qui faisait face à l'ancienne maison Baer. Puis elle rentra dans la maison et tira quelque chose d'autre de ses paquets. C'était une étoile à cinq branches dans un cercle, le tout en cuivre. Elle l'accrocha soigneusement à notre porte, et, juste au-dessus, fixa deux petites branches de fenouil bien feuillues.

Je regardai autour de moi, scrutant la moindre petite poche d'obscurité. Tout cela m'évoquait plus ou moins Halloween.

— Qu'est-ce que tout ça signifie, maman ?

— C'est ainsi que nous nous protégeons contre le mal et l'éloignons de nous, se contenta-t-elle de répondre.

Après quoi, elle regagna le salon où elle s'assit, sans autre lumière que celle de la bougie. Sa lumière tremblotait sur son visage et dorait son teint. Je voyais ses yeux fixer l'obscurité, totalement immobiles. L'intensité de leur expression m'effraya. Elle ne parlait pas. Elle ne m'accordait même pas un regard. Combien de temps allait-elle rester ainsi ? Que s'attendait-elle à voir ? Le silence et le vacillement de la bougie me rendaient nerveuse. Je ne pouvais pas rester ainsi, à observer maman. Cléo lui-même s'en alla et s'empressa de me suivre à l'étage, où je tentai de m'occuper en étudiant et en lisant.

Je n'arrêtais pas de piquer du nez sur mes livres, et je finis par aller me coucher. Mais pendant la nuit, je m'éveillai et tendis l'oreille : j'étais certaine d'avoir entendu quelqu'un chanter. Je me levai et m'approchai de la fenêtre. Maman était dehors et, en effet, elle chantait un cantique. Cléo s'était réveillé, lui aussi, mais je ne l'encourageai pas à se lever. Quand je quittai ma chambre, je fermai la porte pour qu'il ne puisse pas me suivre. Puis je descendis et sortis sans bruit. Lentement, je traversai la galerie et regardai du côté du vieux cimetière. J'aperçus maman, debout devant les tombes, une lanterne à la main. Quand elle cessa de chanter et souffla sa lanterne, je battis en retraite et remontai quatre à quatre à l'étage. Cléo s'était levé et m'attendait.

— Couché ! lui ordonnai-je en regagnant mon lit.

Il se lova sur le tapis, grogna et posa la tête sur ses pattes. J'entendis les pas de maman s'approcher, puis s'arrêter à ma porte. Quelques secondes plus tard elle regagna sa chambre, puis tout rentra dans le silence.

La nuit était chaude et moite, et cependant je frissonnais. J'enroulai étroitement la couverture autour de moi. Recroquevillée en position fœtale, je retournais toutes sortes de questions dans ma tête. Quel était ce danger que redoutait maman ?

Qu'est-ce qui pouvait être assez puissant pour que même nos esprits, nos merveilleux esprits soient incapables de nous en protéger ? Avais-je fait quelque chose qui ait pu causer tout cela ?

Au moindre craquement dans la maison, mes yeux s'ouvraient tout seuls et je retenais mon souffle, sur le qui-vive. Voir Cléo endormi me rassurait. Je finis par m'endormir, à bout de fatigue, même si mon sommeil fut agité de mauvais rêves. Dans l'un deux, je me vis moi-même au fond de cette tombe et je m'éveillai en sursaut. Mes bras se tendaient vers moi, et à cette vision je me dressai d'un bond sur mon séant. Il me fallut un long moment pour calmer le tumulte de mon cœur. Alors, timidement et toujours en proie à la peur, je reposai la tête sur mon oreiller et me risquai à fermer les yeux.

Et pourtant, le radieux soleil du matin balaya ces sombres rêveries aussi aisément que des toiles d'araignée. Cléo haletait déjà devant la porte, impatient de sortir. Quand je descendis, ma toilette achevée, je trouvai maman déjà en train de s'activer, fraîche et dispose. Elle me décocha un sourire lumineux, plein de tendresse. C'était comme si tout ce que je lui avais vu faire la veille, et au cours de la nuit, n'avait été qu'un mauvais rêve.

— On dirait que tu as besoin d'une bonne coupe de cheveux, observa-t-elle. Je m'occuperai de ça après le petit-déjeuner. Ensuite, je passerai voir M. Lyman, notre avocat. Il m'a appelée l'autre jour, pour me rappeler que je devais modifier mon testament, maintenant que Céleste est morte. Ce n'est pas la première fois qu'il m'en parle, et j'ai finalement décidé de le faire.

— Est-ce que je pourrai venir ?

Depuis que j'avais parlé avec Elliot, épié sa famille, entendu la musique et les discussions, j'éprouvais un besoin fou de voir des gens, des tas d'autres choses, et en particulier des jeunes de mon âge.

— Ce serait très ennuyeux pour toi, répliqua maman. Tu ne ferais que rester assis à m'attendre. Je n'ai pas l'intention de faire quoi que ce soit d'autre, je t'assure. Alors profite de ta journée, Lionel. Retourne à la pêche. Tu auras peut-être plus de chance, cette fois-ci. C'était toi qui nous ramenais le dîner, avant, tu te souviens ? Je t'entends encore m'appeler pour que je vienne voir la prise que tu rapportais si fièrement, se souvint-elle, tout attendrie. Céleste traînait toujours derrière, la tête basse. Elle n'a jamais été très douée pour la pêche, la pauvre.

J'étais déçue qu'elle ne veuille pas m'emmener, mais à la voir si confiante et si détendue, je me sentis mieux. Toutes ses pratiques devaient porter leurs fruits, en fin de compte. La menace qui pesait sur nous, quoi qu'elle ait pu être, était conjurée. Nous étions à nouveau en sécurité. Pourtant, quand elle me coupa les cheveux, elle me recommanda une fois de plus de me tenir à l'écart de nos nouveaux voisins.

— Ma mère me disait toujours que le mal est comme une maladie contagieuse. Si tu t'approches trop près d'une personne qui en est atteinte, elle peut te la transmettre. Même si tu prends des précautions, précisa-t-elle. Mais tu sais déjà tout ça, mon trésor. Tu le sais parce que tu sens les choses comme moi, dit-elle en m'embrassant sur le front.

De la galerie, Cléo et moi la regardâmes partir pour le bureau de l'avocat. Je n'avais pas spécialement envie d'aller à la pêche. Mais cette journée chaude, en dépit d'un ciel partiellement couvert, ne donnait pas envie non plus de s'enfermer dans une chambre avec un livre. Cléo montrait clairement qu'il avait envie de prendre de l'exercice, lui aussi. Je rassemblai donc mon attirail de pêche, sans oublier mes vers, et me mis en route pour la forêt.

Les moineaux et les rouges-gorges, qui voletaient de branche en branche en pépiant avec excitation, m'accueillirent comme une vieille connaissance. L'odeur des pins et de la terre humide emplit mes narines, et je me sentis toute revigorée. Je devrais passer plus de temps dehors, décidai-je. Notre maison, malgré tout son confort, était trop sombre et trop renfermée sur elle-même, depuis quelque temps. On y étouffait. Je me sentais comme un oisillon pressé d'essayer ses ailes. Tout ce qui est en dehors de chez nous ne peut pas être mauvais, raisonnai-je ; tout ce qui est chez nous n'est pas forcément bon. Et je me demandai si ces pensées-là n'étaient pas un blasphème.

Quand j'atteignis mon lieu de pêche, je préparai ma canne et lançai ma ligne. Cléo partit en exploration aux alentours, comme d'habitude. Tranquillement assise, je contemplais l'eau courante, les remous qu'elle formait autour des rochers, les débris de branches et les feuilles qu'elle charriait vers l'aval. La rivière était agitée aujourd'hui. Je me souvins du nom que Lionel donnait à son gargouillis : il disait qu'elle gloussait. Ce bruit incessant, le bourdonnement des abeilles, le babil des oiseaux et la chaleur, tout cela me plongea peu à peu dans une sorte de torpeur, et je dus somnoler. Un bruit d'éclaboussures me réveilla. Floc !

Tout d'abord je crus que c'était un poisson. Je me redressai vivement, étudiai l'eau avec attention, et un autre « floc » se produisit, à droite de ma ligne. Un troisième le suivit de près, à gauche de mon bouchon cette fois, et je compris que quelqu'un jetait des cailloux. Je me relevai et pivotai sur moi-même.

Elliot arrivait des bois, sur ma droite, avec un grand sourire provocant. Il portait une chemise bleue sans manches et des jeans délavés. Ma première pensée fut d'obéir à maman, de rassembler mon matériel et de filer... mais je ne bougeai pas d'un pouce. Cléo, la queue frétillante, s'élança à la rencontre d'Elliot.

— Ne recommence pas à me parler de tes panneaux « Défense d'entrer », me cria-t-il en s'approchant. Je t'ai vu nous espionner, hier soir. L'intrus, c'était toi.

— Je ne vous espionnais pas !

Il eut un rictus railleur.

— Tu ne m'as pas l'air très doué pour mentir, toi. Quand même, tu aurais pu penser à trouver une excuse.

— Je ne vois pas pourquoi je m'excuserais. Laisse-moi tranquille, c'est tout ce que je te demande.

Elliot promena un regard dédaigneux sur les bois et la rivière, et son expression trahit une réelle curiosité.

— Comment peux-tu aimer la solitude à ce point-là ? L'idée de venir ici me faisait horreur, parce que je savais que nous serions très isolés, justement. Chez nous, quand je m'ennuyais, je prenais le bus et je me retrouvais en plein centre-ville, dans la zone piétonnière. Jusqu'à ce que j'aie mon permis, il va falloir que j'aille partout à pied, ou que je fasse du stop. Pour voir quoi, d'ailleurs ? Et pour aller où ?

« Je sais, je sais, tu ne peux pas me le dire, poursuivit-il avant que j'aie eu le temps d'ouvrir la bouche. T'es un vrai sauvageon. Nature Boy ! me lança-t-il avec dédain, comme s'il me collait une étiquette. »

Puis, satisfait de sa trouvaille, il expédia un nouveau caillou dans l'eau.

— Tu effraies le poisson, lui fis-je observer.

— Et alors ? Ça t'est bien égal. C'est quoi, pour toi, la pêche ? Tu trouves ça si palpitant ?

— J'aime bien ça, rétorquai-je avec assurance.

— Tu aimes ça ? C'est à ça que tu passes ton temps libre ? Eh ben, mon vieux ! Tu ne penses même pas aux filles, alors... à moins que tu n'aies quelque chose de mieux ?

— Ça ne te regarde pas.

Il éclata de rire.

— Je veux bien le croire. Je suis sûr que tu ne tiens pas à partager tes plaisirs avec qui que ce soit.

— Ce qui veut dire ?

Il leva les deux mains, paumes en avant.

— Ho, du calme. Je me fiche pas mal de ce que tu as pu trouver pour remplacer les filles. Peut-être un charmant gros poisson, c'est ça ?

— Tu es répugnant !

— Ah bon, je suis répugnant ? J'ai offensé ton âme délicate ? Tu es quoi, au juste ? Un gentil petit minou à sa maman ? C'est ça le problème ?

Maman ne veut pas que minou se salisse en traînant avec de sales vilains ados ? C'est pour ça qu'elle te garde enchaîné ici ?

— Je ne suis enchaîné à rien du tout.

— Ah non ?

— Tu peux penser ce que tu veux, je m'en moque.

Elliot fouilla dans sa poche et en tira un paquet de cigarettes. Il en fit jaillir une d'un coup sec et la mit à la bouche. Intriguée, je suivais malgré moi chacun de ses mouvements. Il eut un sourire amusé.

— Tu en veux une ?

— Non, me hâtai-je de répondre.

— Alors comme ça, tu ne fumes pas non plus ?

— Non, je ne fume pas.

— Pur de corps et d'esprit, ce cher Nature Boy ! railla-t-il, en me soufflant une bouffée de fumée en pleine figure.

— Arrête de m'appeler comme ça ! Et laisse-moi tranquille. C'est notre côté de la rivière, ici, tu n'as rien à y faire.

— Parle-moi sur un autre ton, Nature Boy. Je n'ai pas d'ordres à recevoir de toi. J'avais l'intention de t'ignorer, jusqu'à ce que je te surprenne en train de jeter un coup d'œil par notre fenêtre. Qu'est-ce que tu espérais ? Tomber sur ma sœur en petite tenue, ou quoi ?

Je me sentis rougir jusqu'à la racine des cheveux.

— Non ! vociférai-je, hors de moi.

335

Il rit et secoua la cendre de sa cigarette, toujours dans ma direction.

— Il n'y a pas de mal, si c'est ce que tu espérais voir. Elle est plutôt sexy. C'est une des raisons pour lesquelles mon père a voulu venir ici. Elle s'attirait toutes sortes d'ennuis avec des garçons. Des étudiants, en fait. Tu vois ce que je veux dire ?

« Tu n'en as aucune idée, si ça se trouve. Tu n'es jamais sorti avec une fille, ni pour un simple rendez-vous, ni... ni quoi que ce soit. Pas vrai, l'écolier à domicile ?

— Je vois que tu ne me laisseras jamais tranquille, répliquai-je, en commençant à rembobiner ma ligne.

— Ma parole, quelle chochotte ! »

J'essayai de l'ignorer et continuai à rassembler mes affaires. Mais il s'approcha de moi et me poussa dans le dos, m'obligeant à faire un pas en avant. Mon pied droit s'enfonça dans l'eau et quand je me retournai, Elliot éclata de rire.

— Tu devrais faire plus attention, mon vieux ! Laisse-moi donc essayer cette canne à pêche, gouailla-t-il en se campant en face de moi, la cigarette aux lèvres.

Il empoigna la canne et je reculai d'un pas, sans la lâcher.

— Ôte tes pattes de là ! grondai-je en la tirant vers moi.

Mais il s'agrippa solidement à l'extrémité qu'il tenait, et nous luttâmes ainsi pendant quelques instants. Puis je desserrai ma prise, plaquai la main en plein milieu de sa poitrine et poussai de toutes mes forces. Il tomba à la renverse et se retrouva assis dans l'eau. D'un bond, il se releva comme si elle lui brûlait la peau. Il était rouge de colère.

— Salaud ! éructa-t-il en fonçant sur moi.

Il noua les bras autour de ma tête et s'efforça de me faire pivoter pour que je tombe, mais je me libérai sans difficulté de son étreinte. Puis j'empoignai sa jambe gauche et la tirai de toutes mes forces. Déséquilibré, il trébucha sur quelques pierres et retomba dans la rivière, mais cette fois il s'étala et eut de l'eau jusqu'aux épaules.

Cléo s'était mis à aboyer, non de fureur mais simplement d'excitation. Il tournait en rond en jappant joyeusement, comme s'il participait à un jeu très amusant. Elliot se releva, la cigarette trempée pendouillant au coin de sa bouche. Il parut réfléchir un moment, puis il sourit, puisa de l'eau avec sa main et la lança dans ma direction. Je reculai pour l'éviter.

— Tu ne t'en tireras pas comme ça, s'égaya-t-il en s'élançant à nouveau sur moi.

S'il y avait une chose que je voulais à tout prix éviter, c'était qu'il me jette à l'eau. Je tournai les talons et m'enfuyai en courant à travers la forêt, Cléo aboyant dans mon sillage et Elliot suivant Cléo. Il hurlait :

— Allez, Nature Boy, c'est à ton tour d'aller au jus !

Je pris mes jambes à mon cou, et j'aurais certainement réussi à distancer Elliot, car j'étais dans ma forêt, dont je connaissais tous les chemins ; mais la panique m'ôta une partie de mes moyens. Je fonçai dans les fourrés, ce qui ralentit ma course. Le temps que je parvienne à une éclaircie, Elliot m'avait rattrapée. Il s'élança sur moi, me saisit par les genoux et nous nous affalâmes tous deux dans les hautes herbes. Pendant un moment nous luttâmes en roulant sur nous-mêmes, et il s'efforça de me plaquer les bras au sol. Je me débattis et le repoussai, mais il était toujours au-dessus de moi et bien placé pour réussir son coup. Nous étions si essoufflés que, pendant de longues secondes, aucun de nous deux ne parla.

Elliot déplaça ses jambes, de façon à me coincer les bras avec ses genoux, tout en s'asseyant sur mon ventre.

— Et maintenant, tu vas arrêter ton cinéma, oui ? Ça devient franchement débile.

— Lâche-moi ! protestai-je.

— Pas encore. Je veux savoir deux ou trois trucs, d'abord.

— Lâche-moi, insistai-je en me débattant, incapable de me libérer de son poids.

Près de nous, un Cléo pantelant observait la scène, tout excité. Pourquoi n'était-il pas furieux ? m'étonnai-je. Où étaient mes esprits protecteurs ?

Elliot entama son interrogatoire.

— Qu'est-ce que tu fais vraiment pour t'amuser ? Tu ne passes pas ton temps à pêcher et à jardiner, quand même ?

— Si.

— Tu parles ! Tu as forcément d'autres façons

de prendre du bon temps. C'est vrai que ta mère est une sorcière ?

— Si c'est vrai, à ta place je ne serais pas tranquille. Je pourrais lui demander de te jeter un sort, précisai-je, en adoptant le ton le plus menaçant possible.

Elliot se mit à rire, puis s'arrêta net. Je sentis qu'il relâchait sa prise, pas plus rassuré que ça.

— Je ne crois pas à tout ce baratin, dit-il en ôtant ses jambes de mes bras. Allez, dis-moi la vérité.

Je m'assis en me frottant les bras.

— Ma mère n'est pas une sorcière, répondis-je en me détournant de lui.

— Alors pourquoi les gens font-ils autant d'histoires, au sujet de ses mauvais sorts et de ses cérémonies secrètes ?

— Par jalousie et par méchanceté, parce que nous sommes différents d'eux, et indépendants.

Elliot passa une manche mouillée sur son visage barbouillé de boue.

— Et c'est quoi, ce truc bizarre sur votre porte ?

— Rien du tout. Ma mère croit en certaines choses, mais ce n'est pas une sorcière. D'ailleurs, si tu as vu ça, c'est que c'est toi qui es venu espionner. Pas moi.

— Il se trouve que je l'ai aperçu ce matin, c'est tout. Je te cherchais. Tu as fait ta petite provision de renseignements, hier soir, en nous écoutant ? Ne recommence pas à nier, je t'ai vu à la fenêtre. Tu as entendu tout ce que nous disions. Alors ?

— Non, je n'ai rien écouté du tout. Je voulais

juste voir si tu m'avais dit la vérité, si vous aviez vraiment emménagé ici.

Elliot flatta Cléo de la main et contempla son paquet de cigarettes trempé.

— Merci beaucoup, mon vieux. Ce n'est pas vraiment facile de faire rentrer des cigarettes en douce à la maison.

— Tu ne devrais pas fumer, de toute façon.

Elliot me dévisagea d'un air apitoyé.

— Tu ne fais rien de ce qui est censé être mauvais pour toi, j'imagine ?

— Non.

— Ni alcool, ni tabac, ni drogue ni rien, c'est ça ?

— Je fais attention à moi, dis-je en me relevant.

Sous le regard attentif d'Elliot, je brossai rapidement mes vêtements de la main.

— Mais personne ne se tracasse plus pour ces choses-là, maintenant. En tout cas pas les jeunes, là d'où je viens. Tu crois que ce sera différent pour moi, ici ? Mais non, j'oubliais ! Comment le saurais-tu ? Y a-t-il au moins quelqu'un dans les parages, enfin… quelqu'un de normal qui puisse devenir mon ami ?

— Je n'en sais rien. Les plus proches voisins habitent à huit cents mètres en descendant vers Sandburg, mais je crois que leurs enfants ont entre quatre et cinq ans. Et je suis plus normal que toi.

— Ben voyons. École à domicile, drôles de trucs sur la porte, pêche et travaux des champs toute la journée. Très normal, tout ça.

— Tu ne connais rien à rien.

— Alors vraiment, tu ne t'ennuies pas ? insista Elliot, l'air toujours aussi effaré. Traîner dehors avec un chien, ça te suffit ? Tu es content comme ça ?

— Je suis très occupé, figure-toi. Il y a des tas de choses à faire dans cette propriété. Je n'ai pas le temps de m'ennuyer.

— Ma parole, tu es vraiment bizarre.

— Alors ne t'approche plus de moi ! criai-je en repartant vers la rivière.

Il se leva et m'emboîta le pas.

— Mon père espère que je vais m'ennuyer autant que toi, j'en suis sûr observa-t-il d'un ton désinvolte. Ma sœur n'est pas la seule à avoir eu des problèmes.

Il parlait de lui, maintenant, et cela m'intéressait. Je ralentis l'allure.

— J'ai triché à un test et manqué mon examen de sciences sociales, l'année dernière, reprit-il. J'ai dû suivre des cours de rattrapage tout l'été, ce qui m'a empêché de prendre un job de vacances. Papa ne m'aurait pas laissé passer mon permis cette année, alors je suis plutôt content qu'il ait voulu déménager. Il a fallu qu'il m'offre quelque chose pour me faire accepter ça, et c'est comme ça qu'il a fini par dire oui pour la voiture. Betsy lui faisait une vie d'enfer à propos de ça, elle aussi. Je l'ai eu au chantage.

Je m'arrêtai et le dévisageai.

— Qu'est-ce qu'il y a ? s'étonna-t-il.

— On ne dirait pas que vous êtes une vraie

famille. Vous vous comportez comme des belligérants.

— Des quoi ?

— Des adversaires, si tu préfères. Des ennemis. Tu sais ce que ça veut dire, au moins ?

— Oh là là ! Quelle intelligence ! ironisa-t-il.

Nous approchions de la rivière, et pour une fois Cléo ne vagabondait pas en allant flairer chaque terrier de lapin. Il nous suivait de près.

— Peut-être que ta mère t'a donné une potion magique pour te rendre aussi malin, railla Elliot. Peut-être qu'elle pourrait m'en donner aussi, non ?

— La seule magie qui fonctionne de ce côté-là, Elliot, c'est l'étude, la lecture, l'attention et l'effort.

— D'accord, acquiesça-t-il d'un ton suffisant. Ma dernière petite amie était très brillante, tu sais. Toujours au tableau d'honneur et tout ça. Et elle était pom-pom girl pour l'équipe de basket du lycée, en plus.

Je vis son sourire moqueur, mais je ne dis rien. Je ne voulais pas qu'il s'arrête de parler. Quel effet cela faisait-il d'être pom-pom girl et d'aller à des matchs interscolaires ?

— Elle était très compétitive, pour ce qui est du sport, poursuivit Elliot. Le seul dans lequel je la battais c'était le lancer des anneaux. Bien sûr, nous jouions au strip-anneaux, ajouta-t-il avec un petit sourire en coin. Un jeu que j'avais inventé.

— Qu'est-ce que c'est ? demandai-je, presque malgré moi.

— C'est très simple. Celui qui perd un round enlève une pièce de ses vêtements. En général, elle se retrouvait toute nue en dix rounds.

Je sentis mon souffle s'accélérer.

— Elle n'était pas mal bâtie, en plus. Ce n'était pas la première fille avec qui j'allais, remarque. J'ai commencé à douze ans, se vanta-t-il. Avec la fille de nos voisins, Sandra. Elle était très intelligente, en plus. À vrai dire, elle en savait bien plus que moi sur les mœurs des abeilles et des oiseaux. Et comme j'étais un élève minable, de temps en temps j'allais faire mes devoirs chez elle.

Nous avions rejoint le bord de la rivière. Ma canne à pêche était couchée sur les cailloux de la berge, et la ligne flottait dans le courant. Pendant notre lutte, mon seau d'appâts s'était renversé, la plupart des vers s'étaient éparpillés. Je m'agenouillai pour en ramasser le plus possible.

— Tu n'as pas envie de savoir ce qui s'est passé ? Tu es gay ou quoi ? s'impatienta Elliot, vexé que je ne m'intéresse plus à son récit.

Je m'y intéressais beaucoup, au contraire, mais je ne voulais surtout pas le montrer.

— Eh bien, réponds !
— D'accord. Que s'est-il passé ?
— Tu crois que je raconte des salades ?

Je haussai les épaules.

— Et même si c'était le cas, comment voudrais-tu que je le sache ?
— Parce que je te le dis, grogna-t-il en fronçant les sourcils.
— Alors vas y. Raconte.

Il s'assit sur une grosse pierre.

— C'était plutôt amusant, en fait. Nous étions en train d'étudier nos sciences naturelles, et en particulier quelque chose qui s'appelle copu... conju... conjugation.

— Conjugaison ?

— C'est ça, sauf que c'était à propos de vers, justement.

Je soupçonnai Elliot de se tromper de terme, mais je me gardai bien de le lui faire observer. Je tenais trop à savoir la suite.

— Et alors ?

— Alors elle a décidé de... d'élargir la discussion. Ça te va comme vocabulaire, le surdoué ? Elle a commencé à expliquer l'importance de connaître la reproduction chez les humains, et on est partis là-dessus. C'était une... quel est ce mot que mon père emploie tout le temps à propos de ma sœur, déjà ? Diva... diver...

— Dévergondée ?

— C'est ça, confirma Elliot, tout émoustillé. C'était une dévergondée. Je n'étais certainement pas le premier garçon avec qui elle jouait à ça. Pour être franc, elle m'a fait peur. Mais je ne voulais pas avoir l'air d'un petit nigaud, et c'est comme ça que nous nous sommes passés de... d'une chose à l'autre.

— Qu'est-ce que tu veux dire ? Quelle autre chose ?

— Tu sais bien. L'autre chose. On commence par jouer à touche-touche, puis à se déshabiller, et on finit par... par se conjuguer. Avec elle, c'était comme si on suivait un mode d'emploi. D'abord on fait ceci, et puis encore ceci et puis cela. J'étais excité mais j'avais l'impression d'être à l'école. Je ne l'ai plus jamais fait avec elle. Elle a essayé de m'attirer sous prétexte d'étudier, mais comme je n'ai pas voulu elle a trouvé quelqu'un d'autre. Voilà l'histoire.

Elliot attendit un commentaire de ma part, qui ne vint pas. J'achevai de rembobiner ma ligne. Il insista.

— Tu ne me crois pas, c'est ça ?

— Qu'est-ce que ça peut bien faire que je te croie ou pas ?

— Tu es vraiment bizarre, toi.

Je pivotai brusquement vers lui.

— Arrête de dire ça, tu m'entends ?

Il ne parut pas plus impressionné que ça.

— Enfin, je suppose que tu as de bonnes raisons pour ça.

— Qu'est-ce que tu essaies de dire, au juste ?

— Eh bien, après ce qui est arrivé à ta sœur, et tout ça. On n'a jamais retrouvé son corps, je crois ?

Je le regardai fixement, sans répondre.

— Je demandais ça comme ça, marmonna-t-il.

— Et moi je n'aime pas en parler.

— Est-ce que ta mère pense que c'était ce vieux bonhomme qui habitait notre maison ?

— Je viens de te dire...

— Bon, ça va.

Il ne dit plus rien, et ce fut moi qui me sentis obligée de parler.

— C'est un sujet pénible, tu comprends ?

— Oui. Mais quelquefois, les enfants disparus

réapparaissent. J'ai lu l'histoire de cette fille qui est revenue presque dix ans après. C'était dans un de ces canards qu'on trouve au supermarché. Elle a eu un flash-back ou je ne sais pas quoi, et elle a su comment retourner chez elle. Un peu comme les chiens, quoi. Peut-être que pour ta sœur ce sera pareil.

« Et ce film à la télé, la semaine dernière, où une ado découvre qu'elle a été kidnappée par les gens qu'elle prenait pour ses parents ? Tu l'as vu ?

— Je ne regarde pas la télévision.

— Quoi ? »

Je mis la canne sur mon épaule, ramassai ma boîte d'accessoires et serrai mon seau à vers contre moi.

— Nous ne regardons pas la télévision, confirmai-je.

— Jamais ? Alors qu'est-ce que vous faites le soir ?

— Nous lisons, nous écoutons de la musique, nous faisons des projets et nous y travaillons.

— Moi, je deviendrais dingue sans télé. Papa a promis qu'on aurait le câble aussitôt que possible. On ne capte rien avec cette vieille antenne. Tu vas au cinéma de temps en temps, quand même ?

— Non, dis-je en reprenant le chemin de la maison.

Elliot s'empressa de me suivre.

— Et tu n'en as pas envie ?

— Quelquefois, avouai-je.

— Mais ta mère ne veut pas que tu y ailles.

— Elle dit qu'on n'y voit pas grand-chose d'intéressant.

Il eut une moue offusquée.

— Qu'est-ce qu'elle en sait, si vous n'y allez jamais ? Oh, j'y suis ! Elle est extralucide, déclara-t-il avec une emphase comique. De toute façon, je vais te raconter le film de la semaine dernière.

Je souris intérieurement. Il avait encore plus besoin de compagnie que moi, apparemment. Il se hâta de poursuivre :

— Alors les flics arrivent à la maison, ils disent à la fille qu'elle a été kidnappée par ses soi-disant parents, et ils avouent. On va la ramener dans sa vraie famille, mais la grand-mère ne veut pas la laisser partir.

— Pourquoi ça ?

— Il se trouve que le grand-père est en fait son vrai père.

Je m'arrêtai, déroutée.

— Je n'y comprends rien.

— C'est pourtant simple : le grand-père a couché avec sa belle-fille, et cette fille est née, alors la grand-mère l'a volée quand elle était bébé. Je parie que tu voudrais bien avoir vu ce film, maintenant, pas vrai ?

Je ne répondis rien.

— Ils repassent les mêmes films, quelquefois. Si je le vois au programme, je te préviendrai et tu pourras venir le voir chez moi. Tu n'auras pas besoin d'en parler à ta mère. Tu n'auras qu'à dire que tu vas à la pêche, ou un truc comme ça.

— Je ne mens pas à ma mère, répliquai-je sèchement.

— C'est ça, bien sûr.

— Je ne mens pas, répétai-je en repartant, aussitôt imitée par Elliot.

— Eh bien, tu ne diras rien du tout, alors. « Ce qu'on ignore ne peut pas nous faire de mal », comme on dit.

— Il n'y a pas d'amour vrai dans le mensonge, rétorquai-je sévèrement.

Elliot leva les yeux au ciel.

— Non, mais je rêve. Tu as vécu trop longtemps tout seul, Lionel. Quand tu partiras d'ici pour de bon, tu seras comme un gamin dans une confiserie, et c'est là que tes ennuis commenceront.

C'était lui qui me sermonnait, maintenant. Je souris.

— Qu'est-ce qu'il y a de si drôle ? se hérissa-t-il.

— C'est la meilleure excuse pour faire le mal que j'aie jamais entendue.

— Oui, eh bien, c'est la vérité. Regarde ce qui arrive dans les universités, à tous ces étudiants qui sont indépendants pour la première fois de leur vie.

— Qu'est-ce que tu veux dire ?

— Ça leur fait perdre la boule. Ils boivent trop, traînent le soir, deviennent accros à la drogue, les filles tombent enceintes... n'importe quoi. Si leurs parents ne les avaient pas tellement vissés, ils n'auraient pas tourné mal.

— Est-ce que vos parents vous ont vissés, ta sœur et toi ?

Elliot haussa les sourcils.

— Non, pas vraiment.

— Et alors ?

— Alors quoi ?

— Tu viens à peine de me raconter les frasques de ta sœur avec des garçons plus âgés qu'elle, et les ennuis que tu t'étais attirés toi-même, non ?

— Oh, tu n'es qu'un petit minou à sa...

— Arrête de m'appeler comme ça ! Ouvre un dictionnaire et trouve un autre mot, tu veux ?

Il s'arrêta, mais pas moi.

— Peut-être que ta mère me laissera venir chez toi, et que je deviendrai aussi malin que toi, me cria-t-il.

Je ne me retournai pas. Il cria plus fort.

— Tu sais quoi ? Reviens, et je t'apprendrai la conjugaison, et toi tu pourras m'apprendre du vocabulaire. Juste au cas où tu rencontrerais quelque chose qui s'appelle une fille ! vociféra-t-il.

Cléo fit halte pour le regarder.

— Viens, Cléo, lui dis-je. Laisse-le tranquille.

Je rentrai à toute allure à la maison, pour me nettoyer avant que maman me voie dans cet état, et se pose des questions. Une fois propre, j'essayai de lire et d'étudier les leçons que maman m'avait données, mais mon attention s'évadait sans cesse. Je m'arrêtais pendant de longues minutes, pour réfléchir à tout ce dont Elliot m'avait parlé. Ces moments passés ensemble, et notre conversation, m'avaient laissé l'impression d'être un naufragé sur une île déserte. Était-ce là le mal dont maman redoutait la contagion pour moi ? Toutes ces histoires de sexe et toutes ces images suggestives étaient-elles comparables à des microbes ? Je faisais des efforts immenses pour les chasser de mon esprit. Je n'y arrivais pas pour autant, et cela me faisait peur. À la fin, je décidai d'aller faire un tour au cimetière. C'était là que maman allait demander conseil aux esprits, alors pourquoi pas moi ?

Comme c'était souvent le cas vers la fin de l'été, le ciel changeait rapidement. L'air chaud et de plus en plus humide laissait présager une averse imminente. Même si nous étions assez haut dans la montagne, il se pouvait très bien que nous subissions une de ces pluies torrentielles qui, selon moi, valaient bien celles des tropiques. Les nuages cernaient les dernières éclaircies de ciel bleu, comme s'ils avaient réellement l'intention de les faire disparaître. Mais où donc était maman ? Qu'est-ce qui pouvait la retenir aussi longtemps ? À part sa visite à son avocat, elle n'était pas censée se rendre ailleurs.

Debout devant les tombes, je m'efforçai de percevoir une présence spirituelle.

— S'il te plaît, papa, reviens me voir, suppliai-je. J'ai besoin de toi. Je t'en prie. Je ne veux pas me conduire mal. Je ne veux rien faire qui puisse causer du tort à maman, ni à moi.

Je touchai la tombe de bébé Jordan comme le faisait toujours maman. Je fermai les yeux et tâtai les petites mains en bas-relief, en espérant les sentir bouger, mais je ne sentis rien d'autre que la pierre froide. Rien ne se passa, même quand j'eus chanté certains des vieux cantiques de maman. De l'autre côté de la grille, Cléo m'observa un moment puis se coucha, posa la tête sur ses pattes et ferma les yeux.

Soudain, il releva la tête et regarda en direction de l'allée. Je me retournai et vis arriver deux voitures. L'une était celle de maman, mais je ne reconnus pas l'autre. Comme elles se rapprochaient, je m'aperçus que ce n'était pas maman qui conduisait sa voiture, mais un homme avec une chemise bleue.

Maman semblait très abattue. Un autre homme, portant la même chemise que le premier, était au volant de la seconde voiture. Je quittai le cimetière en courant, et j'arrivai devant la maison en même temps qu'eux.

L'homme qui conduisait à la place de maman stoppa, descendit et alla vivement ouvrir sa portière. Il portait un pantalon assorti à sa chemise, ce qui lui donnait l'air d'être en uniforme. La seconde voiture s'arrêta et son conducteur, vêtu exactement comme l'autre, descendit à son tour et s'approcha de lui. Le chauffeur de maman l'aida à sortir : elle semblait flageoler sur ses jambes.

— Maman ! m'écriai-je.

— Elle va bien, me rassura l'homme qui la soutenait.

Elle leva les yeux et me regarda, d'un air bizarre d'abord, puis de façon plus normale, et désigna la porte d'un signe de tête. Je me hâtai d'aller l'ouvrir et tous trois gravirent les marches.

— Je vais bien, maintenant, dit maman à celui qui l'aidait. Merci. Merci à tous les deux.

— Vous auriez dû laisser le docteur vous examiner et passer ces tests, madame Atwell, lui dit-il. Et vous, jeune homme, veillez bien sur elle, ajouta-t-il à mon intention.

Puis, tous deux s'en retournèrent à la seconde voiture.

— Que s'est-il passé, maman ?

— Rentrons d'abord, répondit-elle, et nous entrâmes aussitôt dans la maison.

Dès qu'elle eut refermé la porte, elle prit une longue inspiration et passa dans le salon, où je la suivis. Je ne la quittai pas des yeux quand elle se dirigea, aussi vite qu'elle était capable de marcher, vers le rocking-chair de Grandpa Jordan. Une fois assise, elle parut profondément soulagée.

Je répétai ma question.

— Que s'est-il passé, maman ?

— Je me suis évanouie dans le bureau de l'avocat. Ils m'ont emmenée à l'hôpital avant que j'aie une chance de protester, et ces deux garçons de salle ont tenu à me raccompagner. Ils ne voulaient pas que je conduise moi-même. Je vais très bien, affirma-t-elle.

— Pourquoi t'es-tu évanouie ?

Elle évita mon regard.

— Peut-être que tout ça était au-dessus de mes forces. Devoir me souvenir de tout, d'avoir perdu un enfant bien-aimé, de ne pas pouvoir reconnaître son corps. C'était comme aller à des funérailles, regarder le cercueil descendre dans la fosse, voir jeter la terre sur lui, affronter la réalité. Les battements de mon cœur se déréglaient, le souffle me manquait. Je vais me remettre, j'ai seulement besoin d'un peu de repos. Apporte-moi un verre d'eau et ça ira.

Je m'empressai d'aller le lui chercher. Elle le but lentement, puis elle se renversa en arrière et me sourit.

— Tout ira bien pour nous, insista-t-elle. Ce n'est rien.

Elle ferma les yeux quelques instants et les rouvrit brusquement.

— Est-ce que je ne t'ai pas vu près du cimetière, en arrivant ?

— Si.

— Qu'est-ce que tu faisais là ?

— Je... j'espérais... je voulais...

Les yeux de maman s'étrécirent.

— Tu n'as pas fait quelque chose que tu n'aurais pas dû faire, Lionel ?

— Non, protestai-je, mais peut-être un peu trop vite.

— Si nous baissons notre garde, ils entreront dans notre forteresse, prédit-elle avec assurance.

Je soutins son regard scrutateur en me mordant la lèvre.

— Va te préparer quelque chose pour dîner, dit-elle enfin.

— Et toi, maman ?

— J'ai juste besoin de rester un peu ici et de me reposer. Allez, vas-y. Je te dis que je vais me remettre.

Après une courte hésitation, je m'en allai, mais au moment de franchir la porte je me retournai vers maman. Elle avait les yeux fermés, la tête inclinée en arrière, et elle semblait avoir vieilli de dix ans.

Le seul fait d'avoir pensé à la perte d'un enfant pouvait-il en être la cause ? Combien de temps devrait-elle revivre cela ? Pourquoi notre avocat l'avait-il contrainte à affronter à nouveau cette épreuve ? Pourquoi les gens ne pouvaient-ils pas nous laisser tranquilles, tout simplement ?

Mais ce malaise de maman n'avait peut-être rien à voir avec tout ça. Peut-être était-ce ma faute, parce que j'avais dévié du droit chemin, que j'avais laissé mes pensées s'égarer dans les fantasmes. Maman m'avait toujours dit qu'elle pouvait déchiffrer mes pensées.

Donc, c'était bien ma faute, m'accusai-je. D'une façon ou d'une autre, c'était ma faute. Je devais redoubler d'efforts pour m'améliorer.

Pourquoi ces voix que j'entendais en moi, ces voix muettes m'avertissaient-elles que cela me serait de plus en plus difficile ?

Je tremblais intérieurement, exactement comme tremblait maman quand elle percevait, tout près d'elle, une présence obscure et redoutable.

Sauf que pour moi, cette présence n'était pas simplement toute proche, méditai-je.

Elle était en moi, confortablement blottie contre mon cœur.

13

Voyeurisme

Un peu plus tard dans la soirée, l'état de maman parut s'améliorer, mais les jours suivants elle sembla se mouvoir avec plus de lenteur, fit des siestes plus fréquentes et s'endormit souvent dans le salon. Quand il m'arrivait de la surprendre endormie, je voyais ses yeux tressaillir et ses lèvres trembler. Une fois même, elle s'éveilla en sursaut et regarda autour d'elle comme si elle ne savait plus où elle était, ni comment elle était arrivée là.

— Qu'est-ce qu'il y a ? me demanda-t-elle quand elle m'aperçut en train de l'observer. Qu'est-ce qui ne va pas ?

— Mais rien, me hâtai-je de répondre.

Elle ne parut pas convaincue, resserra son châle autour d'elle et ordonna :

— Retourne travailler.

Plus tard, ce fut moi qui la surpris en train de m'observer. Je ne sais pas dans quelle activité elle espérait me prendre au dépourvu, ou ce qu'elle s'attendait à voir, mais cela m'inquiéta. Je me demandai si quelque chose de sombre et de menaçant me suivait dans la propriété, quelque chose que j'étais incapable de voir moi-même.

L'été prit fin très tôt, cette année-là. Les nuits étaient plus fraîches qu'à l'ordinaire, et les feuilles commencèrent à jaunir dès la fin du mois d'août. Nous eûmes également des gelées hors saison, ce qui nuisit au blé encore sur pied, ainsi qu'à nos légumes et autres plantations. Maman se plaignait souvent des ravages que causait ce froid précoce à son jardin d'herbes médicinales. Apparemment, ses conseillers spirituels ne s'étaient pas trompés en lui annonçant un hiver particulièrement long et rigoureux.

J'évitais la forêt et n'allais plus à la pêche. De temps en temps, j'entrapercevais Elliot à l'orée des bois, en train de surveiller la maison et moi-même ; mais je ne faisais pas mine de l'avoir vu et il restait sous le couvert des arbres. À cause de tout ce qu'il avait entendu raconter sur nous, il devait avoir trop peur de maman pour oser s'approcher de la maison ou de moi. Au bout d'un certain temps, je ne le vis plus, et j'appris qu'au lycée les cours avaient repris. Elliot était très occupé, supposai-je, et il s'était certainement fait de nouveaux amis.

Maman était très contrariée de devoir établir un nouveau programme d'études pour mon année scolaire, et d'avoir à le soumettre aux autorités du lycée. Cette fois-ci, elle alla le présenter sans moi. Et quand elle revint, elle ronchonnait contre l'arrogance de M. Camfield et de tous ces enseignants pleins d'eux-mêmes.

Vers la mi-octobre, il se mit à pleuvoir

énormément. Les averses étaient violentes et duraient parfois très longtemps, si bien qu'avant la fin du mois, le sol était jonché de merveilleuses feuilles rouges, jaunes et mordorées. Presque entièrement dépouillés, les arbres montraient à nouveau leur squelette. Mornes et sombres, les branches nues dessinaient dans le crépuscule leurs formes torturées. C'était, autour de la maison, comme si une note lugubre, sourde et morose, résonnait interminablement. Les oiseaux qui n'étaient pas encore partis vers le sud paraissaient accablés, ils ne chantaient presque plus. Par moments, immobiles et muets, ils avaient l'air d'être empaillés.

Maman restait de plus en plus souvent seule dans le salon, sans allumer, devant la fenêtre. Elle scrutait l'obscurité du dehors, qu'un ciel toujours couvert rendait plus épaisse encore. Elle ne parlait presque plus des esprits. Elle ne faisait plus jamais allusion à papa. En fait, elle semblait encore plus solitaire que moi, et à cause de cela je m'inquiétais de plus en plus pour elle.

Nous continuions à accomplir nos tâches et à nous tenir occupées. J'étudiais toutes les leçons qu'elle jugeait bon de me donner. Elle jouait aussi du piano, moins souvent que d'habitude à vrai dire, et la musique qu'elle choisissait n'était plus jamais joyeuse ni légère. Elle semblait vouloir s'entourer d'une atmosphère mélancolique. Elle se plaignait des effets du froid sur ses mains, et de la mauvaise qualité des médicaments d'aujourd'hui. Malgré cela elle continuait sa tapisserie, et tenait la maison aussi propre que d'habitude, sinon plus.

Je devais combattre sans cesse ma curiosité dévorante, qui me poussait à épier Elliot, son père et sa sœur. Autrement dit : une famille. Une famille avec ses rires et ses larmes, ses colères et ses joies, dont seul un pan de forêt me séparait et que j'entrevoyais derrière un écran d'arbres. Je jouais à m'approcher de chez eux par la route, et non à travers bois. Je flânais parfois à la lisière de notre propriété, je me mettais au défi d'aller plus loin, mais j'hésitais assez longtemps pour surmonter mon envie et je retournais à mon univers.

Et puis, un des premiers jours de novembre, alors que je ramassais du bois en bordure de forêt, j'entendis Elliot m'appeler. Je me retournai. Il était adossé à un érable, l'air très content de lui, un petit sourire gouailleur au coin des lèvres. Il portait un blouson rouge et une casquette arborant les mots : New York Yankees. J'entendis un bruit de clés qu'on remue, et le vis brandir un trousseau qu'il secouait.

— Devine ce que c'est ? m'aborda-t-il.

Je m'assurai d'un coup d'œil que maman n'était pas dehors et m'avançai, mon petit-bois dans les bras.

— Aucune idée, répondis-je, en m'efforçant de prendre un air indifférent.

— Les clés de ma voiture, idiot ! Je m'en suis plutôt bien tiré à l'examen, mon père a été obligé de tenir sa promesse. La voiture a quatre ans mais elle a de l'allure. Elle est noire, ou plutôt noir métallisé, avec des roues chromées.

— Je suis bien content pour toi, répliquai-je, en repartant vers la maison avec mon bois.

Il me rappela.

— Hé, attends un peu ! Tu ne veux pas savoir ce que j'ai fait pendant tout ce temps ?

Je fis halte.

— Non.

— Menteur. Je t'ai cherché à la rivière, de temps en temps, mais tu n'y étais jamais. Comment ça se fait ? Tu as peur de retomber à l'eau ? s'égaya-t-il.

— Non, je n'ai peur de rien. J'étais occupé, c'est tout. Il y a beaucoup de travail à faire, ici.

— C'est vrai, comme nourrir les poules, par exemple. Au fait, je vais au lycée, tu sais ? Je me suis fait quelques copains. Ce n'est pas aussi terrible que ce que j'avais prévu, et les filles sont plutôt chouettes.

— Super. Je suis bien content pour toi.

— Bon, ça va, dit-il en reprenant son sérieux. Je suis désolé de t'avoir embêté comme ça.

— Si tu crois que ça m'a fait quelque chose ! ripostai-je.

— Tant mieux. Je t'emmène faire un tour en voiture ?

— Non.

Pourquoi pas ? On se promènera dans le coin, histoire d'explorer le secteur, je te présenterai à des copains et même à des filles, si ça se trouve. Je ne te demanderai même pas de payer ta part pour l'essence.

— Je n'ai pas envie de me promener dans le coin. Il n'y a rien ni personne qui m'intéresse, ici. Profite bien de ta voiture ! lançai-je en m'éloignant.

— Ma sœur non plus ne t'intéresse pas ? cria-t-il derrière moi. Même pas elle ?

Je l'entendis rire mais je ne m'arrêtai pas, et rentrai à la maison sans me retourner. Pendant un moment, je restai devant la porte, puis j'allai à la fenêtre de devant et jetai un regard du côté de la forêt, à l'endroit où j'avais vu Elliot. Il était parti.

Mais je n'en ressentis aucun soulagement, au contraire. Je fus déçue.

Quelques jours plus tard, un peu tôt pour la saison, il neigea. Cette blancheur fut la bienvenue, car elle recouvrait la tristesse des arbres, les buissons desséchés et l'herbe jaunie. Les oiseaux eux-mêmes, ceux qui passaient l'hiver chez nous, semblaient plus heureux et plus animés. Le lendemain, pourtant, le temps se radoucit, et la neige fondit rapidement au soleil que ne voilait aucun nuage. Tout scintillait, surtout le soir au clair de lune, quand le vent froid glaçait les troncs d'arbres et les branches.

Le lendemain après-midi, j'eus quartier libre. Une fois de plus, maman s'était endormie, après avoir passé la matinée à faire le ménage, avec un véritable acharnement cette fois-ci. Elle semblait trouver de la saleté là où tout était propre, des taches là où il n'y en avait aucune. Vers la fin de la matinée, elle monta à la tourelle pour épousseter et récurer. Je pouvais l'entendre s'activer. Et je ne fus pas surprise quand, après le déjeuner, elle s'effondra sur le canapé du salon et sombra dans le sommeil.

Une conscience nouvelle de ma solitude m'étreignit, plus aiguë que jamais. Il y avait si longtemps que je n'avais pas eu de compagnon. Malgré ce que je prétendais en face d'Elliot, le travail ne compensait rien, si long et si pénible qu'il fût. En fait, j'étais à court de moyens pour m'occuper l'esprit, et les leçons que me donnait maman étaient plus faciles que prévu. Au fond de moi, j'avais la certitude que celles de Céleste auraient exigé beaucoup plus d'efforts, mais je n'aurais jamais osé le dire.

La vérité, c'est que je ne pouvais plus ignorer le changement qui se produisait en moi. Même en l'absence de miroirs, je parvenais à capter mon reflet, soit dans une vitre, soit dans une surface de métal poli. Le visage qu'elles me renvoyaient m'intriguait. Ce n'était pas celui que je ressentais comme le mien. En fait, il avait plutôt l'air d'un masque, et je m'interrogeais. Qui étais-je en réalité ? Qu'était devenu mon véritable moi ?

Finalement, un vieux mythe grec que j'avais lu récemment me ramena près de la rivière, là où le courant avait creusé une sorte de bassin et où, bien des années plus tôt, papa nous emmenait nous baigner. Le mythe qui me revenait à l'esprit était celui de Narcisse. En se penchant sur l'eau, Narcisse tomba amoureux de son image, et quand il comprit que ce n'était rien d'autre qu'une image, il en mourut. Maman m'avait fait lire cette histoire pour m'empêcher de devenir égoïste, et de trop m'attacher à ce qui n'en valait pas la peine. Je comprenais tout cela, mais j'éprouvais quand même le désir de trouver quelque chose de beau en moi. Est-ce que c'était mal ?

Cléo était fou de joie de me voir retourner dans les bois. Les yeux brillants, il courait de tous côtés, débordant d'énergie au point d'en être drôle. J'essayais de le calmer, mais autant vouloir retenir le vent. Il fonçait à travers les fourrés, creusait, aboyait, pourchassait les oiseaux, tournait en rond puis filait devant moi. Quand nous atteignîmes le bassin il s'y précipita, barbota jusqu'à l'autre rive et revint de la même façon, avec des mouvements de tête si cocasses que j'éclatai de rire.

Puis je m'assis sur un rocher et j'attendis que l'eau se calme pour y contempler mon reflet. Maman m'avait coupé les cheveux très court, encore plus court qu'elle ne coupait ceux de Lionel. Mon surplus de poids me faisait le visage plus rond que je ne l'aurais voulu, mais en dépit de mes durs travaux de plein air, j'avais toujours les traits aussi fins. Je me trouvai presque jolie.

— Tiens, mais c'est l'ermite ! fit une voix toute proche.

Je faillis sauter en l'air. Elliot venait de sortir des bois et s'avançait vers moi.

— Qu'est-ce que tu fais ici ? attaquai-je, furieuse d'avoir montré une telle surprise. Tu traînes toute la journée dans les bois pour voir si j'y suis.

— Sûrement pas. Mais j'ai entendu aboyer le chien, et je sais que tu es le seul à en avoir un, par ici. Ce n'était pas sorcier de deviner que c'était toi. Où est ta canne à pêche ?

— Je ne suis pas venu pêcher.

— Ah bon ? Tu n'es pas venu te baigner non plus, apparemment. Cette eau doit être assez froide pour se geler les noisettes.

— Les noisettes ?

— Je sais que tu sais ce que c'est, se moqua-t-il.

Je me raidis.

— Non, je ne suis pas venu me baigner. Quelquefois, j'aime bien me promener dans les bois, tout simplement. Et en plus, il faut bien que je fasse prendre un peu d'exercice à Cléo.

— C'est ça, de l'exercice, dit-il en faisant ricocher une pierre plate sur l'eau.

— Et comment se fait-il que tu ne sois pas venu en voiture ? persiflai-je. Eh bien ?

Il fit la grimace.

— Je suis privé de sortie pour un mois. J'ai eu un P.V. pour excès de vitesse. Qui aurait cru qu'ils auraient mis des radars, dans ce trou perdu ? Naturellement, mon père a piqué une crise. J'ai à peine passé mon permis que je récolte un P.V., ce qui fait monter le tarif de son assurance, paraît-il.

Elliot donna un coup de pied dans un caillou et s'assit sur une grosse pierre, à côté de moi.

— Heureusement, commenta-t-il en retrouvant le sourire, ma nouvelle copine sait conduire.

— Ta nouvelle copine ?

— Oui, Harmony Ross. Ses parents sont divorcés, elle habite avec sa mère et sa petite sœur, Tiffany. Sa mère est auxiliaire juridique et travaille pour un grand avocat. Elle est sensationnelle. On dirait plutôt la sœur d'Harmony. En tout cas elle a un ami, un directeur de banque, et Harmony a souvent la maison pour elle toute seule. Elle me raconte tout sur sa famille. Ses parents ont divorcé quand elle avait cinq ans et sa mère et elle ne voient plus son père, mais elles ont de l'argent et Harmony a la maison. Une très chouette maison.

Elliot eut un sourire ambigu et acheva :

— C'était la première fois que je faisais l'amour avec une fille dans son propre lit.

Je le regardai fixement, ce qui parut le froisser.

— Tu ne me crois pas ?

— Pourquoi ne devrais-je pas te croire ?

— Et en plus, on l'a fait dès le second rendez-vous, se vanta-t-il.

Je me levai et claquai des doigts pour appeler Cléo.

— Je lui ai tout raconté sur toi, lança Elliot derrière moi.

Je pivotai pour lui faire face.

— Tu veux dire… que tu lui as parlé de moi ?

— Ne t'énerve pas. Elle était folle de curiosité. Et le lendemain, quand elle en a parlé à son amie Roberta, Roberta a été très, très intéressée. Elles te trouvent fascinant, ajouta-t-il d'un ton railleur. Bien sûr, j'en ai un peu rajouté.

— Pour ça, je te fais confiance.

— Bof, ça ne fait de mal à personne. En fait, ça a fait monter ma cote.

— Pourquoi ça ?

— Pourquoi ? Personne n'en sait aussi long sur toi. On ne te voit jamais nulle part. Si je leur avais dit que tu avais des cornes sur la tête, elles m'auraient cru.

— Elles peuvent bien croire ce qu'elles veulent ! ripostai-je en repartant.

— Du calme, je n'ai rien dit de bien terrible, s'excusa-t-il en me rattrapant. En fait, je t'ai plutôt bien présenté. Je leur ai dit que tu étais un gars très sympa, qui connaissait des tas de trucs intéressants sur les bois, les animaux... Un vrai Nature Boy, quoi, et qui savait parler aux oiseaux. Roberta voudrait déjà te connaître. Tu me remercieras quand tu la connaîtras, toi aussi. J'ai pratiquement tracé ton chemin vers la gloire.

Je m'arrêtai, les sourcils froncés.

— Qu'est-ce que je suis censé comprendre ?

— Que tu n'auras aucun mal à l'avoir, idiot ! Elle fera ça juste pour pouvoir dire qu'elle a été avec toi.

— Qui te dit que j'ai envie d'aller avec elle ?

Il haussa les sourcils et sourit.

— Si ma sœur est déjà bien bâtie, attends d'avoir vu Roberta Berkman. Et en plus, il paraît qu'elle est plutôt facile à emballer. Un petit verre ou un joint, et c'est parti !

— Un joint ?

— De la marijuana, espèce d'idiot. Tu en as entendu parler, quand même ?

— Oui, je sais ce que c'est.

— Bon. Alors un joint, deux petits baisers dans le cou et hop ! Sésame s'ouvre tout seul.

— Qui te dit que j'en ai envie ? insistai-je.

— Arrête avec ça. Tu en as envie et j'ai décidé de t'aider, annonça Elliot sur un ton magnanime. À quoi servirait mon expérience, si je ne pouvais pas en faire profiter un copain ?

J'inclinai la tête de côté d'un air sceptique.

— Je ne suis pas ton copain.

— Hé ho ! Les hommes doivent se serrer les coudes, dans ce monde.

— Comment se fait-il que les doutes bourdonnent autour de moi comme des abeilles ? ironisai-je.

Elliot commença par rire, puis s'arrêta net.

— Je rentre chez moi, déclarai-je.

Il m'empoigna vivement par le bras.

— Eh, une minute ! C'est vraiment une bonne occasion pour nous deux. Je peux les avoir chez moi ce week-end. On pourra faire la fête.

— Non, dis-je en m'efforçant de cacher ma panique. Ça ne m'intéresse pas.

— Mais pourquoi ? Tu as dit que tu n'étais pas gay ! Je n'ai rien dit de mal sur ton compte, au contraire. Et j'ai tout arrangé pour nous !

— Je ne t'avais rien demandé.

— N'empêche que je l'ai fait.

— Et alors ?

Il détourna les yeux, parut réfléchir et affronta mon regard.

— Bon, d'accord, je ne t'ai pas dit toute la vérité, avoua-t-il.

— Quoi ?

— Harmony n'est pas vraiment ma petite amie, et je n'ai pas couché avec elle dans sa chambre. Pas encore, en tout cas, mais j'y suis bien décidé. C'est la plus jolie fille du lycée, crois-moi, et Roberta n'est vraiment pas mal non plus. La vérité, c'est qu'elles sont inséparables. Quand elles sortent avec un garçon, c'est toujours les deux couples ensemble, ou pratiquement. C'est parce que je leur ai parlé de toi qu'elles se sont intéressées à moi.

— Ça, c'est ton problème, pas le mien.

Je me détournai à nouveau pour repartir, et à nouveau il me retint par le bras.

— Ça suffit ! le rabrouai-je.

— Attends une seconde. J'ai un marché à te proposer.

— Un marché ?

— Tu acceptes de venir chez moi, c'est tout. Tu pourras parler de pêche ou de n'importe quoi, raconter tout ce que tu voudras. Ça m'est égal, pourvu que tu t'occupes de Roberta pendant que je m'occuperai d'Harmony.

Je commençai à secouer la tête, mais il m'arrêta.

— Tu as besoin d'encouragements, c'est tout. Je sais que tu es timide et que tu n'as jamais vu ni fait grand-chose.

— Non, merci.

Cette fois, la voix d'Elliot se fit carrément implorante.

— Écoute, je te montrerai quelque chose que tu as envie de voir, si tu acceptes de rencontrer les filles chez moi. Tu n'auras pas grand-chose à faire si ça ne te dit rien. Tu seras là, ça suffira.

Ma curiosité fut la plus forte. Je haussai les sourcils.

— Qu'est-ce que tu me montreras ? Qu'est-ce que j'ai envie de voir, d'après toi ?

— Tu voudrais bien voir ma sœur toute nue, pas vrai ?

Pendant un moment, j'en restai sans voix. Quand j'ouvris la bouche pour protester, Elliot sourit.

— N'essaie pas de nier. C'était pour ça que tu étais venu nous espionner, ce soir-là.

— C'est faux.

— Quelle importance, après tout ?

— Et tu ferais ça à ta sœur ?

— Bof ! Elle ne se gêne pas pour tout montrer, de toute façon. Tu sais quoi ? On a deux chambres côte à côte, à l'étage. Dans la mienne, il y avait quelque chose d'accroché qui n'y est plus, mais il reste un trou par lequel on voit très bien à côté. Tu pourrais venir dans ma chambre et la regarder, sans qu'elle s'en rende compte.

— Je ne ferai jamais ça, chuchotai-je, la voix rauque.

— Bien sûr que si. Elle se promène toute nue et quelquefois... quelquefois, elle fait des trucs.

Je sentis mon cœur s'arrêter, j'avais l'impression d'avoir un trou dans la poitrine. Je secouai la tête et repartis d'un bon pas, mais Elliot m'accompagna.

— Tu sais de quoi je parle quand je te dis qu'elle fait des trucs ?

— Non.

— Elle se fait des choses pour s'exciter, ça vaut le coup d'œil. Je croyais qu'il n'y avait que les garçons qui faisaient ça, mais non. La première fois que je l'ai vue le faire, j'avoue que ça m'a mis dans tous mes états. Elle mourrait de honte si elle savait que je l'ai vue.

J'essayai d'avaler ma salive mais je n'y arrivai pas. Tout d'un coup, j'avais chaud partout, au point de me demander si Elliot le sentait. Il marcha un moment à mes côtés sans rien dire, puis rompit le silence.

— Je suis sûr que sans télévision, sans jamais aller nulle part, et avec tout le travail que ta mère te donne, tu ne connais rien à rien, Lionel. Quand tu en sauras plus, tu me remercieras, et pour ça tu n'as qu'à accepter de voir les filles. Elles ont tellement envie de te connaître, insista-t-il. Ça va forcément te plaire. Sinon, c'est qu'il se passe quelque chose de pas normal, chez vous. Peut-être que ta mère fait des choses pour t'empêcher de t'intéresser aux filles. Les gens devraient le savoir, ajouta-t-il avec une note de menace dans la voix.

Je fis halte et le regardai bien en face.

— Qu'est-ce que je dois comprendre ?

Il haussa les épaules.

— Je pourrais raconter n'importe quoi aux gens et ils me croiraient. Je n'aurais même pas besoin d'en rajouter. Il n'y a qu'à voir tout ce que fait ta mère ! J'étais là quand elle chantait dans ce cimetière. Qui est-ce qui est enterré là, au fait ?

— Ça ne te regarde pas.

— D'accord, tu as raison. Je me fiche pas mal des morts, de toute façon, renvoya-t-il d'un ton rogue.

Puis il se radoucit.

— Allez, ce sera marrant, tu ne le regretteras pas. Alors ?

— Je...

— Viens ce soir vers huit heures. Elle prend son bain vers cette heure-là, puis elle reste dans sa chambre. En plus, mon père travaille tard, ce soir. Il n'y aura que nous deux. Betsy ne saura même pas que tu seras dans la maison. Alors, qu'est-ce que t'en dis ?

Était-ce le pouvoir du mal ? Une force obscure avait-elle pris possession de moi ? Je sentis que je hochais la tête.

— Génial, approuva Elliot en souriant.

Puis son sourire s'effaça.

— Tu ferais mieux de venir, Lionel, je te préviens. Sinon, je te jure que j'irai te chercher.

Je repartis, et cette fois il ne me suivit pas. Mais il cria derrière moi :

— Tu as intérêt à venir, mon vieux !

Je hâtai le pas, le cœur battant à tout rompre. À quoi avais-je consenti ? Quand j'arrivai à la lisière de la prairie, je courus d'une traite jusqu'à la maison et m'arrêtai à la porte, en haletant comme Cléo le faisait parfois. Je m'efforçai de retrouver mon calme. Si maman me voyait dans cet état...

Quand je me décidai enfin à entrer, je l'entendis s'activer dans la cuisine. Dès qu'elle nous aperçut, elle poussa les hauts cris parce que Cléo avait les pattes sales. Je dus pratiquement le porter pour aller le nettoyer dehors. Quand je revins, elle avait les yeux hagards, les cheveux en désordre, comme si elle venait de voir quelque chose de terrible.

— Cette maison doit rester dans un état de propreté immaculée, déclara-t-elle. Nous devons la considérer comme un lieu sacré, sinon ils ne viendront plus. Dorénavant, tu laisseras tes chaussures à la porte. Tu y trouveras aussi un gant de toilette et un seau d'eau savonneuse. Lave-toi les mains avant d'entrer, c'est compris ? C'est compris ?

— Oui, m'empressai-je de répondre.

— Bon. Tant mieux. C'est important. Tout est important, marmonna-t-elle en retournant préparer le dîner.

Elle fut plus calme qu'à l'ordinaire pendant le repas. De temps en temps, elle attachait sur moi un regard appuyé, les sourcils froncés comme si de sombres pensées s'agitaient sous son crâne. Ou encore, elle regardait fixement devant elle, complètement figée. Jusqu'au moment où un bruit quelconque, celui de mon couvert heurtant mon assiette par exemple, la ramenait brusquement à la conscience, et elle se remettait à manger.

Plus tard, la vaisselle achevée, elle fit le ménage dans la cuisine et me dit de sortir la poubelle. Quand je revins, elle m'attendait à la porte.

— Enlève tes chaussures, m'ordonna-t-elle, avant de me tendre le gant de toilette. Et n'oublie pas. Tu dois toujours te nettoyer avant d'entrer dans notre temple, car c'est cela qu'est notre maison. Un temple, un sanctuaire pour eux.

Je fis ce qu'elle me demandait et elle rentra dans la cuisine. Peu de temps après, elle monta à l'étage. J'attendis qu'elle redescende, mais elle ne le fit pas, et quand je montai voir comment elle allait, je la trouvai endormie sur son lit, tout habillée. Je la recouvris soigneusement mais elle ne remua même pas.

Elle est tout simplement à bout de forces, raisonnai-je. Tous ces soucis et toutes ces responsabilités l'ont épuisée. Elle n'a besoin que d'une bonne nuit de sommeil.

Je comptais me coucher tôt moi-même, mais l'invitation d'Elliot ne se laissait pas oublier. J'avais beau essayer, je n'arrivais pas à me débarrasser des images et des paroles qui me trottaient dans la tête. Et puis, est-ce que j'avais le choix ? Si je n'allais pas chez lui, Elliot mettrait sa menace à exécution et nous causerait de nouveaux problèmes, à maman et à moi. Cela me décida. Je sortis furtivement, enfilai mes chaussures et, Cléo à mes côtés, je courus sur le chemin forestier jusqu'à la limite de la propriété des Fletcher.

Là, j'hésitai à la vue des fenêtres allumées. Il était presque huit heures. Soudain, j'entendis s'ouvrir la porte du fond de la maison, et Elliot apparut sur la galerie de derrière. Il regarda vers la forêt. Toujours escortée de Cléo, je quittai le couvert des arbres et traversai lentement le pré.

— Tu es obligé d'emmener ce chien partout où tu vas ? bougonna Elliot.

— Si je ne le faisais pas, il aboierait sans arrêt et ma mère se demanderait où j'ai bien pu aller.

— Il ne peut pas rentrer, ma sœur l'entendrait.

— Il va aboyer, je te préviens.

— D'accord, capitula-t-il. Bon sang ! Je me sens comme un gamin de dix ans quand je suis avec toi.

— Alors c'est simple, je rentre chez moi.

— Woaoh ! Ce que tu peux être susceptible ! Mettons que je n'ai rien dit. Allez, insista-t-il encore. Moi, quand je fais un marché, je tiens toujours parole.

— Je ne suis pas sûr que ce soit une bonne idée.

Il eut un sourire engageant.

— Fais-moi confiance, tu ne seras pas déçu.

— Ce n'est pas ce que je voulais dire, tentai-je de lui expliquer, mais il s'était déjà détourné pour rentrer dans la maison.

— Surtout ne fais pas de bruit, chuchota-t-il en me faisant signe de le suivre.

Nous traversâmes la cuisine, suivis de Cléo qui reniflait dans tous les coins. Au pied de l'escalier, Elliot s'arrêta.

— Va chercher le chien, ordonna-t-il.

Cléo était parti explorer les autres pièces. Je claquai des doigts pour attirer son attention et il nous suivit à l'étage, où nous gagnâmes rapidement la chambre d'Elliot. Contrairement à la mienne, elle était pleine de toutes sortes de choses, et tapissée d'affiches de ses chanteurs préférés, de groupes et de films. Des livres et des magazines s'éparpillaient un peu partout. Le lit n'était pas fait, des chemises et des pantalons traînaient sur les chaises, et même sur le plancher. Cléo eut vite fait de dénicher une chaussette et la prit dans sa gueule. J'essayai de la lui reprendre, mais il m'échappa et se mit hors d'atteinte.

— Oublie ce chien, dit Elliot à voix basse. Qu'est-ce qu'on a à faire d'une chaussette ?

Il eut un sourire égrillard, se dirigea vers l'affiche d'un groupe de rock et, avec précaution, il l'ôta du mur. En dessous apparut le trou dont il avait parlé. Il y colla un œil puis se retourna vers moi.

— Elle n'est pas encore là, annonça-t-il.

— Ça ne te gêne vraiment pas de faire ça ? C'est ta sœur, quand même.

— Et alors ? Ce qu'elle ne sait pas ne lui fera pas de mal, et quand on voit dans quelles tenues elle se promène partout... Elle est pratiquement nue tout le temps. Mon père est au bord de la crise cardiaque tous les jours. Personne n'en parle, mais il s'arrange pour qu'elle prenne la pilule. Il se contente de laisser la boîte dans sa chambre, comme quelqu'un d'autre poserait un piège à souris.

J'ouvrais grandes les oreilles, intriguée par tous ces détails concernant la vie d'une autre famille.

— Je suis sûr que tu devines comment ça a

fini, commenta Elliot avec une grimace gouailleuse.

Je ne répondis pas et il se retourna vers le mur, pour regarder à nouveau par le trou. Puis il se recula, le même sourire aux lèvres, et m'adressa un signe de tête complice.

— Elle est toute à toi, railla-t-il en me désignant le mur.

Je ne bougeai pas d'un pouce, et il m'encouragea.

— Eh bien, vas-y ! Tu peux rentrer et sortir sans être vu, et mon père sera là d'ici quarante minutes.

Il me sembla que mon cœur bondissait dans ma poitrine. Lentement, je m'avançai vers le mur. J'avais l'impression d'accepter une invitation du diable en personne, mais ma curiosité fut la plus forte. J'approchai mon œil de l'orifice.

C'était la première fois de ma vie que je voyais une chambre d'adolescente. Depuis la mort de papa, maman n'avait pas changé grand-chose à celle qu'ils avaient partagée, pas même ôté ses vêtements de la penderie. Cette chambre n'avait jamais eu un cachet très féminin, de toute façon. La mienne, autrefois la nôtre, était ce que Lionel en aurait fait. Toutes les possessions de Céleste en avaient été retirées, enterrées.

La chambre de Betsy était tapissée de rose, avec un lit à baldaquin recouvert de dentelle rose. Il était fait avec le plus grand soin, et deux poupées aux longs cheveux étaient couchées côte à côte sur les oreillers.

Il y avait aussi des posters sur les murs, dont

celui d'un chanteur de rock au torse nu, tenant sa guitare devant lui, un peu plus bas que la ceinture. Il portait au cou ce qui ressemblait plus ou moins à une chaîne de vélo, et son pantalon était si étroit qu'il le moulait comme un gant. Un mouvement attira mon attention vers la droite, et j'aperçus Betsy, assise à sa coiffeuse. Elle était entièrement nue.

Je l'observai avec fascination quand elle commença à manipuler différents maquillages. Elle colora ses sourcils, appliqua un produit sur ses cils pour les allonger, et s'enduisit les joues et le menton de crème. Puis elle l'essuya, essaya différentes couleurs de rouge à lèvres, étudiant à chaque fois l'effet produit. Derrière moi, Elliot demanda :

— Qu'est-ce qu'elle fabrique ?
— Elle se maquille.
— C'est rasoir, commenta-t-il en se levant.

Je collai à nouveau l'œil au trou. Ce spectacle n'avait rien d'ennuyeux pour moi. Je n'avais jamais vu cela depuis le temps où maman faisait la même chose, mais c'était si loin, tout ça !

Finalement Betsy se leva et pivota sur elle-même en se contemplant dans la glace. Elle mit les mains en coupe sur ses seins et resta longtemps ainsi, devant son image. Puis elle alla chercher plusieurs chemisiers dans son placard et les essaya un à un, en prenant le temps de juger de l'effet.

— Ça y est, elle se tripote ? s'enquit Elliot.
— Non. Elle essaie des vêtements.

Il eut un grognement de dépit.

— Elle en a pour des heures avec ça. Laisse tomber.

J'hésitai. Je voulais voir tous les vêtements de Betsy, connaître toutes les modes du moment. Elliot s'impatienta.

— Hé, ça suffit. Tu t'en es mis plein la vue, maintenant, et mon père va bientôt rentrer.

À regret, je m'éloignai du mur.

— Ça t'a excité, non ? voulut savoir Elliot.

Sans répondre, je pris le chemin de la porte en faisant signe à Cléo de me suivre.

— Maintenant tu apprécieras Roberta Beckman, déclara Elliot comme nous descendions l'escalier. Je vais tout arranger pour samedi, ça te va ?

— Je ne sais pas trop.

— Qu'est-ce que tu racontes ? Nous avons fait un marché, on ne triche pas avec ça. Je sais que tu peux le faire, Lionel, alors ne me donne pas de raison de me fâcher, m'avertit Elliot avec un regard menaçant.

J'ouvris la porte et dis simplement :

— Je verrai.

Elliot nous suivit dehors, Cléo et moi. Nous traversions déjà le pré quand il lança derrière nous :

— Tu as intérêt à venir, Lionel. Ne me rends pas ridicule et ne gâche pas mes chances avec Harmony, sinon tant pis pour toi. Je ne l'oublierai pas.

Une fois dans la forêt, je pris ma course et courus jusqu'à la maison. Là, je me déchaussai, nettoyai Cléo et me lavai les mains. Tout était silencieux dans la maison, et je supposai que maman dormait toujours aussi profondément. Mais en m'avançant dans le hall, je vis qu'elle était descendue et qu'à présent elle dormait dans le rocking-chair de Grandpa Jordan. Je m'attardai quelques instants à l'entrée du salon, pour voir si elle allait s'éveiller, mais il n'en fut rien et je montai à l'étage. Mais je ne me rendis pas directement dans ma chambre : je remontai le couloir jusqu'à la sienne.

À pas de loup, j'y entrai et m'avançai jusqu'à sa coiffeuse. La plupart de ses produits de beauté n'avaient pas été touchés depuis longtemps, mais le fait d'avoir vu Betsy devant son miroir avait ravivé mon intérêt. Je m'assis et contemplai moi aussi mon reflet. Mes sourcils étaient trop épais. J'aurais tant voulu qu'ils soient aussi minces et soignés que ceux de Betsy !

Il ne m'était arrivé qu'une seule fois dans ma vie, quand j'étais toute petite, de mettre du rouge à lèvres. Lionel et moi jouions aux grandes personnes, et bien sûr j'étais la mère de famille. Je fis un gâchis terrible avec le maquillage, mais maman ne me gronda pas. Elle rit et appela papa, qui partit d'un fou rire irrésistible. Il en avait les larmes aux yeux.

J'ouvris lentement l'un des tubes de rouge. Il semblait encore bon. Je le portai à mes lèvres et l'y appliquai, en dessinant soigneusement leurs contours, puis en les pressant l'une contre l'autre comme j'avais vu faire Betsy. Voir ma bouche de ce beau rouge éclatant me fit sourire. Encouragée, j'ouvris l'un des pots de crème et commençai à la faire pénétrer dans mes joues, puis autour de mes lèvres et sur mon menton. Mes doigts étaient rugueux, aussi dus-je faire ces gestes avec beaucoup de douceur.

Après quoi, j'ouvris une boîte contenant toute une palette de pastilles aux nuances diverses et me livrai à des essais, comme l'avait fait Betsy. Quand j'en eus terminé avec ça, je m'emparai d'une brosse à cils et tentai de foncer la couleur des miens. J'avais presque fini quand un hurlement aigu me fit sursauter. J'étais tellement absorbée par mon manège que je n'avais pas entendu monter maman. Elle se rua sur moi en roulant des yeux furibonds.

— Qu'est-ce que tu fais ? glapit-elle en m'ôtant brutalement la brosse des mains. Mais qu'est-ce que tu fais ?

Elle saisit une serviette et, me maintenant fermement la nuque de la main gauche, elle entreprit d'effacer mon maquillage. Elle n'aurait pas frotté plus fort si elle avait voulu m'arracher la peau.

— Je voulais seulement... je voulais...

— Tu es contaminé, décréta-t-elle. Tu es possédé. File dans ta chambre !

J'obéis instantanément, et maman me suivit.

— Déshabille-toi et couche-toi, ordonna-t-elle. Cela va prendre du temps.

Sur ces paroles énigmatiques, elle sortit en tirant la porte derrière elle. Qu'avait-elle voulu dire ? me demandai-je en me déshabillant. Je n'avais pas tout à fait terminé quand elle revint. J'entendis son pas, puis le bruit d'une clé introduite dans la serrure, et tournée d'un coup sec. J'étais enfermée.

— Maman ? appelai-je en courant à la porte.

Je tentai de l'ouvrir, en pure perte.

— Cela prendra du temps, répéta-t-elle.

Puis j'entendis à nouveau son pas. Elle s'éloigna et redescendit au rez-de-chaussée. Que pouvais-je faire, sinon me coucher et dormir ? Je me mis au lit.

Je rêvai que j'étais dans la chambre de Betsy, sauf que c'était ma chambre. Assise à cette coiffeuse, je m'appliquais à me faire une beauté. Mais quand je me tournai vers le mur, j'aperçus l'œil de maman par le trou, et je me réveillai en sursaut. Je m'assis brusquement, alertée par une odeur bizarre. Et là, près de la porte, je vis une bougie allumée dont la flamme vacillait légèrement. Je tendis l'oreille. Je perçus une sorte de froissement, puis je découvris maman, assise près de la fenêtre. Sa silhouette se dessinait sur fond de nuit, à la pâle clarté des étoiles et d'un demi-quartier de lune. J'appelai :

— Maman ?

— Rendors-toi, Lionel. Tu auras besoin de toutes tes forces. Nous avons beaucoup à faire.

Je recouchai ma tête sur mon oreiller. Elle se leva pour venir me border, toucha mon front et sortit. J'entendis tourner la clé dans la serrure.

Me rendormir ? Le sommeil me fuyait, telle une feuille au vent qu'on se croit toujours sur le point de saisir, et qui toujours vous échappe. Cela dura jusqu'au petit matin. Quand je m'éveillai, je m'étonnai d'avoir dormi si longtemps et de ne pas voir Cléo dans ma chambre. Un peu flageolante, je me levai, me lavai, m'habillai. Mais quand je voulus sortir, je m'aperçus que la porte était toujours fermée à clé. À nouveau, j'appelai.

— Maman ! Je suis réveillé et prêt à descendre pour le petit-déjeuner. Maman !

Pas de réponse. J'agitai la poignée, cognai à la porte, attendis. Le silence persista. Où était Cléo ? m'étonnai-je. Pourquoi n'aboyait-il pas pour me rejoindre ? Je continuai à appeler maman, à cogner, à secouer la poignée. Je n'entendis aucun bruit de pas. J'allai ouvrir la fenêtre, regardai dans toutes les directions dans l'espoir d'apercevoir maman, mais elle n'était nulle part en vue. Je criai son nom et attendis, retournai à la porte, cognai et criai encore.

Finalement, épuisée, je m'assis sur mon lit.

Le tic-tac du réveil égrena les heures. La matinée devint l'après-midi. J'entendis le bruit de l'aspirateur en bas, et j'attendis qu'il cesse. Il fonctionna longtemps, si longtemps que je me demandais s'il s'arrêterait jamais. Enfin, il s'arrêta, et je recommençai à appeler maman à grands cris. Je n'obtins pas de réponse. J'avais la gorge sèche, et je passai dans la salle de bains pour boire au robinet du lavabo.

Maman ne revenait toujours pas. Mes appels restaient ignorés. L'après-midi s'achemina vers le soir. J'étais affamée, mon estomac grondait, j'essayai de dormir pour ne plus y penser. L'obscurité s'épaississait. J'eus beau tendre l'oreille, presque aucun son ne me parvenait. Soudain, je courus à la fenêtre : j'avais entendu maman chanter. Elle était dehors, dans le cimetière. J'attendis qu'elle s'arrête et je hurlai son nom, mais elle ne se retourna pas.

Je revins près de la porte, pour guetter son pas dans l'escalier, et enfin je l'entendis. Je tambourinai plus fort et l'appelai encore. Son pas s'approcha enfin.

— Dieu merci ! m'exclamai-je à mi-voix.

Cependant, elle ne fit rien. J'attendis, et cette fois la panique me gagna.

— Maman ?

— Contente-toi de te reposer, Lionel, murmura-t-elle à travers la porte. Tu as besoin de jeûner. Tu as besoin de te nettoyer.

— Mais j'ai faim, maman. Je meurs de faim.

— Tu as besoin de te nettoyer, répéta-t-elle. Bois de l'eau, c'est tout. C'est ce qu'ils m'ont dit.

À nouveau, son pas s'éloigna.

— Maman !

J'écoutai. La porte de sa chambre s'ouvrit, se ferma… et ce fut le silence.

— Où est Cléo ? vociférai-je.

J'allai à la fenêtre, écoutai encore. Si elle avait laissé Cléo dehors, il aurait aboyé, maintenant, raisonnai-je. Mais je ne l'entendais pas, et ce silence m'était insupportable. Je plaquai les mains sur mes oreilles pour entendre le sang gronder à mes tympans.

Exténuée, à présent, je retournai me coucher. Je passai presque toute la nuit entre veille et sommeil. Aux premiers rayons du soleil, je me réveillai pleine d'espoir et guettai maman. J'ignorais ce qu'elle avait cru devoir faire, mais c'était sûrement terminé, à présent, me rassurai-je.

Pourtant, il n'en était rien. La journée entière se passa exactement comme la veille, et il en fut de même pour la nuit. Le troisième jour, j'étais si lasse et si faible que je ne pris même pas la peine de me lever. Je restai allongée, attendant, écoutant, m'endormant et m'éveillant sans cesse. À un moment, je crus entendre notre voiture démarrer mais je n'en fus pas certaine.

Le jour bascula dans la nuit.

Et puis, le lendemain matin, ma porte s'ouvrit. Mes paupières étaient littéralement collées, mais je parvins à les soulever. Maman se tenait à mon chevet, un plateau dans les mains et toute souriante. Sur le plateau je vis une tasse de tisane, un bol de céréales, des toasts et de la confiture.

Je me soulevai sur les coudes. Maman posa le plateau sur la table de nuit, m'aida à m'asseoir, cala mes oreillers derrière moi. Puis elle posa le plateau sur mes genoux.

— C'est fini, annonça-t-elle. Tout ira bien pour nous, maintenant. Comme avant.

14

Et c'est parti !

Bien que j'aie toujours été en bonne santé, et n'aie jamais eu la scarlatine ni la rougeole, j'avais déjà souffert de maux d'estomac ou de petits rhumes avec un peu de fièvre. C'est ce que je ressentais, même après avoir – enfin ! – mangé quelque chose. Il me fallut le reste de la journée, plus une bonne nuit de sommeil, avant de me sentir assez solide pour me lever. Et même alors, je ne me déplaçais que lentement.

La première chose que je fis, une fois sortie de ma chambre, fut d'appeler Cléo. Il n'aboyait toujours pas en réponse, et n'était pas visible aux abords de la maison. J'allai visiter tous ses coins favoris. D'habitude, il était posté juste devant la porte en attendant que je sorte.

— Cléo est parti, me dit maman.

— Parti ? Comment ça, parti ? Qu'est-ce que tu veux dire, maman ?

Elle s'interrompit dans ce qu'elle était en train de faire et se tourna vers moi.

— Parti, c'est parti, Lionel. Il était manipulé.

— Manipulé ?

— Par les forces du mal.

— Comment Cléo pouvait-il être manipulé par les forces du mal, maman ?

Sa réponse fut une autre question.

— Tu te souviens de cette histoire que je t'ai lue, sur le cheval de Troie ?

Je fronçai les sourcils.

— Tu veux parler de ces soldats grecs, qui s'étaient cachés dans le cheval creux pour pénétrer dans la ville de Troie ?

— Exactement.

Quel rapport cela pouvait-il bien avoir avec Cléo ?

— Je ne comprends toujours pas, maman, avouai-je.

Son sourire s'évanouit.

— Les forces du mal ont pris possession de lui et quand il est venu chez nous, elles sont entrées avec lui, à l'intérieur de lui. Je n'arrivais pas à comprendre ce qui n'allait pas, jusqu'à ce que cela me soit révélé, et devine par qui ?

Je me contentai de la regarder, les yeux ronds. De quoi parlait-elle ? Qu'est-ce que tout cela pouvait bien signifier ?

— Par l'oncle Herbert, annonça-t-elle. Tu te souviens que je t'ai parlé de son chien ? C'est pour ça qu'il connaissait ce genre de choses. Il savait que les animaux peuvent être utilisés pour le bien ou pour le mal. Grâce à Dieu, il m'a prévenue à temps.

— Mais où est Cléo ? insistai-je.

— Je te l'ai dit, Lionel. Cléo n'est plus avec nous. Il est parti.

Je secouai la tête pour chasser les mots de mes oreilles. Parti ? Plus avec nous ?

— Mais je veux Cléo, me lamentai-je.

— Je te trouverai un autre compagnon. Peut-être un oiseau, cette fois-ci. Oui, c'est ça. Un oiseau que nous garderons en cage. Ce sera plus sûr.

Je m'obstinai.

— Maman, Cléo est probablement très malheureux. Où est-il ?

Elle posa le plat de poulet qu'elle tenait, si brutalement que je m'étonnai de ne pas le voir se fracasser.

— Est-ce que tu fais exprès d'être bête, Lionel Atwell ? Eh bien, réponds ! Ton père avait un don spécial pour ça, un don qui se manifestait un peu trop souvent.

— Non, maman. Je ne fais rien exprès du tout. Cléo me manque. J'ai besoin de lui, affirmai-je. Il ne me quittait jamais.

— Justement. C'est pour ça qu'il a été choisi. À part moi, il n'y avait personne chez nous qui soit aussi proche de toi, aussi capable de t'atteindre, Lionel. Tu ne vois donc pas ? C'est parfaitement clair.

Tu l'as donné à quelqu'un d'autre ?

Elle me regarda un instant, puis détourna les yeux.

— Oui, je l'ai donné à quelqu'un d'autre. Je l'ai donné à la fourrière.

— Tu veux dire... là où on garde les animaux en cage et où on les tue si personne n'en veut ?

Cette fois, ma voix trahit ma panique et ma colère. Je n'étais plus capable de les dissimuler.

— Quelqu'un l'adoptera, me rassura maman. C'est un animal très attirant, et il est encore assez jeune pour s'habituer à quelqu'un d'autre. Je ne veux plus entendre parler de lui. Tu me donnes la migraine, ajouta-t-elle d'un ton bref, en retournant à ses préparatifs de repas.

Je me contentai de la regarder, sans bouger. Elle ordonna :

— Va me chercher du basilic à la réserve.

Et comme je restai plantée là, elle s'impatienta.

— Eh bien ? Qu'est-ce que tu attends ?

Je m'en allai lentement, le cœur lourd. J'avais l'impression d'avoir une pierre dans la poitrine. Quand je revins avec le basilic, maman sourit, mais presque aussitôt son expression changea.

— Encore une chose, Lionel. Quelqu'un a eu l'audace de téléphoner ici pour te demander.

— Qui ça ?

— Un garçon qui n'a pas l'air d'avoir froid aux yeux. Je lui ai dit que tu étais malade et que tu ne pouvais pas venir au téléphone. Il m'a répondu qu'il retéléphonerait pour te rappeler votre marché. Qui est-ce ? Quel marché ? Comment quelqu'un peut-il t'appeler ? Tu n'as parlé à aucun étranger, n'est-ce pas ? Pas après toutes mes mises en garde ?

Je secouai la tête. Je n'étais pas d'humeur à me montrer sincère et coopérative. Je ruminais toujours ma rage à propos de Cléo.

— C'est sûrement une mauvaise farce, affirmai-je. Ce n'est pas la première fois que ça arrive.

C'était vrai. Pendant des années, les enfants du voisinage avaient trouvé amusant de téléphoner chez nous pour nous dire des inepties. J'allai au salon, m'assis dans le fauteuil préféré de papa et pensai à Cléo. Il aurait dû être couché à mes pieds en ce moment même, et lever la tête au moindre de mes mouvements. Ce souvenir m'arracha un sourire, et aussitôt après m'accabla de tristesse. J'imaginai mon Cléo dans une cage, déprimé, dressant les oreilles à chaque bruit de pas, chaque son de voix, en espérant me voir venir le délivrer. J'aurais tant voulu pouvoir le faire !

Cela raviva ma colère. Cléo ne pouvait pas nous avoir apporté le mal. Il aboyait toujours contre lui, maman me l'avait dit elle-même. Elle avait dit qu'il me protégerait. Que papa lui avait confié cette mission. Elle avait dû l'oublier, tout simplement. Je le lui rappellerai, décidai-je, et nous irons chercher Cléo avant qu'il ne soit trop tard. Je me précipitai à la cuisine.

Maman m'écouta tranquillement et me sourit.

— Tu sais que tu m'impressionnes vraiment, Lionel ? Tu as raisonné là-dessus avec beaucoup d'intelligence et de bon sens.

Mon cœur se dilata de joie.

— Cependant, reprit-elle, ce que tu ne sais pas c'est à quel point le mal est insidieux. Il rampe dans l'ombre, mais se cache aussi dans les sourires, c'est pourquoi nous devons toujours être sur nos gardes. Je te l'ai dit, il a pu échapper à ma vigilance mais pas à l'esprit d'Oncle Herbert.

Mais ne t'inquiète plus, tout ira bien maintenant. Tout va rentrer dans l'ordre, affirma-t-elle en tapotant mes cheveux. Tu t'es montré loyal et courageux, mon fils et tu le deviendras plus encore.

Sur ce, maman reprit son travail, me laissant ruminer ma frustration.

Je sortis, j'avais besoin d'être seule. La colère qui bouillonnait en moi était trop violente, elle n'aurait pu que me valoir des ennuis. Et j'avais bien choisi mon moment pour sortir, car une voiture noire s'approchait dans l'allée carrossable et je vis qu'Elliot était au volant. Affolée, je coulai un regard vers la maison et m'élançai vers la voiture avant qu'elle ne s'approche davantage. Une fois que maman aurait vu ses occupants, elle saurait que j'avais menti à propos du coup de téléphone.

Une jolie brune était assise à côté d'Elliot, et en m'avançant je distinguai une autre fille, aux cheveux plus foncés encore, sur la banquette arrière. C'est seulement lorsque la voiture s'arrêta, et que je les vis tous les trois ensemble, que je me rappelai quel jour on était. Pendant ma réclusion dans ma chambre j'avais perdu toute notion du temps.

Elliot abaissa lentement sa vitre et me sourit.

— Salut, Lionel. Nous voilà, comme promis.

La fille assise à côté de lui se pencha par-dessus son épaule pour me dévorer du regard. Ses traits exprimaient une curiosité intense, mais elle aussi me sourit.

— Bonsoir.

Elliot fit un signe de tête dans sa direction.

— Harmony, dit-il simplement, puis il me fit un clin d'œil.

Instinctivement, je croisai les bras sur ma poitrine et reculai d'un pas. À son tour, la fille assise à l'arrière abaissa la vitre.

— Bonsoir. Je suis Roberta.

— J'ai pensé qu'on pourrait faire une petite virée d'abord, annonça Elliot. Monte.

— Comment as-tu fait pour avoir ta voiture ? Je croyais que tu étais cloué chez toi ?

— Je l'étais, mais j'ai fait un nouveau marché avec mon père. J'ai promis d'avoir de meilleures notes. Peut-être que ta mère pourrait me donner quelques conseils, pouffa-t-il en regardant Harmony. Allez, grimpe.

— Je ne peux pas. J'ai des choses importantes à faire.

Le sourire envolé, Elliot se pencha au-dehors.

— Hé là ! J'ai rempli ma part du marché, mon vieux. On est là. On avait prévu de prendre du bon temps ensemble, tu te souviens ?

Roberta ouvrit sa portière et m'interpella.

— Allez, ne sois pas timide.

Je la dévisageai sans répondre.

— Et si j'allais demander à ta mère de te dispenser de ces trucs importants ? Je lui ai parlé au téléphone et elle ne m'a pas semblé si terrible, déclara Elliot, en commençant à ouvrir sa porte pour sortir.

— Non ! l'arrêtai-je. Elle ne se sent pas bien. Elle fait la sieste.

— Mais c'est parfait ! Elle ne s'apercevra pas que tu n'es pas là, comme ça.

Roberta me fit signe de m'approcher.

— Allez viens, Lionel. Je te jure que je ne mords pas.

— Mais il veut que tu le mordes, railla Elliot. N'est-ce pas, Lionel ?

— Non.

— Alors tu viens ou pas ? Des choses à faire ! Tu aurais pu trouver mieux comme excuse. Mais au fait...

Elliot promena un regard curieux autour de lui.

— Où est passé ton fidèle gardien ? Il emmène ce chien partout, expliqua-t-il aux deux filles.

— Je trouve ça très sympa, dit Harmony. Quel genre de chien as-tu ?

Ce fut Elliot qui répondit pour moi.

— Un Golden Retriever. Une vraie merveille, en plus. Alors, où est-il ?

— À la maison.

La mention de Cléo raviva ma fureur, je ne réfléchis qu'un instant. Puis, d'un mouvement impulsif, je marchai vers la voiture, montai à l'arrière et fermai la porte.

— Et c'est parti ! lança Elliot, qui redémarra aussitôt en marche arrière.

Il recula maladroitement, ce qui fit pousser des cris aigus aux filles. Puis, dans une gerbe de gravillons, il bifurqua dans le chemin de terre en même temps qu'il accélérait. Harmony protesta.

— Pas si vite, tu vas encore avoir une contre-danse !

— Tu as raison, reconnut-il en ralentissant.
Roberta ne m'avait pas quitté des yeux.
— Quel effet ça fait de prendre des cours dans sa propre maison ? me demanda-t-elle.
Harmony se retourna et se pencha sur le dossier, visiblement intéressée par ma réponse. Je la trouvai ravissante. Elle avait des traits délicats, des yeux bleus en amande au dessin remarquable. J'enviai la douceur de sa peau et la nuance de son rouge à lèvres. Il donnait l'impression que sa bouche était humide, ce qui la rendait très sexy. C'était tout à fait comme ce que j'avais observé chez Betsy.
— Je trouve ça bien, répondis-je brièvement à Roberta.
— Quoi ? L'école chez toi, tu trouves ça bien ?
— Oui, affirmai-je, avec l'expression déterminée que maman prenait quelquefois. Ça me convient.
Roberta était loin d'être aussi jolie qu'Harmony. Son visage était plus rond, ses yeux plus petits et d'un brun sans éclat. Elle avait une ossature assez lourde, et son ample poitrine avait l'air de s'écrouler sur son torse. Les deux premiers boutons de son léger chemisier rose étaient défaits, révélant un sillon profond et sombre entre ses seins. Quant aux derniers boutons, ils avaient apparemment beaucoup de mal à ne pas jaillir de leurs boutonnières.
— Est-ce que tu as un tableau noir, un bureau et tout ça ? voulut savoir Harmony.

— Non, pas de tableau. Mais j'ai un bureau, bien sûr.

— Est-ce que ta mère agite une sonnette entre les cours ? plaisanta Elliot.

— Très drôle.

Nous arrivions au bout du chemin. Avec un petit rire, Elliot s'engagea sur l'autoroute. Je lançai un bref regard derrière moi et il me sembla que mon cœur manquait un battement. C'était la première fois de ma vie que je quittais la maison en voiture sans être accompagnée de maman ou de papa. Je me sentais un peu comme un astronaute qu'on vient de larguer dans l'espace, et qui se retrouvait en apesanteur hors du vaisseau, totalement désemparé. Plus nous nous éloignions de chez moi et plus mon estomac se serrait.

— Elliot dit que tu n'as pas d'amis de notre âge, fit observer Harmony. Que personne ne vient chez toi et que tu ne rends visite à personne. C'est vrai ?

— Oui.

— Tu n'as pas de parents dans la région, pas de cousins, personne ?

Comment aurais-je pu leur parler de ma famille spirituelle ?

— Non, répondis-je.

— Et tu ne te sens pas seul ? Tu ne t'ennuies jamais ? questionna Roberta.

Je haussai les épaules.

— Ça m'arrive, de temps en temps.

— J'aurais horreur de ça, commenta Harmony. Tu n'es jamais invité à des fêtes, tu ne vas jamais au cinéma avec des amis, ni rien ? insista-t-elle sans cacher son scepticisme.

— Non.

— Il ne regarde même pas la télévision, précisa Elliot.

Les deux filles ouvrirent des yeux ronds, comme si elles venaient de découvrir un extraterrestre.

— C'est vrai ? s'effara Roberta.

— Oui. Notre poste de télévision est débranché.

— Mais qu'est-ce que tu fais le soir, alors ?

— Je lis beaucoup.

— Et en plus, il pêche, il ramasse du bois et il nourrit les poules, ajouta Elliot en riant.

— Tu écoutes de la musique, au moins ? s'enquit Harmony.

— Quelquefois. Ma mère joue du piano et nous avons des disques.

— Comme quoi, par exemple ?

— Mozart, Beethoven, Debussy... et aussi quelques opéras. Mais il nous faut une nouvelle aiguille pour le Victrola et maman n'en a pas encore racheté.

— Hein ? fit Roberta. Le Victrola ? C'est quoi, ce truc ?

Elliot éclata de rire.

— Je vous avais dit qu'il était incroyable ! rugit-il. Tu pourrais appeler ça un tourne-disque, me lança-t-il par-dessus son épaule, et cette fois ils s'esclaffèrent tous les trois.

Je secouai la tête et regardai par la fenêtre. Je

n'aurais jamais dû monter dans cette voiture, méditai-je sombrement. J'avais eu grand tort.

— Et la radio ? fit Harmony. Tu l'écoutes ?

— Tu lis des magazines et des journaux ?

— Tu ne vas jamais dans les magasins ou au centre commercial, ne serait-ce que pour voir les nouveaux titres ?

Les deux filles enchaînaient les questions sans même me laisser le temps de répondre.

— Tu écoutes du rock, quand même ? Quel est ton groupe favori ? Ou ton chanteur ?

Je les regardai l'une après l'autre. J'avais l'impression de subir un interrogatoire, et je répondis à toutes leurs questions à la fois.

— Non. Je n'ai ni groupe ni chanteur favori et je n'écoute pas la radio.

— Même pas dans ta voiture ? insista Harmony.

— Ma mère ne met jamais la radio dans la voiture.

Roberta eut un curieux petit sourire.

— Tu sais l'effet que tu fais ? s'enquit-elle, les yeux brillants d'excitation. C'est comme si on trouvait quelqu'un qui a été enterré vivant pendant cinquante ans.

Je me sentis blêmir.

— C'est vrai, appuya Harmony. Vous avez l'électricité, au moins ?

— Oui ! Nous avons l'électricité, ripostai-je avec emportement.

Et une fois de plus, ils éclatèrent de rire.

— Où est-ce qu'on va ? demandai-je à Elliot.

— On roule juste pour tuer le temps, en

attendant que ma sœur ait quitté la maison. Sauf si tu préfères qu'elle soit là quand nous arriverons, bien sûr.

Un flot de chaleur me monta aux joues, si vite que je crus sentir mon visage s'illuminer comme une pleine lune. Qu'est-ce qu'il avait bien pu raconter à ces filles ?

— Arrête de l'asticoter, Elliot, dit Harmony en me souriant.

Roberta se rapprocha de moi.

— Pourquoi ta mère ne veut-elle pas que tu ailles au lycée, comme tout le monde ?

— Ma mère est professeur, et elle estime que je reçois un meilleur enseignement à la maison. Elle dit qu'il y a trop de distractions au lycée, et qu'on s'y occupe trop de politique au détriment des élèves.

— Au détriment des élèves... Ça veut dire quoi, au juste ?

— Attention, c'est un cerveau ! intervint Elliot. Il est dans le peloton de tête aux examens de contrôle tous les ans, pas vrai, Lionel ?

— Si.

— Il n'y a pas que les études au lycée, commenta Roberta. Tu pourrais faire du football ou du base-ball, rencontrer des gens et t'amuser.

Je gardai le silence.

Ça ne t'intéresse pas ?

Mon regard dériva vers la fenêtre. Est-ce que cela m'intéressait ? Oui, m'avouai-je. Tout au fond de moi, j'éprouvais presque autant d'intérêt pour tout cela que Lionel.

— C'est parce que ta mère croit au vaudou ou à ce genre de trucs ? s'acharna Roberta.

Harmony m'épargna l'embarras de répondre.

— Roberta ! protesta-t-elle. Arrête de le taquiner.

— Je ne le taquine pas, je voulais juste savoir. Elliot dit que tu parles aux oiseaux et aux autres animaux, qu'il y a des choses bizarres sur vos portes et autour de votre maison. Et aussi qu'il y a un cimetière. C'est vrai ?

— Elliot et la vérité, ça fait deux. Il ne la reconnaîtrait pas même si elle était perchée sur le bout de son nez, renvoyai-je, en citant une formule qu'employait parfois maman.

Les filles gloussèrent, mais un peu plus nerveusement cette fois-ci. Elliot ne se laissa pas déconcerter.

— Je ne mens pas, il passe tout son temps dans les bois. Tu ne peux pas le nier, Lionel.

— Je ne le nie pas. J'aime la nature. Je me suis toujours intéressé aux plantes et aux animaux, et en particulier aux insectes, mais je ne parle pas aux oiseaux.

— Aux insectes... beurk ! éructa Roberta, en tordant ses lèvres épaisses.

Harmony la remit à sa place.

— Ça suffit, Roberta. Il n'y a rien de mal à ça. Est-ce que vous mangez le poisson que tu pêches, Lionel ?

— Ça nous arrive, en effet, mais je ne pêche plus si souvent que ça.

— Je me demande bien pourquoi, s'esclaffa Elliot.

Roberta s'en prit à lui.

— Qu'est-ce que c'est censé vouloir dire, ça ?
— C'est entre Lionel et moi, pas vrai, Lionel ?
— Si tu le dis, Elliot. Apparemment, tu fais les questions et les réponses.

Finalement, Roberta posa la question qui lui brûlait la langue.

— C'est vrai que ta mère fait de la sorcellerie, et qu'elle jette des sorts aux gens qu'elle n'aime pas ?
— Non, mais nous croyons au monde spirituel.
— Ça veut dire quoi, exactement ?

Un grand silence suivit la question d'Harmony. Tous les trois attendirent, suspendus à mes lèvres.

— Cela veut dire qu'il existe une énergie spirituelle dans le monde, et qu'il est possible de la percevoir, de l'expérimenter. C'est tout.

Roberta hocha la tête.

— J'ai entendu parler de ça, en effet.
— Ce n'est pas si bizarre que ça, opina Harmony. Je connais d'autres gens qui croient à ces choses-là.

Cette conversation commençait à ennuyer Elliot.

— Allons voir si mon idiote de sœur est partie avec son copain, décida-t-il.

Et, dans un brusque demi-tour, il reprit la direction de chez lui.

— Ta sœur doit te manquer, non ? s'enquit Harmony. C'est terrible, ce qui s'est passé. C'est une des choses les plus terribles qui soient arrivées par ici.

— Oui, c'est vrai, mais je n'aime pas trop en parler.

— Bien sûr. Je comprends, approuva-t-elle d'une voix pleine de sympathie.

— Ne sois pas trop gentille avec lui, railla Elliot. Il s'y habituera et je serai obligé de le dorloter.

— Si tu n'es pas chic avec tout le monde, il se pourrait que je ne le sois pas avec toi, menaça Harmony.

Une fois de plus, Elliot rugit de rire.

— T'entends ça, mon vieux Lionel ? Je vais être tellement gentil avec vous qu'on me prendra pour votre esclave.

Ils s'esclaffèrent tous les trois, et je souris en me tournant vers la fenêtre : nous arrivions chez Elliot. Il poussa un cri de triomphe en s'engageant dans l'allée.

— Super, ma sœur est partie ! La maison est à nous.

Sans que je comprenne encore pourquoi, ces mots sonnèrent comme une menace à mes oreilles. À nouveau mon cœur s'accéléra. Je me demandai si maman avait découvert mon absence, à présent. Je gardais les yeux fixés sur les bois, en pensant à mon pauvre Cléo. Il aimait tellement bondir dans les buissons et partir en exploration.

Elliot me vit dans le rétroviseur et se méprit sur mon expression de tristesse.

— Ne fais pas cette tête-là, mon vieux. Il n'y a

pas de quoi te tracasser, on ne va pas te faire passer des tests.

Les filles gloussèrent.

— Je pourrais essayer, qui sait ? minauda Roberta, et Elliot rit avec elle.

Je m'appuyai au dossier de mon siège, soudain pensive. J'envisageais sérieusement de filer dès que la voiture s'arrêterait et de rentrer chez moi. Mais je n'en fis rien. Je descendis avec eux et nous entrâmes dans la maison d'Elliot.

Roberta glissa son bras sous le mien.

— Tu as un énorme retard à rattraper, Lionel. Et ça ne m'ennuie pas d'être ton professeur à domicile, en ce qui concerne ces choses-là.

— Quelles choses ?

— Tu verras bien.

— Montons dans ma chambre, décida Elliot. J'ai la surprise que j'avais promise.

Roberta se serrait contre moi, ses seins s'écrasaient sur le haut de mon bras. Elle n'était pas beaucoup plus petite que moi, mais elle était si large de hanches que je paraissais plus grande que je ne l'étais.

— Ce que tes bras sont fermes ! fit-elle remarquer.

Elliot l'entendit et se retourna.

— Montre-lui tes mains calleuses, Lionel.

Instinctivement, je serrai les poings. Nous suivîmes Elliot et Harmony dans l'escalier. À la porte de la chambre, j'hésitai.

— Ça va ? s'enquit Roberta. Tu as l'air un peu pâle. Tu ne trouves pas, Harmony ?

Celle-ci me regarda et hocha la tête.

— J'ai été malade, leur expliquai-je, et je commence tout juste à me remettre.

— Tu as été voir l'infirmière ? ironisa Elliot. Sa mère est aussi infirmière scolaire, j'imagine, et en même temps directrice et concierge, ajouta-t-il à l'intention des autres.

À peine entré dans sa chambre, il alla vers la chaîne stéréo installée dans un coin et mit une cassette en route. Après quoi, il revint vers son lit et s'y étala, les bras en croix. La musique explosa mais personne ne parut s'en soucier.

— Faites comme chez vous, les filles, leur dit Elliot en m'adressant un clin d'œil.

Puis il fouilla sous son lit et ramena une boîte à cigare. Harmony s'assit près de lui et leva sur Roberta et moi un regard surexcité. Elliot ouvrit la boîte.

— J'ai tenu ma promesse, annonça-t-il, révélant ce qui m'apparut comme des cigarettes plutôt mal roulées. Les dernières de mon stock du New Jersey. C'est mieux que tout ce qu'on trouve chez vous, je parie.

— On va bien voir, dit Harmony en prenant une cigarette dans la boîte.

Je la regardai faire, tout ébahie.

— Lionel, c'est ce qu'on appelle un joint. De l'herbe. Tu n'en as jamais vu, j'en suis sûre.

— Si. Enfin… j'ai lu des trucs là-dessus.

— Est-ce que ta mère te parle de ces choses-là ? me demanda Roberta. Est-ce qu'elle t'a dit qu'il fallait toujours refuser ?

— Non, elle ne m'en a jamais parlé. J'ai lu des choses là-dessus dans les livres, c'est tout.

Je n'avais pas lu grand-chose sur le sujet, en fait. Et je n'avais jamais entendu prononcer le mot avant ce fameux jour avec Elliot, dans les bois.

— Mais tu n'as jamais essayé ? voulut savoir Harmony.

Je secouai la tête. Elliot eut un sourire railleur.

— Comment aurait-il pu ? Il n'est jamais sorti du nid. Jusqu'à maintenant. C'est ton grand jour, mon vieux... et pas seulement pour ça, dit-il en désignant Roberta du regard.

Il nous présenta la boîte et elle se servit, puis il me la tendit. Comme je ne bougeais pas, il brandit une cigarette avec ostentation.

— Prends-la, m'ordonna-t-il d'un ton impérieux.

Je la pris et reculai d'un pas.

— Tu n'as pas peur que ton père sente l'odeur, Elliot ? s'inquiéta Roberta. Moi je ne suis jamais tranquille avec ça.

— Ce n'est pas un problème, répondit-il en allant ouvrir la fenêtre. Et s'il y en a un, j'accuserai ma sœur, papa croit tout ce qu'on lui raconte sur elle.

Il alluma sa cigarette et celle d'Harmony. Roberta alluma la sienne et me tendit l'allumette.

— Je ne fume pas, refusai-je.

Et une fois de plus, ils rirent tous les trois.

— Ce n'est pas fumer, ça, fit valoir Harmony. C'est différent.

— Moi, j'appelle ça fumer.

— Essaie au moins une fois, insista Elliot. Juste pour le plaisir.

Je fis signe que non et Elliot haussa le ton.

— Ne te conduis pas comme un attardé devant les filles, Lionel. Je sais que tu n'en es pas un, précisa-t-il pour m'intimider, en donnant un coup de coude dans le poster qui cachait le trou du mur.

Il craqua une allumette et j'en approchai ma cigarette. Dès que j'eus tiré une bouffée, je commençai à tousser. Le trio s'esclaffa, et Roberta décida de m'enseigner la bonne façon de fumer un joint. Je n'aimai pas ça mais je fis comme si, et je ne tardai pas à me sentir tout étourdie.

Le volume du son augmenta, et les rires des trois autres parurent se fondre en un seul rire énorme. Sous je ne sais quel prétexte, il fut décidé que Roberta et moi descendrions, pour laisser Elliot et Harmony seuls à l'étage. Elle m'entraîna hors de la chambre et me poussa pratiquement dans l'escalier.

— Je veux que tu me racontes absolument tout sur toi, exigea-t-elle. Tu es le garçon le plus intéressant que je connaisse.

— Mais tu ne me connais pas !

Elle eut un petit rire de gorge.

— Enfin, je veux dire... que j'aimerais te connaître. Tu es tellement... tellement...

— Nature ?

— Euh... ça doit être ça, oui. Et tu es très futé, j'en suis sûre. Allez, viens ! insista-t-elle en me tirant de force dans le salon.

Je trébuchai, mais je la suivis jusqu'au canapé.

Elle riait sans arrêt, maintenant, pour un oui ou pour un non. Elle s'affala en gloussant sur les coussins, puis leva une main pour m'attirer vers elle.

— Viens là, ne sois pas si farouche.

Je me retournai vers la porte, prête à filer à toutes jambes, mais Roberta saisit ma main et m'attira brutalement à elle. Je perdis l'équilibre et m'effondrai sur elle, ce qui la fit s'étrangler de rire. Je me tortillai pour me libérer, en vain. Elle se serra contre moi, écrasant ses seins sur mon torse, et avant que j'aie pu me ressaisir sa langue s'enfonça dans ma bouche. J'eus un haut le cœur. Je la repoussai de toutes mes forces mais elle s'accrocha solidement à moi, riant toujours.

— Tu n'aimes pas ça ? minauda-t-elle.

— Non, et tu ne devrais pas faire ça. Je viens de te dire que j'ai été malade. Tu pourrais attraper ce que j'ai eu, ajoutai-je dans l'espoir de la décourager.

Mais son regard vitreux demeura fixe et vide, et son sourire idiot resta plaqué sur ses lèvres.

— Je ne m'en fais pas pour ça, dit-elle en approchant ses grosses lèvres molles de ma bouche.

Cette fois, je plongeai vivement sous son bras et parvins à quitter le canapé. Elle pivota sur elle-même et leva sur moi un regard désappointé.

— Tu as peur ? Je te promets que ça ne te fera pas mal.

— Je sais très bien ce qui fait mal ou pas, ripostai-je.

Son sourire béat s'élargit encore.

— Ah oui ? Alors reviens, tu ne le regretteras pas.

Je la regardai se débattre avec ses boutons et écarter les pans de son chemisier. Puis elle se pencha en avant et dégrafa son soutien-gorge. C'est à ce moment-là que j'aurais dû partir. Mais la voir faire me fascinait, et plus encore ce qu'elle s'apprêtait à faire. Elle ôta son soutien-gorge et s'allongea sur le canapé, la tête sur l'un des accoudoirs. Ses seins libérés s'affaissèrent. Elle me sourit, les prit dans ses mains et les souleva comme une offrande.

— Reviens ! supplia-t-elle.

Je secouai la tête.

— Je ne peux pas. J'ai... j'ai des choses à faire. Je... je ne peux pas, bégayai-je en tournant les talons.

Et je sortis en courant du salon, me ruai dehors et dégringolai les marches. Le cri de Roberta mourut derrière moi quand la porte se referma. Je ne me retournai pas, traversai la pelouse d'une traite jusqu'aux bois où je courus plus vite encore, comme si quelqu'un me poursuivait. Totalement paniquée, je ne prenais garde ni aux fourrés ni aux broussailles. Je fonçais au travers, et je ne m'arrêtai même pas quand une ronce me griffa la joue.

Quand je débouchai dans notre prairie, je ralentis mais continuai à marcher d'un bon pas, en m'assurant de temps en temps que je n'étais pas suivie. Je sentais que je pleurais, maintenant, que mon corps était secoué de sanglots, mais j'avais l'impression de me trouver hors de ce corps et de m'observer moi-même. J'éprouvai une vive sensation de brûlure quand mes larmes mouillèrent l'écorchure de ma joue. Je n'avais pas encore atteint la maison quand maman sortit sur la galerie. Elle resta là, les bras croisés, la tête haute, mordant les coins de sa bouche dans sa colère.

— Où étais-tu ? gronda-t-elle.

Je fis tomber quelques brindilles de mes cheveux et m'essuyai les joues. Je n'osais pas répondre. Maman s'avança jusqu'à moi et me regarda fixement d'un air furibond. Puis ses paupières battirent, et elle parut un instant désorientée. Je m'efforçai d'avaler ma salive, mais c'était comme si j'avais un gros bonbon coincé dans la gorge. Lentement, elle approcha son visage du mien et je l'entendis renifler.

Elle recula comme si elle avait senti l'odeur de la mort.

— Qu'est-ce que tu as fumé ? Où étais-tu ? Réponds ! hurla-t-elle en m'empoignant par les épaules.

Elle me secoua brutalement et je recommençai à pleurer.

Réponds ! répéta-t-elle. Dis-moi tout, et tout de suite !

Balbutiant entre mes sanglots, je confessai tout. Chaque détail, chaque moment, épouvantée à l'idée de ce qui m'attendait. Maman allait encore m'enfermer dans ma chambre, c'était certain, et me punir en me laissant jeûner. Mais à ma grande surprise elle me sourit, caressa tendrement mes cheveux, m'attira dans ses bras et me berça contre elle.

— Mon Lionel, mon merveilleux Lionel...

Toujours aussi effrayée, tremblant de peur mais en même temps perplexe, à présent, je levai les yeux sur elle.

— Ne vois-tu pas, mon cher enfant ? Tu as été sincère. Tu as voulu expulser tout le mal de toi. En fait, tu l'as vomi. Tu t'es nettoyé. Ta confession t'a purgé. Tu n'as rien d'autre à attendre que des remerciements. Pourquoi serais-tu revenu en courant à la maison, sinon ? Pourquoi aurais-tu fui ce repaire d'iniquité ? Je suis très, très fière de toi.

Mes sanglots s'apaisèrent, je cessai de trembler. Maman me tenait toujours fermement par les épaules, mais son regard se portait maintenant sur la forêt. Ses lèvres frémirent de colère, elle ferma un instant les yeux et hocha la tête.

— Tu n'as pas à t'inquiéter, me rassura-t-elle. Je vais m'occuper de tout, maintenant. Rentre et va te laver. Je viendrai soigner cette vilaine écorchure sur ta joue.

— Qu'est-ce que tu as l'intention de faire, maman ?

En pensée, je la revis dans le cimetière, priant une armée d'esprits pour obtenir vengeance, et j'eus peur pour Elliot et les filles. Quelque chose de terrible allait leur arriver. Ma mère était capable de provoquer cela, je n'avais aucun doute là-dessus.

— Tu n'as pas à t'inquiéter pour tout ça, répéta-t-elle. Monte et fais ce que je t'ai dit.

Elle me libéra et s'écarta de moi. Je glissai un regard du côté des bois puis je rentrai dans la maison et montai. Je me débarrassai de mes vêtements, les jetai dans le panier à linge, ôtai mon corset et pris une douche bien chaude. J'étais en train de me sécher quand maman entra dans la salle de bains, avec quelques-uns de ses remèdes. Elle passa un baume sur ma blessure et me fit prendre une pilule aux herbes, pour m'aider à me détendre.

— Je veux que tu te reposes, Lionel. Je tiens à ce que tu dormes bien, que tu fasses une bonne sieste. Je vais m'absenter un moment. Ne réponds pas au téléphone et n'ouvre à personne. C'est bien compris ?

— Où vas-tu, maman ?

— Faire une course. Toi, fais exactement ce que je t'ai dit et tout ira bien.

Cela dit, elle m'embrassa sur le front et s'en alla. J'étais fatiguée. J'avais mal partout. Ma fuite éperdue à travers bois m'avait coûté toutes sortes de coups et de contorsions, qui ne m'avaient pas laissée indemne. À présent, j'avais un peu honte de mon accès de panique. N'aurais-je pas pu m'éclipser de façon plus élégante ?

Je me glissai sous les couvertures et étreignis mon oreiller. Instantanément, le sommeil s'abattit sur moi et quand je rouvris les yeux, il faisait noir.

Pendant quelques instants, complètement désorientée, je fus incapable de me rappeler ce qui s'était passé. Le comprimé que m'avait donné maman devait être assez fort, estimai-je quand je commençai à reprendre mes esprits. Je me redressai en position assise et écoutai. Il y avait de la musique. Maman jouait du piano. Ma curiosité en éveil, à présent, je me levai, enfilai ma robe de chambre et mes pantoufles et descendis.

Ce que jouait maman n'avait rien de mélancolique, au contraire. La mélodie était entraînante et elle l'exécutait avec énergie. Ses cheveux volaient au rythme de ses mouvements rapides et fougueux. D'habitude, elle percevait ma présence quand elle jouait. Si elle la devina cette fois-ci, elle n'en laissa rien paraître jusqu'à ce qu'elle ait achevé ce qu'elle voulait achever. Puis elle se redressa, épuisée mais satisfaite, se retourna enfin et me sourit.

— Comment te sens-tu, mon chéri ?

— J'ai dormi tellement longtemps !

— C'était ce que tu étais censé faire, non ? Tu as faim ?

— Un peu.

— Tant mieux. Il y a du poulet froid, une délicieuse salade de pommes de terre et des haricots verts qui t'attendent, dit-elle en se levant.

Elle s'approcha de moi et examina l'écorchure de ma joue.

— Dans quelques jours, on n'y verra plus rien, observa-t-elle à mi-voix, comme si la remarque s'adressait à elle-même.

Elle se dirigeait vers la cuisine quand je demandai :

— Où étais-tu, maman ? Qu'est-ce que tu as fait ?

Sur le pas de la porte, elle se retourna et sourit encore.

— Je t'ai dit de ne pas t'inquiéter.

— Mais je ne peux pas m'en empêcher, maman.

— Je comprends, c'est tout naturel, admit-elle.

Puis, après une courte pause elle annonça :

— Je suis allée voir cet homme.

— Quel homme ?

— Celui qui a acheté la maison d'à côté, le père de cet abominable garçon. Je suis allée sur son lieu de travail, je l'ai pris à part et lui ai répété tout ce que tu m'as raconté. Il a failli s'évanouir. Je n'ai jamais vu un homme pâlir à ce point. J'ai dû le réconforter, tu te rends compte ? Alors que c'est moi qui étais censée avoir besoin de réconfort. Il m'a fait tout un discours sur les difficultés qu'il avait à élever tout seul deux adolescents.

« Et bien sûr, il ne savait pas comment m'exprimer sa reconnaissance. Il bredouillait des remerciements, s'excusait de n'être pas venu se présenter, d'avoir écouté ces stupides commérages à notre sujet. Cela en devenait gênant, à la fin. Quand je pense à ton père, à sa force de caractère..., il me manque tellement ! Ces gens font des enfants, puis ils s'écroulent comme du verre brisé. Par sottise et par égoïsme, ce qui était une famille s'éparpille en mille morceaux. J'ai cru que cet homme allait pleurer. D'après lui, tout était la faute de sa femme, ajouta maman d'un ton accusateur.

Elle resta un moment silencieuse, les yeux ailleurs, puis tourna vers moi un regard plein de feu.

— Elle n'est pas morte, tu sais. C'est un mensonge éhonté qu'on t'a raconté là. Cette femme les a quittés. Elle a abandonné ses propres enfants. En parfaite égoïste, elle ne supportait pas l'idée d'être privée de sa liberté à cause d'eux. Elle est partie avec un autre, en laissant cette chiffe molle de père élever tout seul deux jeunes enfants. Eh bien, on peut dire qu'il a fait un beau gâchis !

« Il m'en a dit plus que je ne voulais en savoir, en fait. Apparemment, c'est sa fille le plus gros problème, bien plus que ce garçon qui t'a induit en tentation.

« Mais, poursuivit-elle en fendant l'air de son poing serré, tout cela est derrière nous, derrière notre merveilleux rempart protecteur. Le château et les douves imaginaires que vous avez construits autrefois, Céleste et toi, sont à nouveau présents ici. Tu n'as plus besoin d'avoir peur, Lionel. Demain est un autre jour. Un autre jour merveilleux pour nous.

« Maintenant, conclut-elle, je vais te servir ton dîner. »

Tout ce que je venais d'apprendre m'avait coupé l'appétit, mais devant elle je fus obligée de me forcer. J'avalai tout ce qu'elle avait mis dans mon assiette. Quand j'eus terminé, elle déclara :

— Je veux que tu prennes quelques jours de détente, Lionel. Tu viens de faire une expérience terrible. Concentre-toi sur les textes que je t'ai donnés à lire et travaille un peu tes sciences, c'est tout. Ne t'inquiète pas pour les poules ni pour tes autres corvées.

Je fis ce qu'elle attendait de moi, mais il me fut pénible de rester à l'intérieur. Et Cléo me manquait beaucoup. Tout se liguait pour que je me sente plus seule que jamais. Le soir, quand j'écoutais maman jouer du piano ou quand je lisais dans ma chambre, je ne pouvais pas lutter contre le flot d'images qui déferlait dans ma tête. Sans arrêt, je revoyais Roberta ôter son soutien-gorge, et je revivais ce baiser. Cela me donnait la nausée. Mais en même temps, pour des raisons qui m'échappaient, cela m'excitait et me faisait penser de plus en plus à ma propre sexualité.

Terrifiée à l'idée d'être surprise, mais incapable de m'en empêcher, j'allais dans la salle de bains et regardai ma poitrine nue. Elle était loin d'être aussi volumineuse que celle de Roberta, bien sûr, mais mes seins devenaient plus pleins et plus ronds. Bientôt, il serait vraiment difficile de les aplatir suffisamment pour satisfaire maman. J'imaginais le regard terriblement désappointé qu'elle jetterait sur moi, et cette perspective m'épouvantait. Que ferait-elle alors ? M'obligerait-elle à manger davantage, à devenir plus grosse, à estomper toutes les courbes de mon corps ? Pourrait-elle abolir aussi aisément les pensées qui me trottaient dans la tête ?

Je resserrai mon corset. Je coupai moi-même mes cheveux. Je bannis tous mes souvenirs de maquillage, refusai de penser à l'effet qu'il produirait sur moi, à celui que j'avais pu constater

413

sur Betsy, Harmony et Roberta. Je repoussai toute tentation d'être Céleste et me mis au travail avec détermination. Je repris mes gros travaux, maniai la hache avec une sorte de rage, râtelai, pelletai, martelai jusqu'à ce que mes épaules demandent grâce. Chaque soir, maman semblait ravie de me voir aussi épuisée. Elle me félicitait.

— Tu es un brave garçon, Lionel. Tout ira bien pour toi, pour nous deux. Notre maison est à nouveau un lieu sacré.

J'espérais qu'elle avait raison. Elle-même ne semblait pas tellement en forme, pourtant. Elle se plaignait de migraines et dormait moins qu'avant. Je guettais les esprits, ces esprits qu'il m'avait semblé voir si facilement, autrefois. J'attendais que la voix de papa, surgie de l'ombre, me chuchote que tout allait bien pour moi. Que j'étais purifiée. Et aussi, comme l'avait prédit maman, que tout allait s'arranger.

Mais tout ce que j'entendis, en fin de compte, ce furent les paroles de colère d'Elliot et ses menaces.

Il jaillit de la forêt comme s'il avait passé des journées entières à l'affût derrière un arbre, pour m'approcher à la première occasion. Je venais de nourrir les poules et de réparer un grillage quand il débarqua au pas de charge dans la prairie. Je crus qu'il allait me sauter dessus, mais il s'arrêta à quelques mètres de moi, les poings aux hanches.

— Espèce de taré ! commença-t-il. À mon avis, tu es homo. Je me demande pourquoi j'ai essayé d'être ton ami. Je t'aurai au tournant, gronda-t-il en brandissant le poing.

— Écoute, je suis désolé que ma mère soit allée voir ton père, mais je ne voulais pas aller avec Roberta. Elle est répugnante.

— Répugnante ? Pourquoi ? Parce qu'elle voulait coucher avec toi ? C'est répugnant, ça ? C'est ça que ta mère t'apprend ? Alors je suis désolé pour toi, mon vieux. Encore plus que pour moi, même si mon père m'a repris la voiture – grâce à toi – et privé de sortie pour un mois.

— Je n'ai jamais voulu ça, Elliot.

— Ben voyons. N'essaie pas de te trouver des copains dans le secteur, en tout cas. Le temps que j'aie inventé quelques bonnes histoires sur toi, plus personne ne voudra te donner l'heure, menaça-t-il. Et ça se prend pour un homme ? Tu me fais pitié ! cracha-t-il en tournant les talons.

Puis il repartit vers les bois, la tête basse.

Je sentis mes yeux brûler de larmes. J'aurais voulu le rappeler, trouver une façon de m'excuser, mais j'étais trop secouée pour émettre un son. Je restai sur place, immobile, à le regarder disparaître. Puis je me retournai, la tête basse moi aussi, et pris le chemin de la maison.

Quand je relevai la tête, je vis maman sur la galerie, les bras croisés sous les seins. Elle n'avait pas mis de manteau. Elle ne portait qu'une jupe et un chemisier, mais elle ne semblait pas se soucier du froid. En m'avançant encore, je vis qu'elle souriait. Elle avait dû assister à ma confrontation avec Elliot.

— Tu as vu ça ? me demanda-t-elle.

— Vu quoi ?
— Il n'a pas pu s'approcher de toi. Il a été obligé de se tenir à distance en agitant le poing, et en proférant des menaces idiotes, j'en suis sûre. Il y a un mur entre eux et nous, pour toujours, ajouta-t-elle en regardant vers la forêt. Tu es en sécurité, Lionel. En sécurité pour la vie.

Elle me tendit les bras. Je gravis les marches et elle me serra contre elle. Ensemble, nous rentrâmes dans la maison. Je ne m'arrêtai qu'un instant pour regarder derrière moi, vers l'endroit où j'avais vu Elliot pénétrer dans les bois.

Là où il avait disparu, comme chaque matin disparaissaient mes rêves.

15

Réveil

Durant les semaines et les mois qui suivirent ce qui, en fait, avait été mon seul véritable contact avec des jeunes de mon âge, j'eus souvent l'impression de rétrécir. Le monde dans lequel j'étais née, dans lequel j'avais vécu avec ma famille, semblait rapetisser lui aussi, de plus en plus. C'était, peut-être, parce que je ne m'aventurais plus au-delà des abords immédiats de la maison et de la grange ; ou encore, parce que je commençais à prendre conscience de tout ce qui me manquait.

Pour occuper mes loisirs de plus en plus longs, j'eus recours à notre magnifique bibliothèque et je lus, je lus beaucoup plus que maman ne l'exigeait. Les pages de ces précieux volumes reliés en cuir, les histoires et les personnages merveilleux que je découvrais, tout devenait pour moi comme un chemin, une voie pour fuir notre maison si bien protégée ; une issue pour franchir les limites de la propriété, que surveillait l'armée fantomatique des ancêtres de maman.

C'était la seule façon pour moi de m'échapper, d'ailleurs. Quand elle allait faire des courses, maman semblait toujours avoir une bonne raison pour ne pas m'emmener.

— Je fais juste un aller-retour, alléguait-elle.

Ou bien elle prétextait qu'elle n'avait à faire que telle ou telle chose, et pas un moment de libre pour quoi que ce soit d'autre. Et par conséquent, il n'y avait aucune raison pour que je l'accompagne. Elle n'accorda jamais la moindre importance à mon besoin de sortir, de rencontrer d'autres gens ou de changer de décor.

— Tu auras tout le temps qu'il faudra plus tard, me répondait-elle invariablement, quand j'osais suggérer cette éventualité. D'ailleurs, les gens d'ici n'ont pas la moindre envie de te connaître, Lionel. Tout ce qui les intéresse, c'est d'avoir de quoi forger de nouveaux ragots sordides, pour remplir le vide de leurs mesquines petites vies.

Je ne pouvais qu'imaginer ce qu'ils devaient déjà raconter. Elliot avait sûrement mis ses menaces à exécution, et inventé toutes sortes d'anecdotes fantaisistes à mon sujet.

— Crois-moi, me répétait maman, je sais ce qui vaut le mieux pour toi. On me l'a dit, affirmait-elle, sur ce ton sans réplique qu'elle prenait toujours en parlant d'eux.

En fait, ce « On me l'a dit » devint son explication, sa justification pour presque toutes les réponses qu'elle était amenée à me faire. Et une fois qu'elle avait dit cela, il n'était plus question pour moi de discuter, car je ne savais que trop bien qui le lui avait dit.

Malgré tout, je me demandais bien pourquoi on ne m'avait rien dit, à moi, et quand j'aurais enfin part à toutes ces discussions et révélations.

Je commençai à espérer que ce moment ne viendrait jamais. Maman avait des liens étroits avec l'Au-delà, elle passait aisément d'un univers à l'autre, mais à quel prix ? Elle était tellement isolée ! Elle n'avait plus de relations masculines, elle ne fréquentait plus personne. Elle ne répondait pas aux messages téléphoniques, ni aux lettres des membres de sa famille encore vivants. Était-ce le sort qui m'attendait ?

Autrefois, quand j'étais petite, j'avais désespérément désiré établir le contact avec l'Au-delà, et passer moi aussi de l'autre côté, « traverser » comme nous disions. Et quand j'avais cru y être arrivée, j'avais cru aussi avoir gagné tout l'amour de maman, pour toujours. Mais elle avait continué à couver Lionel, à le protéger et à le dorloter. Être lui, c'était être aimé.

Bien souvent, la nuit, quand j'étais seule, je regardais par la fenêtre comme elle le faisait elle-même, en espérant un signe. Parfois je scrutais si intensément, si longuement l'obscurité qu'il me semblait voir à nouveau des ombres prendre forme. Je croyais vraiment entrevoir des visages, mais ils étaient pareils à des bulles, qui éclataient sitôt qu'on les voyait. Je recommençai aussi à entendre des chuchotements. Des voix dérivaient sur les flots sombres de la nuit. Tous ces sons et ces visions finissaient par m'embrouiller les idées : je ne savais plus que croire.

J'en parlai à maman et elle dit que c'était normal. Que j'étais près, très près d'y arriver.

Qu'il suffisait de bien me conduire. D'écouter, de faire mon travail, et que cela viendrait. Cette solitude prendrait fin et je ferais partie de cette merveilleuse communauté qui nous avait choisis, nous et notre domaine. Je recevrais en partage tous les dons et tous les pouvoirs de maman. C'était mon héritage, et comment aurais-je pu en douter ? On le lui avait dit.

Mais cette promesse ne m'empêchait pas de me sentir de plus en plus à l'étroit.

Quand je lus *Macbeth*, je fus abasourdie par la prédiction des sorcières, selon laquelle Macbeth serait anéanti quand la forêt s'avancerait vers son château. Plus tard, lorsque je sentis notre monde rétrécir, il me sembla que nos bois se rapprochaient de la maison. Le monde extérieur tout entier pesait sur nos limites, les comprimait, les poussait vers nous. Pour finir, nous serions englouties et cesserions d'exister. Cette pensée me hantait, mais je n'osai jamais l'exprimer.

Même si maman me voyait lire de plus en plus, et me trouvait parfois lovée dans mon lit sous la lampe, aux petites heures du jour, elle ne me disait jamais rien. Il lui arrivait de sourire, ou bien elle paraissait pensive. Elle semblait indécise. Devait-elle m'empêcher de lire ? Devait-elle m'encourager ? Pour moi, son raisonnement était évident : quand je lisais, je ne posais pas de questions et je ne me plaignais pas ; c'était toujours ça. Son univers était tranquille et douillet, comme il se devait. Nous étions en sécurité.

Notre bibliothèque était très ancienne. Elle possédait ce que j'estimais être de très vieilles et très rares éditions de romans célèbres et autres livres. C'était l'arrière-grand-mère Jordan qui avait commencé à les collectionner, et Grandma Jordan avait pris la suite. Je les soupçonnais de n'avoir pas vraiment lu les volumes qu'elles avaient introduits dans la maison, et pour cause. Elles n'auraient certainement pas approuvé certaines de ces histoires. Néanmoins, elles les avaient achetés pour leur valeur d'antiquités. Elles allaient chez les antiquaires, les revendeurs de livres anciens, partout où elles pouvaient trouver des ouvrages reliés en cuir. Certains d'entre eux, les dédicaces en faisaient foi, avaient été offerts en cadeaux d'anniversaire ou de Noël.

Peut-être était-ce la vraie raison pour laquelle maman ne m'empêchait pas de les lire. Ils avaient une histoire, un passé familial, et tout ce qui concernait nos ancêtres était important pour elle. Après tout, mes grands-parents et arrière-grands-parents les avaient touchés au moins une fois, et cela suffisait à leur conférer un caractère sacré. Ils prenaient place parmi les nombreux éléments de notre univers spirituel, qui gravitaient comme des planètes dans notre système solaire.

Certains de ces romans, toutefois, racontaient de grandes amours. Et les descriptions de la beauté des femmes, de l'allure des hommes, des soirées mondaines, des fêtes et des galas... tout cela me fascinait. Mes nuits se peuplaient de rêves dans lesquels je me voyais ôter mes jeans et ma chemise de flanelle, pour tirer d'une armoire magique de fabuleuses toilettes.

421

À l'instant où je m'en revêtais mes cheveux poussaient, soyeux et brillants ; les cals s'effaçaient de mes mains, mes sourcils s'affinaient et dessinaient un arc élégant ; et mes lèvres enduites de rouge brillaient d'un éclat mouillé. Mince et jolie, je pouvais pirouetter sur moi-même, rire avec des accents mélodieux qui faisaient fondre le cœur des hommes. Ceux qui rêvaient de me prendre la main, m'embrasser sur les lèvres, toucher mes seins ; mes pauvres seins qui me faisaient parfois bien mal, sous le corset qui les cachait et les comprimait si fort.

À cause de ces lectures, sans doute, mes souvenirs de petite fille me revenaient, plus vivants que jamais. Je revoyais tout. Mes poupées, mes services à thé, ma maison de poupées, mes albums de coloriage et mes livres, mes beaux rubans.

Je me rappelais jusqu'au parfum de mes vêtements, ma robe longue en soie rose et son jupon bouffant, la petite veste en fourrure offerte par papa pour l'un de mes anniversaires. Tout cela gisait à présent sous la terre, non loin de la maison. Toutes mes possessions d'avant. Il m'arrivait même de rêver que je sortais secrètement, la nuit, pour aller les déterrer.

Mais bien sûr, je ne le faisais jamais.

Cependant, tous ces sentiments que je gardais enfouis au plus profond de mon cœur, tel un trésor sous clé, ne cessaient de s'intensifier avec chaque jour qui passait. Ils réclamaient à grands cris d'être entendus, et leurs clameurs se faisaient de plus en plus fortes à mesure que l'hiver cédait la place au printemps. La glace et la neige fondirent. Les premiers bourgeons apparurent sur nos arbres, la prairie reverdit. Côte à côte, maman et moi retournions la terre amollie de notre jardin. Après avoir sarclé, planté, cultivé, nous entreprîmes de tout rafraîchir autour de nous. Les revêtements de bois extérieurs reçurent une nouvelle couche de peinture, nous passâmes un enduit protecteur sur le plancher de la galerie, nous lessivâmes les fenêtres et les volets. Il y avait toujours tellement de choses à faire au retour du printemps !

J'étais heureuse d'avoir du travail, de pouvoir me dépenser tant et plus. Je voulais être épuisée à la fin de la journée. Cela m'aidait à m'endormir, ce qui me devenait de plus en plus difficile depuis quelque temps. Trop souvent, la nuit, pendant mes longues heures d'insomnie, j'entendais la musique dont parlaient mes livres, je voyais les beaux jeunes hommes flirter ou danser avec de ravissantes partenaires, j'écoutais les mots d'amour qu'ils se disaient tout bas, ces mots que j'avais retenus et que je chuchotais pour moi-même. Leurs silhouettes allaient et venaient sur mes murs. C'était bien plus intéressant que de regarder la télévision, j'en étais sûre, et de toute façon maman ne le permettait pas.

Parfois, quand j'évoquais une des scènes d'amour de mes livres, je laissai mes mains parcourir mon corps. Je pensais à ce qu'Elliot m'avait raconté sur sa sœur Betsy, et je me souvenais de la façon dont elle touchait et regardait son corps. Le frisson qui surgissait alors en moi m'effrayait et me ravissait à la fois. Quand le désir que j'en éprouvais devenait trop vif, j'enfouissais le visage dans mon oreiller et je le serrais de toutes mes forces contre moi. Il arrivait aussi que le bruit des pas de maman me surprenne. Affolée, retenant mon souffle, je me figeais et chassais loin de moi ces images et ces visions. Mais il m'était impossible d'interrompre mes rêves, ces rêves dans lesquels je sentais des lèvres se poser sur les miennes, des mains toucher mes seins, et où je me racontais des pages entières de merveilleux romans d'amour.

J'essayais de me repentir, de prier pour être pardonnée, d'éviter le regard pénétrant de maman. Le travail m'était une aide, mais il ne suffisait pas à empêcher complètement ces choses de se produire. Et le temps ne travaillait pas pour moi, c'était clair. Chaque jour, chaque heure qui passait rendait mes efforts plus difficiles. Comment cela finirait-il ? Ou, plus important encore : comment cela commencerait-il ? La plus grande part de ma vie était encore enfouie dans les limbes, méditais-je. Il y avait tant de choses qui n'avaient pas encore commencé pour moi.

Jadis, maman avait promis à papa de nous inscrire au lycée, Lionel et moi. Et bien sûr, cette promesse s'était évanouie en fumée. Pour s'assurer qu'elle ne se réaliserait pas, maman avait pris des dispositions spéciales pour mes tests, cette année-là. Comme si elle devinait mon désir de rencontrer des jeunes de mon âge, elle s'était arrangée pour que je sois convoquée après la fin des cours. Il n'y avait presque plus d'élèves dans les couloirs ou sur le campus quand nous arrivâmes. Elle me fit entrer en catimini, et me serra de si près jusqu'à la classe où je devais me présenter que j'eus l'impression d'avoir des œillères. Nous ne restâmes pas longtemps là-bas, d'ailleurs. Les tests étaient encore plus faciles que d'habitude et j'en eus vite terminé, à la plus grande satisfaction de maman.

Sur place, et pendant tout le trajet du retour, je me sentis plus curieuse que jamais de tout ce qui m'entourait, et je dévorai des yeux tout ce qu'il me fut donné de voir. Les choses, les gens, le style et la couleur de leurs vêtements, et jusqu'au moindre de leurs gestes, surtout ceux des jeunes femmes. Maman me reprocha mon air ébahi, bien sûr, mais c'était plus fort que moi. J'essayais de regarder droit devant moi, mais mes yeux ne m'obéissaient pas. Telles deux billes métalliques attirées par des aimants, ils allaient et venaient sans cesse d'un côté à l'autre.

En arrivant à la maison, maman était très mécontente de moi et elle s'empressa de me trouver une nouvelle corvée. Je dus aller chercher des outils dans la grange. Je me remis au travail, ce qui m'aida un peu et j'essayai d'oublier, mais ce n'était pas facile. Il n'y avait qu'un seul moyen pour moi de retrouver une certaine tranquillité d'esprit : me replonger dans les livres. Puis, comme le temps se réchauffait particulièrement vite, je retournai dans les bois. La plupart des arbres avaient retrouvé un feuillage assez dense pour créer de petits îlots d'ombre, et en me promenant j'apercevais le ciel à travers une voûte mouvante et translucide. Un beau jour, je décidai de me trouver un petit coin bien à moi, accueillant, confortable, où je pourrais venir lire tout à mon aise loin des yeux soupçonneux de maman.

— Ne quitte pas la propriété, me recommanda-t-elle, et je promis de ne jamais en sortir sans sa permission ou sans elle.

Malgré tout, elle semblait toujours inquiète quand j'allais quelque part où elle ne pourrait pas me voir. Parfois, pour la tranquilliser, j'emportais mon matériel de pêche même si je n'avais pas l'intention de pêcher. C'est ainsi que je découvris, un peu au sud de la rivière, un emplacement qu'ombrageait un bosquet de pins. L'air embaumait, la terre fraîche et riche était tapissée d'aiguilles, je pouvais m'étendre à l'aise, m'exposer au soleil si je le désirais et me relaxer. Des écureuils et des lapins m'observaient avec curiosité, à quelque distance, en remuant le nez pour s'assurer que mon odeur n'avait rien de menaçant. Les oiseaux pépiaient et se livraient à toutes sortes d'acrobaties aériennes autour de moi, comme s'ils avaient découvert un spectateur averti. Une fois, j'aperçus même une petite biche. Elle se fondait si bien dans la verdure environnante qu'il était presque impossible de la voir. Mais je perçus un léger mouvement de ses oreilles et m'assis lentement, sans la quitter des yeux tandis qu'elle me rendait mon regard.

— Salut, murmurai-je, et elle détala aussitôt.

L'hiver avait été plus froid que d'habitude, mais le printemps était déjà très chaud, presque semblable à un été ordinaire. Je portais ma salopette et ma chemise blanche à manches courtes. J'avais emmené *Roméo et Juliette*, que je voulais relire. Je l'avais parcouru rapidement deux ans plus tôt, et j'étais certaine de ne pas l'avoir pleinement compris ni apprécié. En lisant comment les amants étaient résolus à s'aimer, en bravant tous les obstacles, mon cœur battait d'excitation. Leur amour me semblait plus intense parce qu'il était interdit.

Je posai mon livre et contemplai le ciel à travers les branches des pins. Pendant un moment, je ne fis qu'observer les nuages qui dérivaient dans l'azur limpide, puis je fermai les yeux. Je pensai au premier baiser de Roméo et de Juliette... et ce fut soudain comme si je vivais leur histoire. Tout cela m'arrivait à moi aussi, maintenant.

J'éprouvai le désir subit de me rebeller, de me mettre en danger, de goûter à cette ivresse. Mes mains parcoururent mon corps, explorant, découvrant. J'abaissai le haut de ma salopette et fis glisser ma chemise par-dessus ma tête. Pendant quelques instants je restais ainsi, le souffle court, terrifiée à l'idée de ce que j'avais déjà fait. Mais maintenant que c'était fait, il m'était impossible de ne pas continuer. Je délaçai mon corset jusqu'à ce que ma poitrine soit totalement dégagée, frémissant de sentir mes seins nus et frissonnants sous la caresse de l'air. Lentement, je portai le bout de mes doigts à mes mamelons, et je m'entendis gémir. Puis je commençai à me dégager de ma salopette. J'ôtai mes sous-vêtements. Et pendant un long moment d'effroi et de délicieuse excitation, je restai étendue ainsi, exposée, vulnérable et complètement nue.

Jamais je n'avais fait une chose pareille en dehors de chez moi. Un trouble indicible montait en moi comme par vagues, si violent que j'en tremblais. C'était comme si des mains frôlaient mes cuisses de bas en haut, insinuantes, jusqu'aux endroits interdits de mon corps, provoquant en moi une explosion de joie brutale. C'était un bouleversement si délectable, si surprenant et si effrayant à la fois que je me jetai sur mes vêtements pour les remettre en toute hâte. Je serrai si fort les cordons de mon corset que c'est à peine si je pouvais respirer. Sitôt rhabillée, je ramassai mon livre et m'enfuis littéralement de mon merveilleux refuge.

Courir m'aida à retrouver mon calme. Je ne ralentis que lorsque je parvins à la lisière de notre prairie, où je fis halte pour reprendre mon souffle. J'avais le visage brûlant, je devais avoir les joues cramoisies. Au lieu de retourner à la maison, je rentrai dans les bois, trouvai un autre endroit ombreux et m'y reposai.

Que s'était-il passé ? Qu'est-ce que j'avais fait ? Ce dont j'étais sûre, c'est que maman devinerait tout dès qu'elle m'apercevrait. Ou pis encore : on lui aurait tout dit.

Quand j'eus suffisamment repris mes esprits, je revins lentement vers la maison. J'y rentrai, j'en suis sûre, comme un prisonnier pénètre dans le couloir de la mort. Maman sortit du salon, un ouvrage de broderie à la main.

— Ah, Lionel ! m'interpella-t-elle. Je viens juste de penser à une chose terrible.

J'attendis, le cœur en tumulte.

— C'est bientôt ton anniversaire et je n'ai strictement rien prévu. Je ne sais pas ce que j'ai ces temps-ci, observa-t-elle en souriant. Mais ne t'inquiète pas, ce ne sera pas un anniversaire ordinaire.

Elle m'embrassa sur la joue et passa dans la cuisine. Stupéfaite, je la regardai s'éloigner. Elle n'avait rien dit. Elle ne savait rien. Je n'avais rien à craindre. C'était très étrange mais tout allait bien.

Peut-être était-ce parce que je m'en étais tirée sans dommage, ou bien parce que l'excitation éprouvée là-bas m'obsédait, mais la seule idée de retourner dans mon abri vert m'emplissait d'une joie délirante. J'essayai de m'en empêcher, je me tourmentai, je me torturai, je me moquai de moi-même.

Un jour je me mis en route pour y aller, fis demi-tour en chemin et revins en courant à la maison. Un autre jour, je m'assis au bord de l'étang et m'interdis de m'approcher davantage de mon coin secret. Je fis appel à toute la résistance dont j'étais capable, sachant bien au fond de moi-même que je finirais par faiblir et par y retourner. Ce que je fis.

Et cette fois encore, j'emportai *Roméo et Juliette* avec moi. Je ne me lassais pas de le relire. J'avais mémorisé pratiquement toute la pièce, et en tout cas mes répliques préférées. Quand j'atteignis ma retraite, j'eus un instant d'hésitation. Pour moi, ce lieu était devenu magique. J'étais sûre que si à nouveau je m'y allongeais et me mettais à lire, la même chose recommencerait. Je fermai les yeux, retins mon souffle et tentai de tourner le dos pour rentrer à la maison, mais la tentation était trop puissante. C'était comme un appel, et la voix qui m'appelait venait de l'intérieur de moi. Je ne pouvais pas me le dissimuler.

Je m'étendis sur le sol et tentai de lire, mais mon regard s'évadait sans cesse de la page. Mon cœur battit plus vite, mon souffle s'accéléra. Couchée sur le dos, je me remis à contempler le ciel à travers les branches. Il était sans nuages ce jour-là, et paraissait d'un bleu plus doux. Je fermai les yeux. Et une fois de plus, des doigts fiévreux commencèrent à parcourir mon corps, le caresser, l'explorer.

Lentement, j'entrepris de me dévêtir et bientôt je fus nue sous le soleil, attentive au souffle de la brise sur ma peau. Je respirais profondément, me touchais partout, et partout où je me touchais le plaisir fusait en moi comme un courant électrique. Tout cela était d'une telle puissance, m'avouai-je. Et comme j'avais été naïve de croire que je pourrais y résister ! Les yeux fermés, je me représentais les beaux jeunes gens de mes lectures, j'essayais d'imaginer le physique de Roméo. J'entendais ces mots merveilleux, ces mots qui en cet instant étaient prononcés pour moi.

Et soudain, j'entendis craquer une branche. Cela me fit l'effet d'un coup de tonnerre.

J'ouvris lentement les paupières, et quand je

levai les yeux je vis Elliot qui me regardait, comme paralysé de stupeur. Chaque muscle de mon corps se figea. Les lèvres d'Elliot remuèrent mais pendant un moment, aucun son, aucun mot n'en sortit. On aurait dit qu'il avait du mal à déglutir. Quant à moi, j'étais tout simplement rigide. Finalement, il parla.

— Tu es une fille ? articula-t-il enfin, comme pour vérifier ce que lui disaient ses yeux.

À la vitesse de l'éclair, la conscience de tout ce qui pouvait arriver suivit ce coup de tonnerre dont le fracas résonnait encore à mes oreilles. Découverte, exposée aux regards, j'allais provoquer le plus gros désastre qui soit dans la vie de maman. Toute notre famille spirituelle disparaîtrait, emportée par le souffle du scandale à venir, et elle ne reviendrait jamais. Maman serait anéantie par l'échec et la déception. Nos vies seraient gâchées pour toujours. Je ne pourrais plus jamais quitter la propriété, ni fréquenter un lycée public, ni me montrer nulle part dans le voisinage. Où irions-nous ? Qu'allions-nous devenir ? Qu'avais-je fait ?

— S'il te plaît, proférai-je, incapable d'en dire davantage.

La grimace ironique et stupéfaite d'Elliot s'adoucit.

— Tu es une fille, répéta-t-il, ayant bien pris conscience de la situation, cette fois-ci. Évidemment, ça explique tout. J'étais sûr que tu étais gay, et les filles aussi.

Son expression changea encore, et une lueur de malice ravie pétilla dans ses yeux.

— Et tu n'es pas trop mal, d'ailleurs.

L'étau de glace qui m'étreignait fondit d'un seul coup. Je me tournai de côté pour saisir mes vêtements mais Elliot me devança : il posa le pied dessus.

— Pas si vite, je n'ai pas fini. Pourquoi te faisais-tu passer pour un garçon ? À quoi ça rime, tout ça ? Qu'est-ce que ta mère trafique ?

— Ça ne te regarde pas, ripostai-je, les yeux embués de larmes à présent.

Sa voix se chargea de colère.

— Oh, mais si, ça me regarde. Tu t'es moquée de moi. Tu t'es moquée de tout le monde. Vous êtes complètement tordues toutes les deux. Au fait...

Il parut frappé par une idée soudaine.

— Qui est-ce qui a disparu, dans votre famille ? Vous étiez deux filles ou quoi ? Qu'est-ce qui se passe, ici ?

Je plaquai les mains sur ma poitrine et croisai les jambes.

— Je t'ai dit que ça ne te regardait pas. Ôte ton pied de mes affaires.

Loin d'obéir, il s'agenouilla et son rictus railleur s'élargit.

— Alors c'est quoi ton vrai nom, Lionel ? Léone, ou un truc comme ça ?

— Non.

— Comment arrivais-tu à cacher si bien tes nichons ? (Il loucha sur le corset et le souleva entre deux doigts.) Avec ce machin-là ? Ça ne te fait pas mal ?

— Laisse-moi tranquille, implorai-je.

Il lâcha le corset et s'essuya les mains à son pantalon d'un air dégoûté.

— Est-ce que c'est une des combines magiques de ta mère ? Elle t'a jeté un sort pour te changer en fille, c'est ça ?

Je ne pouvais plus retenir mes larmes. Elles roulèrent sur mes joues quand je secouai la tête.

— Peut-être que j'ai des visions, railla Elliot. Elle m'a jeté un sort aussi, alors ? Il n'y a qu'un moyen de le savoir, ajouta-t-il en riant.

J'eus l'impression d'avoir une boule de glace au creux de l'estomac, et que le froid remontait jusqu'à mes seins. Je criai de peur.

— Va-t'en !

Il me saisit par les épaules et je me débattis, mais il était trop fort pour moi et réussit à écarter mes bras de ma poitrine. Il regarda mes seins, se pencha lentement et approcha ses lèvres de mes mamelons. Je tentai de le repousser à coups de poings, mais il était assis sur mon ventre et je ne cognais pas assez fort. Je ne pouvais pas empêcher ce qui allait arriver. Il suçota le bout de mes seins, releva la tête et sourit.

— Tu n'es pas trop mal, comme garçon.

Je m'acharnai à résister.

— Arrête ! m'ordonna-t-il, ou je raconte à tout le monde ce que j'ai découvert. Il y a des chances pour que la police vienne chez vous, après ça.

C'était plus que probable, en effet. Je m'en rendis compte instantanément et toute velléité de résistance m'abandonna. Mes bras mollirent et Elliot les allongea à mes côtés en me tenant fermement les poignets.

— Au fait, pourquoi étais-tu si intéressée par ma sœur, s'étonna-t-il. Tu es homo ?

— Non.

— Tu étais fascinée, pourtant. Tu la dévorais des yeux, ne me dis pas le contraire.

— Ce n'était pas pour cette raison-là, protestai-je.

— Ben voyons !

— Laisse-moi m'en aller, le suppliai-je.

Il réfléchit, le regard attaché sur moi, et lâcha mes poignets. Mais au lieu de me libérer, il se mit à me tripoter les seins.

— Pas mal, apprécia-t-il. Tu serais jolie si tu te permettais d'être ce que tu es.

— Je t'en prie, implorai-je encore.

Ses doigts poursuivirent leur pétrissage.

— Qu'est-ce que tu faisais couchée là, toute nue ? Tu t'excitais toute seule ? questionna-t-il avant que j'aie pu répondre. Ce serait dommage de ne pas en profiter, non ?

Ma peur revint au galop, mon cœur se mit à cogner comme un tambour. Le sourire d'Elliot s'était accentué, ses yeux brillaient de convoitise. Je secouai la tête mais il était toujours assis sur mon ventre, et il commençait à déboucler sa ceinture.

— Arrête ! m'affolai-je.

— Pourquoi ? Il faut que tu saches ce que tu as manqué. Ce que tu veux probablement, de toute façon. Qui pourrait te montrer ça mieux que moi, ton seul ami ?

Je profitai du moment où il se souleva pour me retourner sur le côté, mais il me remit brutalement sur le dos et porta ses lèvres à mon oreille.

— Tu ferais mieux de ne pas m'énerver, je te préviens. Sinon je vais droit au téléphone et je raconte à tout le monde ce que j'ai vu. C'est ça que tu veux ? Eh bien ?

— Non, murmurai-je.

— Alors arrête de te débattre. Tu ne le regretteras pas, je te le promets.

Je l'entendis continuer à se déshabiller. J'étais malade de peur, à présent ; mais, bizarrement, j'éprouvais en même temps une certaine curiosité, un peu comme un bébé qui mettrait le doigt sur la flamme d'une chandelle. Tout l'avertit que c'est dangereux, en particulier la chaleur qui augmente quand il approche le doigt, mais la lumière est trop fascinante. Il ne peut pas s'arrêter jusqu'à ce qu'il touche la flamme, et alors il crie de douleur et de surprise. Pourquoi une chose aussi belle fait-elle aussi mal ?

Elliot me souleva les jambes et s'installa confortablement entre elles.

— Tu sens ça ? demanda-t-il en riant. C'est ce que tu prétendais avoir.

— Ne fais pas ça, le suppliai-je.

— Faire quoi ? Qu'est-ce que je pourrais te faire ? Tu es un garçon, comme moi, dit-il en me pénétrant.

Cela me fit mal. Je criai, mais il n'en devint que plus agressif. Il s'enfonça plus fort en moi, et je frissonnai de tout mon corps. Je gardais les yeux fermés, comme font ceux qui ont peur du noir par crainte de ce qu'ils pourraient y voir. Mais à un certain moment, ma curiosité fut la plus forte : je rouvris les yeux et regardai Elliot. Les siens étaient fermés, et de toute évidence il était plongé dans une sorte de transe. Il frémit. Et, malgré ma peur et ma volonté de résister, j'en tremblai, moi aussi.

Puis il parut s'affaler sur moi, le souffle si lourd et si court que je le crus sur le point de défaillir. Mais il se souleva lentement et s'assit à côté de moi.

— Un de mes copains dit que c'est comme débourrer un cheval, s'esclaffa-t-il. Je te promets que ça sera deux fois moins pénible la prochaine fois, ou plutôt que ça sera deux fois meilleur.

Je tendis le bras vers mes vêtements.

— Il n'y aura pas de prochaine fois.

— Oh si, répliqua-t-il en saisissant mon bras pour le ramener en arrière. Bien sûr qu'il y en aura une. En fait, je veux que tu sois demain à la même heure, au même endroit.

Je secouai la tête.

— Si tu n'es pas là, tout le monde saura ce que je sais, compris ? Je serai là et je n'attendrai pas, même une minute. Si je ne te vois pas, je dis tout. Voilà le marché. C'est clair ?

— Tu es ignoble, ripostai-je.

— Moi ? Dis donc, ce n'est pas moi qui me suis fait passer pour un garçon. Ce n'est pas moi non plus qui ai une mère qui a raconté ça partout. Et dire qu'avec ses airs de sainte-nitouche, elle est venue faire la leçon à mon père et m'a causé des tas d'ennuis. Je ne sais toujours pas qui a disparu, au fait. Si quelqu'un a vraiment disparu. Mais c'est peut-être un mensonge, ça aussi ?

Sans répondre, j'enfilai rapidement mes sous-vêtements et mon jean. Toujours assis, en appui sur les mains, Elliot m'observait.

— Fais voir comment tu caches ces nichons, ordonna-t-il. Allez, vas-y.

J'essayai de remettre mon corset en lui tournant le dos, mais il exigea que je me retourne pour qu'il puisse voir. Il grimaça.

— Ce truc doit te faire mal, non ? Pourquoi fais-tu semblant d'être un garçon ?

Je ne dis rien. Je continuai à m'habiller et lui aussi. Dès que j'eus fini je m'éloignai, mais il me rattrapa, me saisit la main et me fit pivoter vers lui.

— N'oublie pas. Demain, même heure, même endroit, ou alors tu sais ce qui t'attend, menaça-t-il. Je ne plaisante pas.

Je baissai la tête, vaincue, et il eut un sourire satisfait.

— Ce n'est pas si terrible. Tu vas apprécier ça de plus en plus, tu verras.

Dès qu'il eut relâché ma main, je m'écartai de lui.

— Eh ! Qu'est devenu ton super chien ? cria-t-il en riant derrière moi. Il a découvert ce que tu étais et tu as dû t'en débarrasser ou quoi ?

Je m'élançai au pas de course à travers bois, et j'étais presque arrivée à la prairie quand je m'aperçus que j'avais oublié *Roméo et Juliette*. Il n'était pas question de retourner le chercher. Elliot aurait pu croire que je voulais être avec lui, si par hasard il était encore dans les parages, près de ce qui était maintenant pour moi le lieu de la honte. Le livre ne craignait rien tant qu'il ne pleuvait pas, et le temps ne semblait pas annoncer la pluie.

Quand j'atteignis la prairie, je m'assis dans l'herbe et éclatai en sanglots. Je sanglotai à perdre haleine, et quand j'eus pleuré toutes les larmes de mon corps, je restai assise où j'étais, les yeux fixés sur une fourmilière. En observant le labeur frénétique des fourmis, je pensai à Lionel et à sa fascination, quand il avait découvert sa première fourmilière.

Sans trop savoir pourquoi, à cause de ce qui venait de se passer, sans doute, j'avais l'impression de l'avoir trahi. Je pensais que j'avais trahi tout le monde, et que je serais bientôt punie pour cela. Tout était ma faute, après tout. Si je n'avais pas fait ce que j'avais fait, Elliot ne m'aurait pas découverte. J'avais ôté un écran protecteur, laissé quelqu'un du dehors jeter un coup d'œil dans notre précieux univers, et nous voir telles que nous étions. Qu'allais-je faire, à présent ?

Je balayai les larmes attardées sur mes joues, me levai et marchai lentement vers la maison. Avant d'entrer, toutefois, j'allai au vieux puits et me rafraîchis le visage. J'étais sûre de savoir ce que j'avais à faire : tout dire à maman, tout de suite. Elle serait en colère, certainement, mais elle saurait aussi ce que nous devions faire, ou demanderait conseil aux esprits. Avais-je une autre alternative ?

Tête basse, j'entrai dans la maison. Un tintement mélodieux, celui d'une des vieilles boîtes à musique de maman, me parvint par la porte ouverte de la salle à manger, et je m'avançai lentement jusqu'au seuil. Au premier coup d'œil à l'intérieur, le souffle me manqua. La pièce était décorée de ballons et de guirlandes en papier crépon. Et sur le miroir, en lettres de carton coloré, s'étalait l'inscription : HEUREUX ANNIVERSAIRE, LIONEL. La table était déjà mise.

Maman apparut à la porte de la cuisine. Elle avait noué un petit tablier sur l'une de ses plus jolies robes, la bleu clair au col orné de sequins. Coiffée avec soin, elle s'était mis un peu de rouge à lèvres et elle était très jolie ainsi.

— Je t'avais dit que je ferais quelque chose de spécial pour toi, annonça-t-elle.

J'étais médusée. Comment avais-je pu oublier que c'était mon anniversaire ? D'un mouvement de tête, maman désigna une boîte en ivoire ornée d'un hippocampe noir.

— Tu te souviens de cette boîte à musique ? Mon arrière-grand-père l'avait achetée à New York pour mon arrière-grand-mère Elsie. Tu reconnais l'air ? Je le joue de temps en temps au piano.

— Oui, dis-je d'une toute petite voix. C'est la *Petite Musique de nuit* de Mozart.

Maman battit vivement des paupières, puis elle sourit.

— Je n'aurais jamais cru que tu t'en souviendrais. Tu n'as jamais eu une bonne mémoire pour la musique, Lionel. C'est merveilleux. Je sens que tu vas devenir un jeune homme tout à fait charmant. Va mettre quelque chose d'élégant pour dîner, et nous fêterons ça. J'ai fait ton plat préféré, du gigot d'agneau à la menthe, m'apprit-elle en repartant vers la cuisine.

Je restai immobile, à regarder la table et les souhaits d'anniversaire. La musique jouait toujours, et cela fit monter en moi un nouveau flot de larmes. Avant que maman ne me voie pleurer, je tournai les talons et me hâtai de monter.

Je ne pouvais parler, je lui aurais brisé le cœur.

Je ne pouvais que me taire.

Je me douchai, mis une jolie chemise et un pantalon. Même après tout ça, je tremblais encore. Je m'en aperçus en boutonnant ma chemise. Presque à chaque instant, je devais lutter contre une envie de pleurer, ravaler la boule que j'avais dans la gorge. Quand je descendis, maman m'attendait à table. Elle leva sur moi des yeux remplis d'espoir et son regard fit le tour de la pièce.

— Eh bien ? questionna-t-elle.

Je savais ce qu'elle voulait m'entendre dire : que j'avais vu papa.

— Il a promis, ajouta-t-elle dans un souffle.

Je m'obligeai à sourire, respirai à fond, et à mon tour je parcourus la salle des yeux, jusqu'à ce que mon regard s'arrête sur maman. Elle porta la main droite à son épaule gauche, comme si elle touchait celle de papa.

— Heureux anniversaire, cher Lionel, de notre part à tous les deux.

J'écarquillai les yeux. Était-il là ? Est-ce que je le voyais ? Était-il aussi jeune que dans mon souvenir ? J'avais si désespérément besoin de lui !

— N'est-ce pas merveilleux ? s'extasia maman. Être ainsi à nouveau réunis ?

J'acquiesçai en silence.

— Maintenant assieds-toi, Lionel. Je veux que tu profites de chaque instant, je veux dire... nous le voulons tous les deux. J'ai fait aussi ton gâteau favori, et ensuite une magnifique surprise t'attend au salon.

Je me tournai vers la porte.

— Non, m'arrêta-t-elle, pas maintenant. Patience. Les bonnes choses arrivent à ceux qui savent attendre.

Je pris place à table et regardai droit devant moi.

— Es-tu là, papa ? chuchotai-je d'une voix inaudible. Montre-toi, je t'en prie. Touche-moi, parle-moi. S'il te plaît.

Je fermai les yeux. Je priai. Et je crus vraiment le sentir près de moi, sentir sa main sur mon épaule. J'attendis, et je perçus le frôlement de ses lèvres sur ma joue.

— Joyeux anniversaire ! entendis-je alors, et je rouvris brusquement les yeux.

Je me retournai promptement, mais il n'était pas là. Je ne l'avais pas vu. Peut-être avais-je perdu mon unique chance de le voir jamais.

Maman, qui entrait avec le dîner, s'arrêta pour me dévisager.

— Tout va bien, Lionel ?

— Oui, répondis-je précipitamment.

— Comme je l'avais prévu, commenta-t-elle. Il ne pouvait pas en être autrement.

Ce fut un repas fabuleux, et le gâteau fut délicieux. Malgré la tristesse qui me nouait l'estomac, je mangeai très bien. Maman parla de toutes sortes de projets qu'elle avait pour la propriété.

— Je veux un jardin plus grand, qui produise plus, et je vendrai une partie de mes herbes médicinales à M. Bogart. Il a une clientèle pour ça, et je pourrai en tirer de bons revenus. Je veux que tu aies de nouveaux vêtements, et je m'en achèterai quelques-uns aussi. Mais surtout, Lionel, je veux que nous ayons une nouvelle voiture. Tu passeras ton permis de conduire. À partir d'aujourd'hui, tu as l'âge qu'il faut. Je suis très impatiente de te donner des leçons de conduite, tu sais.

Comme tout cela paraissait merveilleux ! Si j'avais mon permis, je pourrais aller ailleurs, le monde cesserait de rapetisser autour de moi. C'était sûrement ce que maman voulait pour moi. Comment aurais-je pu dire un seul mot qui la décourage ou la déprime ? Il faut que nous soyons heureuses toutes les deux, décidai-je. Il le faut.

Après le dîner, quand nous eûmes mangé le gâteau, elle déclara qu'il était temps de passer au salon pour voir ma surprise. Quoi que ce puisse être, elle était enveloppée dans un papier cadeau et posée à même le sol. La forme du paquet me laissa perplexe.

— Allez, Lionel, m'encouragea maman. Ouvre-le.

Je commençai à déplier le papier avec soin.

— Déchire-le ! me pressa-t-elle, ce que je fis.

Et j'ouvris des yeux ronds en découvrant une tronçonneuse.

— Tu as l'âge d'utiliser ce genre d'outil, maintenant, et il nous en fallait une nouvelle, observa maman, mais il la fallait assez petite pour que tu la manies facilement. Tu pourras nous fournir en bois de chauffage, et débroussailler notre forêt. Naturellement, il faudra que tu sois très, très prudent. Il y a un mode d'emploi détaillé, je tiens à ce que tu suives les instructions à la lettre. Alors ? Tu es tellement content que tu ne sais pas quoi dire, je parie. Je sais combien tu raffoles des outils à moteur, et que tu adorais ton train électrique.

J'étais toujours abasourdie devant la scie.

J'essayai d'y penser comme l'aurait fait Lionel. Je voulais me montrer aussi enthousiaste qu'il l'aurait été, mais je n'y arrivais pas. Tout ce que je parvins à faire pour maman fut de sourire et de consulter la notice.

— Mon petit homme, dit-elle en s'approchant pour m'embrasser sur le front. Je vais débarrasser. Lis ton mode d'emploi, me recommanda-t-elle en quittant la pièce.

Je me sentais complètement retournée. Je ne voulais pas de tronçonneuse. Je voulais de nouveaux vêtements et des bijoux. Je voulais un poste de radio pour ma chambre. Je voulais connaître tous les groupes, tous les disques dont

Elliot avait parlé avec les filles dans sa voiture. Je voulais un poste de télévision. Je voulais un téléphone à moi. Mais plus encore, je voulais des amies à qui téléphoner. Je voulais une carte de vœux sur laquelle figuraient ces mots : « Je t'ai inscrite au lycée. Bon anniversaire. »

Mais je n'aurais rien de tout cela, méditai-je. Pas avant bien longtemps, et peut-être jamais. Je m'assis et contemplai la fenêtre, parce que je pouvais y voir mon reflet.

Qui étais-je à présent ? Après ce qui était arrivé, qui pouvais-je bien être ?

Peut-être ne suis-je personne, pensai-je. Peut-être suis-je l'un des esprits de maman, et je n'existe pas. Peut-être est-ce moi qui suis tombée de ce rocher et que le courant a emportée.

Maman revint et s'assit au piano. Elle me dit de venir m'asseoir près d'elle et, tel un fantôme fatigué, je me levai et vins à elle. J'avais vraiment l'impression de flotter.

Ses doigts dansaient sur le clavier, la mélodie coulait comme une eau vive. D'un signe de tête, maman indiqua les fenêtres.

— Ils sont tous rassemblés pour écouter, me dit-elle.

Je regardai mais je ne vis rien. Elle était si sûre d'elle, pourtant...

Étaient-ils là, et étaient-ils heureux que j'aie gardé leur secret ?

Et combien de temps encore pourrais-je le garder, maintenant ?

16

Qui m'a poussé ?

J'avais à peine ouvert les yeux, le lendemain matin, que je me mis à trembler. Sur la table de nuit, le réveil égrenait les secondes et jamais son tic-tac ne m'avait paru si bruyant. J'aurais voulu pouvoir arrêter la course du soleil. Si je pouvais figer le temps, je ne serais pas confrontée à la décision que, bientôt, il me serait impossible d'éviter. Par chance, maman était tellement surexcitée par ses nouveaux projets qu'elle ne remarqua pas ma distraction, ni mon silence au petit-déjeuner. Elle s'étendit tant et plus sur toutes les choses auxquelles elle comptait consacrer sa journée, et m'étonna en me proposant de l'accompagner.

— Surtout pour voir de nouvelles voitures, précisa-t-elle. Je sais à quel point tout cela t'intéressera, Lionel.

La panique me noua l'estomac. Si j'allais avec elle, je ne pourrais pas me rendre au rendez-vous d'Elliot, et il mettrait sûrement ses menaces à exécution. Je n'avais pas encore réfléchi à ce que je ferais quand nous nous verrions. Je m'efforçais de rassembler les bribes de pensées qui me traversaient la tête pour en tirer des idées sensées, des moyens de lui échapper tout en l'empêchant de nous nuire. Lui offrir de l'argent ? Je ne savais pas combien lui proposer, mais je décidai de commencer par mille dollars, ce qui pour moi était une fortune. Je m'arrangerais pour le payer par petites tranches, jusqu'à ce que j'aie atteint cette somme. Cela devrait le satisfaire et garantir son silence pour un certain temps, supposai-je. N'avait-il pas besoin d'argent pour sa voiture ? Cela valait la peine d'essayer.

— Oh, j'espérais pouvoir essayer ma tronçonneuse, répondis-je à maman sur un ton convaincant.

Son visage s'éclaira.

— Mais bien sûr ! Quelle sottise de ma part de t'offrir quelque chose d'aussi passionnant pour toi, et de te proposer une tournée de courses ! Je suis heureuse que tu préfères ça, nous irons voir ces voitures un autre jour. Il faut que je voie M. Bogart et que je fasse deux ou trois autres choses qui t'ennuieraient. Occupe-toi de ce qui t'intéresse, mon garçon.

Je respirai soudain beaucoup mieux.

Elle ne partit qu'après le déjeuner, et je frémis en regardant s'éloigner sa voiture. Jamais je n'avais eu autant de secrets pour elle. Chaque fois qu'elle se montrait ou m'appelait, je m'attendais à l'entendre annoncer qu'elle savait tout, qu'on le lui avait dit. Je retenais mon souffle jusqu'à suffoquer, et j'étais sûre que la plupart du temps je devenais cramoisie.

Sa voiture disparut au tournant du chemin, je

me retrouvai seule. La pendule tictaquait. J'avais encore quelques heures devant moi avant ma confrontation avec Elliot. Réfléchis, réfléchis, réfléchis, me répétai-je. Il faut que tu mettes fin à tout ça, très vite. En désespoir de cause, je décidai d'aller prier dans le petit cimetière pour implorer un conseil, un signe, pour que papa m'apparaisse et vienne à mon aide.

Les pierres tombales semblaient plus sombres sous le ciel assez nuageux. Je m'arrêtai à l'endroit où je savais que le corps de mon frère était enterré. Son esprit errait-il dans les limbes, attendant de voir ce que j'allais faire, quelle influence aurait mon acte sur nos destinées ? Le poids de ma responsabilité me faisait horreur. Si seulement maman savait, me disais-je avec effroi. Si elle savait en quel équilibre instable nous étions, elle et moi, nous tous, au bord d'un gouffre noir où nous pouvions disparaître à tout instant... elle serait complètement paniquée.

— Aide-moi, papa, implorai-je. Dis-moi ce qu'il faut faire, s'il te plaît. S'il te plaît.

Je courbai la tête, attendis, espérai. Puis, comme j'avais si souvent vu maman le faire, je m'avançai et touchai les mains sculptées dans la pierre du petit Jordan. Les yeux fermés, je me concentrai de toutes mes forces, et il me sembla vraiment que les mains remuaient. Instantanément, je rouvris les yeux et les regardai. La brise, pourtant assez chaude, se fit de plus en plus forte. Je me retournai vivement et, dans le vent qui agitait les arbres, je crus entendre la voix de papa.

— Sois patiente, me souffla-t-il, aie confiance. Tout ira bien. Ne dis jamais rien de tout ceci à ta mère. Suis ton cœur. Promets-le. Promets-le-moi.

— Oui, papa, chuchotai-je à mon tour. Je te le promets.

Aussi soudainement qu'il s'était levé, le vent tomba. Les branches cessèrent de s'agiter. C'était comme si la nature entière retenait son souffle, et pas seulement moi. Je respirai à fond, touchai une dernière fois la tombe et quittai le petit cimetière.

Je n'avais ni l'intention ni le désir de me servir de la tronçonneuse, bien sûr. Mais je lus le mode d'emploi et la mis en marche, afin que maman voie que je l'avais essayée. Elle me faisait peur, et elle était plus lourde que je ne l'aurais cru. Je fermai les yeux, et quand je l'approchai d'une grosse branche morte tombée à terre, elle sauta et faillit m'échapper des mains.

C'est à ce moment-là que je pris conscience de l'heure. Il était temps que j'aille retrouver Elliot. Je rangeai la scie et partis pour ce qui avait été, si brièvement, mon merveilleux refuge. Tout était arrivé par ma faute, je ne pouvais que le reconnaître. J'avais laissé quelque chose de mauvais s'emparer de moi, et maintenant j'en subissais les conséquences.

Tout en me frayant un chemin dans la forêt, je répétais ce que j'allais dire, la façon dont je formulerais mon offre. Dans la poche de mon jean, j'avais deux billets de cinquante dollars tout neufs, que papa m'avait donnés il y avait bien longtemps déjà. J'y avais joint une autre amulette, un corail rouge que maman m'avait offert l'année d'avant. Elliot serait impressionné, j'en étais sûre.

Quand j'approchai du bouquet de pins et regardai à travers les branches, je crus d'abord qu'il n'était pas encore arrivé. Pendant quelques instants, j'envisageai la possibilité qu'il ait choisi de tout raconter, auquel cas il n'avait plus intérêt à me revoir. Il avait obtenu de moi ce qu'il voulait. Il serait le héros du lycée, après tout. Et même si je ne le connaissais que depuis peu, je comprenais à quel point c'était important pour lui. Pour moi, c'était d'autant plus pénible que j'éprouvais des sentiments mitigés. Je ne voulais pas le revoir, mais je ne voulais pas non plus qu'il me trahisse. Je m'étais sentie violentée, violée... et en même temps, son acte avait ouvert pour moi une porte interdite, par laquelle j'avais entrevu un autre monde.

Soudain, je perçus un mouvement sous les pins et je vis flamboyer la chevelure rousse d'Elliot. Il tourna la tête, m'aperçut et sourit. En même temps, je vis un filet de fumée s'envoler dans la brise.

— Juste à l'heure, fit-il remarquer. Tant mieux pour toi. Je n'étais pas disposé à t'accorder une minute de retard. Il n'est pas question que tu me fasses attendre, tu entends ? Jamais.

En m'approchant, je vis qu'il était étendu sur une couverture vert foncé. Il me jeta d'un ton autoritaire :

— Pourquoi restes-tu plantée là ? Viens ici.

Lentement, je m'avançai vers lui. Il tira sur sa cigarette, et je reconnus l'odeur de la marijuana. Puis il passa la main sur la couverture.

— Autant t'installer confortablement, non ?

Toujours debout, je répliquai par une question :

— As-tu parlé de moi à tes amies ?

— Si je l'avais fait, est-ce que je serais là ? renvoya-t-il. Et si c'était le cas, ta mère et toi le sauriez déjà, tu peux me croire. Quand je fais un marché, je m'y tiens. Tu m'as promis quelque chose et moi aussi, je t'ai promis quelque chose.

— Je n'ai rien promis du tout !

Il tira sur sa cigarette.

— Si, tu l'as fait, que ça te plaise ou non.

— Elliot, je peux te donner de l'argent, lançai-je tout à trac.

— De l'argent ? Combien d'argent ?

— Je peux te donner mille dollars si tu jures de me laisser tranquille et de ne rien raconter sur moi. Regarde, dis-je en tirant les deux billets de ma poche pour les lui montrer. J'ai déjà apporté ça.

Il tira une autre bouffée, regarda les billets et sourit.

— Je ne savais pas que tu pouvais te procurer de l'argent, par-dessus le marché. Génial. Je vais le prendre, c'est sûr, mais ça ne signifie pas que je ne veux pas autre chose.

— Qu'est-ce que tu veux dire ? Si je te promets de te donner tout cet argent, ce n'est pas un marché, ça ?

Il secoua la tête et regarda de plus près mes deux billets tout neufs.

— Ce n'est pas assez.

— Je peux en avoir plus, mais pas tout de suite. Je te donnerai jusqu'à mille dollars, ajoutai-je aussitôt, mais pas tout d'un coup. Je devrai attendre de les avoir.

— De toute façon, tu me les donneras, sois tranquille. Passe toujours les deux billets de cinquante, exigea-t-il en tendant la main.

— Mais toi, qu'est-ce que tu promets ?

— De ne rien dire. Eh bien ? fit-il en me voyant hésiter. Tu veux que je raconte tout ?

Je lui remis l'argent. Il plia les billets et les fourra dans la poche de son pantalon.

— Parfait, commenta-t-il avec satisfaction.

— J'ai autre chose pour toi, si tu promets de me laisser tranquille, annonçai-je, en tripotant l'amulette dans ma poche.

Je n'avais pas envie de m'en séparer. Maman l'avait achetée pour moi. Mais je me disais que si elle connaissait mes raisons d'agir ainsi, elle m'approuverait.

— Qu'est-ce que c'est ?

— Ceci, dis-je en lui montrant le corail rouge.

Il fit la grimace.

— C'est quoi, ce truc ?

— Un talisman. C'est un corail rouge et il a des pouvoirs. Si tu le portes tout le temps, il te rendra courageux, améliorera ta mémoire, apaisera tes émotions, te donnera la paix de l'esprit et t'évitera d'avoir de la tension, qui peu causer des maladies de cœur, récitai-je, comme l'avait fait maman pour moi. Il est très, très précieux, Elliot.

Son expression ne changea pas.

— Tu crois à tous ces trucs-là ?

— Je sais que c'est vrai.

Il haussa les épaules et prit le talisman.

— Peut-être que je le donnerai à Harmony, je lui dirai que ça vaut très cher. Mais j'aimerais mieux avoir l'argent, compris ?

— Oui. J'essaierai d'en avoir plus, bientôt, lui promis-je, et je me détournai pour m'en aller.

— Eh ! Où crois-tu que tu vas ?

— Il faut que je rentre chez moi.

— Pas encore. Reviens ici tout de suite, ordonna-t-il. Tout de suite !

— Tu ne peux pas me laisser tranquille ? implorai-je.

Qu'avait voulu dire papa quand il m'avait parlé tout bas dans le vent ? Comment pouvais-je me montrer patiente en pareilles circonstances ? Avais-je encore imaginé sa voix ?

— Non, je ne peux pas te laisser tranquille, railla Elliot, et tu n'as pas envie que je le fasse.

Il se renversa sur son blouson roulé, qui lui servait d'oreiller, tira longuement sur son joint et sourit.

— Bien. Maintenant déshabille-toi.

— Comment ?

— Tu as très bien entendu. Allez, vas-y.

J'allais secouer la tête mais il devança mon refus.

— Fais ce que je t'ai dit, et tout de suite. Ne commence pas à jouer les timides ou à me tourner le dos. Je sais ce que tu caches. Allez, dépêche-toi. Je n'ai pas toute la journée.

Je fermai les yeux et mordis ma lèvre inférieure, si fort que je sentis le goût du sang dans ma bouche.

— Si tu es une brave garçonne, je te laisserai fumer un joint après, me promit Elliot.

— Je ne veux pas fumer un joint.

— Ce que tu peux vouloir ou pas n'a aucune importance. Déshabille-toi. Et vite, sinon je vais prévenir la presse et la radio locales. Ils pourraient même me payer pour avoir l'histoire, tu sais ? précisa-t-il en riant. Ça me rapporterait sûrement plus que tes mille dollars, que je ne verrai sans doute jamais.

Il redevint subitement sérieux.

Peut-être que je devrais laisser tomber ce marché et m'en aller, finalement. C'est ça que tu veux ?

J'eus l'impression que la terre s'ouvrait sous moi et que je m'y enfonçais lentement. J'aurais voulu que ce soit vrai. J'aurais voulu disparaître pour toujours.

— Non, proférai-je.

— Bon, alors demande-moi de rester. Dis : « Reste, s'il te plaît, Elliot. » Allez, demande.

Il plaqua les mains par terre comme s'il voulait se relever, et faire ce qu'il avait menacé de faire : aller prévenir la presse et la radio.

— Reste, s'il te plaît, Elliot, me hâtai-je de demander.

— Parfait. C'est mieux. Commence par ta chemise. Je veux te voir enlever ce machin et déballer tes nichons, encore une fois. Allez, commence !

Je songeai à me sauver, mais où cela m'aurait-il menée ? Pour ce que j'en savais, il n'avait rien dit à personne. Il avait raison : s'il avait parlé, nous le saurions déjà. Pendant un moment au moins, je pouvais assurer notre sécurité, raisonnai-je, et n'était-ce pas ce que maman souhaitait vraiment ? Notre sécurité à toutes les deux ?

Mes doigts manipulaient gauchement les boutons de ma chemise. Elliot ne me quittait pas du regard, les yeux brillants de convoitise, le sourire gourmand et de plus en plus lascif. Il tira une bouffée de son joint et le jeta dans la terre humide, pendant que j'ôtais ma chemise et commençais à délacer mon corset. Son sourire avait changé. Ses traits exprimaient une réelle stupeur mêlée de fascination.

— Je ne peux pas m'y faire ! s'égaya-t-il. Et moi qui te prenais pour un rustaud de la campagne ! Bon, tes jeans, maintenant. Active un peu, ça prend trop de temps.

Une fois de plus, j'eus l'impression d'avoir cessé de respirer. Il me semblait même avoir quitté mon corps, et me tenir à côté du grand pin d'où j'assistais à toute la scène, en observateur. Je dus m'agenouiller pour ôter mes chaussures et m'extraire de mon jean.

— Je n'en reviens pas que tu portes des caleçons, commenta Elliot. Ça fait ridicule. Enlève-moi ça tout de suite.

J'obéis, et je tentai de regarder ailleurs, mais il me rappela à l'ordre.

— Tourne-toi vers moi. Les bras le long du corps. Reste comme ça, exigea-t-il en se renversant, les mains sous la nuque, pour me regarder d'en bas. Tu sais quoi ? Même si tu es un peu boulotte par endroits, tu es mieux fichue qu'Harmony. Tu as les fesses plus fermes et au moins, tout tient tout seul, chez toi. Quel gâchis de t'habiller et de te conduire comme un garçon.

— Tu vas me laisser partir, maintenant ? S'il te plaît.

Elliot commença à déboutonner son jean.

— Tu plaisantes ? Viens là, ordonna-t-il en tendant le bras pour saisir ma main.

Pour moi, ce fut un peu comme approcher mes doigts de la flamme d'une chandelle. Je m'avançai avec lenteur, et quand il prit ma main et m'attira à lui, j'eus l'impression de tomber dans le feu.

— Ça sera meilleur aujourd'hui, chuchota-t-il, en palpant tour à tour mes seins, mes hanches et mes cuisses.

Puis il me coucha sur le dos, se leva et me regarda de tout son haut.

— Tout ça pour moi, et de l'argent par-dessus le marché... J'en ai de la chance !

Une fois encore il entra en moi, me fit bouger et m'imposa des mouvements à sa convenance afin de se sentir parfaitement bien entre mes jambes. Je fermai les yeux et m'efforçai d'échapper au présent, de m'imaginer ailleurs, mais mon corps refusa de coopérer. Il semblait se ruer vers lui au lieu de chercher à le fuir. Cette fois, il se passa plus de temps avant que je ne le sente frissonner en moi, et je l'entendis gémir tout contre mon oreille. Quand tout fut terminé, il resta étendu sur moi, le souffle court. Enfin, il se souleva et se laissa retomber à mes côtés.

— Je te l'avais dit, murmura-t-il. Je t'avais dit que ça serait meilleur cette fois-ci.

Je me détournai de lui. Ce qui retenait mon attention, tout à coup, c'était le silence. On aurait dit que ce qui venait de se passer entre nous avait fait taire les oiseaux. Rien ne bougeait. La brise elle-même avait cessé. Tout était tranquille. J'entendis Elliot se lever, puis un bruit de tissu froissé comme sil cherchait quelque chose. Et de nouveau je perçus l'odeur de la marijuana. Il me donna une bourrade et je me retournai vers lui. Il me tendit un joint.

— Tiens, prends ça.

Je secouai la tête.

— Prends ça et fume, ordonna-t-il en me mettant la cigarette sous le nez. Je ne te conseille pas de m'énerver !

Je pris la cigarette et tirai une bouffée aussi brève que possible. Il insista pour que je recommence, en suivant ses instructions cette fois, puis il alluma un autre joint pour lui. Je voulus prendre mes vêtements mais il m'arrêta.

— Relax, voyons. Nous venons juste de commencer. Finis ton joint, profite de la journée. Quand est-ce que tu m'apporteras encore de l'argent ?

— Je ne sais pas. La semaine prochaine, peut-être.

— D'accord. Disons un paiement par semaine.

— Je ne sais pas combien je pourrai te donner si je dois te payer toutes les semaines, fis-je observer.

— Je ne me contenterai pas de cinq dollars, je te préviens. Arrange-toi pour en avoir au moins cinquante. Oui cinquante ce sera bon. Cinquante par semaine.

Je ne voyais pas du tout comment me procurer cet argent, mais je ne dis rien.

— Et je veux en savoir un peu plus sur toi, reprit Elliot.

— Quoi, par exemple ?

— Comment tu vis. Est-ce que tu es toujours en garçon, même dans ta maison quand personne ne peut te voir ? Est-ce que tu portes une robe, chez toi ?

— Non.

— Continue à fumer, ne gâche pas la marchandise. Elle a coûté cher et c'est de la bonne, affirma-t-il.

Je m'exécutai. Il me regarda longuement et secoua la tête.

— Décidément, ça me dépasse. Ce n'est pas que je me plaigne, remarque. Mais quand même... pourquoi ne te contentes-tu pas d'être ce que tu es ?

Je ne répondis rien. Le joint me faisait tourner la tête. Je sentis les doigts d'Elliot sur mes seins, ses lèvres sur mon cou. Il insista :

— Eh bien ? Pourquoi ?

— C'est ma mère qui veut ça, m'entendis-je

répondre, comme si je parlais dans mon sommeil.

— Elle est dingue. Ta mère est vraiment dingue. Peut-être que je devrais le dire aux gens. Peut-être que je devrais te faire sortir de cette maison. Peut-être même que tu pourrais venir vivre chez nous, s'esclaffa-t-il. Pense un peu à ça !

Ce fut plus fort que moi : j'éclatai en sanglots. De grosses larmes brûlantes roulèrent le long de mes joues.

— Allons, fit Elliot. Calme-toi, je plaisantais. Tu préfères vivre avec une cinglée, c'est ton affaire. Je ne dirai rien. Ça marche bien, pour nous deux. Ne t'inquiète pas, détends-toi.

À nouveau, il s'étendit sur moi, et cette fois j'eus vraiment l'impression de flotter. Mon corps s'assouplit sous le sien. Il fit de moi ce qu'il voulait, toute résistance m'avait abandonnée. J'étais comme une poupée de chiffon entre ses mains. Je passai des larmes au rire, et il se mit à rire, lui aussi. Quand tout prit fin, il me félicita.

— Nous allons passer de bons moments, m'assura-t-il. Je te ferai rattraper tout ce que, tu as manqué, c'est promis. Mais je ne veux pas t'appeler Lionel, ça me donne l'impression de... d'être homo. Comment est-ce que je dois t'appeler ?

— Céleste, répondis-je, et à l'instant où je le disais j'eus l'impression d'avoir commis une trahison pire que celle de Judas.

Cependant, Elliot ne comprit pas.

— Non, déclara-t-il. Je n'aime pas ce nom-là.

Je t'appellerai Jane. Tu peux m'appeler Tarzan, ajouta-t-il, et il poussa un hurlement en se martelant la poitrine.

Je le trouvai très drôle. Il se leva, déambula tout nu autour de la couverture en faisant semblant d'être un singe, puis il s'alluma un nouveau joint. De mon côté, je commençais lentement à revenir sur terre. Je me sentis retomber en arrière, un peu comme un ballon qui fuit, et j'eus l'impression de rebondir sur la couverture. En plus, mon estomac commençait à être barbouillé, avec tout ça. Pendant qu'Elliot fumait, hurlait et riait de ses propres plaisanteries, je m'arrangeai pour me rhabiller.

Il finit par s'en apercevoir.

— Hé là ! s'exclama-t-il. Faut que j'y aille, moi aussi.

Il entreprit de se rhabiller à son tour, mais il s'interrompait toutes les cinq secondes pour rire et pousser son cri. Je n'avais jamais vu d'ivrogne, mais j'imaginai que cela devait ressembler à peu près à ça. Sans cesser de tirer sur son joint, il finit de se rhabiller et me prit la main.

— Allez, ramène-moi chez moi.

Je refusai tout net.

Non. Il faut que je sois à la maison avant que ma mère ne rentre de ses courses.

— Tu as le temps. Je veux en savoir plus. Avance ! m'ordonna-t-il, en me tirant d'un coup sec, si brutalement que je faillis tomber.

Ce qui provoqua chez lui un nouvel éclat de rire.

— Et ta couverture ? demandai-je en me retournant.

— Laisse-la où elle est. Elle nous resservira demain, et le lendemain, et l'autre lendemain, rétorqua-t-il en riant de plus belle.

Nous avançâmes en trébuchant dans la broussaille, jusqu'à ce que nous arrivions en vue de la rivière. Elliot s'accrochait à moi, comme un aveugle incapable de se diriger seul. Il semblait avoir le plus grand mal à marcher droit, et il se cogna même l'épaule contre un arbre. J'avais beau lui répéter que je devais rentrer chez moi, il gloussait de rire et hâtait le pas, jusqu'à ce que nous atteignions la berge.

À cet endroit, de grosses pierres traversaient la rivière en formant un gué. L'eau était toujours très haute et courait rapidement le long des rives. Quand un rayon de soleil perçait les nuages, les rocs mouillés luisaient comme des blocs de glace.

— Mon raccourci, annonça Elliot en indiquant le gué. Puis il me fixa, les lèvres figées dans un sourire idiot.

— J'ai une idée. Si tu venais chez moi, demain ? Je commence à en avoir assez de cette forêt. Ma sœur ne sera pas là. Elle a un nouveau copain et elle va chez lui tous les après-midi. Mon père travaille de jour, ce mois-ci, nous aurons la maison pour nous tout seuls. Ça me plairait de t'avoir dans mon lit, et je parie que tu aimerais ça, toi aussi. Tu n'auras qu'à passer par la porte de derrière. Demain, même heure, décréta-t-il.

Puis, toujours sans lâcher ma main, il contempla un moment le ruisseau d'un air indécis.

— Il faut que je rentre, lui rappelai-je.

— Hein ? Ah, oui... (Il semblait avoir du mal à ajuster son regard sur moi.) Tu ne m'as pas raconté grand-chose sur toi et sur ta mère. Je veux tout savoir demain, compris ? C'est compris ? insista-t-il en haussant le ton.

— Oui, c'est compris.

Son regard se posa sur l'autre rive.

— C'est bon, approuva-t-il. D'accord comme ça.

Il lâcha ma main et commença à traverser, s'arrêta et se retourna.

— Tu ne te feras pas toujours passer pour un garçon, tu sais.

Ses paroles me firent l'effet d'une prédiction. Son visage avait changé, sa voix aussi. Était-ce un esprit qui s'exprimait à travers lui ? Je me le demandai.

Il reprit sa traversée sur les rochers, et je le suivis des yeux. À un certain moment il glissa et son pied droit fut trempé.

— Bon Dieu ! jura-t-il, puis il éclata de rire.

Je me sentais toujours un peu chancelante moi-même, mais j'avais plutôt envie de pleurer. Je reniflai bruyamment et ravalai mes larmes.

Je venais juste de rebrousser chemin quand j'entendis Elliot pousser un grand cri. Je me retournai, pour le voir basculer en arrière et tomber à l'eau. Il se remit à rire en agitant les bras.

— Qui m'a poussé ? hurla-t-il, riant toujours.

Dans une gerbe d'éclaboussures il tendit les bras vers le roc d'où il venait de tomber, mais la force du courant le repoussa. L'eau était encore très froide, en ce début de printemps. Je supposais qu'elle provenait, en grande partie, de la fonte des neiges et des glaciers de la montagne.

— Dis donc ! glapit Elliot, comme s'il s'en prenait à l'eau d'oser lui causer des ennuis. Je crois que je sens un poisson dans ma chaussure !

Toujours hilare, il fut entraîné encore plus loin de son pont de roches et, malgré l'inutilité de ses efforts pour résister au courant, il ne parut pas s'affoler. Je revins sur mes pas et me rapprochai de la rivière.

— Eh, regarde ! Un requin me poursuit, brailla-t-il, et sa tête plongea sous l'eau.

Il refit surface et battit des bras, tout en tournoyant sur lui-même. Je vis qu'il avait repris pied, mais quand il essaya de se redresser, il retomba en arrière. Il rit encore, bien que cette fois le courant l'emportât avec bien plus de violence. Je courus le long de la berge et de là, je le vis agiter les bras et se démener pour tenter de saisir un rocher, une branche, n'importe quoi, jusqu'à ce qu'il replonge. Il émergea encore, juste à l'endroit où la rivière faisait un coude, et m'adressa de grands gestes des bras.

— Appelle les garde-côtes ! cria-t-il dans un éclat de rire.

Son rire s'éteignit quand il disparut à ma vue.

— Elliot ! appelai-je. Elliot, ça va ?

Je fixai le tournant où il avait disparu. J'attendis. J'appelai encore. Le grondement de l'eau couvrit ma voix. Un grand corbeau jaillit d'une haute branche, battit des ailes avec frénésie et croassa, comme pour se moquer de moi.

Elliot avait dû atteindre l'autre rive, supposai-je. Il était sans doute étendu là-bas, en train de rire de tout, mais surtout de moi. Et il était grand temps que je rentre, me rappelai-je subitement. Il se pouvait que maman soit déjà là. Je repartis en courant, évitant de mon mieux les branches et les ronces. Quand je parvins au bord de la prairie, je vis que maman n'était pas encore rentrée. Avec un soupir de soulagement, je continuai mon chemin vers la maison.

Sitôt rentrée, je montai dans ma chambre et me déshabillai. Je pris une douche bien chaude, puis une froide, et je me sentis déjà les idées plus claires. Le temps que je me rhabille et que je descende, maman était rentrée. Elle semblait très, très contente : son visage rayonnait.

— Lionel ! s'écria-t-elle dès qu'elle m'aperçut. J'ai d'excellentes nouvelles. M. Bogart a déjà trouvé des clients prêts à m'acheter toute ma production. Nous allons agrandir le jardin. Nous n'avons pas un besoin d'argent si pressant, je sais, mais ce sera amusant de faire quelque chose de productif, non ? Il parlait même de créer une marque et m'a suggéré un nom : l'Herbier Miraculeux de Sarah. Et c'est quelque chose qui pourrait te revenir un jour, d'ailleurs. Un héritage de plus. Mais dis-moi...

Maman me regarda avec une attention soudaine.

— On dirait que tu viens de te rafraîchir. Qu'est-ce que tu as fait cet après-midi ?

— J'ai essayé ma scie. Il faut que je m'y habitue.

— Naturellement. Je suis contente que tu sois suffisamment responsable pour t'en rendre compte. Au fait, je suis allée au supermarché et j'ai trouvé de belles côtelettes de porc. Je les ferai à la chapelure et nous aurons un petit dîner de fête, décida-t-elle en se dirigeant vers la cuisine.

Je sortis et allai m'asseoir sur la galerie, le regard tourné vers les bois. Qu'avais-je fait ? Jusqu'où n'étais-je pas tombée ? me demandai-je. Mais une part de moi-même trahissait l'autre. Même si Elliot me contraignait à faire ses volontés, je devais m'avouer que cela me procurait une excitation et un certain plaisir. Je souhaitais me défendre contre moi-même.

J'imaginais ce que maman dirait : que c'était Céleste qui à nouveau se manifestait en moi. Mais cela me faisait m'interroger sur moi-même et sur mon identité. Qui étais-je à présent ? Et qui serais-je ? Je ne pourrais pas toujours me faire passer pour un garçon, avait prédit Elliot. Mais si je ne le faisais pas, maman devrait enterrer Lionel une seconde fois, dans une vraie sépulture avec une pierre tombale.

Une vision traversa mon esprit troublé : maman creusant la terre pour en arracher mon frère. C'était répugnant et mon estomac se révulsa. Il faudrait que je l'aide. Je devrais retirer les vêtements de Céleste du corps décomposé de Lionel et lui remettre les siens. Je frissonnai, me levai comme si un esprit m'habitait, descendis vivement les marches et me rendis à la grange. J'avais besoin de m'occuper, j'allai nettoyer la tronçonneuse.

Maman m'appela pour dîner et je dus me forcer pour faire honneur à son repas. Elle avait fait une tarte aux pommes pour le dessert. Elle m'en coupa une grosse part, comme d'habitude, et l'arrosa généreusement d'une crème à la vanille riche en calories. Elle continuait à me suralimenter.

— Je ne me suis pas arrêtée chez un concessionnaire, Lionel, annonça-t-elle, mais en passant devant l'un d'eux j'ai vu une berline rouge qui te plairait beaucoup. Le genre de voiture qui fait de l'effet, avec des roues chromées qui brillent, tu vois. Je t'ai imaginé en train de laver cette voiture tous les week-ends. Comme tu le faisais avec ton père, tu te souviens ?

— Oui.

— Nous allons de nouveau avoir une vie merveilleuse, Lionel, prédit-elle. Oui, merveilleuse.

Après le dîner, elle passa au salon et joua quelques-uns de ses airs préférés, ces airs du bon vieux temps que, selon elle, sa mère et même sa grand-mère avaient adorés.

— Elles se tenaient près du piano et chantaient, me rappela-t-elle. Notre maison était si chaleureuse, si remplie d'amour ! Grandpa Jordan prétendait que pour lui la musique n'était que du bruit, mais du coin de l'œil je voyais son visage rayonnant, et de quelle façon il regardait ma grand-mère. C'était une femme ravissante, au sourire angélique.

« Elle a gardé ce sourire, bien sûr. C'est ce qui est merveilleux dans l'Au-delà, Lionel. On est figé dans les moments les plus beaux et les plus heureux de sa vie... Un jour, tu sauras ce que je yeux dire. Un jour, répéta-t-elle d'une voix rêveuse, qui s'éteignit avec la musique. »

Se pouvait-il que tout cela fût vrai ? Pourrions-nous connaître un tel bonheur ? Tout finirait-il par s'arranger ? Serais-je bénie et investie des pouvoirs, de tous les pouvoirs, même après avoir fait ce que j'avais fait ?

Malgré ce qui s'était passé dans la journée, je me sentais plutôt optimiste en allant me coucher. Maman était si forte, elle était capable de tant de choses ! Elle saurait me protéger. Blottie sous mes couvertures, je rêvai du temps où, quand elle jouait du piano, je voyais tous nos esprits familiaux se rassembler autour d'elle et chanter. Papa m'entourait les épaules de son bras, il m'embrassait sur la joue, et je sentais à nouveau ce baiser. Je le sentais réellement. Et papa me disait :

— Vraiment, ta mère est une femme remarquable.

Sitôt le petit-déjeuner fini, le lendemain, maman voulut que je l'accompagne au jardin. Nous travaillâmes côte à côte durant des heures, bêchant la terre et plantant ses herbes. Pendant ce temps-là, elle m'apprit des tas de choses nouvelles sur son enfance, et me raconta des histoires que je n'avais jamais entendues.

— Tu sais, j'ai longtemps désiré un petit frère ou une petite sœur, révéla-t-elle. J'étais fille unique, et ce n'était pas facile d'attirer des camarades chez nous. Ma mère a essayé d'avoir d'autres enfants. Elle a fait tout ce que Grandma Jordan lui disait de faire, mais rien ne marchait. Et au bout d'un moment, elles ont conclu que si maman n'avait réussi à avoir que moi comme enfant, c'est que je devais être quelqu'un de très, très spécial.

Maman marqua une pause et me sourit.

— Ma mère est devenue ma meilleure amie, reprit-elle. Tout comme je suis et resterai ta meilleure amie, Lionel... C'est bien comme ça, tu ne trouves pas ?

— Si. Mais tu allais dans une école publique, toi. Tu n'as jamais eu d'amie intime ?

— Non, répondit vivement maman, tout en fuyant mon regard.

Puis, après une hésitation, elle l'affronta.

— J'ai bien eu une amie, en troisième, Sandra Cooke. Mais elle s'est mise à fréquenter de très mauvais sujets, et j'ai compris que j'aurais des problèmes si je restais son amie. J'en ai parlé à sa mère, et elle m'en a toujours voulu après ça.

— Qu'est-ce qu'elle faisait ?

— Elle était ce qu'on appelle une dévergondée. Tu ne lis pas assez pour savoir ce que ça veut dire, Lionel. Disons qu'elle était plutôt légère, et qu'elle faisait des choses avec les garçons qu'elle n'aurait pas dû faire.

Je savais ce que le mot signifiait, bien sûr, mais je ne répondis rien et maman poursuivit :

— Elle sortait avec n'importe qui, semblait-il. Votre corps peut vous trahir, tu sais. Les gens se figurent que le plaisir est toujours une bonne chose, mais c'est faux. Quelquefois, il est simplement la voie que prennent les esprits malins pour pénétrer en vous. Et une fois dans la place, ils peuvent vous pourrir tout entier, comme une pomme.

« Mais, ajouta maman en passant les doigts dans mes cheveux, tu n'as pas à t'inquiéter de tout ça. Cela ne t'arrivera jamais. Et maintenant…

Elle leva les yeux au ciel et acheva :

— Tâchons d'aller un peu plus vite. On a annoncé de fortes pluies pour aujourd'hui, et cela risque de continuer demain.

Nous travaillâmes jusqu'à ce qu'il se mette à pleuvoir et nous rentrâmes, pour aller nous installer au salon. Nous nous assîmes près des fenêtres pour lire, et regarder le vent fouetter la pluie, cinglant les arbres et la prairie. Papa détestait ces averses interminables, mais maman lui expliquait qu'elles nettoyaient le monde et qu'il devait leur en être reconnaissant. À quoi il rétorquait que cela posait des problèmes sur les chantiers, ce qui n'était pas bon pour ses finances.

— C'est plutôt de ton âme que tu devrais t'inquiéter, renvoyait maman. C'est elle qui a des problèmes.

Sur quoi papa se tirait le bout de l'oreille et me souriait.

— Je ne peux pas discuter avec une mystique, lui arrivait-il de dire.

Maman détestait qu'il l'appelle comme ça.

— Je n'ai rien de mystique ni de mystérieux, se rebiffait-elle. Ce qui est mystérieux, pour moi, c est que tant de gens soient aveugles à la beauté des vérités spirituelles de notre monde.

Pour finir, papa rendait les armes en riant de la futilité de ses efforts. À quoi bon discuter avec maman ? – C'était impossible. Comme tout était différent à la maison, en ce temps-là ! Oui, tout : la musique, la lumière elle-même… tout cela reviendrait-il un jour, comme le promettait maman ?

Quand je fus lassée de regarder tomber la pluie, je montai me coucher. Comme l'avait prédit maman, il plut encore le lendemain, jusque tard dans l'après-midi. En fait, il faisait presque noir quand la pluie cessa. J'étais dans le salon, en train de terminer certains de mes devoirs. Soudain, un pinceau de lumière vive balaya le mur devant moi et je levai les yeux. J'entendis une porte claquer, puis une seconde. Quelques instants plus tard on sonna à la porte, et maman sortit de la cuisine en s'essuyant les mains à son tablier. Elle me jeta un regard intrigué, et je secouai la tête en signe d'ignorance.

— Qui cela peut-il bien être ? marmonna-t-elle en allant ouvrir.

Je restai à l'entrée du salon et regardai.

Un officier de police et M. Fletcher apparurent sur le pas de la porte. Le policier portait un imperméable, mais M. Fletcher était en complet-veston, comme s'il revenait d'une soirée mondaine.

469

— Oui ? fit maman, les yeux levés sur lui.

— Nous sommes venus pour savoir si vous n'auriez pas vu mon fils récemment, madame.

— Quoi ! s'écria maman, les poings aux hanches.

Le policier prit la parole.

— Le fils de M. Fletcher, Elliot, a disparu depuis quelques jours, madame Atwell. Sa voiture et toutes ses affaires sont chez lui, mais il n'est pas à la maison et personne ne l'a vu. Il n'est pas allé au lycée. Nous avons interrogé ses camarades de classe, et il ne nous reste plus qu'à parler à votre fils.

— Pourquoi Lionel saurait-il quelque chose à son sujet ?

Le policier regarda M. Fletcher.

— Ma fille a suggéré que c'était possible.

— Pour quelle raison dirait-elle ça ?

— Elle a dit qu'ils s'étaient vus récemment, madame.

Maman se tourna lentement vers moi.

— C'est vrai, Lionel ?

— Non, répondis-je aussitôt, un peu trop vite peut-être.

— Je suis très inquiet, mon garçon, reprit M. Fletcher. Mon fils a déjà fait des bêtises, mais jamais quelque chose comme ça. Il ne serait pas ici, par hasard ?

— Bien sûr que non ! s'indigna maman. Vous croyez vraiment que j'aurais permis ça ?

— Je voulais juste…

— Nous vérifions toutes les pistes possibles, madame, expliqua le policier. Je suis certain que vous comprenez l'angoisse de M. Fletcher. Vous aussi, vous avez perdu un enfant.

Maman eut un haut-le-corps, si brutal que je crus un instant qu'elle allait tomber à la renverse.

— Bien sûr que je comprends. Je vous dis simplement que nous ne savons rien de lui, répondit-elle au policier.

Puis elle se tourna vers le père d'Elliot.

— Je vous avais prévenu qu'il se conduisait très mal, monsieur Fletcher. Ce qui arrive ne me surprend pas, mais alors pas du tout.

Le père d'Elliot baissa la tête.

— Je sais, murmura-t-il d'une voix accablée.

— Nous ne pouvons pas vous aider, reprit maman. Croyez que je suis navrée pour vous.

Le policier me fixa avec insistance.

— Tu es certain de n'avoir pas vu Elliot ?

— Non, pas depuis quelque temps, répondis-je, le cœur battant.

Maman ne regarda même pas de mon côté.

— Très bien, merci beaucoup. Si quelque chose vous revient, appelez le commissariat, s'il vous plaît, conclut le policier.

Là-dessus, les deux hommes s'en allèrent. Maman referma immédiatement derrière eux et resta un moment immobile, les yeux fixés sur la porte. Puis elle pivota vivement et attacha sur moi un regard soupçonneux.

— Sais-tu où il est allé ?

Je l'ignorais, ce qui me permit de secouer la tête. Elle ne parut pas convaincue mais respira plus librement. Puis, sans un mot de plus, elle s'en retourna dans la cuisine. Quant à moi, je restai un moment paralysée par le choc.

J'entendis maman remuer bruyamment des casseroles et des marmites. Quand elle faisait cela, je savais qu'elle était contrariée. J'eus l'impression que le bruit résonnait dans ma poitrine.

À table, ce soir-là, elle n'arrêta pas de parler du fardeau qu'étaient pour leurs parents les enfants d'aujourd'hui.

— Quand on a des enfants responsables, aimants et obéissants, c'est une grande chance, mais la vérité c'est qu'on récolte ce qu'on a semé. C'est pour ça que je n'ai pas pu manifester, vis-à-vis de M. Fletcher, toute la sympathie que ce policier attendait de moi. Je sais que ça paraît dur, mais si on ne se montre pas ferme, les choses ne peuvent qu'empirer. C'est justement pourquoi, conclut-elle, je m'estime si heureuse d'avoir un fils comme toi.

Elle se leva, vint m'embrasser sur le front et me tint étroitement serrée contre elle. Je me taisais. Je ne pouvais pas m'empêcher de me demander si elle sentait que je frémissais. Ce tremblement qui m'avait saisie, quand M. Fletcher et le policier s'étaient montrés à notre porte, n'avait toujours pas cessé.

Il me poursuivit jusque dans mon sommeil, transformant chaque ombre de ma chambre en ténèbres menaçantes.

Les recherches commencèrent le lendemain matin, réveillant pour maman et moi d'horribles souvenirs. Nous entendions les voix des hommes qui s'appelaient entre eux dans la forêt. De la galerie, nous pouvions voir les voitures garées sur la route. On avait même fait venir un fourgon de pompiers.

Plus d'une heure après le début des recherches, un coup de feu retentit, bientôt suivi par le klaxon d'une ambulance. Maman dévala les marches et se rendit au bord de la route pour avoir des nouvelles. Elle revint très vite.

— Que se passe-t-il ? questionnai-je avidement.

— Ils l'ont retrouvé.

— Où ? proférai-je d'une voix presque inaudible.

— À quinze cents mètres en aval. Le courant l'a rejeté sur la berge.

17

Le don

Avant de retrouver Elliot, on avait trouvé sa couverture, près du pin. Nous ne l'apprîmes pas tout de suite, mais les chercheurs avaient également trouvé les mégots de ses cigarettes. Cependant, c'est ce qu'on découvrit dans ses poches qui nous valut une seconde visite de la police. Ils ne sonnèrent chez nous qu'en début de soirée. J'étais dans ma chambre quand le carillon de l'entrée retentit, et à ce bruit mon cœur battit plus vite. Avec les sirènes, les klaxons, tous ces gens sur la route et aux abords de chez nous, je ne pouvais pas m'empêcher de m'inquiéter.

Après avoir appris qu'Elliot s'était noyé, j'avais quitté la pièce aussi vite que possible pour monter dans ma chambre. Je voulais être seule. J'étais sûre qu'il suffirait d'un regard de maman pour qu'elle sache que j'avais menti, et que je lui avais caché certaines choses. Je redoutais bien plus de la décevoir que d'affronter sa colère.

J'étais assise sur mon lit, toute songeuse, quand une pensée me frappa. Je me dis que même après avoir vu Elliot emporté au-delà du tournant par le courant, j'avais toutes les raisons de croire qu'il s'en était bien tiré. Je savais qu'en aval des bancs de sable et de nombreuses roches affleuraient presque à la surface, et qu'il n'aurait aucune peine a reprendre pied pour rejoindre la berge. Ses cris n'avaient pas été des appels à l'aide. Rien ne me laissait supposer qu'il n'était pas bon nageur et au début quand il avait glissé, et même quand il était tombé à l'eau, il avait éclaté de rire et fait le clown.

Mais ce qui me fascina et m'effraya, quand j'eus appris les nouvelles, fut que c'était peut-être cela qu'avait voulu dire l'esprit de papa. Sois patiente, avais-je cru l'entendre me chuchoter dans le vent. Je me remémorai la façon dont Elliot avait basculé dans l'eau. Il avait bel et bien crié :

— Qui m'a poussé ?

Avait-il vraiment senti une force le faire tomber du rocher, ou sa surprise n'était-elle qu'un simulacre, son cri une plaisanterie de plus à mes dépens ?

Pouvais-je attribuer ce qui s'était passé à nos esprits protecteurs ? Et si oui, n'était-ce pas moi qui, en définitive, étais coupable ? Si je n'avais pas fait ce que j'avais fait ce jour-là, si je ne m'étais pas exposée à la vue d'Elliot ou de n'importe qui, rien de tout cela ne serait arrivé. Pour rendre les choses encore plus compliquées, je n'avais rien dit à maman. J'avais gardé l'incident secret et laissé les choses continuer. Et maintenant, qu'allait-il nous arriver ?

J'entendis maman m'appeler du hall, me levai, quittai ma chambre et descendis d'une démarche lente, tel un condamné à mort en route pour le gibet. Maman m'attendait en bas, les yeux levés sur moi, les bras étroitement croisés sur la poitrine. Le policier et un homme en complet gris se tenaient juste derrière elle. Le nouveau venu avait un visage buriné, barré d'énormes sourcils qui lui cachaient presque les yeux. Sa lèvre inférieure tombait un peu, juste assez pour découvrir ses dents.

En m'approchant, je vis les yeux de maman étinceler. Elle se mordait les lèvres en avalant ses joues, et une mèche folle lui tombait sur le visage.

— L'officier Harold et l'inspecteur Young ont quelques questions à te poser, Lionel. Je veux que tu leur répondes avec franchise, ordonna-t-elle en détachant les syllabes d'une voix tranchante.

Quand maman parlait ainsi, je le savais, c'est qu'elle faisait un effort inouï pour dominer sa fureur. Je hochai la tête et l'inspecteur Young s'avança vers moi.

— Reconnais-tu ceci ? demanda-t-il en ouvrant la main, révélant l'amulette de corail rouge.

Je ne pus m'empêcher de lever les yeux sur maman. Elle me regardait fixement, le visage fermé comme un livre, du moins en apparence. Pour ma part, je n'y déchiffrais que trop bien sa déception et sa colère.

— Oui, répondis-je, d'une si petite voix que je ne la reconnus pas moi-même.

— D'après le père et la sœur d'Elliot, il n'avait pas cet objet en sa possession la dernière fois qu'ils l'ont vu, et ils n'avaient même jamais vu cette pierre. Ils n'ont aucune idée de la façon dont il l'a obtenue, ni de ce que cela peut être, mais sa sœur a dit que tu pourrais le savoir.

— Qu'est-ce qui lui faisait croire ça ? s'enquit maman en pivotant vers l'inspecteur.

Il la regarda d'un air songeur, en pesant manifestement les termes de sa réponse.

— Son frère lui a raconté, sur votre fils et vous, certaines choses qui l'ont incitée à le croire. Je pense qu'il lui a décrit ce que votre fils porte au cou en ce moment même, précisa-t-il en désignant mon amulette.

Puis il ajouta en s'adressant à moi :

— Qu'est-ce que c'est que cette pierre, et comment se fait-il qu'Elliot Fletcher l'ait eue en sa possession au moment de sa mort ?

— C'est une amulette. Du corail rouge.

— Une amulette ? marmonna l'officier Harold. Qu'est-ce que c'est que ça, au juste ?

Je cherchai le regard de maman.

— Une amulette est un talisman, un porte-bonheur si vous voulez, expliqua-t-elle à ma place. Le corail rouge est censé avoir des effets bénéfiques sur la personne qui le porte.

— Ceci t'appartenait donc ? me demanda l'inspecteur Young, tenant toujours la pierre comme s'il brandissait une pièce à conviction devant un jury, au tribunal.

— Oui.

— Et tu l'as donné à Elliot Fletcher ?

Je confirmai d'un signe.

— Quand, exactement ?

Une fois de plus, je regardai maman.

— Quand ? répéta-t-elle à la place de l'inspecteur.

— Il y a quelques jours.

Maman libéra un long soupir, comme quelqu'un à qui on vient d'apprendre une terrible nouvelle. L'officier Harold réagit sur-le-champ, presque comme s'il me sautait dessus.

— Quand nous sommes venus vous voir, le père d'Elliot et moi-même, tu nous as déclaré que tu ne l'avais pas vu depuis un certain temps. Et maintenant, tu nous dis que tu lui as donné cette chose il y a quelques jours. Pourquoi nous as-tu menti ?

La panique me paralysa. Pourquoi fallait-il qu'une chose pareille m'arrive ? Si les esprits me protégeaient, pourquoi laissaient-ils cela se produire ? Qu'étais-je censée dire, ou faire ? Je n'osais pas regarder maman. Je baissai les yeux d'un air coupable et haussai les épaules.

— Elliot m'avait fait promettre de ne pas le dire.

Je ne sais pas comment on s'y prend pour être un bon menteur, ni même s'il en existe ; mais je suppose que c'est en rapport avec la capacité de créer, de jouer la comédie ou même, surtout, de croire soi-même au mensonge que l'on va dire.

— Pourquoi a-t-il fait ça ? voulut savoir l'inspecteur Young.

— Il fumait quelque chose de défendu, et il a dit que son père lui reprendrait sa voiture s'il l'apprenait, répondis-je d'un ton très convaincant.

479

Ce qui était sûrement la vérité, de toute façon.

— Et après ? Pourquoi n'as-tu pas dit à son père que tu l'avais vu ? me reprocha l'officier Harold, le visage rouge d'indignation. Tu voyais pourtant comme il était inquiet !

Je me mordis la lèvre et gardai les yeux fixés sur mes chaussures. Je ne trouvais aucune excuse valable, ni même simplement vraisemblable.

— Était-ce parce que tu as fumé cette chose, toi aussi ? suggéra l'inspecteur.

Je levai les yeux sur maman. Son regard n'avait pas bougé, pas changé. Il me fixait avec une telle intensité que c'était comme si elle me perforait le front.

— Lionel ? Réponds à cette question, exigea-t-elle.

Je hochai la tête. La suggestion de l'inspecteur était une aubaine, un moyen inattendu de m'en tirer.

— Oui.

L'officier de police et l'inspecteur échangèrent un coup d'œil entendu. De toute évidence, ma réponse leur confirmait ce qu'ils avaient déjà dû supposer entre eux.

— Mais je ne pensais pas qu'une chose aussi terrible ait pu lui arriver, me hâtai-je d'ajouter.

— Raconte-nous ce qui s'est passé la dernière fois que tu l'as vu, me dit l'inspecteur.

— Nous avons fumé ce truc dans les bois, puis nous nous sommes séparés, il est rentré chez lui et moi aussi.

Deux paires d'yeux scrutèrent mon visage, tels

deux projecteurs balayant un mur de prison pour y détecter une brèche. Je retenais mon souffle. Du coin de l'œil, je surpris un imperceptible mouvement sur les lèvres de maman. Il était impossible de lui mentir, même si je parvenais très bien à tromper les autres. L'inspecteur Young avait encore une question.

— Vous ne vous êtes pas disputés, ou quoi que ce soit ?

— Qu'est-ce que vous insinuez ? jeta maman d'une voix tranchante. Que Lionel l'a noyé ?

— Non.

— Alors pourquoi posez-vous cette question ?

— C'est notre façon de procéder. Nous essayons de recueillir le plus d'informations possible afin de comprendre ce qui s'est passé. Une famille vient d'être frappée par un terrible malheur, madame Atwell.

— Je suis bien placée pour savoir ce qu'est une famille frappée par le malheur, rétorqua maman, si sèchement que l'inspecteur se crispa comme si elle l'avait giflé.

— Je suis désolé. Nous ne faisons que notre travail, madame.

— Eh bien, faites-le vite et laissez-nous tranquilles !

L'inspecteur se tourna vers moi.

— Donc, tu ne savais pas si Elliot avait un problème quelconque quand vous vous êtes quittés ?

— Non, dis-je en désignant du regard l'amulette qu'il tenait en main. Je croyais qu'il était protégé.

Peut-être n'était-ce pas la chose à dire, ou peut-être que si. Je l'ignorais mais je vis s'agrandir les yeux des deux hommes.

— Hein ? fit l'officier Harold. Qu'entends-tu par « protégé » ?

— Le corail rouge est une gemme très puissante. Il donne du courage à celui qui le porte, il exerce un effet calmant très net et diminue les tensions. Il a le pouvoir de guérir, expliqua maman. Lionel avait une bonne intention en donnant l'amulette à ce garçon, mais celui-ci n'aurait pas dû compter sur elle pour le protéger dans toutes les situations.

« En fait, le problème avec le corail rouge, c'est qu'il peut rendre le porteur trop hardi, trop confiant. Vous connaissez le dicton, reprit-elle de son ton professoral. Il faut être fou pour se précipiter là où les anges n'osent pas aller. »

Les deux hommes s'entre-regardèrent, médusés. Finalement, l'officier Harold s'adressa à moi.

— Tu as mal agi en ne nous disant pas que tu avais vu récemment Elliot Fletcher. Nous aurions entrepris bien plus tôt nos recherches en forêt, et même s'il était déjà trop tard pour lui, son père et sa sœur ne seraient pas restés si longtemps dans l'incertitude.

— Dissimuler des informations à la police est un acte criminel, tu sais, renchérit l'inspecteur Young.

Je gardai le silence, maman aussi, et les deux hommes parurent mal à l'aise. Finalement, l'inspecteur me tendit l'amulette.

— Tiens, prends ça. M. Fletcher n'en veut pas.

— Nous non plus, dit vivement maman en s'avançant d'un pas. Dites à M. Fletcher de l'enterrer avec son fils. On peut également être protégé dans l'Au-delà, et c'est peut-être encore plus important.

L'officier Harold détourna les yeux avec embarras, et l'inspecteur remit l'amulette dans sa poche.

— Très bien. Si votre fils se souvient de quoi que ce soit qui puisse nous aider à comprendre ce qui s'est passé...

— Qu'y a-t-il de si difficile à comprendre ? coupa brutalement maman. Le garçon s'est noyé dans la rivière. Vous avez dit qu'il fumait quelque chose de nocif, et Lionel vient de vous le confirmer. Je suis sûre que c'était de la marijuana, et cette plante peut altérer les perceptions, n'est-ce pas ? J'ai été professeur dans l'enseignement public, autrefois. Nous expliquions toujours aux enfants quels étaient les dangers de la drogue.

— En effet, reconnut l'inspecteur Young. Il se peut que la marijuana ait quelque chose à voir avec ce qui est arrivé.

— C'est un malheur terrible, une tragédie. Mais les parents devraient mieux surveiller leurs enfants de nos jours, débita maman sur son ton sermonneur. Je l'ai déjà dit et je le répète, je suis désolée pour M. Fletcher. Je sais combien il souffre. Personne ne peut mieux comprendre sa souffrance que moi, mais il va devoir assumer les conséquences de ses erreurs et vivre avec. Comme nous tous, conclut-elle. Et maintenant, si vous en avez terminé ici...

Elle ouvrit la porte devant eux.

— Merci, grommela l'inspecteur Young.

L'officier Harold me jeta un regard noir et, sans un mot, sortit derrière son collègue.

Quand maman referma la porte sur eux, j'eus l'impression qu'elle venait de fermer le couvercle de mon cercueil. Avec une lenteur infinie, somnambulique, elle se retourna vers moi et je me torturai frénétiquement la cervelle. Quels mots choisir pour lui dire combien j'étais désolée ? Ce fut elle qui parla.

— N'essaie pas de m'expliquer quoi que ce soit. Je sais exactement ce qui s'est passé.

Le savait-elle vraiment ? Exactement ?

— Dès la mort de ton père, les esprits mauvais s'en sont pris à nous. Ils ont essayé par tous les moyens de percer notre bouclier protecteur. Une fois, ils m'ont rendue malade et donné des maux de tête. Ils ont même eu recours à un chien et pris possession de son corps. Je ne suis pas surprise qu'ils aient concentré leurs efforts pour te pervertir, Lionel, et tenté d'y parvenir à travers ce garçon. J'aurais dû être plus diligente dès le début, quand tu m'as informée de ton premier contact avec ces jeunes et de leur déplorable conduite. Tout n'est pas entièrement ta faute. J'ai été trop confiante, j'ai trop compté sur ceux qui veillent sur nous. Mais, grâce à Dieu...

Maman leva les yeux au ciel et poursuivit d'un ton serein :

— Grâce à Dieu, ils continuent à le faire. Ce qui est arrivé ne m'étonne pas. Bien sûr, tu m'as beaucoup déçue et il va falloir te purifier. Mais je remercie le ciel que nous soyons toujours en sécurité, toujours protégés et bénis.

Elle s'interrompit à nouveau, se massa la tempe avec le pouce et respira profondément. Moi, je ne respirais plus : j'attendais la suite. Elle leva enfin les yeux sur moi et inclina la tête en signe d'acquiescement, comme si on venait de lui donner des instructions précises.

— Monte te déshabiller, m'ordonna-t-elle.

— Me déshabiller ?

— Oui. Je te rejoins tout de suite, dit-elle en s'éloignant vers la cuisine.

Pendant quelques instants, la frayeur me figea sur place. Qu'allait-elle faire ? Je montai les escaliers avec lenteur, puis je hâtai le pas pour gagner ma chambre et je commençai à ôter mes vêtements. J'étais dans un tel état de stupeur que je n'entendis pas maman monter, ni entrer. Subitement, elle se trouva là et passa rapidement devant moi pour aller dans la salle de bains. Je l'entendis ouvrir le robinet de la baignoire, puis elle vint jusqu'à la porte de la chambre.

— Qu'est-ce qui se passe ? Tu en mets un temps ! Dépêche-toi d'enlever tout ça, il n'y a pas une minute à perdre.

Elle rentra dans la salle de bains et je continuai à me dévêtir. Quand je fus nue, je passai lentement dans la salle de bains. Il y avait un certain temps que maman n'avait pas observé mon corps, ni constaté le développement de mes formes. Cette fois-ci, pourtant, elle ne me jeta qu'un bref regard, comme si je n'avais pas changé depuis le jour où elle m'avait obligée à porter les habits de mon frère. Debout devant la baignoire, elle surveillait le niveau de l'eau. Je vis qu'elle tenait un flacon de poudre noire dans les mains.

— Qu'est-ce que c'est, maman ?

— Cela vient du placard secret de ta grand-mère. C'est sa recette personnelle. Entre dans l'eau, m'ordonna-t-elle en reculant.

Je m'approchai de la baignoire, passai lentement une jambe par-dessus bord et abaissai prudemment le pied. Dès qu'il toucha l'eau, je sautai en arrière. Elle était brûlante.

— C'est trop chaud ! m'écriai-je.

— Il faut que ce soit chaud. Entre dans ce bain, ordonna-t-elle d'une voix dépourvue d'émotion.

Elle parlait comme si elle était sous l'effet d'un charme.

— Je ne peux pas. C'est beaucoup trop chaud.

— Entre dans ce bain.

Je reculai en secouant la tête.

— Refroidis-le, d'abord.

— Très bien, concéda-t-elle en ouvrant le robinet d'eau froide. Essaie, maintenant.

Avec précaution, je tâtai à nouveau l'eau du bout du pied. Elle était toujours très chaude, mais c'était supportable.

— Trempe-toi, maintenant, Lionel.

Je m'assis lentement et endurai la chaleur.

Maman dispersa la poudre dans l'eau, qui prit rapidement une teinte bleu foncé.

— Ça pue ! m'exclamai-je.

— Ce n'est pas censé être des sels de bain. Reste dans l'eau, maintenant.

— Combien de temps ?

— Jusqu'à ce que je revienne.

Elle s'en alla et je criai derrière elle :

— Ce sera long ?

Mais elle ne m'entendit pas, ou si elle m'entendit, elle ne voulut pas répondre.

Je dus détourner la tête tellement cela sentait mauvais. J'eus l'impression que j'allais vomir. Je me penchai sur le rebord de la baignoire et attendis, attendis encore. Je commençais à croire qu'elle m'avait oubliée quand, enfin, elle revint. Elle portait à deux mains une grande marmite. Avant que j'aie le temps de protester, elle en renversa le contenu dans la baignoire. C'était de l'eau bouillante. Je hurlai et tentai de sortir, mais elle me maintint dans l'eau en appuyant sur mes épaules. Je criai, je l'implorai, en pure perte. Finalement, elle me laissa sortir. J'étais aussi rouge que si j'avais passé la journée toute nue sous un soleil ardent. Et c'était douloureux, surtout aux endroits où le jet d'eau bouillante avait frappé ma peau. Je happai une serviette et entrepris de m'essuyer, mais cela me faisait mal.

— Mets-toi au lit, me dit maman. Je t'apporterai une pommade calmante.

Je ne la crus pas. Quand elle revint, cette fois-ci, elle apportait un de ses baumes aux herbes, et j'eus un mouvement de recul quand elle commença à m'en enduire le corps. Je m'attendais que cela fasse encore plus mal. Mais au contraire, j'éprouvai un net soulagement.

— Espérons que nous avons chassé les dernières traces du mal de ton corps terrestre, commenta maman. Dors bien, Lionel, et dis tes prières. Nous devons prier pour que tu sois complètement purifié, pour que tout ce qui t'a corrompu soit exorcisé.

Là-dessus, elle quitta ma chambre, et j'entendis le son familier de la clé dans la serrure. J'allais encore devoir jeûner, en déduisis-je. Et, tel un condamné à mort, je fermai les yeux et attendis que sonne le glas qui scellerait mon triste sort.

Mais à ma grande surprise, maman m'apporta du thé, des toasts et de la confiture. Le lendemain matin, je n'eus pas de petit-déjeuner, mais le soir j'eus droit à des céréales chaudes et à des fruits. Maman me passa encore une fois son baume sur tout le corps et me recommanda de me reposer. Plus tard dans la soirée, elle fit brûler son encens autour de moi et me veilla. J'essayai plusieurs fois de lui parler ou de me lever, mais à chaque fois elle secouait la tête et disait :

— Pas encore. Il n'est pas encore temps.

Je n'eus le droit de me lever que pour aller aux toilettes. Cela dura deux jours. Le matin du troisième, maman me dit de m'habiller et d'aller l'attendre au cimetière. Trop heureuse de pouvoir enfin sortir de ma chambre, je m'empressai d'obéir. Il se passa un certain temps avant qu'elle ne se montre au cimetière. Quand elle s'approcha, je vis qu'elle était entièrement vêtue de noir et portait même son voile de deuil.

Elle me prit par la main et, devant les tombes, elle chanta ses cantiques. Puis elle pria, implorant les esprits de ne pas me prendre et la priver de moi. Elle me fit prier à mon tour, et je répétai les mots qu'elle me dictait. Quand tout fut terminé, nous retournâmes à la maison. Elle se changea aussitôt, reprit ses vêtements de tous les jours, et se comporta comme si rien d'inhabituel ne s'était passé. Elle vaqua à ses travaux ménagers, me donna la liste de mes devoirs scolaires et celle des tâches qu'elle me destinait, dans la maison comme au-dehors. Plus un mot ne fut prononcé au sujet d'Elliot Fletcher, ni des policiers qui étaient venus chez nous.

Bien souvent, au cours des jours qui suivirent, je surpris le regard de maman sur moi, ou plus exactement autour de moi, et je la vis hocher la tête. Elle voyait quelqu'un, un esprit, j'en étais sûre. Je retenais mon souffle, attendant une réflexion de sa part ou un verdict, mais elle ne disait rien. En tout cas elle avait l'air heureuse, et c'était bien assez pour moi.

Finalement, une semaine plus tard, alors que nous finissions de dîner, elle croisa les mains sur la table et se pencha en avant pour me parler. À son expression sévère, je devinai qu'elle allait adopter son ton professoral.

— Il y aura d'autres circonstances, d'autres défis semblables à celui que nous venons de relever, commença-t-elle. Quand cela se produira, il faudra que tu m'en informes immédiatement,

Lionel. C'est très important. Qu'il ne t'arrive plus jamais de me cacher quoi que ce soit. Jamais. Nous sommes tout ce que nous avons l'un et l'autre, et il en sera toujours ainsi.

Maman s'interrompit, le temps d'un sourire, et poursuivit :

— Autrefois tu étais en moi, tu faisais partie de mon corps. Puis tu es sorti de moi pour venir au monde, mais le lien qui nous unissait n'a jamais été dénoué. Tu comprends cela ? Comprends-tu à présent combien il est important de me faire confiance, d'être sincère avec moi, et que c'est cela qui nous unit à jamais ? Le comprends-tu ?

— Oui.

— Tant mieux, approuva maman, car j'ai une merveilleuse surprise pour toi, ce soir. Mais d'abord, je vais débarrasser et faire la vaisselle. Va m'attendre au salon, et sois patient.

Je me levai, passai au salon et m'assis dans le rocking-chair de Grandpa Jordan, l'arrière-grand-père de maman. Je le fis machinalement, sans réfléchir. Mais quand elle entra, tenant un bougeoir dont la bougie n'était pas allumée, je vis à son sourire que ce geste avait pour elle une signification particulière.

— Je ne suis pas surprise de te trouver assis là, observa-t-elle. Nous sommes souvent attirés vers nos ancêtres à travers certains objets de la maison. Ne l'oublie pas. N'oublie pas combien il est important d'aimer tout ce qui nous relie à eux.

« Je sais que cela t'a toujours fâché que Céleste ait su traverser dès son plus jeune âge, alors que tu attendais toujours devant le mur sans voir s'ouvrir aucune porte devant toi. Nous savons à présent qu'ils avaient d'autres projets pour elle, des projets que nous ne pouvions pas comprendre alors. Maintenant, annonça-t-elle, ils ont enfin des projets pour toi.

J'écoutai, sur le qui-vive. Que fallait-il comprendre ? Quels projets ? Qu'avait-elle l'intention de faire ?

— Viens avec moi, dit-elle en allumant la chandelle.

Puis elle se détourna, marcha jusqu'à la porte et attendit. Je fis de mon mieux pour ne pas avoir peur, mais le souvenir de mon bain bouillant restait vivace en moi. Je sentais ma peau se rétracter. Maman s'en aperçut et son sourire s'accentua.

— Tu n'as rien à craindre de désagréable, mon cher Lionel, bien au contraire. Allez, viens. N'aie pas l'air si effrayé.

Je m'avisai soudain que toutes les lampes de la maison étaient éteintes. Dans l'obscurité, à la seule clarté de la bougie, je suivis maman jusqu'à l'escalier. Nos ombres glissaient le long des murs. Nous montâmes lentement, maman protégeant la flamme de sa main pour l'empêcher de vaciller et de s'éteindre, et continuâmes jusqu'à la tourelle. Une fois là, maman ouvrit la porte et entra la première, en me faisant signe de la suivre. À mon tour, je pénétrai dans la chambre.

Il y avait un matelas par terre, entouré de toutes les photographies d'ancêtres que nous possédions, et devant chacune d'elles se dressait une bougie pas encore allumée. Près du matelas je vis un cruchon noir et une coupe, un héritage de famille dont nous ne nous servions jamais. Coupe et cruchon étaient toujours rangés dans le buffet de la salle à manger.

— Sais-tu où tu vas aller ce soir ? s'enquit maman.

Je ne pus que secouer la tête.

— Ce soir, tu vas franchir cette porte dont nous parlions, et si brève que te paraisse la traversée, tu marcheras à leurs côtés et tu les entendras enfin te parler. C'est un don qu'ils ont décidé de t'accorder.

Maman éleva la bougie de façon à projeter sa clarté sur les murs, les fenêtres, le plancher. Puis elle se déplaça lentement pour que cette clarté balaie chaque partie de la pièce, comme pour la stériliser. Après quoi, elle se retourna vers moi.

— J'étais plus jeune que toi quand ma mère m'octroya le don, mais c'est ainsi que cela devait être. Après cela, tout comme il en sera pour toi, je n'ai plus eu besoin de personne pour m'aider à traverser. Il arrive que nous ayons besoin d'agir ainsi, me dit ma mère, il ne faut pas en avoir honte. Pense à cela comme à une main qui se tend vers toi pour t'aider, te guider, te faire monter à bord d'un merveilleux navire pour un voyage éblouissant. Tu es prêt à le faire. Je sais que tu le désires depuis longtemps, et que tu as été souvent jaloux de Céleste, qui n'a pas eu besoin qu'on l'aide.

« Mais tout cela, c'est le passé, conclut-elle. Cela prend fin ce soir. »

Elle posa doucement le chandelier par terre, prit la coupe et le cruchon. Je la vis verser quelque chose dans la coupe, puis elle me la tendit.

— Commence par boire ceci, puis couche-toi sur le tapis magique, car c'est bien ce qu'il sera pour toi, Lionel.

Non sans hésitation, je tendis le bras et saisis la coupe. Maman me sourit et m'encouragea du regard, mais je ne pouvais rien contre mon appréhension ni contre le tremblement de ma main.

— N'oublie pas : aie confiance. Nous devons nous faire confiance l'un l'autre. Bois, mon chéri. Avale tout d'un seul coup, sans reprendre souffle. Ne bois pas par petites gorgées. Allez, vas-y.

La partie sombre de moi-même se demanda si tout cela allait être ma fin. Avant que le soleil se lève, maman m'étendrait-elle aux côtés de Lionel ? Deviendrais-je un esprit, moi aussi ? Était-ce ainsi qu'elle nous garderait unis pour toujours ? Serait-ce ma façon de traverser ?

Et même si c'était vrai, ne devrais-je pas m'en réjouir ? Après tout, j'étais sur le point d'entrer dans un monde parfait, dans lequel je n'aurais plus besoin de me cacher à moi-même, de me déguiser, d'être ce que je n'étais pas. Ne serait-ce pas là le véritable don, et ne l'avais-je pas mérité ?

Après ce qui s'était passé entre Elliot et moi, peut-être maman s'était-elle persuadée que j'étais en danger de ne jamais traverser. Peut-être le lui avait-on dit, et voilà pourquoi j'avais été conduite ici. Et pourquoi, comme Juliette dans la pièce que j'aimais tant, il me fallait boire une potion qui recelait la promesse d'un bonheur sans fin. Il existait tant de forces bien plus grandes que moi-même, que mon esprit limité, mes petites frayeurs, mon insignifiante personne ! Qui étais-je pour oser défier ne fût-ce qu'une seule d'entre elles ?

Je levai la coupe et la portai à mes lèvres.

Si tout cela était vraiment la fin d'une vie et le commencement d'une autre, à quoi devais-je dire adieu ? Qu'est-ce que je regretterais ? Mes corvées, ma chambre de spartiate, ma canne à pêche et ma tronçonneuse ? Laisserais-je derrière moi une seule chose qui m'arracherait des larmes ?

Ou était-ce réellement un commencement et, au contraire, y aurait-il une foule de choses que je retrouverais ? Mes poupées, mes jolis vêtements, mes bijoux, mon service à thé, tout, tout cela qui m'attendait.

En réalité, pensai-je alors, il ne s'agit pas d'un adieu, mais seulement de retrouvailles.

J'inclinai la coupe, laissai le liquide au goût bizarre couler sur ma langue, puis dans ma gorge, et l'avalai jusqu'à la dernière goutte. Maman eut un signe de tête approbateur et me reprit doucement le récipient des mains.

— Étends-toi, maintenant.

J'obéis et elle alluma lentement, soigneusement, chaque bougie devant chaque photographie. Puis elle se releva, son bougeoir à la main, baissa les yeux sur moi et me sourit.

— Tu as beaucoup de chance, mon garçon. À bientôt, promit-elle en s'en allant.

J'entendis la clé tourner dans la serrure, puis ses pas s'éloigner dans l'escalier. Autour de moi les flammes vacillèrent, faisant danser des ombres sur les murs. Très vite, une sorte de vertige me prit. La tête me tournait, puis cette sensation s'étendit à tout mon corps, qui se mit à tournoyer à son tour. Je fermai les yeux et posai les mains sur le sol pour me stabiliser. Toutes sortes de couleurs et d'éclats de lumière fulguraient sous mes paupières closes. Il me sembla que je criais, mais je n'en étais pas sûre. La seule chose dont j'étais sûre c'était d'entendre, en bas, maman jouer du piano.

Subitement, le tournoiement cessa et j'aperçus quelque chose du coin de l'œil. Une bouffée de fumée s'éleva. Venait-elle de la bougie placée devant la photo de Tante Hélène Roe, ou de la photo elle-même ? Je portai mon regard sur la droite, car une autre bouffée de fumée montait devant la photographie de Grandpa Jordan, puis une autre s'éleva devant Grand-tante Louise, et une autre et une autre encore, devant les portraits du cousin Simon et de Grand-mère Gussie.

Tous ces panaches fumeux se mêlèrent devant moi, et toutes les ombres qui dansaient sur les murs devinrent les esprits que maman m'avait promis. Ils firent la ronde autour de moi, je les entendis rire. Leur danse devint de plus en plus rapide, leurs rires de plus en plus sonores, puis tout s'arrêta et ils regagnèrent leurs photographies, leurs formes vaporeuses comme aspirées par les cadres.

Le silence régna. Puis le piano se fit à nouveau entendre et Grandpa Jordan se trouva là, dans son rocking-chair, les yeux fixés sur moi. Il inclina la tête et parla.

— Quel brave garçon tu es. Je suis très fier de toi. Vraiment très fier.

J'entendis des gloussements de rire et vis trois petites filles à genoux près de moi. Quand je tendis la main pour les toucher, elles disparurent comme des bulles qui éclatent, mais à peine étaient-elles parties que j'entendis quelqu'un toussoter. Je tournai la tête et vis l'oncle Peter, le frère de Grandma Jordan, qui me regardait, debout près de mon lit, tenant à la main la grosse montre en or qu'on lui voit sur son portrait. Il y jeta un coup d'œil et l'ouvrit.

— Il est presque l'heure, déclara-t-il.

Puis il disparut. Les ombres poursuivaient leur sarabande sur les murs.

— Papa ! appelai-je. Papa !

Il me sembla que la musique jouait plus fort. Je perçus le contact de doigts dans ma main droite et levai les yeux. C'était lui, mon papa, aussi jeune que lorsque j'avais cinq ans.

— Tu as été une très gentille fille, me dit-il. Nous t'aimons tous, et nous ne laisserons plus jamais aucun mal t'arriver. C'est promis.

— Où est Lionel ? lui demandai-je, et il fit un signe de tête vers ma gauche.

Lionel était là, grimaçant un sourire moqueur.

— Tu n'as pas le droit d'essayer d'être moi. Ni de pêcher sans rien attraper. Et ça rime à quoi, cette tronçonneuse ? Tu ne sais même pas la tenir comme il faut. Quel gâchis ! En plus, tu ne t'occupes même pas des fourmis.

« Et mon fort ? Quand est-ce que tu y as joué pour la dernière fois ? Tu l'as laissé pourrir dans les bois.

— Qu'est-ce que je t'ai demandé, Lionel ? intervint papa.

— D'être gentil, marmonna mon frère.

— Est-ce que tu es gentil ?

— Non. Ne t'imagine pas que c'est bien ici, ajouta Lionel à mon intention. On est obligé d'être gentil jour et nuit. »

J'entendis rire papa, puis tous les autres avec lui. Les rires couvrirent le son du piano.

— Je veux mon train électrique ! hurla Lionel.

Et à l'instant même, il disparut. Papa était toujours là, tenant ma main. Je l'implorai :

— Papa, ne me quitte pas. Je t'en supplie.

Il s'assit à côté de moi.

— Je ne te quitterai jamais, promit-il.

Tous les deux, nous regardâmes les photographies qui défilaient sur le mur comme un film. Toutes les photos de Lionel et de moi, de tous nos jours heureux, nos promenades et nos baignades, nos parties de pêche ensemble. Celles de nos voyages aussi, de nos sorties en voiture, de nos journées dans les parcs d'attractions, de nos anniversaires. Elles se suivaient sans fin, de plus en plus rapides, jusqu'au moment où elles commencèrent à se fondre l'une dans l'autre.

— Papa, murmurai-je avec inquiétude.

Sa voix fut à peine un soupir :

— Je suis là.

Les images n'étaient déjà plus que des boules de lumière, si brillantes que je ne pouvais pas en soutenir la vue. Je dus fermer les yeux.

— Papa...

Je ne perçus que l'écho de ma voix. Je tombais dans un lieu obscur, je tombais de plus en plus bas.

— Papa...

— Je suis là, entendis-je en réponse... et tout devint noir.

Le bruit de la clé tournant dans la serrure m'éveilla, la porte s'ouvrit. Le soleil entrait à flots dans la chambre, si brillant que je devinai qu'il était tard. Il se pouvait même que ce fût déjà l'après-midi. Devant les photos, toutes les bougies avaient entièrement brûlé.

Maman s'avança jusqu'à moi.

— Bonjour, Lionel ! Tu pourras tout me raconter quand tu auras fait ta toilette et que tu te seras changé pour le petit-déjeuner, d'accord ?

Je voulus m'asseoir et poussai un gémissement. Je me sentais affreusement raide, et le sang me battait aux tempes.

— Ça va passer, me dit maman en m'aidant à me mettre sur pied. Quand tu auras quelque chose de solide dans l'estomac, tout ira bien. Et tu sais quoi ? Il fait un temps superbe. Si tu voyais comme nos herbes ont poussé !

Je sortis derrière elle, en me protégeant les yeux de la main. J'avais toujours du mal à supporter l'éclat de la lumière. Maman rit de bon cœur.

— Tu as tout simplement mal aux cheveux, comme on dit. Mais ne t'inquiète pas, j'ai des remèdes pour chaque chose et en plus, ils marchent. Tu seras d'aplomb en un rien de temps.

Nous fîmes halte devant ma chambre.

— Prends une bonne douche, je t'attendrai en bas, me dit maman. Tu as tout à fait la mine que j'avais après ça, moi aussi, tu sais ? La chose essentielle dont tu dois te souvenir, Lionel, c'est que tu as traversé. Tu es vraiment passé de l'autre côté, de leur côté. Tu pourras les voir et les entendre tout le temps, désormais. C'est cela, le don qui te relie à moi pour toujours.

Elle m'embrassa sur le front, me quitta là et j'entrai dans ma chambre. Je commençais à me déshabiller pour prendre ma douche, lorsque je me sentis attirée vers la fenêtre. Je m'en approchai et regardai en bas.

Et là, marchant à pas lents tout en bavardant, je vis mes trois cousines : Mildred, Louise et Darla, mortes bien longtemps avant ma naissance. Exactement comme sur les photographies accrochées au mur du hall, les trois sœurs portaient la même robe de calicot et arboraient la même coiffure. Comme si elles avaient entendu quelque chose, elles s'arrêtèrent et levèrent les yeux vers moi. Puis elles sourirent.

Je les regardai s'éloigner jusqu'à ce qu'elles

atteignent l'orée du bois et disparaissent dans l'ombre des arbres.

Je ne m'efforçais pas de les voir dans le seul but de plaire à maman, m'avisai-je alors, et cela n'était certainement pas un rêve.

Après tout, n'étaient-ils pas tous là pour moi aussi, à présent ?

Et ne seraient-ils pas là pour toujours ?

18

Céleste

Dirai-je qu'après cela, aucun jour ne passa sans que je voie ou perçoive une présence spirituelle ? Ce ne serait pas mentir. Enfin, j'étais réellement pareille à maman, je possédais le même don visionnaire, et tout aussi puissant. Comme si nous avions reçu le ciel et la terre en héritage, nous nous partagions le monde, telles deux sœurs, heureuses l'une pour l'autre.

Le soir, quand nous avions achevé nos tâches quotidiennes et savouré un délicieux dîner, maman jouait du piano et je lisais à côté d'elle, ou je me contentais de l'écouter, les yeux fermés. Par de telles soirées, si merveilleuses, nous étions rarement seules. De nombreux membres de notre communauté spirituelle étaient là, eux aussi, assis sur le canapé, dans les fauteuils, ou alors ils allaient et venaient en souriant. Les enfants, mes nombreux cousins, s'asseyaient sur le plancher, silencieux et sages. Tous cherchaient mon regard, me souriaient, et attendaient anxieusement que je leur sourie en retour.

Je n'en avais pas encore parlé à maman, mais je voyais de plus en plus souvent Lionel. Il me suivait à travers la propriété, critiquait mon travail, affirmait qu'il aurait fait mieux. Au début, cela m'énervait beaucoup. Et puis, surtout à cause de papa, je me montrai aimable avec lui et ne pris plus ses réflexions tellement à cœur. Et pourtant, je peux presque dire qu'il me harcelait, car plus il se sentait à l'aise en ma présence, plus ses reproches devenaient personnels et nombreux. Il était comme une abeille bourdonnant à mon oreille. Rien ne parvenait à le chasser.

Une nuit, je m'éveillai et l'aperçus, accroupi à côté de mon lit. Il leva les yeux sur moi et je vis qu'il avait pleuré. Je m'en étonnai.

— Pourquoi pleures-tu, Lionel ? Je croyais que personne n'était jamais triste, là où tu es.

— Peut-être qu'il n'y a que moi, marmonna-t-il.

— Je m'applique de mon mieux, Lionel. Je fais tout ce que tu ferais, aussi bien que tu le ferais. J'ai même commencé à rebâtir ton fort, non ?

— Ce n'est pas à cause de tout ça que je pleure ! riposta-t-il comme s'il s'adressait à une demeurée.

— Alors c'est pour quoi ? Qu'est-ce qui te rend si triste ?

J'eus l'impression qu'il n'allait pas répondre, ou qu'il avait peur de parler. Il regarda dans tous les coins pour s'assurer que nous étions seuls. Moi non plus, je ne vis personne. Lionel se décida à répondre.

— Je déteste porter tes vêtements et ton amulette. Je veux la mienne. Je veux mon ver.

Je le dévisageai en silence. Je ne savais pas

quoi dire ni quoi faire. Je ne pourrais jamais répéter une telle chose à maman, bien sûr.

— Tu ne portes pas de robe en ce moment, fis-je observer.

Il eut un rictus amer.

— Tu ne sais rien de rien. Je dois être comme ça quand tu me vois, mais le reste du temps je porte cette robe et j'ai horreur de ça. Nos cousines se moquent de moi derrière mon dos.

— Papa ne parle jamais de ça.

— Il veut le bonheur de maman, c'est tout.

— Je ne peux rien faire pour ça, Lionel.

— Si, tu peux, s'obstina-t-il. Tu peux être toi. Dès que tu seras redevenue toi, je te laisserai tranquille.

Sa requête me suffoqua.

— Je ne peux pas faire ça, proférai-je d'une voix sourde.

Cette conversation commençait à me donner le vertige. Une fumée blanche et lumineuse tournoyait autour de moi. Étais-je vraiment éveillée, ou tout cela n'était-il qu'un rêve ?

Lionel insista encore.

— Si, tu peux.

— Non, je ne peux pas. Maman serait... elle serait complètement bouleversée. D'ailleurs, on lui a dit ce qu'elle devait faire et ce que moi aussi, je dois faire. Elle ne peut pas leur désobéir, ni moi non plus.

— Tu le feras, dit-il, les yeux étrécis et rageurs comme lorsque nous étions plus jeunes et que je l'avais contrarié. Tu le feras.

Sur cette menace, il s'évapora comme une bulle éclate.

Quelque temps après cela, je commençai à vomir le matin. J'étais si nauséeuse qu'il m'était pénible de m'habiller et de descendre. J'étais sûre que, d'une façon ou d'une autre, c'était la faute de Lionel, sa façon à lui de prendre sa revanche sur moi. Et j'avais confiance : papa ne le laisserait pas continuer ainsi. Cela ne durerait pas. Pourtant, je n'osais toujours pas parler de lui à maman. Elle serait si malheureuse d'apprendre certaines des choses qu'il m'avait dites, en particulier ce qu'il souhaitait. Je gardai le silence.

Et un jour, alors que mes nausées matinales se calmaient, je m'avisai que je n'avais plus de règles. Il m'était déjà arrivé de sauter un cycle ou deux, mais cette fois-ci c'était différent. Ce retard s'accompagnait d'une sensibilité nouvelle au niveau des seins, et d'un changement de couleur. En plus de cela j'avais souvent sommeil, je faisais la sieste, je me sentais lasse. Et j'allais aussi plus souvent aux toilettes. J'appréhendais sans cesse le moment où maman me poserait des questions, mais elle ne paraissait rien remarquer, et je me disais que cela finirait par passer.

Un matin, pendant que j'examinai mes seins qui avaient beaucoup grossi, j'aperçus Lionel qui souriait avec malice.

— Tu ne continueras pas longtemps à être moi, on dirait.

— Va-t'en ! vociférai-je. Sors d'ici !

Il rit mais disparut aussitôt. Maman montait l'escalier.

— Que se passe-t-il, Lionel ?

Je m'enroulai aussi vite que possible dans une serviette. Du seuil de la chambre, maman demanda :

— Il y a quelque chose qui ne va pas ?

— Non, me hâtai-je de répondre. Je me fâche un peu vite quand...

J'allais dire : quand on m'ennuie. Je m'arrêtai net.

— Mais qu'est-ce qui peut bien te fâcher, Lionel ?

Devant l'air perplexe de maman, je détournai vivement la tête.

— Moi, en fait. C'est à moi que je m'en prends. Je n'arrive pas à faire tout ce que j'ai à faire, et l'automne est déjà bien avancé.

— Oh, ce n'est que ça ? Tu y arriveras, sois patient. Je suis très satisfaite de ton travail, me rassura-t-elle.

Puis elle m'embrassa sur le front et s'en alla. Je restai un long moment songeuse, à regarder la porte qu'elle venait de franchir, en me demandant ce que j'allais pouvoir faire.

Les jours, les semaines passèrent, et je gardais toujours mon secret, enfoui tout au fond de mon cœur. Il me semblait parfois que ce cœur était un poing serré, ou qu'il me brûlait la poitrine. Dans ces moments-là je cessais de travailler, le souffle me manquait, et je haletais pour trouver un peu d'air frais. Il m'arrivait même d'avaler plusieurs fois ma salive, pour empêcher les mots de se bousculer dans ma bouche et de franchir mes lèvres. Comment arrêter tout ça ? me lamentaisje à voix haute. Et, certaine que maman ne pouvait m'entendre, je criais ma souffrance et attendais une réponse, mais quelque chose d'étrange se passait.

Papa ne se montrait pas.

Ni lui ni aucun autre membre de ma famille spirituelle. Seul Lionel, était visible et pouvait se faire entendre, le plus souvent pour me provoquer en jubilant. Puis il recommençait à se plaindre.

— Je déteste porter ta robe, et je veux mon amulette.

Certaines nuits, je m'éveillais en sursaut et m'asseyais dans mon lit, inondée d'une sueur froide et le cœur battant. Lionel s'insinuait dans tous mes rêves, rampait comme un ver dans ma cervelle. Son visage était partout. Une fois, je vis un lynx jaillir de la forêt, et traverser la prairie. Quand il s'arrêta et se tourna vers moi, je frissonnai : il avait le visage de Lionel et il souriait.

Il m'était impossible de lui échapper. Le vent lui-même commençait à répéter sa complainte.

— Je déteste porter ta robe, et je veux mon amulette...

Les feuilles des arbres étaient comme d'innombrables mains qui scandaient la phrase en mesure. J'étais forcée de plaquer les mains sur les oreilles et d'attendre, immobile, que la brise se calme et que la litanie s'achève.

Une fois, maman me surprit ainsi et me demanda ce que je fabriquais. Je répondis que j'avais des bourdonnements d'oreilles, et elle me donna quelque chose pour prévenir une éventuelle infection.

À présent, le soir, quand elle se mettait au piano, je prétendais avoir quelque chose à faire, n'importe quoi sauf lire. Pendant mes dernières soirées de détente avec elle, cinq ou six environ, je n'avais vu personne à part Lionel ; et il n'avait fait que rester accroupi près de moi et me dévisager, avec cet éternel petit sourire provocant. J'avais bonne envie de me fâcher mais je me retenais toujours à temps, et je me contentais de me lever pour aller boire un verre d'eau.

Il me suivait partout, souvent en se dissimulant dans les coins d'ombre, ou en se faufilant le long des murs avant de disparaître.

Un autre mois s'écoula sans apporter de changement, sauf que mon appétit s'accrut. Moi qui en avais si peu, j'en arrivai à me cacher pour manger entre les repas. Mais plus je prenais de poids, plus maman était contente. La femme qui était en moi disparaissait sous les kilos supplémentaires. Et le facteur, quand il lui arrivait de me voir, secouait la tête avec dégoût.

L'un des résultats du harcèlement de Lionel fut que je m'appliquai davantage, pour l'égaler, aux tâches qu'il estimait être les siennes. Je maîtrisai l'usage de la tronçonneuse et coupai des quantités de bûches, que je débitai et fis sécher. Mes mains étaient couvertes de cals, mais je ne me plaignais jamais. Maman avait de bons remèdes contre la douleur, et je pris l'habitude de prendre chaque soir un bain aux herbes. Cela m'aidait à m'endormir.

Par chance, maman ne me surprit jamais dans mon bain et ne vit pas à quel point ma taille et ma poitrine s'étaient arrondies. Elle ne remarqua pas mes vergetures, ni l'enflure de mes chevilles. J'avais de plus en plus de mal à me sangler dans mon corset, mais cela me donna une idée : j'utilisai l'une des gaines de ma grand-mère pour compresser mon ventre. À titre de précaution supplémentaire, je n'accompagnai plus jamais maman quand elle faisait des courses. Depuis des mois, personne de l'extérieur ne m'avait vue, à part le facteur et, en de rares occasions, un livreur. Je ne retournai pas non plus au lycée. J'en avais fini avec cela.

— À ton âge, la scolarité n'est plus obligatoire, avait déclaré maman, quand j'avais fait une vague allusion à mes examens habituels. Qui a envie que ces fouineurs mettent le nez dans nos affaires, de toute façon ? Sûrement pas moi.

Moi non plus, ajoutai-je en pensée, surtout pas maintenant.

Je me demandais toujours comment maman pouvait être si satisfaite de mener une existence aussi solitaire. La compagnie des hommes ne lui manquait donc pas, ni celle des femmes de son âge ? N'avait-elle jamais envie de sortir en ville, ne serait-ce que pour découvrir les modes nouvelles ?

Il me semblait que maintenant je la comprenais mieux. Je n'éprouvais plus le besoin de quitter la propriété. Je ne souhaitais pas faire connaissance avec des jeunes gens de mon âge. Ce qui s'expliquait, après tout, étant donné ce que cela m'avait valu. Je n'étais même plus obsédée par l'idée d'aller au lycée.

Mais je savais que le temps m'était compté. Malgré tout ce que j'avais déjà fait et tout ce que je continuais à faire, maman finirait par découvrir ce que je savais déjà, tout en refusant de le reconnaître. Lionel était le seul à s'en réjouir, et il n'arrêtait pas de répéter :

— Je ne veux pas porter ta robe. Je veux mon amulette.

— Je n'y peux rien ! lui criais-je en réponse. Pourquoi ne me laisses-tu pas tranquille ?

Il se contentait de me dévisager.

Où que je sois il m'observait et attendait, et les semaines passaient, et je grossissais. Une nuit, je m'éveillai absolument terrifiée. J'avais rêvé qu'un matin maman me regardait, éclatait en sanglots de rage et de chagrin, un chagrin si violent qu'elle en mourait. Désormais, je serais seule. Et à cause de ce que j'avais laissé se produire, aucun de nos esprits ancestraux ne viendrait me voir ni me réconforter, plus jamais. Où allaient ceux qui ne sont pas admis dans ces lieux bénis et chaleureux où vivent les esprits ? Quelle sinistre fosse d'ombre m'attendait ?

Dans les coins les plus sombres de ma chambre, Lionel serinait son refrain :

— Je ne veux plus porter cette robe, je veux mon amulette.

Il était tantôt sur ma droite, tantôt sur ma gauche, puis derrière moi, puis en face de moi. Je plaquai les mains sur mes oreilles, mais il chuchota entre mes doigts comme le vent à travers les fentes d'une porte.

Je rejetai mes couvertures et, vêtue seulement

de mon pyjama en jersey, je m'élançai hors de la chambre. Sans ralentir l'allure je sortis sur la galerie, dévalai les marches et courus vers la grange, ignorant les graviers qui écorchaient mes pieds nus. Je pleurais, à présent. Les larmes ruisselaient sur mes joues.

De lourds nuages occultaient entièrement le ciel. Je sentis les premières gouttes de pluie, mais cela ne suffit pas à me décourager. Je trouvai la pelle à bout rond et repartis aussitôt, en direction du petit cimetière. Je m'étonnai moi-même de trouver si bien mon chemin dans cette noirceur d'encre. Quand j'atteignis les tombes, je vis que Lionel était là : il attendait. Je ne lui laissai pas le temps de parler avant moi.

— Si je te retire la robe et te rends ton amulette, tu arrêteras tout ça ?

— Oui, promit-il.

J'enfonçai la pelle dans l'herbe, là où je savais qu'il était enterré dans ma robe. Le sol était assez meuble, mais le travail ardu. Je creusai, creusai encore, avec une telle détermination que rien d'autre n'existait plus pour moi. Je ne vis pas la lumière s'allumer dans la maison. Je n'entendis pas la porte s'ouvrir et se refermer. Je ne vis pas non plus le rayon de la torche balayer le sol jusqu'à ce qu'il me trouve. Je n'entendis pas maman s'approcher en hâte. Je continuai à creuser. Puis je sentis qu'elle me saisissait le bras.

Ma surprise fut telle que je pivotai sur moi-même.

Maman me fixait, hagarde.

— Mais qu'est-ce que tu fais ? s'enquit-elle, la voix sourde.

— Il ne veut pas porter la robe et il réclame son amulette, dis-je en tournant les yeux vers l'endroit où s'était tenu Lionel.

Il n'y était plus. Il avait disparu dans le noir.

Maman secoua la tête, puis elle éleva la torche de façon que le rayon tombe sur moi. En une seconde, elle vit tout : mes seins gonflés, mon ventre proéminent. Je retins mon souffle, il me sembla que mon cœur s'arrêtait. J'étais sous le choc. Maman m'arracha la pelle des mains et lâcha sa torche.

— Qu'est-ce que tu as fait ? hurla-t-elle en empoignant le manche de la pelle à deux mains.

Elle l'éleva au-dessus de ma tête, prête à l'abattre sur moi. Je tombai à genoux et attendis le coup, mais il ne vint pas. Je levai les yeux.

À la lumière de la lampe tombée à ses pieds, je vis maman se figer, la tête légèrement penchée, la bouche pincée. Elle écoutait. Puis elle fit un signe d'acquiescement, et quand elle releva les yeux sur moi, elle souriait. Elle reposa doucement la pelle et me tendit la main.

— Viens, rentrons à la maison, tout va bien. Tout va bien.

Je me levai sans hâte et, d'un geste hésitant, lui pris la main. Elle vit à quel point j'avais peur et passa le bras autour de moi.

— Tout va s'arranger, murmura-t-elle.

La pluie se mit à tomber dru, mais ni elle n'y moi n'y accordâmes la moindre attention. Sans ajouter un mot, elle me ramena en me gardant bien serrée contre elle, au creux de son bras. Une fois dans la maison, elle me conduisit dans ma chambre et me fit asseoir sur le lit, avant de passer dans la salle de bains. Elle en revint avec une cuvette d'eau chaude et me lava les pieds, en nettoyant avec soin chacune de mes écorchures. Puis elle m'aida à ôter mon pyjama trempé et me sécha de la tête aux pieds. Cela fait, elle me dit de m'allonger, posa la main sur mon ventre et resta ainsi, les yeux fermés.

— Quelle chose merveilleuse est arrivée ! s'extasia-t-elle.

Comment pouvait-elle voir tout cela autrement que comme un désastre ? Je n'y comprenais plus rien.

— Quelle chose merveilleuse, maman ?

Elle attacha sur moi un regard étrange. J'eus l'impression qu'elle regardait non pas moi, mais à travers moi. On aurait dit qu'elle ne me voyait même pas.

— Maman ?

— Tout ira bien pour toi, affirma-t-elle. Tout se passera bien, ils me l'ont dit. Ce sera un miracle.

— Quel genre de miracle, maman ?

— Assez de questions. Repose-toi et fais ce qu'on te dit, répliqua-t-elle.

Après son départ, je vis Lionel dans un coin de la chambre : il jubilait. Qu'est-ce qui le réjouissait tant ? Je le lui demandai.

— Qu'est-ce qu'il y a ? C'est quoi, ce miracle ?

Il se contenta de rire. J'étais si désemparée, si

troublée que j'en avais la nausée. Je fermai les yeux et m'efforçai de méditer, mais j'entendis Lionel s'approcher de mon lit et me chuchoter à l'oreille :

— Je te l'avais dit, tu peux très bien être toi.

Il était parti quand je rouvris les yeux : je ne vis plus rien, que du noir. Jamais je n'avais autant désiré pouvoir m'anéantir dans la pesanteur du sommeil.

Le lendemain matin, de grands changements s'annoncèrent. Maman m'interdit tous les travaux pénibles. Je n'avais plus le droit d'utiliser la tronçonneuse, ni de fendre le bois, ni de l'empiler. Même mes travaux de jardinage furent réduits. Je ne devais plus retourner la terre ni me baisser. Il n'était plus question de désherber. Maman modifia mon régime et me donna des pilules aux herbes, qu'elle disait bonnes pour mon état, mais son visage avait repris son expression d'avant. Ses yeux étaient froids et vides, lointains. J'avais l'impression que ce n'était pas à moi qu'elle s'adressait, mais au bébé qui grandissait en moi.

Il arrivait qu'elle se lève la nuit et vienne à mon chevet. Elle avait entendu le bébé pleurer, disait-elle. La première fois qu'elle fit cela, je fus si déconcertée que je lui demandai : « Quel bébé ? »

Elle eut une moue apitoyée, et m'annonça qu'elle allait me préparer une boisson chaude, « afin de faire boire le bébé », précisa-t-elle. Certains soirs, elle s'asseyait à la même place et fredonnait une berceuse, un vieil air d'autrefois, « pour l'aider à s'endormir ».

Tout cela fit que je me sentis devenir quasi inexistante, comme si je ne comptais pas plus qu'une vieille chaussette. Je compris vite qu'aux yeux de maman, quand je me mettais à table ou me couchais, en réalité je nourrissais l'enfant et le mettais au lit. Je lui faisais prendre le soleil quand je sortais, je le réchauffais quand je me couvrais. Ce qui avait été moi n'existait plus. Je disparaissais lentement pour laisser place au bébé.

Et Lionel exultait.

Il était toujours tapi dans un coin, ou dans une zone d'ombre, ou alors il marchait légèrement derrière moi, surtout depuis que maman s'était mise à parler au bébé.

— Quand le bébé sera né, prédisait-il, tu disparaîtras complètement. Je ne serai plus obligé de porter une robe, et je récupérerai mon amulette.

J'avais beau avoir de moins en moins de travail, la vie ne me semblait pas plus facile pour autant. Presque d'un seul coup, sans doute parce que je n'avais plus à cacher ce qui se passait en moi, je grossis de façon spectaculaire. Je marchais en canard, je peinais pour me lever de ma chaise, je montais l'escalier plus lentement et je me plaignais de douleurs lombaires. Je voyais bien que Lionel riait de tout cela. Parfois, un chœur d'autres rires faisait écho au sien, sons lugubres jaillis de la nuit qui me glaçaient le sang dans les veines. Tout à coup, il faisait plus froid dans la maison.

Cet hiver-là fut encore plus rigoureux que le précédent. Plus d'une fois, il me sembla que le monde allait éclater comme un bloc de glace. Maman trouvait que rester trop longtemps dehors était dangereux pour moi, ou plutôt pour le bébé. Pendant des semaines, il gela, et la nuit la température se maintint au-dessous de zéro. Je sortais peu et je passais des heures, seule dans ma chambre, à lire, dormir, ou tout simplement regarder par la fenêtre.

Le froid causa toutes sortes de dommages, et maman eut des problèmes avec la voiture. Un jour où elle était sortie pour se réapprovisionner en épicerie, elle ne rentra que passé huit heures du soir. Pour une durite crevée, elle avait attendu des heures qu'une dépanneuse arrive, puis que le mécanicien du garage ait réparé les dégâts.

Nous eûmes aussi des problèmes avec le poêle à pétrole. La tuyauterie faillit geler. Après plusieurs tempêtes de neige, maman baissa les bras et fit appel à quelqu'un de l'extérieur pour dégager notre allée deux fois par semaine, et même trois quand il neigeait trop. Je me rappelais la façon dont papa déblayait la neige avec sa camionnette, avec Lionel et moi à bord. Quelquefois, nous avions le droit de conduire le petit tracteur pour déblayer le passage nous-mêmes, et je me souvenais que nous l'avions fait ensemble après la mort de papa.

Vers la fin de ces pénibles mois d'hiver, il y eut des orages de grêle et les arbres en souffrirent.

Des branches cassaient sans arrêt. Le soir, le clair de lune dansait sur l'écorce glacée, créant un spectacle étincelant et fantastique. Mais maman appelait cela « le sourire de la mort froide, savourant sa victoire sur les fragiles créatures trahies par la nature ».

À présent, je ne faisais plus beaucoup d'efforts pour me lever le matin. Maman m'apportait « le petit-déjeuner du bébé », et je restais au lit jusqu'à près de midi. Je commençai à avoir horreur de descendre, car cela voulait dire qu'il me faudrait remonter. Maman me mettait en garde contre une trop grande paresse.

Cela rendra les choses plus difficiles pour le bébé à la naissance, prédisait-elle.

Mais elle ne fit jamais observer que ce serait aussi plus difficile pour moi. Le bébé, le bébé... il n'y en avait que pour lui.

Maman ne parut pas remarquer, ou en tout cas pas se soucier du fait que, pendant tout le temps ou je restai confinée à la maison, mes cheveux avaient poussé. Ils atteignaient mes épaules, à présent. Quand je la savais occupée en bas, j'allais dans sa chambre pour me regarder dans le miroir de sa coiffeuse. J'imaginais mes cheveux encore plus longs, et je voyais déjà comment je pourrais les couper et les coiffer. Chaque jour, cependant, je m'attendais qu'elle remarque enfin leur longueur et s'y attaque à coups de ciseaux.

J'essayai de garder le secret sur les premiers coups de pied du bébé. Je dois avouer que cela m'effrayait un peu. Toutefois, un après-midi où je m'étais endormie sur le canapé du salon, les coups de pied de l'enfant m'éveillèrent en sursaut et je poussai un cri. Maman, qui tricotait un bonnet et des moufles pour le bébé, posa aussitôt son tricot et s'approcha de moi. Elle posa les mains sur mon ventre, attendit, et soudain son visage s'éclaira. Je ne l'avais jamais vue aussi radieuse depuis des années.

— C'est pour bientôt, murmura-t-elle. C'est pour bientôt.

Je n'avais pratiquement jamais pensé à la naissance qui approchait. C'était comme si j'étais persuadée de rester toujours dans le même état, sans que rien ne se passe. Comme si le fœtus ne devait jamais sortir de moi. J'essayais de me renseigner dans les livres que je trouvais chez nous, mais l'accouchement demeurait toujours un mystère pour moi.

La première fois que je sentis une contraction, je poussai un cri si perçant que je me fis peur à moi-même. Maman accourut dans la cuisine, où je sirotais une tasse de thé. Elle glissa de mes doigts et se brisa en mille morceaux. Je m'attendais que maman s'emporte contre moi, mais non. Elle parut totalement indifférente à l'incident, à supposer qu'elle l'ait remarqué.

Elle me fit marcher, même quand la douleur revint. Puis je dus monter à l'étage et elle me conduisit dans ma chambre, où elle me fit allonger sur mon lit. Les douleurs cessèrent au bout de quelques minutes, toutefois, et tout redevint normal. Si j'ose employer le terme « normal », car ma vie n'avait plus rien à voir avec ce qu'elle était, même depuis la mort de Lionel.

Quand j'eus à nouveau des contractions, quelques jours plus tard, il se produisit quelque chose qui m'effraya bien plus que la douleur : de l'eau ruissela le long de mes jambes. Je me trouvais dans le hall et je restai plantée sur place, absolument incapable de bouger. Maman était sortie et rentra peu après. Elle vit immédiatement ce qui se passait.

Elle voulut d'abord m'entraîner vers l'escalier, mais les douleurs étaient si vives que je fus incapable de soulever le pied pour gravir la première marche. Elle me dirigea donc vers le salon et me fit allonger sur le canapé.

— C'est étonnant, observa-t-elle en souriant. Je me souviens que mon arrière-grand-mère Elsie a mis au monde mon grand-père sur ce même canapé. On n'a pas eu le temps d'appeler un médecin, ni de la conduire à l'hôpital. Est-ce que tu sens l'enfant ? s'enquit-elle avec ce regard lointain qui m'était devenu si familier. C'était vraiment étrange. On aurait dit qu'elle contemplait un autre visage derrière le mien, et que le mien n'était qu'un masque. D'ailleurs tout ce que je sentais, c'était une douleur insoutenable. Je grimaçai de souffrance et criai.

— Tout va bien se passer, me rassura maman.

Puis elle alla chercher des serviettes, de l'eau chaude et l'une de ses potions aux herbes. Je l'entendis marmonner que c'était une invention de sa grand-mère. J'en avalai deux cuillerées à soupe, mais je ne crois pas que cela fit grand effet. La douleur augmenta encore.

Depuis combien de temps criais-je ainsi ? Je l'ignore. Je sais seulement que j'avais la gorge râpeuse, la voix enrouée. Je sombrais de temps à autre dans l'inconscience. À l'un de mes réveils, je vis qu'une foule de membres de notre famille spirituelle emplissait le salon. Les uns assis, les autres debout, ils bavardaient à mi-voix et m'observaient. Tout près de la porte, derrière l'un de mes oncles, j'aperçus Lionel. Il paraissait effrayé.

Le travail se poursuivait, interminable. Maman m'essuyait le visage avec un gant mouillé d'eau chaude, mais c'était pratiquement tout ce qu'elle faisait. Puis, juste après la tombée de la nuit, je vis tous les parents se rapprocher.

— Pousse ! cria maman. Allez, pousse !

Je poussai, elle cria encore, je poussai encore. J'avais l'impression de voir tous ceux qui m'entouraient à travers un voile rouge. Le visage de maman lui-même était écarlate. J'entendis une acclamation, une clameur de joie... puis un bébé cria.

Maman s'empressa de couper et de ligaturer le cordon ombilical. Lionel, qui s'était rapproché pas à pas, ouvrait des yeux ronds qui semblaient sur le point de lui sortir de la tête. Maman éleva le bébé dans ses bras pour que tous le voient. Il avait les cheveux roux carotte, comme Elliot.

— C'est une fille ! annonça-t-elle.

Puis elle enroula le bébé dans une couverture et l'emmena. Je l'entendis monter les marches, et toute la foule de nos parents la suivit. Lionel finit par sortir à son tour et je me retrouvai seule.

Je m'endormis, ou alors je perdis vraiment connaissance, je l'ignore. Quand je m'éveillai, le jour se levait. J'avais mal absolument partout. Maman entra avec un plateau, et le posa sur la petite table qu'elle avait tirée près du canapé.

— Il faut que tu manges, déclara-t-elle. J'ai besoin que tu sois forte et en pleine santé.

— Où est le bébé ? voulus-je savoir. Comment va-t-il ?

Maman ne répondit pas. Elle sortit et je l'entendis remonter. Je bus le jus d'orange, mangeai les céréales et les toasts, et je venais de terminer quand elle revint. Elle apportait un objet de forme étrange, comportant une partie en verre et une sorte de poire en caoutchouc.

— Qu'est-ce que c'est, maman ? questionnai-je dès qu'elle fut assise à mon chevet.

Au lieu de répondre, elle ordonna :

— Déboutonne ta chemise. Vite.

J'obéis. Elle se pencha et écarta les deux pans de ma chemise, dénudant ma poitrine, approcha le bizarre objet de mon sein droit et le plaqua sur mon mamelon.

— Allonge-toi et détends-toi, dit-elle simplement.

Elle commença à pomper avec la poire, et je vis mon lait emplir les flacons qu'elle y fixait. À un moment, je criai de douleur et elle s'y prit avec plus de douceur. Dès qu'elle eut terminé, elle se leva et se tourna vers la porte. J'insistai.

— Où est le bébé, maman ?

— Contente-toi de te reposer, lança-t-elle en sortant.

Des heures passèrent sans qu'elle revienne. Je me levai, déambulai dans la pièce, et quand je l'entendis commencer à descendre, j'allai jusqu'au pied de l'escalier. À peine arrivée en bas, elle ordonna :

— Retourne sur ce canapé. Je t'ai dit de te reposer.

— Mais je voulais voir le bébé, maman.

— Pas maintenant, répliqua-t-elle.

Et elle me fit pivoter en m'écartant de l'escalier.

Elle me confina dans le salon pour y prendre mon déjeuner, et même mon dîner. Je voulais regagner ma chambre mais elle affirma que je ne pouvais pas encore monter les escaliers. Régulièrement, au cours des jours suivants, elle vint prélever mon lait pour en remplir les flacons.

Un soir, je me levai et montai rapidement au premier. Je voulais me laver, me changer et faire un brin de toilette. La porte de maman était fermée. J'écoutai un instant, passai dans ma chambre, pris une douche et mis un pyjama propre. Je ne voyais pas pourquoi je ne pourrais pas dormir dans mon lit, et c'est ce que je fis.

Le lendemain, maman fit irruption dans ma chambre comme une furie.

— Je t'avais dit de rester en bas ! hurla-t-elle.

Pas encore bien réveillée, je me frottai les yeux et me soulevai sur les coudes. Elle avait l'air si furieuse et si bizarre qu'elle m'effraya. Je me justifiai.

— J'avais besoin de me sentir propre et de dormir dans mon lit, maman.

— Je ne veux pas de toi ici. Habille-toi et descends.

J'entendis le bébé crier.

— Je ne peux pas la voir, d'abord ?

— Non. Descends ! vociféra-t-elle.

Sur quoi, elle quitta ma chambre.

Quand j'eus passé des sous-vêtements, une chemise et un pantalon propres, je sortis et fis halte dans le couloir. La porte de maman était à nouveau fermée. J'attendis un moment, descendis et me préparai des toasts et des œufs brouillés. J'avais une faim de loup. Maman se montra et me fit prendre quelques-unes de ses pilules.

— Pourquoi ne puis-je pas voir le bébé, maman ? lui demandai-je une fois de plus.

Elle se dispensa de répondre.

Plus tard, cet après-midi-là, elle fit une chose très curieuse. Elle ramena, sur sa table roulante, le poste de télévision au salon et le brancha. J'étais bouche bée. Voilà qu'elle me permettait de regarder la télévision, maintenant ! Elle ne craignait plus que cela fasse du tort à mes études, ni rien de ce genre.

— Amuse-toi, me dit-elle comme si elle me donnait un ordre.

Et une fois de plus, elle me laissa seule.

Pendant des jours, après cela, elle s'obstina à m'interdire de monter. Elle descendait elle-même ce dont j'avais besoin pour me changer, me l'apportait au salon et insistait pour que j'y prenne mes repas. Et régulièrement, elle apportait son tire-lait.

Elle ne passait que très peu de temps avec moi,

pour ainsi dire pas du tout, et ne m'adressait pratiquement pas la parole. Je souhaitais désespérément voir ma fille, bien sûr, et ne pas la voir me procurait un douloureux sentiment de vide. Mais il n'y avait pas que cela.

Depuis la naissance du bébé, je n'avais pas revu Lionel, ni aucun de nos esprits familiaux. Même le bruissement léger de leurs chuchotements avait disparu. Quand j'éteignais la télévision, à part le bruit des pas de maman ou les cris du bébé amortis par les murs, un silence de mort régnait partout. Chaque zone d'ombre, chaque recoin de la maison était vide. Maman m'ignorait, sauf quand elle venait tirer mon lait ou m'apportait à manger. Jamais je n'avais été aussi seule. Et mon désir de voir l'enfant devint de plus en plus lancinant, jusqu'à ce que je ne puisse plus penser à rien d'autre.

Des heures durant je guettais le son de sa voix, et quand j'entendais le pas de maman dans l'escalier, je me levais en hâte, priant le ciel pour qu'elle m'amène enfin mon bébé, mais elle ne le fit jamais.

Le seul jour où elle sortit pour aller faire des courses, je montai à l'étage et courus jusqu'à sa porte. L'enfant ne pleurait pas, mais je pouvais l'entendre émettre ces petits bruits que font les bébés. Je tournai la poignée, en vain : la porte était fermée à clé. La frustration me fit monter les larmes aux yeux. J'essayai de parler à ma fille par le trou de la serrure, et même de l'apercevoir, mais je ne vis rien du tout.

Quand j'entendis la voiture de maman remonter

l'allée, je m'empressai de redescendre. Je proposai à maman de porter ses sacs d'épicerie, mais elle m'ordonna de retourner au salon. Elle ne voulait pas de mon aide.

— Mais je vais devenir folle enfermée là-dedans ! J'ai besoin de m'occuper, protestai-je. Pourquoi ne puis-je pas voir le bébé ? Pourquoi ne puis-je pas t'aider ?

Sans répondre, elle déchargea ses sacs, rangea ses provisions et monta dans sa chambre. D'humeur maussade, je retournai au salon et contemplai d'un œil vide l'écran de télévision. Je ne pouvais pas m'empêcher de penser à ma fille et à ce que maman faisait avec elle, là-haut. Je voyais bien que tout cela ne la laissait pas indemne, elle non plus. Elle semblait chaque jour un peu plus fatiguée, un peu plus hagarde.

Et pour moi, pendant tout ce temps-là, pas la moindre vision, pas la moindre voix : rien. Je recommençai à me demander si j'avais jamais vu ou entendu quoi que ce soit émanant de l'Au-delà. Peut-être tout cela n'avait-il été qu'une hallucination, provoquée par les remèdes secrets de maman. Lionel ne me parlait que dans mon imagination, après tout. C'était simplement ma conscience qui s'exprimait, ou mes peurs. Peut-être que maman avait fini par s'en rendre compte, et peut-être était-ce pour cela qu'elle était si indifférente envers moi, maintenant.

Finalement, quelque chose arriva. Un soir, près de trois semaines après la naissance du bébé, maman descendit, prépara mon dîner et me le servit, puis alla dîner à son tour. Je mangeai en tendant l'oreille, car les cris de ma fille me parvenaient parfois très distinctement, depuis peu.

Pour crier, elle cria, et même de plus en plus fort cette fois-ci. Je m'attendis à voir maman bondir dans le couloir et se précipiter à l'étage. La suivre ne m'aurait servi à rien, car elle se serait retournée et m'aurait renvoyée en bas. Ce soir-là, cependant, elle n'accourut pas dans le couloir en entendant le bébé crier.

Je me levai et entrai sans bruit dans la salle à manger. Maman était à table, mais elle avait posé la tête sur ses bras et respirait lentement, régulièrement : elle était profondément endormie. Le plus silencieusement possible, je m'approchai d'elle sur la pointe des pieds, glissai la main dans la poche de son tablier, en retirai la clé de sa chambre. Elle n'eut pas même un tressaillement. Elle dormait d'un sommeil de plomb. À moins qu'elle ne se soit évanouie, comme le jour où elle était allée chez le notaire. L'occasion était trop belle, je ne pouvais pas la laisser passer.

À pas feutrés mais rapides, je gagnai l'escalier. Une fois en haut, je m'arrêtai pour m'assurer que maman ne s'était pas réveillée. En bas, tout était calme, mais le bébé criait de plus en plus fort derrière la porte fermée. Je m'en approchai, insérai la clé dans la serrure et entrai.

Maman avait installé un berceau tout près de son lit. Ce lit était défait, et jamais je n'avais vu cette chambre dans un pareil désordre. Tout était sens dessus dessous. Des vêtements s'étalaient partout, des couches s'entassaient sur la coiffeuse, des assiettes sales traînaient sur les tables, et il y avait même quelques plats sur le plancher.

J'allai vivement jusqu'au berceau et baissai les yeux sur le bébé. Pendant quelques instants, je me dis que quelque chose n'allait pas du tout, puis je compris ce que c'était.

Ma fille n'avait plus les cheveux roux carotte : ils étaient teints de la même couleur que les miens. La surprise me causa un choc, mais je le surmontai rapidement et pris le bébé dans mes bras. Il était clair qu'elle était affamée. Je regardai autour de moi pour voir si maman n'avait pas laissé un flacon de lait plein, puis je compris ma sottise. J'ouvris ma chemise et approchai les lèvres du bébé de mon sein.

Elle commença aussitôt à téter, les yeux levés sur moi, avec une expression d'ardeur et de satisfaction intenses qui me fit sourire de plaisir. Je m'assis sur la chaise placée près du berceau et la regardai se nourrir de mon lait.

Peu après, je sentis une ombre s'abattre sur nous et levai la tête, pour voir maman campée à l'entrée de la chambre. Elle semblait folle de rage et prête à sauter sur moi, mais elle ne bougea pas. Elle se contenta de nous observer et attendit la fin de la tétée. Puis elle traversa calmement la pièce, me retira l'enfant avec douceur et la prit dans ses bras, le visage rayonnant de bonheur.

Je tremblais, mais elle ne remarqua rien. Elle ne m'accorda même pas un regard. Elle berça mon enfant dans ses bras jusqu'à ce que ses yeux se ferment, la recoucha dans le berceau et couvrit son petit corps d'une minuscule couverture rose.

Je me levai et me penchai par-dessus son épaule. Finalement, elle se tourna vers moi.

— Retourne dans ta chambre, m'ordonna-t-elle, et attends qu'on ait besoin de toi.

— Mais, maman... ses cheveux... pourquoi les as-tu teints d'une autre couleur ?

Elle secoua la tête comme si elle venait d'entendre un ramassis de sornettes et me sourit.

— Je ne les ai pas teints, voyons, petite sotte.

— Mais... ils étaient plus roux. Ils étaient...

— Bien sûr que non, coupa-t-elle avec sécheresse, en me faisant signe de sortir.

C'est tout juste si elle ne me poussa pas dans le couloir, puis elle commença à refermer la porte.

— Maman ! criai-je en fondant en larmes, pourquoi m'empêches-tu de l'approcher ?

Elle retint la porte entrouverte et me dévisagea longuement.

— Parce que le moment n'est pas venu pour toi d'être avec elle, tout simplement.

— Mais il y a tellement de choses à faire. Ne faut-il pas... ne devrions-nous pas... je veux dire... elle n'a pas de nom !

Maman sourit.

— Bien sûr qu'elle a un nom, Lionel.

Elle recommença à pousser la porte, mais j'étendis la main pour l'en empêcher.

— Quel nom, maman ?

— Elle s'appelle Céleste, dit-elle en refermant la porte.

Épilogue

Bienvenue à la maison

Peu de temps après que maman eut commencé à donner au bébé son lait en poudre spécial – une recette personnelle dont elle s'était servie pour nous –, je fus à nouveau capable de me sangler dans le corset et de dissimuler mes rondeurs. Je ne perdais du poids que lentement, et d'ailleurs pas tellement. J'étais toujours aussi joufflue, ce qui ne me réjouissait pas mais semblait plaire à maman. Elle m'envoya même dans sa chambre pour que je me coupe les cheveux.

Je restai près d'une heure à me contempler dans le miroir de sa coiffeuse, rêvant de voir mes cheveux flotter librement sur mes épaules, comme ceux de certaines héroïnes de romans ou de la télévision. Finalement, elle m'appela parce qu'elle avait besoin de moi et je dus m'exécuter, attaquer mes longues mèches à coups de ciseaux, jusqu'à ce que mes cheveux soient à nouveau presque ras et tous mes rêves envolés. Elle voulait que je l'aide à s'occuper de la petite Céleste, et j'avais peur qu'elle ne m'empêche de l'approcher si je ne faisais pas exactement ce qu'elle exigeait de moi.

Avec le temps, elle me permit de tenir Céleste dans mes bras, de lui donner son biberon et de la changer.

— Il n'y a pas de honte à ce qu'un grand frère donne un coup de main, disait-elle.

Je n'étais jamais plus heureuse qu'à ces moments-là. Être dans la même pièce que la petite et la voir dormir suffisaient à mon bonheur.

Dès que la nuance rouge réapparaissait dans la tignasse du bébé, maman lui faisait une teinture et ses cheveux retrouvaient la couleur des miens. En général elle faisait cela le soir, quand j'étais montée me coucher. Personne ne risquait de le savoir, de toute façon. À part le facteur et, de temps à autre, un ouvrier ou un livreur, il ne venait personne à la maison. Et en plus, maman se montrait excessivement prudente quand elle sortait bébé Céleste. À part nous deux, personne n'était au courant de sa naissance.

— Le moment venu, nous révélerons son existence, disait maman. Quand ils me le diront.

Tout ce que nous faisions, désormais, trouvait sa raison d'être dans ces quatre mots clés : ils m'ont dit. Les nouvelles idées, les changements, tout et n'importe quoi nous était transmis par des murmures qui pleuvaient de nuages invisibles, ou plutôt que seule maman pouvait voir. Il y avait longtemps que je n'avais rien vu, ni entendu, quoi que ce soit provenant du monde des esprits ; si longtemps que j'avais relégué tout cela à l'arrière-plan de mes pensées, tel un rêve de jadis. Et je soupçonnais, de plus en plus, qu'il ne s'agissait que d'hallucinations.

Dans notre univers secret, maman et moi observions ensemble les progrès de bébé Céleste, qui devenait de plus en plus alerte et vigoureuse. Quand elle commença à ramper et à saisir tout ce qui lui tombait sous la main, maman me chargea de plus en plus souvent de la surveiller, jusqu'à ce que je passe la plus grande partie de mes journées à m'occuper d'elle. Il y eut quelques alertes comme lorsque l'employé qui relevait les compteurs électriques faillit la voir. Une autre fois, nous eûmes la quasi-certitude que le livreur de semences et son chauffeur l'avaient entendue pleurer. Mais personne ne vint jamais se renseigner à son sujet. Je pensais souvent aux Fletcher, qui vivaient si près de nous, et à la surprise qu'éprouverait M. Fletcher s'il apprenait qu'il était grand-père. Serait-il fâché ou heureux de le savoir ?

La petite Céleste était un beau bébé, c'était certain. Qui aurait pu ne pas se réjouir de la connaître ? Elle avait les yeux de ce bleu-vert que maman avait souhaité pour elle, ce qui bien sûr lui permettait d'affirmer qu'on le lui avait dit. De plus, je voyais bien que bébé Céleste n'était pas seulement très vivante : elle était aussi très intelligente et curieuse de tout. Quand elle se tint debout et chancela, tomba et se releva, et recommença ainsi jusqu'à ce qu'elle fasse ses premiers pas à onze mois, maman déclara que c'était une enfant bénie.

Ce n'est pas une enfant que nous pourrons

toujours tenir cachée, me disais-je. Mais maman ne s'inquiétait de rien. Elle faisait totalement confiance à ses voix.

Où étaient-elles ? ne cessais-je de me demander. Pourquoi m'avaient-elles abandonnée ? Étaient-elles toujours avec moi ? Ou, comme je le craignais, tout cela n'était-il rien d'autre que ce que j'avais désiré, si ardemment que je l'avais fait arriver ?

J'accomplissais ma tâche. Le soir, je m'asseyais au salon avec Céleste sur mes genoux, et nous écoutions maman jouer du piano. Je lisais quand je le pouvais, et j'attendais.

Mais qu'est-ce que j'attendais ?

Le printemps venu, je repris mes promenades en forêt, mais j'évitai longtemps le lieu qui avait été mon refuge. Quand j'eus enfin le courage d'y retourner, il me parut tout à fait inoffensif, aussi banal que n'importe quel autre endroit de la forêt. Il y en avait tant d'autres qu'ombrageaient des pins, et dont le sol tapissé d'aiguilles exhalait le même parfum frais. Rien ne les distinguait.

En réalité, méditais-je, c'est nous qui attribuons à certains lieux cette qualité particulière. Quelque chose qui vient de nous leur confère un cachet unique à nos yeux, et quand cela change, nous les trouvons changés. La beauté surprise à l'improviste, que ce soit une cascade, une biche ou un oiseau, est celle qui nous marque le plus, à cause de cet émoi qui nous remue le cœur à l'instant de la découverte.

J'aurais voulu confier à maman que cette connaissance m'était venue toute seule, sans que personne m'ait rien dit, puis je réfléchis. Peut-être était-ce là que se tenaient les esprits, finalement : en nous-mêmes. Peut-être était-ce elle qui avait raison. Et peut-être qu'en prenant conscience de cela, en l'acceptant, en y croyant, ils apparaissaient.

Avais-je jamais cru en eux, réellement cru, ou étais-je sceptique comme Lionel ? Parfois, le désir peut dépasser son objet. On prête à la chose qu'on désire une dimension qu'elle n'a pas, et on souffre lorsqu'on se trouve en face de la réalité. Était-ce moins douloureux de ne jamais rêver, ne jamais croire, ne jamais être déçu ? Ou cela nous valait-il une vie morne et vide, où jamais aucune silhouette ne surgit de l'ombre, où les nuages ne prennent jamais de formes captivantes, où le vent n'est que le vent et ne transmet le son d'aucune voix ?

Quels seraient l'univers de bébé Céleste, ses choix, ses visions ?

Par une fin d'après-midi, à cette heure où la lumière du jour hésite au bord de la nuit et que nous appelons crépuscule, maman me permit d'emmener bébé Céleste pour une courte promenade. Cette fois elle ne vint pas avec nous, comme à son habitude, et cela me fit hésiter un moment. Lui avait-on dit d'agir ainsi ? Pourquoi ne nous accompagnait-elle pas ?

Nous sortîmes enfin, bébé Céleste accrochée à ma main et promenant de tous côtés son regard étincelant. Je n'avais aucune idée de l'endroit où l'emmener, mais pour je ne sais quelle raison nous tournâmes sur la droite et, sans nous presser, nous nous dirigeâmes vers le petit cimetière. Instantanément, sa vue l'intrigua. Quand je lâchai sa main, elle entra dans l'enclos et s'avança tout droit vers les tombes. Elle s'arrêta, les observa, puis tendit lentement les bras vers la stèle du bébé Jordan et plaqua ses petites mains sur les siennes.

Je la regardai, médusée.

Elle se retourna vers moi, les mains toujours posées sur la pierre, et me sourit. Les avait-elle senties remuer ?

Je retins mon souffle.

C'est alors que je perçus quelque chose, comme une caresse chaude sur ma nuque. Je me retournai. Et je vis les ombres sortir des bois, venir lentement vers nous, allumant à chacun de leurs pas une nouvelle étoile au ciel.

En tête venait papa.

Puis Lionel.

Puis tous les esprits de nos ancêtres.

Ils venaient pour que nous formions à nouveau une famille.

Ils venaient me souhaiter la bienvenue.

Composition et mise en pages réalisées
par IND - 39100 Brevans

Achevé d'imprimer par GGP Media GmbH, Pößneck
en mars 2008
pour le compte de France Loisirs,
Paris

N° d'éditeur : 51626

Dépôt légal : juillet 2007

Imprimé en Allemagne